KB265225

염마 이야기

염마이야기

펴낸날 | 2011년 3월 4일 초판 1쇄
        2011년 3월 30일 초판 2쇄

지은이 | 나카무라 후미
옮긴이 | 양윤옥
펴낸이 | 이태권
펴낸곳 | (주)태일소담
        서울시 성북구 성북동 178-2 (우)136-020
        전화 | 745-8566~7   팩스 | 747-3238
        e-mail | sodam@dreamsodam.co.kr
        등록번호 | 제2-42호(1979년 11월 14일)
        홈페이지 | www.dreamsodam.co.kr

ISBN 978-89-7381-646-0 03830

- 책값은 뒤표지에 있습니다.
- 잘못된 책은 구입하신 곳에서 교환해드립니다.

염마 이야기

나카무라 후미 지음
양윤옥 옮김

소담출판사

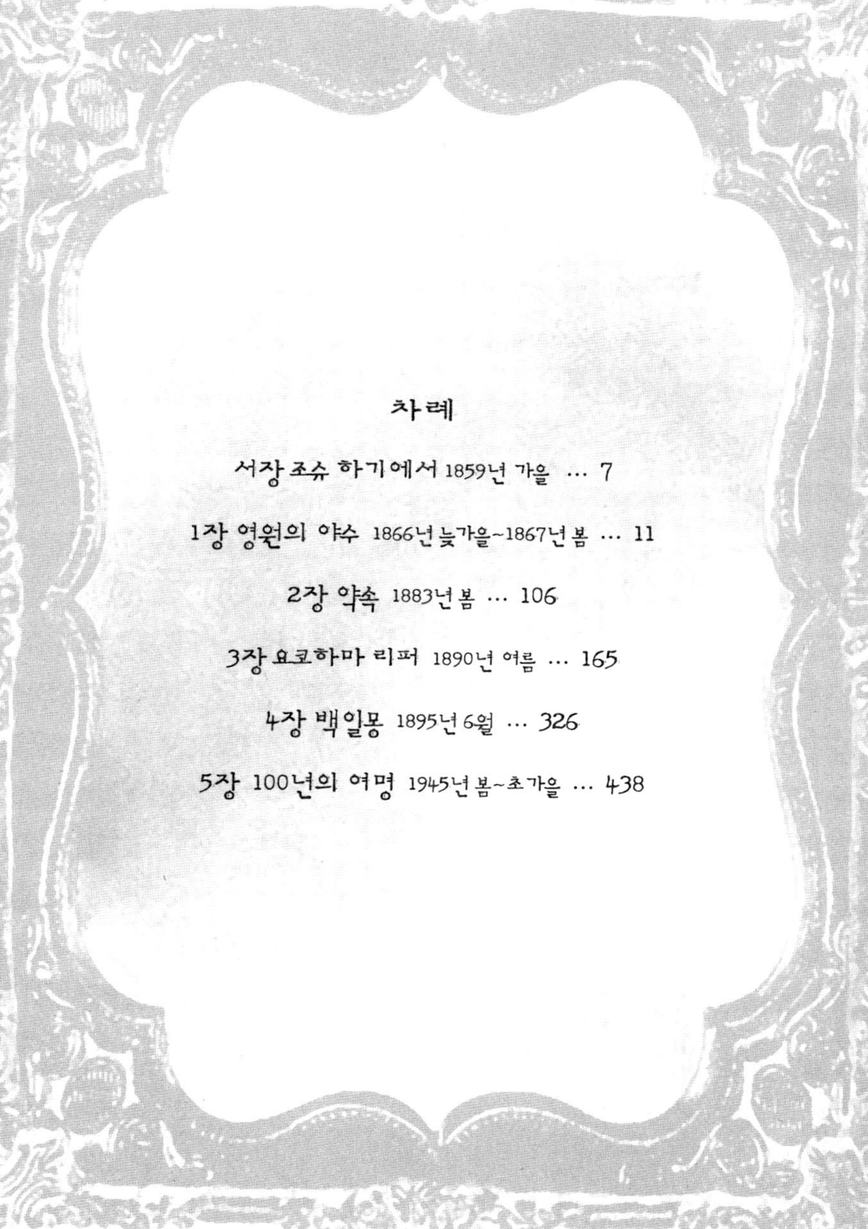

차례

서장

조슈 하기에서

1859년 가을

누님, 세상이 크게 바뀔 거라고요.

　잡목림을 빠져나오자 문득 눈앞에 바다가 환하게 펼쳐졌다. 그래서일까, 나오는 길에 남동생이 던져준 말이 생각나서 사와佐和는 피식 웃었다. 아직 어린애인 줄 알았더니 그새 그런 시건방진 소리를 할 만큼 훌쩍 커버렸다.
　바다와 어둠에 둘러싸여 이 나라가 어지간히 오랫동안 긴 잠에 빠져 있었던 모양이다. 저 아득한 바다 건너에서 흑선黑船(에도시대 말기에 쇄국주의를 거스르고 일본에 들어온 서양 선박들 — 역주)이라는 게 들이닥친 이후로 온갖 책략이 이 나라의 밤을 깨보려고

기를 쓰고 있다. 그야말로 안팎으로.

하지만 나라님의 호칭이 어떤 식으로 바뀌건 내 사는 꼴은 달라질 것도 없다. 그것은 일반 백성에게는 아무 의미도 없는 일이다. 한낱 여자의 몸으로 뭘 할 수 있다는 것인가. 뭘 얻을 수 있다는 것인가.

사와는 이미 절망적이었다. 실낱같은 희망도 찾아낼 수 없었다. 남동생 하나만은 끝내 마음에 걸렸지만, 세상에 뒤처진 누나가 해줄 수 있는 일이라고는 고작 걱정하는 것뿐이었다.

바닷바람이 차가웠다. 사와는 터서 쩍쩍 갈라진 손을 맞비볐다. 허름한 옷 속의 가느다란 몸이 부르르 떨렸다.

한참이나 바다를 바라보다가 사와는 터벅터벅 걸음을 옮겼다. 봇짐장사의 외침소리가 맑은 가을 하늘에 울려 퍼졌다. 환성을 올리며 어린애들이 달려갔다. 시대는 불온하지만 모종의 활기가 넘치는 거리였다.

젊은 사무라이들이 몰려드는 도장이며 사숙私塾 근처에서는 막부를 규탄하는 씩씩한 목소리도 들려왔다. 자신들이 세상을 바꿀 수 있다고 콧김을 씩씩거리며 토론들을 하고 있다. 저러니 동생이 그런 바람에 휩쓸릴 만도 하다.

하얀 담장을 따라 강 쪽으로 나갔다. 저녁 해에 물든 강물이 반짝거렸다. 단풍이 들기 시작한 나무들은 바람에 흔들렸다. 고즈넉한 정취가 흐르는 이 동네가 사와는 좋았다.

강둑을 한참 걸어 읍내를 벗어나 산 쪽으로 향했다. 저녁 어스름이 부쩍부쩍 깊어가고 주위는 갑작스레 한적해졌다. 갈대가 물결처럼 수런거렸다. 그 뒤편으로 검은 활모양의 돌다리가 보이고, 다리 중간에 젊은 남자가 하릴없이 우두커니 서 있었다.

'저런!'

옆얼굴이 단아한 청년이었다. 바짝 올려 묶은 머리에, 훌쩍 키가 큰 몸을 다갈색 정갈한 옷으로 감싸고 있었다. 마치 이 세상 사람이 아닌 것 같다. 무슨 일을 하는 사람인지 짐작도 되지 않았다.

하지만 사와는 그의 겉모습에 관심을 가졌던 게 아니다. 당장 죽고 싶다는 속마음을 드러내는 듯한 비탄에 잠긴 눈동자에 빨려든 것이다.

"이봐요, 성급한 마음을 먹어서는 안 돼요."

함부로 목숨을 버려서는 안 된다고 말을 건네자 남자가 고개를 돌렸다. 사와를 지그시 바라보며 부드러운 웃음을 지었다.

"걱정 말아요, 죽지도 못하니까."

죽을 생각이 없다는 말일까. 아니면 그럴 배짱이 없다는 뜻일까. 하지만 몹시도 불행한 사람이라는 것만은 충분히 느껴졌다.

"나보다는 당신이 죽고 싶은 것처럼 보이는데요?"

사와는 눈을 둥그렇게 떴다. 처음 만난 사람이지만, 이상하게도 그 말을 부정할 마음이 나지 않았다. 극락정토로 이끌어 줄 것 같은 남자의 눈빛에, 사와의 약해질 대로 약해진 마음이 크게 휘청거렸다.

"맞아요, 그런지도 모르겠네."

─가엾게도

남자는 미소를 담은 채 고개를 끄덕였다.

그가 눈을 빤히 들여다보는 바람에 사와는 멀거니 서버렸다. 위험하다, 라고 생각했다. 하지만 지금 자신에게 반드시 지켜야 할 것이 과연 있기나 한 것일까?

남자는 붉은 단풍잎을 한 장 내밀며 사와에게 물었다.

"내가 죽여드릴까?"

1장

영원의 야수

1866년 늦가을~1867년 봄

1

가을에 내리는 긴 비는 말끔하게 걷히는 일이 없다. 흠뻑 젖은 교토 거리도 나름대로 정취가 있는지 모르지만, 비가 이렇게 길게 이어지면 그저 답답할 뿐이다. 게다가 자꾸만 기침이 나서 견딜 수가 없었다. 짜증스러운 마음에 혀를 끌끌 차면서 바이코梅倖는 글글거리는 가슴팍을 짚으며 밖으로 나왔다. 물통을 기울여 세숫물을 도랑에 쫙 버렸다. 옷자락에 흙물이 튀었지만 그런 것쯤 눈에 들어오지도 않았다.

분고바시豊後橋도 이번 비에 썰렁하게 얼어붙은 것 같다. 아직 해도 떨어지지 않았는데 엷은 먹물을 쏟아놓은 것처럼 어둑어둑했다. 사람 하나 없었다. 빗소리가 들려올 뿐, 온 동네 사람들이 죄다 죽었는가 싶을 만큼 인기척이 없었다.

그런 속에 저만치에서 난데없는 고함소리가 들려와 바이코의 눈길이 저절로 그 방향으로 돌아갔다. 철벅철벅 진창길을 밟는 다급한 발소리가 이쪽으로 다가왔다. 맞은편 쪽방 동네 골목으로 웬 사람이 휙 스쳐 지나가고, 그 뒤를 쫓아 세 명의 남자가 뛰어갔다. 절박한 분위기가 엿보였다.

도망치는 사내가 어떤 자인지는 알 수 없지만, 추적자 쪽은 신센구미新選組였다. 아무리 날이 어둠침침해도 화려한 색깔의 신센구미 단복을 다른 옷으로 착각할 리는 없다. 단체로 저런 옷을 떨쳐입고 위세를 부리다니. 바이코는 그 미적 감각부터가 영 마음에 들지 않았다.

기나긴 세월 동안 이 나라를 지배해온 체제에 일대 변화가 일어나고 있었다. 이런 시절에는 기어코 피바람이 한바탕 휘몰아쳐야 하는 것이리라. 나라를 온통 피로 물들인 다음이 아니고서는 변화를 이룰 수 없는 모양이다.

"에이, 한심한 것들."

누가 골목대장이 되건 백성들과는 아무 상관이 없다.

쪽방에 들어와 둘둘 말아둔 이부자리에 등을 기대고 하릴

없이 문신 도안장이나 훌훌 넘겨보았다. 범어梵語, 부동명왕(힌두교의 신으로, 오른손에 검을 쥐고 왼손에 포승줄을 든 형상. 불길에 휩싸인 흑룡이 검을 휘감고 그 칼끝을 삼키려는 도안이 문신에 자주 쓰인다―역주), 용호상박, 벚꽃과 매…….

문신사로서 최고의 문신 기술을 가진 자에게 주어지는 명칭 '호쇼寶生', 그 명예로운 이름을 받은 자답게 호쇼 바이코는 어떤 그림을 새겨도 역시 일류로 통했다. 몸에 병이 들어 체력이 필요한 대작은 더 이상 받을 수 없지만, 문신에 대한 열정이 사그라지는 일은 없었다. 예전에는 멀리 에치고와 사쓰마에서까지 의뢰인이 찾아오곤 했다. 그렇게 먼 지역 손님은 바이코의 명성보다는 '호쇼'라는 지위를 보고 허위허위 달려왔다. 문신을 원하는 의뢰인의 속마음은 제각각이어도 바이코에게 의뢰가 끊기는 일은 없었다.

그렇건만 올해는 손님이 고작 두 명밖에 들지 않았다. 왕권을 업고 막부를 지지하는 사바쿠파佐幕派와 막부를 무너뜨리려는 도바쿠파倒幕派의 정쟁이 극에 달한 한 해였다. 하마구리몬蛤門 싸움이며, 이케다야에서 일어난 칼부림까지, 험악한 싸움에 여념이 없는 요즘의 교토에서는 사람들이 문신 따위를 새길 경황이 없는 것이다.

돈과 시간을 들여 제 몸뚱이에 상처를 내는 일이니, 어쩌면 문신은 최고의 도락인지도 모른다. 그러니 세상이 심심할 때나 인기가 있다.

바이코의 오른손에는 매화꽃이 피어 있다. 젊은 시절에, 한평생 호쇼의 명칭을 물려받은 문신사로 살아갈 것을 서약하고, 스승이 직접 새겨준 것이다. 사나흘쯤 문신을 새기지 않으면 손바닥의 이 꽃이 욱신거려서 잠도 잘 수 없다. 아예 내 몸에라도 새겨버리자는 생각이 굴뚝같지만 체력이 떨어진 터라 그것도 힘에 부쳤다.

이제는 살날도 얼마 남지 않았을 터. 필시 이번 겨울을 넘기지 못할 것이다. 바이코는 그렇게 짐작하고 있었다. 팍팍한 가슴팍을 두드리며, 끓여놓은 물 한 종지로 지병인 천식 약을 목구멍에 넘겼다.

바이코는 15년 전에 에도에서 교토로 거처를 옮겼다. 원래 이사할 예정이 있었던 것은 아니었다. 파격적인 대우로 초대를 받은 것이다. 의뢰인은 돈과 시간이 남아도는, 아직 한창때의 은퇴자였다. 등판에 온통 대형 촉루髑髏를 새겨달라는 의뢰였는데, 결국 완성을 보지 못한 채 급사하고 말았다.

다시 에도로 돌아가고 싶었지만, 태어나면서부터 앓던 병이 악화되어 집에 돌아갈 힘도 없었다.

벌써 일흔 살이 내일모레인 나이다. 이만하면 됐다. 살 만큼 살았다. 문신사로서 흡족한 일생이었다. 하지만 그렇게 생각할 때마다 마음속 깊은 곳에서 거무튀튀한 미련이 똬리를 튼다는 것도 잘 알고 있었다.

가정도 꾸리지 않고, 다른 즐거움이란 일절 돌아볼 것도 없이 문신을 새기는 업 하나에만 매달려온 일평생이었다. 이 업은 닳아지는 일도 없이 하루하루 더해만 갔다. 늙어서 쇠약해진 몸속에 깃든 업귀業鬼가 도무지 만족을 하지 못하는 것이다. 업귀는 너무도 탐욕스럽게 숙주의 영혼을 사정없이 파먹었다.

이제 새삼 손바닥에 피어난 꽃이 저주라는 것을 깨닫곤 한다. 바이코는 오른손을 꾹 움켜쥐고 자리에 털썩 누웠다.

방구석에는 몸을 둥글게 웅크린 고양이가 있었다. 어느 틈에 제 마음대로 이 쪽방에 들어와 눌러앉은 고양이다. 뻔뻔스러운 눈빛의 이 녀석을 바이코는 '검둥이'라고 불렀다. 이름대로 털빛이 새까맣다. 사람에게는 전혀 관심도 없는 무뚝뚝한 녀석이지만, 이상하게도 바이코에게만은 안겨들었다. 바이코는 인간을 포함하여 이 세상 산 것들에게 어설피 정을 들이는 성품이 아니었다. 검둥이를 식객으로 받아준 것은 예전에 스승께서 기르던 고양이를 꼭 닮았기 때문이었다.

빗발이 지붕을 두드리는 소리가 기분 좋은지 검둥이는 실눈이 되어 잠들었다. 시간이 남아돌아 노상 잠만 자는 고양이다. 그 잠에 이끌려 바이코도 스르르 눈을 감았다.

그대로 잠이 들었던 바이코는 덜커덩 하는 소리에 눈을 떴다. 뭔가 문짝에 부딪히는 소리였다. 느릿느릿 몸을 일으켰다. 방 안은 캄캄하지만 뻔히 거기서 거기인 좁은 곳이었다. 어둡다고 그리 불편할 것도 없었다. 솜저고리를 걸치고 더듬더듬 초에 불을 댕기고는 토방으로 내려섰다.

"거, 누구요?"

컬컬한 목소리로 물었다. 대답은 없었다.

바이코는 빗장을 풀고 문을 열었다. 바깥에는 아무도 없었다. 비 걷힌 밤하늘에 둥근 달이 환할 뿐이었다.

몸이 부르르 떨렸다. 지독히도 추운 밤이다. 다시 안으로 들어가려는데 일순 시야 한 귀퉁이에 사람 머리 같은 게 보였다. 촛불을 쳐들어보니 울타리 옆 처마 밑에 사무라이 하나가 쓰러져 있었다. 가까스로 숨은 붙어 있지만 온몸이 흠뻑 젖어 꽁꽁 얼어버린 것 같았다. 윗옷의 등판이 일자로 길게 찢어졌고 거기서 피가 흐르고 있었다.

아까 쫓기던 사람이 이자인가.

귀찮은 일이 벌어졌다. 신센구미에게 쫓기는 걸 보면 사쓰마 쪽의 밀정놈인가. 어느 편이 됐건 이런 일에 휘말려드는 건 질색이다. 하지만 이대로 버려두면 죽고 말 터였다.

바이코는 그 옆에 쪼그리고 앉아 사무라이의 뺨에 달라붙은 긴 머리를 손끝으로 넘겨보았다. 스무 살쯤 되었을까. 창백한 살갗은 비로드처럼 부드럽고 차가웠다. 바이코는 저도 모르게 침을 꿀꺽 삼켰다. 좀체 구경하기 힘든, 그가 가장 좋아하는 피부였다.

"어이, 정신 차려."

어깨를 흔들자 사무라이가 신음을 흘렸다.

"죽는 건가, 이렇게……."

"아마 그럴 것이구먼."

바이코가 차갑게 대답했다.

"살고 싶다……. 죽는 건 싫어……."

애절하기 짝이 없는, 피를 토하는 듯한 목소리였다. 그 말을 들은 바이코의 얼굴에 웃음이 피어올랐다.

"지금 분명히 살고 싶다고 말했지?"

바이코는 미칠듯이 기뻤다. 그동안 이성의 힘으로 꾹꾹 억눌러온 것을 한순간에 업귀에게 먹혀버렸다.

"죽기 싫다고, 틀림없이 말했지?"

이치노세 집안은 대대로 조슈長州 지역의 향사鄕士였다. 하지만 사무라이 가문이라는 건 그저 명색일 뿐이다. 성씨를 쓸 수 있고 검을 차는 게 허용되었을 뿐, 실제로는 일반 백성과 다를 게 없었다.

막내 이치노세 아마네一ノ瀬 周는 후처로 들어온 어머니가 마흔 살이 넘어서 낳은 자식이다. 그 바람에 열 살쯤에는 벌써 아버지 어머니가 모두 세상을 떠나고 없었다. 20년씩 나이 차가 나는 큰형에게 배다른 어린 동생 따위는 귀찮은 군식구일 뿐이었다.

아마네에게 다정하게 대해 준 유일한 사람은 바로 손위의 사와 누님이었다. 사와 누님은 형제자매 중에서도 유독 총명했다.

"아이들에게 공부를 가르치며 살 수 있다면 얼마나 좋을까."

사와 누님은 이루어지지 않을 꿈을 털어놓은 적이 있었다.

남의 아내가 되고 어머니가 되는 것 이외의 소망을 갖는 건 여자로 태어난 순간부터 이미 허락되지 않는 시대였다.

아마네가 걱정되었기 때문인지 시집가는 것을 원하지 않았던 사와 누님이지만 스무 살을 넘기자 더 이상 피할 도리가 없었다. 큰형이 하라는 대로 다음 달의 혼인을 받아들여야 했다. 열일곱 살이나 많은 홀아비의 후처 자리였다.

그 홀아비에게는 세상을 떠난 아내와의 사이에 자식이 있었다. 전처는 성질 사나운 시어머니에게 들볶여 죽었다는 소문이 떠돌았지만 확실하지는 않았다. 어떻든 사와 누님에게 어울리는 혼인이라고는 생각되지 않았다.

사와 누님은 아마네에게 곧잘 이렇게 말하고는 했다.

"목숨을 함부로 해서는 안 돼. 너는 금세 불끈해서 덤비는 성격이니까 그게 항상 걱정이야."

쓰레기 취급을 받으며 살아온 아마네는 제 몸을 아끼려는 생각이 조금도 없었다. 그 점을 사와 누님이 걱정한 것이다.

아마네는 자신보다 누님의 앞날이 더 걱정스러웠다. 사와 누님이야말로 자신의 목숨이나 인생에 아무런 집착도 없는 것처럼 보였다.

그런 누님도 이제는 이 세상에 없다. 청명한 가을날, 읍내에 물건을 배달하러 나갔다가 다음 날 아침 차가운 시체로 발견되었다. 이상하게도 유해에서는 심장이 깨끗이 사라지고 없었다. 못된 짓을 당한 흔적은 없었고 죽은 얼굴도 평온했다. 젊은 여자를 노린 엽기적인 살인이라고 한때 읍내가 떠들썩했지만 그것도 금세 잠잠해졌다.

누님을 잃은 아마네는 점점 더 외톨이 신세가 되었다.

조슈는 도바쿠파의 선두였다. 새로운 시대를 향해 각 번藩의 수많은 사무라이들이 목숨을 내던지던 시절이었다. 집안에서 설 곳을 잃어버린 아마네가 피비린내 나는 조슈의 지사志士들 사이에서 자신의 자리를 찾아낸 건 필연이었다.

아마네가 열여섯 살 나던 해 여름이었다. 정치적인 사상 따위는 그와는 무연한 것이었지만, 그래도 세상이 바뀌면 자신에게도 햇살이 비칠 것이라는 바람은 있었다. 그럭저럭 검 실력을 인정받아 조슈 순찰부의 호위무사로 들어갔다.

어엿한 지사가 되었다는 착각을 품었다.

순찰부의 부장이 할복을 감행한 뒤, 아마네는 조슈의 자객이자 밀정으로 파견 근무를 나가게 되었다. 죽음을 두려워하지 않는 데다 맷집이 좋아서 적임자라고들 했다.

처음으로 사람을 베었던 날 밤, 아마네는 잠을 이루지 못했다. 상대의 칼끝이 오른쪽 눈 밑을 스치며 반 마디쯤 살을 갈랐지만, 그런 건 살펴볼 겨를도 없었다. 내 칼이 남의 살을 찢고 뼈를 뚫는 순간의 감촉이 언제까지고 손에 남았다. 흥분 없이 그저 써늘하기만 했다. 그자는 죽어가는 순간 뭔가를 중얼거렸다. 분명 여자 이름이었다. 또 한 사람을 함께 죽이고 만 것 같은 심정이었다.

"우리는 하늘의 심판을 내릴 뿐이다. 두려워할 것 없다."

구역질이 났다.

살인을 정당화하는 그 대단한 지사의 뜻 따위는 애초부터 갖고 있지도 않았다. 아예 어딘가로 도망쳐버리자는 생각이 슬슬 들기 시작했다. 아니, 반드시 도망쳐야만 했다.

'윽, 뜨거워……'

손바닥에 아픔이 느껴졌다. 사람을 베어 죽인 내 손이 불에 타는 벌을 받고 있는 건가. 그렇다면 어쩔 수 없다. 벌을 달게 받을 수밖에…….

너저분하게 땟국이 오른 나무옹이가 보였다. 그 옹이를 타고 거미가 기어갔다.

'천장이야……'

아마네는 가쁜 숨을 몰아쉬며 한 손을 들어 눈을 가렸다. 아

직 살아 있다는 것을 깨달은 순간, 표현할 길 없는 감회가 끓
어올랐다. 기쁨도 절망도 아닌 오히려 낙담에 가까운 감정이
었다. 칼을 맞았던 건 기억이 났다. 등에 날카로운 아픔이 내
달리는 순간 비틀거리며 강물에 떨어졌다. 그 다음에 다가올
것은 당연히 죽음이었다.

몸이 나른했다. 땀을 흠씬 흘린 것 같았다. 눈을 가린 손바
닥이 후끈거렸다. 슬그머니 손을 바라보니 문자 같은 것이 눈
에 들어왔다.

―범어梵語?

오른쪽 손바닥에 춤추듯이 글씨가 새겨져 있었다. 손은 지
저분한데 그 글씨만은 선명했다. 이상하다는 생각이 들었지
만, 아마네는 글자든 뭐든 상관없다고 생각했다.

천천히 몸을 일으키며 주위를 둘러보았다. 작고 낡은 집이
었다. 자신의 몸이 얇은 요 위에 눕혀져 있었다. 된장국 냄새
가 풍기고 그쪽에 웬 남자가 서 있었다. 뒷모습이지만 바짝
여위어버린 노인이라는 건 알아볼 수 있었다.

"여기가 어디에요?"

아마네가 말을 건네자 바이코가 흠칫 놀라며 돌아보았다.

"오, 살아났냐?"

“그런 것 같은데요.”

이곳이 지옥이 아니라면.

바이코는 이 없는 입을 벌리고 헤벌쭉 웃더니 구르듯이 달려왔다. 아마네의 뺨을 양손에 끼우고 자신의 얼굴을 바짝 들이댔다.

“오호, 살았네, 살았어. 참 대단한 놈일세.”

시들어버린 주름투성이의 얼굴이 환희로 가득 찼다.

“영감님이 나를 구해주셨어요?”

“구해줬지, 암. 그래서 네가 이렇게 살아 있는 것 아니냐.”

쓸데없는 짓을, 이라고 생각했지만 이토록 기뻐해주는데 험한 소리를 할 수도 없었다.

“그렇군요……. 큰 신세를 졌습니다.”

“아냐, 네 덕분에 저승길에 좋은 선물이 생겼구먼. 미안하다.”

무슨 말인지 알아들을 수 없었지만, 재우쳐 물어볼 마음은 나지 않았다.

“파 송송 썰어 넣고 된장국 좀 끓였는데 밥 한 그릇 먹어볼래? 꼬박 이틀을 잤어. 배도 고플 것이구먼.”

그로부터 벌써 이틀이 지났는가. 그 시간을 말해주듯이 강한 공복감이 몰려왔다.

"죄송합니다."

"괜찮아, 괜찮아. 살려면 우선 먹고 봐야지."

바이코는 서둘러 밥을 차리러 토방으로 내려섰다.

친절한 노인네라고 생각했을 뿐, 아마네는 그다지 의심하지 않았다.

바이코는 웬만해서는 웃는 법이 없는 노인네다. 누군가 아는 사람이 봤다면 기분 좋게 싱글벙글하는 그가 오히려 으스스하게 느껴졌을 것이다.

"영감님, 혼자 살아요?"

"응, 난 식구가 없어. 저기, 괭이 한 마리가 제 마음대로 눌러붙어 살고 있다만."

돌아보니 방구석에서 고양이가 자고 있었다. 시선을 느꼈는지 슬그머니 눈을 치켜뜨고 아마네를 빤히 바라보았다. 웃는 것처럼 보였지만 아마 그렇게 생각해서 그런 것이리라. 고양이에게조차 비웃음을 사는 인간이라고 느낄 만큼 자기 자신을 경멸한다는 것을 아마네는 충분히 자각하고 있었다.

"그만 가봐야겠어요."

날이 어두워지는 대로 한시바삐 교토를 벗어나야 한다. 중간에 어디서 꼬꾸라져 죽는다 해도 상관없다. 어디에도 설 자리가 없는 놈에게 잘 어울리는 죽음일 뿐이다.

“이봐, 내 말 들어봐. 난 딸린 식구 하나 없는 늙은이야. 이번 일에 휘말려 혹시 비명횡사를 하더라도 나는 괜찮구먼.”

“그래도…….”

“게다가 그리 걱정할 것도 없어. 신센구미에서는 네가 죽은 줄로 알 거야.”

아마네는 흠칫해서 고개를 들었다. 이 노인이 그런 것까지 알고 있는가.

“무늬가 요란한 단복 차림의 젊은 놈들이 쫓아가는 걸 봤거든. 그거, 너를 잡으러 갔던 거였지?”

“그걸 아신다면 나를 당장 쫓아내시는 게 좋아요.”

이 집에 감춰준 게 발각되기라도 하면 이 노인네의 목숨이 날아갈 판이다.

“에이, 괜찮다니까 그러네. 네가 깨끗이 나아서 건강하게 돌아다니는 꼴을 꼭 봐야겠어.”

“……누구한테나 그렇게 잘해주세요?”

아마네의 질문에 바이코는 뭐가 우스운지 허허허 소리 내어 웃었다.

"아니, 네가 아직껏 살아 있는 게 좋아. 그냥 그것뿐이야."
야수처럼 웃으면서 말만은 보살처럼 한다.
"밥 다 될 때까지 편하게 누워 있어."
냄비와 작은 질화로를 들고 바이코는 밖으로 나갔다. 잠시 뒤에 된장국이 끓는 맛있는 냄새가 풍겨왔다. 아마네는 몸을 눕히고 눈을 감았다. 지나칠 만큼 잘해주는 저 노인네에게 무슨 꿍꿍이가 있건 지금은 아무래도 상관없었다.
눈을 감고 있어도 결국 잠을 이루지 못했다. 더운 밥을 얻어 먹고 밤이 이슥해졌는데도 수마는 좀체 찾아와주지 않았다.
몸을 뒤척일 때마다 등이 아팠지만 견딜 수 없을 정도는 아니었다. 하마터면 죽을 상황이었던 것을 생각하면 오히려 멀쩡한 편일 것이다. 밥맛도 좋았다. 이틀 만에 이렇게 회복되다니, 뭔가 이상한 느낌이 들었지만, 어떤 일이든 너무 깊이 생각하는 것 자체가 두려웠다.
"아프냐?"
곁에서 자던 바이코가 돌연 말을 건네왔다.
"아뇨, 아무것도 아니에요."
"그래? 그렇다면 다행이네. 오늘밤은 춥구먼. 이불 단단히 덮고 자."

문을 뚫는 틈새바람이 짐승의 울부짖음처럼 들렸다. 뼛속
까지 얼어붙는 것 같았다.

"잠이 안 와요."

"이틀이나 푹 잤으니 그런 게지."

기침 섞인 목소리가 울렸다.

"나는 계속, 영원히 잠을 자도 괜찮았는데……."

생명의 은인에게 할 소리는 아니지만, 저절로 넋두리가 새
어나왔다.

"무슨 소리야? 한밤중에 내 집 문을 두드린 건 너야. 그리고
나한테 말했어, 살려달라고."

그럴 리가 없다.

"설마요, 칼에 찔려 강물에 빠졌었는데요?"

"그럼 이런 힘없는 늙은이가 강물에 빠진 장정을 여기까지
데려왔겠어? 네가 어떻게든 살아야겠다는 마음 하나로 강에
서 기어나와 여기까지 찾아온 게야."

아마네는 어둠 속에서 쓴웃음을 지었다. 볼썽사나운 짓이
다. 칼에 찔려 강물에 떨어지는 순간, 이제 죽는다고 생각하
니 오히려 마음이 편안했었다. 그런데도 죽는 것만은 싫어서
죽을 둥 살 둥 여기까지 기어나와 살려달라고 애걸했다니, 정

말 우스운 일이다.

"인간이란 죽는 건 바라지 않는 법이다. 어떻게든 살아보려고 바둥거리지. 원래 그렇게 생겨먹었어. 그런 인간을 기어코 쫓아가서 죽이려 하다니, 그건 비도한 자들이나 하는 짓이구먼. 참말로 교토가 어쩌다가 이 꼴이 되었는지."

양심을 찌르는 말이었다. 이 영감님이 나무라는 짓거리를 아마네 자신이 여태까지 해왔던 것이다.

이윽고 틈새바람을 가르며 옆에서 사정없이 코고는 소리가 들렸다. 아마네는 한숨도 자지 못한 채 꼬박 밤을 새우는 수밖에 없었다. 군식구, 이도 저도 아닌 놈, 배신자……. 지금껏 제대로 된 이름이라고는 가져본 기억이 없었다. 모두 다 맞는 말이었다.

내일이라도 교토를 벗어나 에도로 가자고 생각했다. 다시 자객으로 돌아갈 생각은 없었다. 애초에 사람을 베는 자로서의 소질이 있다고 하기도 어려웠다. 검 실력은 둘째치고, 사람 하나 죽일 때마다 이불 속에서 몸을 웅크리고 괴로워하는 성정으로는 어차피 해낼 만한 일이 아니었다.

판자 한 장 너머에서는 춥디추운 어둠이 요동치고 있었다.

철이 들 무렵 아버지는 이미 노인이었다. 그래서 모르는 사람은 손자로 착각하는 경우가 허다했다. 그래도 아직 건강했던 아버지는 아마네에게 검술을 가르쳐주었다. 집안을 물려받을 일도 없는 막내아들놈에게 제 몸 하나 건사하며 세상을 건너갈 기술을 가르치려고 했던 것이다.

시대는 개국을 향해 움직이기 시작하고 있다. 전쟁이 터질지도 모른다. 그렇게 미리 앞을 내다보고 베풀어준 애틋한 부모 마음이었다. 하지만 그것이 무슨 도움이 되었을까.

뒤통수에 하나로 묶어 올린 머리만이 사무라이의 흔적이다. 어차피 정식 사무라이도 아닌 어중간한 존재였지만, 우선 이것부터 싹둑 잘라내고, 칼로 사람을 베는 짓은 이쯤에서 끝내기로 했다. 아마네는 뒤로 머리털을 움켜잡고 작은 칼로 밑뿌리부터 써걱써걱 베어냈다. 앞머리가 흘러내려 눈을 덮었지만 신경 쓰지 않았다.

"머리를 깎으니 기분이 어떠냐?"

토방에 내려서서 몸을 씻던 바이코가 한마디 건넨다.

"날마다 빗지 않아도 되니까 편하겠죠. 근데 영감님, 문신이 굉장하시네요."

반라의 바이코를 바라보며 아마네는 감탄해서 말했다. 노인의 어깨와 팔에는 선명한 부동명왕의 문신이, 그리고 등허리 전체에는 변재천辯才天(언어, 음악, 재물과 지혜를 맡은 여신으로 칠복신 중의 하나—역주)이 요요하게 미소를 짓고 있었다.

"아이, 이런 건 별거 아냐. 변재천의 표정이 죽어 있잖아."

"아뇨, 아주 훌륭한데요."

아마네는 어떤 문신이 어떻게 좋은지 알지 못했다. 그저 대작이라는 것만 알아봤을 뿐이다.

"내 몸뚱이가 제자들의 연습 판이거든. 덕분에 엉터리 같은 그림만 가득하지."

"영감님, 문신사예요?"

착실한 사람인지 야쿠자인지 언뜻 분간하기 힘든 분위기의 노인이었기 때문에 문신사라는 말을 듣고도 뜻밖이라는 느낌은 들지 않았다.

"맞아, 문신사야."

바이코는 옷을 팔에 꿰더니 물통을 들고 토방 아래로 내려섰다. 쿨룩쿨룩 기침을 하면서 뒤를 돌아본다.

"천하의 호쇼 문신사, 바이코 님이야."

그게 얼마나 대단한 가치가 있는 이름인지 아마네는 짐작도 할 수 없었지만, 아직 영감님과 통성명조차 하지 않았다는 걸 그제야 깨달았다.

"저는 이름을 밝히지 않을게요."

그러는 게 서로를 위해 좋다고 생각했다.

"그렇다면 염마閻魔라고 하지, 뭐."

"뭡니까, 그게?"

"네 손바닥에 염마님이 계시잖아."

바이코는 물통을 들고 문 앞으로 나가더니 울타리 밑 도랑에 세숫물을 쫙 내버렸다.

"이거요?"

오른쪽 손바닥을 찬찬히 들여다보며 아마네가 중얼거렸다.

"멍이 든 것도 아닌데 안 지워지네. 이게 뭐지?"

지옥을 보고 온 몸이다. 손바닥의 얼룩쯤은 별것도 아니라는 생각에 신경조차 쓰지 않았었다.

"네 눈으로 보면 알 거 아니냐. 그건 문신이야. 범어로 염마천을 나타내는 한 글자."

물통에 새 물을 퍼 담고 바이코가 천천히 다가왔다. 문신이라는 말을 듣자 아마네는 아연해서 손끝으로 벅벅 문질렀다.

"왜 이런 게 내 손바닥에 있지? 문신 같은 건 새긴 기억이 없는데?"

“너는 그때 관 속에 한 발을 들이민 상태였으니까 기억날 리가 없지.”

설마……. 아마네는 믿을 수 없는 장면을 바라보듯이 두 눈을 둥그렇게 떴다.

“옷이나 벗어봐. 이번에는 네 몸을 닦아줄 차례야.”

바이코는 좋다 싫다는 대답은 들을 것도 없이 아마네의 옷깃을 잡아 허리띠 위치까지 단숨에 끌어내렸다. 푸르스름하게 빛나는 아마네의 살갗이 눈부시다는 듯 실눈이 되었다.

“영감님이 새겼어요?”

“그래.”

“내가 죽느냐 사느냐 하는 때에 문신을 새겨요?”

“그렇지.”

불끈 피가 머리에 솟구쳤다. 빈사의 몸에 마음대로 문신을 새겨넣었다는 것인가, 이 영감이?

“대체 왜 그랬어요?”

“새기고 싶었구먼.”

바이코는 아마네의 가느다란 팔을 닦아주며 태연한 얼굴로 대답했다.

“시절이 하 수상하니 문신을 의뢰하는 손님이 부쩍 줄었어.

새기고 싶어서 손이 욱신거리는 통에 견딜 수가 있어야지.”

아마네는 벌어진 입이 다물어지지 않았다. 문신을 새기려고 나를 살려냈단 말인가. 생각할수록 감사의 마음이 미움으로 바뀌었다.

“이 영감님이 정말…….”

“죽기 싫다고 애걸복걸한 건 너야. 그래서 내가 살려줬지. 나한테 툴툴거릴 이유는 없어.”

“뭐라고요? 영감님이 문신을 새겨서 내가 살아났다는 거예요?”

바이코는 얼굴을 쳐들고 씩 웃었다.

“네가 지금 살아 있는 게 무엇보다 큰 증거구먼.”

마성이 서린, 그러면서도 자신에 찬 노인의 웃는 얼굴에 아마네는 당황했다.

“여기, 내 손을 좀 봐라.”

“이건 매화꽃……?”

“아니, 어떤 그림이냐는 건 상관없어. 이건 ‘신귀神鬼 새김’이라는 거야. 잘 쓰는 쪽 손바닥에 새기는 거지. 말하자면, 주문이야.”

주문이라는 말을 듣고 아마네는 다시 한 번 손바닥을 들여다보았다.

"나는 평생 호쇼 바이코라는 이름의 문신사로 살아가기로 맹세했기 때문에 내 몸속에 업귀를 불러들였고, 너는 죽기 싫다고 간절히 원했기 때문에 네 몸 속에 불사의 신귀를 불러들였어."

"불사의 신귀라고요?"

"그렇지. 이제 넌 웬만해서는 죽지 않아. 네 몸속의 신귀가 죽는 걸 허락하지 않거든."

아마네의 목젖이 꿀꺽 울렸다.

"말도 안 되는 소릴……."

"그렇다면 네 등의 상처는 어떻게 된 거냐? 그새 거의 나았잖아?"

칼에 베인 상처를 바이코가 손끝으로 쭉 훑어내렸다. 흉터는 아직 남아 있지만 벌어진 상처는 단단히 아물어 있었다.

"이제 곧 이 흉터도 사라질 게야."

아마네는 오른쪽 눈 밑을 더듬어보았다.

"얼굴의 상처는 남아 있잖아요."

"그건 신귀를 새겨넣기 훨씬 전의 상처겠지. 해묵은 상처까지 사라지지는 않아."

두 상처의 차이는 아마네의 몸에 일어난 이상한 일을 더욱 두드러지게 했다.

"이제 겨우 사흘째야. 소주로 소독하고 무명천을 둘둘 감아 두었을 뿐인데 이렇게 말끔하게 나을 리가 있어?"

바이코는 어떠냐는 듯 수건으로 아마네의 등을 빡빡 문질 렀다. 통증이 느껴지지 않았다.

"너는 내 유작인 셈이야. 게다가 희대의 걸작이지. 네 피부 는 참말로 좋아. 아주 최상급이야. 가능하면 온몸에 다 새겨 주고 싶구먼. 깨끗이 잘 닦아줘야겠어."

몸이 오싹해지는 영감의 웃음소리가 아마네의 귀에 들어오 지 않았다. 분명 애초에 입은 상처가 별거 아니었을 것이다. 그렇게밖에 생각할 수 없었다. 이런 노인네의 실없는 농담을 진지하게 받아들여서는 안 된다.

물컹한 혀가 핥듯이 젖은 수건이 살갗 위를 쓸어내렸다. 바 이코가 해주는 대로 몸을 맡긴 채 아마네는 멍하니 자신의 손 바닥에 깃든 지옥의 신귀를 들여다보았다.

2

바이코가 낮잠을 자는 틈에 아마네는 쪽방 집을 나섰다.

큰 신세를 졌다는 감사의 말 한마디를 쪽지에 적어두고 나왔다. 신귀라느니 주문이라느니, 그런 건 믿을 수 없는 얘기였다. 분명 머리가 살짝 돌아버린 노인네다. 오른손을 꾹 움켜쥐고 아마네는 걸음을 서둘렀다.

대낮에 움직이는 건 위험하지만 신센구미 주둔지 근처에 가까이 가지 않는 한, 덜컥 마주칠 일은 없을 것이다. 탈번脫藩을 한 셈이니 조슈 쪽 사람들과 맞닥뜨려서도 안 된다. 이제는 신센구미와 조슈, 서로 대립하는 두 조직에게 쫓기는 신세가 되어버렸다.

민가가 늘어선 좁은 길을 빠져나와 산조대교三條大橋로 향했다. 산 쪽은 이미 눈이 쌓였을 것이다. 그렇다면 도카이도東海道 쪽으로 가는 수밖에 없다. 에도까지 보름쯤이나 걸릴까. 품속에 지닌 돈은 얼마 안 되지만, 어머니의 유품인 대모갑 머리핀을 팔면 어떻게든 해결될 것이다.

교토의 겨울은 몸이 얼어붙을 만큼 춥다. 움푹 팬 분지의 도시를 회색 하늘이 묵직하게 덮고 있다.

멀리 기요미즈 절清水寺이 보였다. 교토에 온 지도 어언 1년

여, 이렇게 꼬리를 말고 도망치게 될 줄은 생각도 못했다. 친가는 큰형이 물려받았고, 자신과 몇 살밖에 나이 차가 나지 않는 조카들도 생겼다. 이제 새삼스럽게 돌아갈 고향집 따위는 없다.

산조대교 앞에서 아마네는 흠칫 발을 멈추었다. 얼굴을 아는 조슈 번사 두 사람이 다리 위에 있었기 때문이다. 등을 돌리고 선 채 그들이 지나가기를 기다렸지만 왠지 움직일 기척이 없었다. 누군가를 기다리는 것이리라. 어쩔 수 없이 아마네는 온 길을 다시 돌아가 짚신이나 몇 켤레 사오기로 했다. 먼 길을 떠나기 전에 그 정도는 준비해두는 게 좋다.

짚신 가게 주렴을 걷고 들어서다가 가게에서 나오던 손님과 하마터면 부딪칠 뻔했다. 체격이 좋은 젊은 사무라이였다.

“앗, 너는!”

아마네를 보자마자 사내의 얼굴 표정이 바뀌었다. 분노에 물든 눈으로 쏘아보는 바람에 아마네는 뒷걸음질을 쳤다.

“아직 살아 있었어, 이 배신자!”

사내가 검을 뽑는 것보다 한 발 앞서 아마네의 몸이 확 돌아섰다. 칼날이 내리쳐지기 직전에 아마네의 발은 뛰고 있었다. 중간에 신발이 벗겨졌지만 시장의 잡담 속을 누비며 정신없이 달렸다. 노골적인 증오가 한없이 쫓아오는 것만 같았다.

하필 여기서 딱 마주칠 줄이야. 아마네는 뒤에 그자의 모습이 보이지 않을 때까지 헐떡헐떡 내달렸다. 그리고 마침내 쓰러지듯이 뛰어든 곳은 분고바시 밑이었다.

아무래도 바이코 영감의 집 근처로 다시 돌아온 모양이다. 서녘 하늘에 희미하게 붉은 놀이 번지고 있었다. 아마네는 시든 풀밭에 쓰러져 손바닥을 바라보았다.

그자야말로 염마왕이다. 결코 용서해주지 않을 것 같은 그 강렬한 눈빛.

어쩌자고 도망쳤는가……. 나를 죽여야 그자의 마음이 풀린다면 그렇게 하게 해주면 될 것을.

나는 분명 그자, 오카자키 세이노스케岡崎淸之助를 배신한 놈이다.

쓰디쓴 기억이 차례차례 떠올랐다.

"나는 쇼군 직속 사무라이 집안의 셋째 아들이다만, 너는?"

신센구미 입대 때, 오카자키 세이노스케는 허물없이 말을 걸어왔다.

"……나는 미치노쿠陸奧 출신이야."

사쓰마의 조슈라고는 차마 말할 수 없어서 시라카와 번白河 藩의 향사 출신으로 해두었다. 아직 나이도 어리고 적에게 얼굴이 알려지지 않은 아마네는 조슈 상사에게서 신센구미의 자객 밀정으로 잠입하라는 명령을 받은 것이다. 바로 두 달 전의 일이었다.

신센구미는 예전에는 '미부壬生(교토 나카교 구의 지명. 신센구미의 본부가 있었다—역주)의 늑대'라고 불리던 낭인 부대였다. 엄격한 규율로 숙청을 거듭하여 막부에서도 청렴성을 인정받은 막강한 군사 조직이었다.

그런 신센구미의 내부에 들어가 동향을 염탐하는 것이 아마네의 임무였지만, 말단 대원의 처지에서는 곤도 같은 간부급에게 접근할 기회도 없어서 실제로 쓸 만한 정보는 거의 얻지 못했다.

"260여 년 동안, 전쟁 없는 태평성대를 유지해온 건 도쿠가와 막부 덕분이야. 너, 그거 알아? 이만한 세월을 전쟁 없이 지낸 나라는 거의 없다더라."

오카자키는 자랑스러운 듯이 말하곤 했다.

"충의를 망각한 사쓰마의 간적들로부터 막부를 지켜내는 것이야말로 그 은혜에 보답하는 일이지."

그때까지 막부를 타도하자는 조슈 도바쿠파의 말석에 선 자로서 정의는 우리 편에 있다고 굳게 믿어 왔으나, 막상 신센구미에 들어와 그들의 생각을 접하고 보니 그 또한 맞는 말 같았다. 모든 것은 입장의 차이에 지나지 않는 것인지도 모른다.

오카자키는 어떤 일에나 열정적인 친구로, 주위 사람들을 진심으로 배려해주는 후덕함이 있었다. 그는 신센구미 대원 모집 때 함께 입대한 아마네를 물심양면으로 도와주었다. 아마네는 남들이 보기에 야무진 맛이 없는 멍한 어린애 같은 면이 있다. 그냥 내버려둘 수 없는 뭔가를 오카자키는 느꼈던 것이리라.

그런 아마네가 실은 사쓰마 조슈의 밀정이었으니 오카자키가 분노하는 것도 당연한 일이다. 아무리 그를 증오하고 경멸한다 해도 아마네는 대꾸할 말이 없었다. 그만큼 오카자키는 자신에게 신의를 다해 대해주었다. 하긴 사바쿠파가 도바쿠파 쪽에 보낸 밀정 또한 적지 않다. 요컨대 서로 마찬가지인 상황이어서 굳이 그 일로 죄책감을 가질 이유는 없지만, 오카자키에 대해서만은 그런 이론을 들이댈 수가 없었다.

해가 저물고 어둠이 점점 짙어지면서 분고바시 밑에 숨어

든 몸뚱이가 차갑게 식어갔다. 뼛속까지 스며드는 추위에 아마네는 부르르 떨었다. 이대로 있으면 나는 얼어 죽을까.

……손바닥이 욱신욱신 아프다.

그 순간 어디선가 비명소리가 들려왔다. 절박한 여자의 목소리였다. 얼어붙은 몸으로 지칠 대로 지쳐 끄덕끄덕 잠이 들려던 아마네는 한 손으로 머리를 짚으며 벌떡 일어섰다.

서둘러 약재상 길로 몸을 날렸다. 이 근처의 큰 상가라면 그곳뿐이다. 요즘 교토는 치안이 엉망이었다. 밤마다 살인강도 사건이 일어나지 않는 날이 드물었다.

과연 아마네의 생각이 옳았다. 약재상 상점의 덧문이 부서졌고 그 안에서 잠옷 차림의 여자가 뛰쳐나왔다.

"강도야! 사람 살려!"

공포로 얼굴이 일그러진 채 여자가 아마네에게 매달렸다.

"저쪽으로 피하세요."

아마네는 검을 뽑아들고 안으로 뛰어들었다.

도무지 잠이 오지 않는다. 자취를 감춘 젊은이를 생각하며 바이코는 이리저리 몸을 뒤척였다.

불사不死의 문신을 새긴다…….

그건 어쩌면 꿈이었는지도 모른다.

천여 명에 이르는 사람들의 살갗을 더럽혀 왔다. 100여 개가 넘는 신귀를 새겨봤다. 하지만 죽지 않는 불사의 주문을 새겨본 건 처음이었다.

살날이 그리 오래 남지 않은 바이코는 스스로 만족할 만한 유작을 간절히 원했다. 평생 동안 불사를 새기고 싶은 유혹과 싸워왔다. 그런데 바로 코앞에 죽어가는 젊은이가 나타나 살고 싶다고 간절히 호소했던 것이다. 더 이상 업귀의 요구에 저항할 도리가 없었다.

신귀 새김에는 세 가지 금기가 있었다.

첫 번째는 자해, 두 번째는 살해, 그리고 세 번째가 '죽지 않고 늙지 않는' 불로불사의 신귀 새김이었다. 제 몸을 해치고 싶다는 강한 의지를 표명하거나, 사람을 죽이는 일에 일절 망설임 없는 인간이 되고 싶다거나 하는 문신을 의뢰해 오는 자들이 적지 않았지만, 생명과 직접적인 관련이 있는 주문은 절대로 새겨서는 안 되는 것이다.

그중에서도 불사의 신귀 새김은 특히 엄격했다. 모든 신귀 새김은 의뢰자 본인의 의지가 가장 중요하지만, 불사는 인간의 의지만으로 이루어지는 것이 아니다. 이른바 신불의 영역을 침범하는 행위인 것이다.

그만큼 엄청난 짓을 저질렀으니, 바이코는 사라진 젊은이의 앞날이 자꾸만 마음에 걸렸다.

'쯧쯧, 그 어리석은 놈이 제멋대로 뛰쳐나가 버렸어.'

내 손으로 불사의 인간을 만들어냈으니 더 이상 여한은 없다. 금기를 깬다는 건 호쇼 문신사로서 정점에 달했다는 뜻이기도 하다. 이보다 더 큰 기쁨은 없었다. 하지만 그것은 한 젊은이에게 희생을 강요하는, 자신만의 만족이었다.

부처라면 다른 어떤 문신사보다 잘 새겼다. 외국인의 부탁으로 십자가를 새겨본 일도 있었다. 하지만 바이코는 신도 부처도 믿지 않았다. 믿는 것은 신귀뿐이다. 어쨌든 분명하게 자신의 몸속에 자리잡은 존재이기 때문이다.

오른손에 피어난 매화꽃. 바이코가 처음 제자로 들어갔을 때 스승에게 간청해서 새겨달라고 한 것이다. 호쇼라는 호칭을 받은 문신사로서 평생을 오직 탐욕스럽게 새기고 또 새긴다는 소원을 이 매화꽃 신귀에 담아 맹세하겠다는 각오였다. 스승은 몇 번이고 관두라고 만류했다.

"신귀는 숙주에게 결코 행복을 가져다주지 않아."

이 매화꽃 신귀는 주문이자 족쇄이자 파멸이라고 했다. 하지만 바이코는 그 모든 것을 감수하겠다는 각오로 신귀를 제 몸 속에 받아들였다. 그토록 스승의 문신에 매혹되었던 것이다.

바이코가 사랑한 여자의 등에 선명한 색깔의 만다라가 그려져 있었다. 처음으로 그 문신을 봤을 때 바이코는 온몸의 떨림이 멈추지 않았다. 자기도 모르게 눈물을 흘리며 절규했다.

그 순간 그의 인생이 결정되었다. 곧바로 그는 그 문신사를 찾아가 제자로 삼아달라고 간청했다. 벌써 50년 전의 옛일이다.

조금 전까지 바깥이 소란스럽더니 이윽고 조용함이 되돌아온 모양이다. 오늘도 도바쿠파와 사바쿠파가 서로 칼질이라도 하는 건가. 아니면 어디에 강도라도 들었는가. 어찌 됐건 요즘 들어 일상다반사다.

쿨쿨 자고 있던 검둥이가 이불 속에서 불쑥 기어나왔다. 볼일을 보려는 것이리라. 시원찮게 생겼어도 제법 영리한 녀석이라서 집 안에 오줌똥을 지리는 일은 없다. 하지만 검둥이는 문짝을 향해 굵직한 소리로 야옹야옹 울어댈 뿐이었다.

"오호라, 녀석이 돌아왔구나!"

고양이답게 변덕스러운 성정이지만 때로는 충실한 번견 역할을 해주기도 한다. 바이코는 자리에서 일어나 문을 열었다.

"들어가도 돼요?"

눈앞에 아마네가 서 있었다.

"그럼, 물론이지."

아마네의 옷은 바지춤까지 피로 물들어 있었다. 대부분은 .
남의 피가 튄 것이지만, 찢어진 어깨 쪽은 아마네 자신의 피로
물든 것 같았다.

"어허, 또 칼을 맞았어?"

"벌써 아물고 있어요."

바이코는 피식 웃었다.

"거참, 잘된 일이네."

아마네가 파르르해서 바이코의 멱살을 움켜쥐었다.

"칼을 맞은 지 아직 반 각밖에 안 됐는데, 내 몸이 대체 왜
이런 거냐고요!"

"그거야 내 문신 솜씨가 대단하다는 얘기지."

전혀 농담만은 아닌 듯 태연하게 말하는 바이코에게 아마
네는 분통을 터뜨렸다.

"대체 내 몸에 무슨 짓을 했어요?"

"틀림없이 네 입으로 살고 싶다고 말했구먼. 믿기지 않을지
도 모르겠다만, 나는 거짓말은 안 하는 사람이야."

아마네의 두 손에 힘이 들어갔다.

“죽일 거야, 이 영감탱이!”

“네가 그러고 싶다면 그렇게 해라.”

아마네는 분을 이기지 못해 얼굴을 일그러뜨렸다. 그러다가 손을 놓고 그 자리에 털썩 주저앉았다.

“어휴, 제기랄.”

“왜, 안 죽일 테냐?”

바이코는 흥 하고 코를 울리더니 아마네에게 수건을 건네주었다.

“좀 닦아라. 온 집 안이 핏물로 지저분해진다.”

아마네는 말없이 수건을 받아들고 피 묻은 손을 닦았다. 감춰져 있던 염마 문신이 드러났다.

“문신 도안으로 염마를 선택한 건 내가 지옥의 심판을 받아도 좋다고 생각했기 때문이야. 불사는 절대로 새겨서는 안 될 금기의 문신이거든. 이 일로 네 손에 죽게 된다면 그건 어쩔 수 없는 일이야. 검을 들고 싶거든 언제라도 망설일 것 없이 해치워라.”

아마네는 고개를 저었다. 몸이 떨리고 있었다.

“그만 됐어요······.”

강도 세 놈을 방금 베고 온 길이다. 명줄을 끊지 않도록 조심은 했지만, 가게 안이 어두워서 어떻게 되었는지는 알 수 없다. 자신도 두려운 판에 그런 것까지 조절할 수 있을 리 없다.

오랜만에 상대의 피를 뒤집어쓰고 멍해져 있을 때 신센구미가 출동했다. 아마네는 즉시 그 자리를 도망쳐 나왔다. 그 속에 오카자키도 있었을까. 똑같은 신센구미라고 해도 대원이 200명이나 되고 보니 제각기 생각이 달랐다. 아마네가 별다른 큰 뜻도 없이 조슈의 자객이 된 것처럼 개중에는 제 몸 하나 건사할 곳을 찾아 입대한 자들도 많았다. 오카자키는 누구보다 성실해서 대충대충 편하게 지내려는 자들을 혐오했다. 강도가 들었다는 소식을 듣자마자 대원 중 누구보다 앞장서서 달려왔을 터였다.

아마네는 신센구미가 아니라 오카자키를 피해 도망친 것이다. 그의 성실한 외곬의 눈빛이 두려웠다.

다시금 분고바시 밑에 몸을 감춘 참에야 어깨의 통증을 깨달았다. 자신도 모르는 사이에 강도의 칼을 맞은 모양이었다. 다행히 뼈까지 다치지는 않았지만 허투루 여길 부상은 아니었다. 교각에 몸을 기대고 끙끙거리며 통증을 견뎠다.

몸은 차갑게 식어가는데 상처는 욱신욱신 열이 올랐다. 이윽고 피가 멈추는 것이 느껴졌다. 찢어진 살갗이 꾸덕꾸덕 마르더니 억지로 원래 상태로 돌아가고 있었다. 엄청난 통증이 몰려와 깜빡 의식을 잃을 것만 같았다.

눈에 잡힐 만큼 신속하게 상처가 낫는 것을 실감했다. 이 엄청난 고통은 그 대가일 터였다. 치유될 때까지 긴 시간 동안 맛보게 될 통증이 아주 짧은 시간에 한꺼번에 밀려오는 것이다. 바이코 영감이 했던 말이 사실이었단 말인가.

"그럼 내가 괴물이 된 거예요?"

아마네가 불쑥 중얼거렸다.

"음, 참말로 미안하구먼."

이불에 쓰러져 누운 아마네를 내려다보며 바이코가 머리를 숙였다.

"신귀를 빼낼 수도 있어요?"

"죽을 수 있는 몸뚱이로 돌아가겠다고?"

바이코는 백발이 섞인 머리를 긁적였다.

"음, 돌아갈 수도 있지. 근데 네 경우에는 신귀를 빼내자마자 그 즉시 죽어버릴 게야."

"무슨 말이에요?"

아마네가 조용히 되물었다.

"너는 진즉에 죽은 목숨이구먼. 신귀를 새겨서 억지로 틀어막은 죽음이 당장 덮쳐들 거야. 네가 원한다면 그렇게 해라. 애써 새겨넣은 신귀를 지우는 건 안타깝지만, 네가 정 그렇게 하겠다면야 어쩔 수 없지. 하지만 내가 그리 오래 살 것 같지 않으니 지우려거든 서둘러야지 안 그러면 때늦은 일이 돼.”

영원히 살 것인가, 아니면 당장 죽을 것인가. 막다른 선택에 내몰려 아마네는 미간을 찌푸렸다. 이 노인네는 어찌 이리 심술궂은 짓을 하는가.

목숨이야 어떻게 되건 상관없다는 마음이 있는 건 사실이지만, 그렇다고 이제 와서 당장 죽고 싶으냐고 묻는다면 그건 아니었다. 이런 어려운 문제에 서둘러 답을 내라고 하니 누구라도 난감할 수밖에 없을 것이다. 무엇보다 몸의 이상을 깨달은 게 방금 전의 일이다.

죽음이란 아마네에게도 보통사람들만큼 두려운 일이었다. 실제로 방금 약재상 상점에서도 허둥지둥 꼴사납게 도망쳐 나오지 않았는가. 하지만 죽을 수 없는 몸에 대한 공포 또한 엄청났다. 그런 건 도무지 상상하기도 어려웠다. 예측할 수 없는 것만큼 무서운 것도 없다.

“신귀 새김은 문신사의 역량이 전부가 아니야. 그걸 제 몸에 새기려는 자가 진심으로 원하지 않으면 새길 수도 없고 지울 수도 없어. 어떤 망설임도 없이 오로지 살고 싶다고 원했기 때문에 너는 불사를 손에 넣었어. 그것을 빼낼 때도 마찬가지야. 네가 죽어 나자빠지기를 진심으로 원해야만 신귀가 빠지는 거야. ……아마 그럴 것이구먼.”

어떻게 할 테냐, 라는 눈빛으로 아마네를 바라본다. 죽음에 대해 털끝만큼도 망설임이 없는 인간이라니, 그런 사람이 있을 리 없다. 아마네는 아직 젊은 나이다. 자포자기하듯이 내뱉은 말과는 달리, 아직은 이 세상에 미련이 많다는 것을 뻔히 짐작하고서 일부러 묻는 것이다. 참으로 고약한 노인네다.

“망할 영감탱이…….”

짧은 욕설을 쏘아붙일 정도의 기력밖에 남아 있지 않았다.

“나도 엄청난 짓을 저질렀다고 생각하는구먼. 내 업귀가 강했던 탓에 너에게 이런 운명을 지어주고 말았어. 그러니 어떻게 할 것인지는 네가 정해라.”

뭘 어떻게 정하라는 건가. 아마네는 무거운 눈꺼풀을 닫았다.

“……내일 생각할래요.”

너무나 지쳤다.

강도사건의 현장에서 오카자키 세이노스케는 부루퉁하게

미간을 좁히고 서 있었다.

강도 하나는 옆구리를 칼에 찔려 죽어가고 있었지만, 남은 두 사람은 치명상에 이르지는 않았다.

가게 사람들의 말에 따르면, 웬 젊은 남자가 혼자 뛰어들어 강도들에게 칼침을 먹이고 사라졌다고 한다. 그자의 풍채나 얼굴 생김새에 대한 애기를 듣자 오카자키는 대충 누구인지 짐작이 갔다. 게다가 강도가 맞은 칼의 상처에는 특징이 있었다. 사람을 칼로 찌르고 싶지 않은 속내를 억지로 억누르며 단칼에 내려친 듯한 흔적이었다.

'아마네, 그 녀석이야……'

오카자키는 다른 대원들에게 이치노세 아마네를 우연히 맞닥뜨렸다는 말은 하지 않았다. 대원들 사이에서 놈은 이미 죽은 사람이었다.

참으로 무슨 꿍꿍이인지 알 수 없는 놈이다. 강도사건 따위는 상관할 것 없이 냉큼 도망이나 칠 것이지.

오카자키는 아마네가 조슈의 밀정이었다는 게 아직도 믿어지지 않았다. 어쩐지 항상 위태위태한 느낌이 드는 놈이었다. 옷은 안팎을 뒤집어 입기 일쑤고, 밥을 먹을 때는 국물을 주르륵 흘렸다. 영락없이 꼬맹이 같은 녀석이었다. 검 실력은 제법 쓸 만하지만 성품이 그래서야 버젓한 무인이 될 수 없다. 그런 자를 밀정으로 파견하다니, 조슈에서는 인선人選을 잘못한 것인지, 아니면 쓸 만한 인재가 아니라서 그저 내버리는 말로 써먹은 것인지, 도통 알 수가 없었다.

어찌 됐건 도저히 용서할 수 없는 놈이다. 밤새 서로의 이상을 이야기한 일도 있었다. 툭 터놓고 속 깊은 신세타령을 한 적도 있었다. 하지만 그런 때도 녀석은 마음속에서 비웃고 있었던 것이다. 무엇보다 아마네가 밀정이라는 것을 전혀 눈치채지 못한 자신을 용서하기가 어려웠다.

놈이 간밤에도 이 약재상 가게에서 부상을 당했다고 한다. 전에는 어깨에서부터 반대편 허리춤까지 등에 길게 칼을 맞았다고 들었다. 그리 멀리 도망갈 수는 없을 터였다. 아직 교토에 있을 것이다. 그래서 오카자키는 시내 순찰이라는 핑계를 대고 온종일 아마네를 찾아다녔다. 원래 순찰은 2인 1조로 하는 게 규칙이지만, 항상 같이 다니던 놈이 바로 아마네였기 때문에 오카자키는 혼자서 다닐 수밖에 없었다.

물론 남의 눈에 금세 띄는 화려한 무늬의 단복 차림은 아니었다. 애초에 단체로 똑같은 옷을 입는 게 별로 마음에 들지 않았다. 실제로 그 옷이 좋아서 입는 대원은 그리 많지 않았다.

신센구미의 규율은 엄격했다. 아마네가 아직 살아 있는 것을 목격하고도 위에 보고하지 않았다는 사실이 알려진다면 즉각 처형을 면치 못할 테지만, 가능하면 자신의 손으로 처리하고 싶었다. 신센구미에 대한 맹목적인 동경은 이미 사라진 지 오래였다. 아무리 숭고한 이상을 내걸어도 결국은 권력투쟁의 장일 뿐이다. 생각이 다른 놈은 무조건 숙청된다. 살아남은 쪽이 정의라고 내세울 뿐이다.

허망한 일이었다. 오카자키는 흘겨보듯이 회색빛 하늘을 올려다보았다.

놈이 교토에 있는 조슈 번 저택으로 들어갔다면 어차피 손도 댈 수 없겠지만, 어제 산조대교 근처에 있었던 걸 보면 교토를 벗어나려고 했을 가능성이 크다. 혹시 제 편이 있는 곳으로 돌아갈 마음이 없는 게 아닐까.

우선은 간밤에 강도사건이 있었던 약재상 상점 주위를 살펴보았다. 낡은 민가가 줄줄이 늘어선 변두리를 빠져나오자 맞은편에서 노인 하나가 쿨룩쿨룩 기침을 하며 다가왔다. 몸이 좋지 않은지 걸음이 휘청거렸다. 아무래도 위험하다고 생각하던 참에 저만치에서 돌부리에 걸려 털썩 넘어진다.

"저런, 괜찮으세요?"

오카자키가 즉시 달려가 노인을 부축해 일으켰다.

"에구구, 미안하구먼."

소맷자락이 말려 올라가면서 언뜻 팔뚝의 문신이 보였다. 야쿠자로는 보이지 않지만, 젊은 시절에는 날뛰고 다녔던 자였는지도 모른다. 들고 있던 보퉁이 밖으로 삐져나온 바지를 다시 밀어 넣고 그 위를 탁탁 두드렸다. 그 밖에도 옷가지 몇 개가 들어 있는지, 보퉁이가 의외로 묵직해보였다.

"무겁겠군요. 이리 주세요, 내가 들어다 드릴 테니."

"괜찮아. 사무라이님께 폐를 끼칠 수야 있나. 번번이 옷을 찢어오는 손자 녀석이 있어서 내가 이렇게 바지며 저고리를 챙겨주지 않으면 밖에도 못 나와."

"거참, 개구쟁이인 모양이군요."

노인의 오른쪽 손바닥에서 꽃 그림 같은 게 보였다.

"그것도 문신이에요?"

"응, 사람 잡는 꽃이라네."

오카자키의 눈이 휘둥그레졌다.

"매화꽃인 것 같은데요?"

"우리 손자놈이 그러더라고, 사람 잡는 꽃이라고. 이게 너무 싫은 모양이야."

어린아이의 감성에서 보면 문신이란 무서운 것인지도 모른다. 더구나 문신이 들어간 자리가 자리인 만큼 더더욱 그럴 것이다.

"아닌 게 아니라 손바닥 문신은 처음 봤어요."

"이런 곳에 새기는 사람은 별로 없으니까. 이게 또 엄청나게 아파."

자랑스러운 듯한 말투였다. 그 고통을 견뎌낸 것이 이 노인에게는 자부심인지도 모른다고 오카자키는 생각했다.

"벌써 50년이 넘었는데도 색깔이 바라는 법이 없어. 참 대단하지 않나?"

귀한 것이라는 듯 손바닥을 몇 번이나 쓰다듬더니 노인이 문득 고개를 들었다.

"아차, 빨리 가야지. 젊은이, 고맙소."

"조심해서 가세요."

"그래, 그래."

몇 번이나 고개를 숙이고 노인은 사라졌다.

예전에는 소방단원으로 활동하던 사람인지도 모른다. 잠깐 그런 생각을 했지만, 그저 길에서 스친 사람일 뿐이다. 오카자키는 금세 노인네를 잊어버렸다.

다시 이 노인의 주름 가득한 얼굴을 떠올린 건 그 다음 해의
일이었다.

3

"음, 좋아. 제법 잘하는구나."

종이에 그려지는 연꽃을 내려다보며 바이코는 고개를 끄덕
였다.

입을 열 때마다 하얀 입김이 나왔다. 화로가 하나 있지만 틈
새바람이 휙휙 들이치는 방이라서 있으나마나 따뜻하지도 않
았다. 해가 바뀌자 날씨는 한층 더 삼엄하게 추워졌다.

"거짓말도 잘하시네."

아마네는 붓을 멈추고 손끝에 입김을 호호 불었다. 이렇게
추우면 손이 곱아서 아무래도 선이 흔들린다.

도안장의 연꽃 그림은 좀 더 당당하게 피어 있었던 것 같은
데……. 그저 베껴 그리는 것뿐인데도 의외로 어려웠다. 이런
걸 남의 살갗에 그리고 바늘로 한 땀 한 땀 색깔을 넣다니, 그
건 얼마나 팽팽하게 긴장되는 일일까. 아마네는 지레 우울해
졌다.

“자꾸 칭찬을 해주면서 제자를 키워가는 게 내 교육 방식이구먼.”

“난 제자가 되겠다고 한 적 없어요.”

제자로 들어갈 마음이 있는 게 아니었다. 불사냐 즉사냐, 그 질문에 결단을 내리지 못한 채 겨울로 접어들어서 이렇게 바이코 밑에서 식객 노릇을 계속하고 있었다. 아무 할 일이 없어 심심풀이 삼아 문신 도안장을 베껴보았을 뿐이다.

“본격적으로 한번 배워보는 건 어떠냐? 어차피 자객으로 떠돌다가는 입에 풀칠도 못해. 그나마 이런 기술을 익혀두면 기나긴 인생도 한결 안심이 되는 법이지.”

기나긴 인생이라고?

등이 오싹해지는 말에 아마네는 그림 그리던 손을 멈췄다.

“어때, 호쇼를 이어볼 생각은 없어?”

“제자라면 다른 사람도 많잖아요. 왜 하필 나예요?”

바이코는 답답하다는 듯 고개를 저었다.

“제자가 세 놈이 있었는데, 죄다 실패했어. 두 놈은 애초에 재능이 없어서 내가 일찌감치 그만두라고 했어. 한 놈은 그래도 물건이 될 것 같았는데, 어리석은 놈이라 길을 잘못 들어버렸어. 그 뒤로는 나도 영 귀찮아져서 제자는 받지 않았구먼.”

웬일로 씁쓸한 표정을 내보인 것은 그 '어리석은 제자놈' 때문인 모양이었다.

"그래도 호쇼라면 꽤 오랫동안 대를 이어왔을 거 아니에요? 후계자 선정을 이렇게 허술하게 해도 돼요?"

"신귀 새김을 배운 제자가 호쇼라고 이름을 대는 거야. 그런 식으로 그럭저럭 대를 이어왔어. 세세한 규정 같은 건 없구먼."

아마네는 곱은 손을 화롯불에 대고 녹였다.

"그렇다면 굳이 내가 호쇼가 될 필요도 없네요."

"그야 그렇지. 하지만 호쇼라는 간판을 걸면 당장 평판이 높아져. 그만큼 돈을 더 벌 수 있어. 앞으로 오래오래 살 생각이라면 그리 나쁜 얘기는 아니잖냐."

차마 죽음은 택하지 못할 거라고 미리 넘겨짚는 게 뻔히 보여서 아마네는 이 노인네가 영 못마땅했다. 게다가 가장 부아가 나는 건 이 노인네에게 부탁하지 않고서는 죽을 수도 없다는 것이다. 생사여탈권을 그쪽에 쥐어 잡혔으니 뭐든 바이코 영감 마음대로다.

그림은 어린 시절 이후로 처음 그려봤지만 꽤 재미있었다. 사와 누님이 그림을 잘 그려서 곧잘 가르쳐주곤 했다. 그래서 문신사가 된다는 것 자체가 싫은 건 아니었다. 다만 모든 게 바이코의 계획대로 흘러가는 게 마음에 들지 않을 뿐이다.

"물론 호쇼라는 호칭에 걸맞은 솜씨를 길러야 가능한 얘기야."

"그런 건 몇십 년씩 수행해야 길러지는 거잖아요."

앞으로 살날이 얼마 남지 않았다는 말을 노상 입에 달고 사는 노인네다. 지옥에 가더라도 다시 쫓겨올 것 같은 고약한 영감이지만, 몸이 쇠약한 건 틀림없었다. 요즘 들어 쿨룩쿨룩 기침만 하고 있다. 그때마다 질경이 뿌리 달인 물을 마시는데, 기껏해야 담이 약간 누그러드는 정도였다.

"맞는 말이야. 그러니 내가 가르쳐줄 수 있는 건 기본뿐이야. 그 다음은 네가 시행착오를 겪어가며 실력을 키워야지. 시간이라면 아주 넉넉할 테니까."

"좀 돌아다니다 올게요."

남의 눈이 무서워 방 안에 틀어박혀 있어봐야 바이코의 꿍꿍이에 휘말려들 뿐이다. 하늘을 보며 바깥공기를 쐬고 싶었다.

"그럼 이걸 쓰고 가거라."

바이코가 콜록거리면서 두건을 던져주었다. 이름만 두건이지 남자는 대부분 목에 두르는 게 일반적이다. 아마네는 코

밑까지 닿도록 바짝 올려 목에 둘렀다. 머리형이 예전과 달라서 이러고 나서면 알아보는 사람이 없을 터였다. 그나마 겨울이어서 다행이라고 생각했다.

한 걸음 밖으로 나서자마자 당장 몸이 오그라들었다. 영감의 허름한 날림 쪽방이라도 조금쯤은 추위를 막아주었던 모양이다.

"날이 어두워지기 전에 돌아오너라."

흥, 내가 꼬맹이인 줄 아나.

하늘은 파란데 눈발이 휘날렸다. 길바닥이 젖어서 하얗게 살얼음이 끼어 있었다.

아마네는 고개를 숙인 채 강변을 따라 걸었다. 진한 회색빛 강이 살랑살랑 파문을 그렸다. 지난번 강도사건 때처럼 앞뒤 돌아볼 것도 없이 남의 일에 머리를 들이밀어서는 안 된다는 생각에 검은 두고 왔지만, 허리춤이 썰렁해서 아무래도 마음이 침착해지지 않았다.

눈이 쌓이지 않아야 할 텐데…… 발밑이 미끄러웠다. 조슈에도 어쩌다 눈이 내리긴 했지만, 추운 방식이 전혀 달랐다. 미끄러질까봐 조심조심 엉거주춤한 자세로 걸었더니 사탕가게의 처녀가 내다보고 웃었다.

"사탕가게라……."

아마네는 품속에서 지갑을 꺼냈다. 돈은 몇 푼 안 되지만 사탕쯤은 살 수 있다.

"기침에 잘 듣는 사탕 있어요?"

딱히 바이코를 위해서가 아니다. 기침소리가 시끄러워서 사는 것이다. 자신에게 그렇게 변명을 해가며 목사탕을 샀다.

"고맙습니다. 몸조리 잘하세요."

사탕가게 처녀의 말에 아마네는 쓴웃음을 지었다. 두건을 코밑까지 쓰고 있으니 감기에 걸린 것으로 착각할 만도 했다. 한 알만 입에 던져 넣고 나머지는 품속에 챙겨 넣었다.

어느새 눈보라는 멎어 있었다.

이제 그만 가자고 생각하는 겨를에 아마네는 돌아갈 집이 있다는 것의 고마움을 실감했다. 친가에도 신센구미 주둔지에도 조슈 번 저택에도 돌아갈 수 없는 지금, 바이코 영감의 존재는 참으로 컸다. 어쩌면 그의 집은 지금까지 살아온 어떤 집보다 마음 편한 곳이었다.

─날이 어두워지기 전에 들어오너라.

그런 말을 해준 건 사와 누님뿐이었다.

저녁 어스름이 점점 짙어졌다. 종소리가 들려왔다. 아마네는 발길을 돌려 왔던 길을 돌아가기 시작했다. 문득 등 뒤에서 외침소리가 들려왔다. 또 싸움이 난 모양이다. 괜히 관여해서는 안 된다고 마음을 다잡으며 좀 더 걸음을 서둘렀다.

"미부의 늑대가 습격을 당했다!"

저절로 발이 멈췄다. 미부의 늑대라는 건 신센구미를 가리키는 말이다. 교토 사람들은 외경을 담아 그렇게 부르곤 했다.

신센구미 대원이 근처에 있다면 더욱더 서둘러 자리를 떠야 한다. 곧바로 응원군이 들이닥칠지도 모른다. 그들이 상대하는 게 조슈 쪽 무사라면 일은 더 복잡해진다.

하지만 오카자키의 절박한 옆얼굴이 뇌리를 스쳤다. 만일 습격당한 사람이 오카자키 일행이라면? 그렇게 생각하니 이대로 물러갈 수가 없었다.

'들키지 않으면 괜찮아.'

아마네는 벌써 뛰고 있었다.

몇 명의 마을 사람들이 멀리 둘러서 바라보고 있었다. 신센구미 단복을 입은 두 남자가 강을 등진 채 검을 겨누고 있었다. 네 명의 사무라이가 그런 두 사람을 에워싸는 중이었다.

선배 대원 구와다桑田, 그리고 자신과 동기로 입대한 사키

佐木였다. 상대편은 낯선 얼굴이었다. 도사土佐 지방 사투리인지, 뭐라고 부르짖고 있었다. 조슈 무사들이 아니라는 것에 안도하면서 아마네는 버드나무 뒤로 몸을 숨겼다. 주위를 둘러봤지만 신센구미 응원군이 출동하는 기척은 없었다.

구와다와 사키는 얼굴이 잔뜩 굳어 있었다. 대원 중에서도 나이가 가장 어린 사키는 완전히 넋이 나가 있었다. 검을 쥔 손이 파들파들 떨렸다. 후배를 배려해서 연장자인 구와다가 한 걸음 앞에 나섰다. 이 추위에 혹시 강에라도 뛰어든다면 그것만으로도 목숨이 오락가락할 터였다. 눈 녹은 물 때문인지 수위도 한층 높아져 있었다. 하긴, 그리 쉽게 강으로 도망칠 수도 없다. 사람들 앞에서 볼썽사나운 모습을 보였다가는 신센구미의 이름에 먹칠을 했다는 죄목으로 당장 숙청되는 것이다.

상대편 사무라이들이 슬금슬금 거리를 좁혔다. 먼저 덤벼드는 놈이 누구냐는 듯 잔뜩 경계하는 구와다의 눈이 급하게 좌우로 움직였다.

'어쩌지?'

아마네는 손톱을 물어뜯었다.

사키가 죽는 모습만은 보고 싶지 않았다. 아직 어린 친구다.

명랑하고 온화한 성품이어서 아마네와 오카자키를 형처럼 따랐었다.

'사키…….'

칼 없는 빈 몸만 아니라면 뛰쳐나가 가세했을지도 모른다. 답답해서 가슴에 손을 집어넣자 단단한 사탕 봉지가 만져졌다.

도사 사무라이가 한 걸음 쓱 나아가 구와다의 머리 위에서 검을 휘둘러 치려고 했다. 구와다는 가까스로 검을 맞받았지만 자세가 무너져 땅바닥에 한 손을 짚었다. 그 겨를에 신발이 벗겨져버렸다.

마지막 일격이라는 듯 검을 높직이 쳐들고 달려들던 도사 사무라이가 일순 이마를 손으로 잡으며 비틀거렸다. 날아온 사탕에 미간을 정통으로 맞은 것이다.

"지금이야!"

아마네는 저도 모르게 소리쳤다.

구와다는 펄쩍 뛰어 일어서더니 검을 쥔 채 도사 사무라이를 향해 온몸으로 돌격했다. 검이 사내의 배를 찌르고 등 뒤로 관통했다. 주위에서 비명이 터져나왔다.

"아휴, 저를 어째!"

도사 사무라이들이 주춤했다. 서로 얼굴을 마주보며 신호를 주고받은 모양이었다. 일제히 등을 돌리고 냅다 달아났다.

동시에 아마네도 자리를 떴다. 깜빡 고함소리를 내지른 것을 후회하며 저녁 어스름 속을 그저 열심히 뛰었다. 도중에 출동하는 신센구미 대원들을 발견했지만, 태연히 그 옆을 스쳐지나왔다. 칼싸움이 벌어진 곳으로 급하게 달려가는 대원들은 행인 따위에는 눈길도 주지 않는다. 그 속에는 오카자키의 얼굴도 있었다.

당분간 교토 거리를 어정거리는 건 삼가는 게 좋을 것 같다. 완전히 날이 어두워진 뒤에야 아마네는 가까스로 바이코의 쪽방 집에 돌아왔다.

"왜 이리 늦었어? 어서 불 쬐어라. 얼굴이 새파랗네."

기다려 주었다고 생각하니 고마웠다. 찌부러진 두꺼비 같은 얼굴이지만 노인네의 웃음을 본 순간 묘하게 마음이 턱 놓였다. 아마네는 품속의 사탕을 건네주며 자기도 모르게 말해버렸다.

"문신, 가르쳐줘요."

어렵사리 도사 사무라이를 물리친 구와다는 새파래진 얼굴로 말했다.

“뭔가 조그만 것, 돌멩이 같은 것이 날아와서 그놈의 이마를 딱 맞혔어. 그 덕분에 살았어. 구경꾼 중 누군가가 우리를 도와준 모양이야.”

교토 사람이 미부의 늑대라고 불리는 신센구미 대원을 도와줬단 말인가. 오카자키는 고개를 갸웃거렸다. 신센구미는 이 도시에서 그다지 호감을 받지 못했다. 오히려 다들 두려워서 꺼리고 있다. 물론 개중에는 호의적인 자도 있기야 하겠지만……

하지만 그런 사람들이라도 사무라이의 싸움에는 되도록 관여하지 않으려는 게 본심일 것이다.

대원들이 사체를 치우는 사이에 오카자키는 발밑을 등불로 비춰가며 구와다와 사키의 생명을 구해준 그 돌멩이를 찾아보았다. 그럴싸한 돌멩이가 몇 개 떨어져 있었지만 오카자키가 집어든 것은 동글동글한 사탕이었다. 아직 입에 넣지도 않은 사탕이다. 목사탕인지 모과 향이 났다.

죽은 사무라이의 이마에서 희미하게 달콤한 냄새가 났던 게 퍼뜩 생각났다.

“사키, 아무튼 무사해서 다행이다.”

사키는 아직도 얼굴이 파랗게 질려 있었다. 나이가 어려서 얼굴에는 아이 티가 남아 있었다. 신센구미에서 어떻게 이런 아이를 입대시켜 주었는지 의아할 만큼 어린 얼굴이다.

"예에……."

"도와준 사람이 있었다던데? 뭔가 못 봤어?"

사키는 연약하게 고개를 흔들었다.

"나는 눈을 질끈 감아버려서……."

이래서야 목숨이 몇 개가 있어도 당해 낼 수 없다. 지금 당장 제대시켜야 한다고 새삼 생각했다.

"저어……."

"뭐?"

"아마네 씨는 정말로 죽은 거죠?"

오카자키는 숨을 헉 삼켰다.

"사체는 발견되지 않았다고 들었는데요."

"그날은 비가 와서 강물이 불었어. 그 물에 휩쓸려 갔겠지. 근데 왜 그런 걸 묻지?"

"실은 아마네 씨의 목소리를 들은 것 같아서요. 이상하죠?"

잠시 틈을 두었다가 오카자키가 재우쳐 물었다.

"그 목소리가 뭐라고 했는데?"

"지금이다, 라고요……. 아마 구와다 씨한테 그 순간에 검을 내려치라고 가르쳐준 것 같아요.”

오카자키는 잠시 생각해 본 뒤에 피식 웃음을 내보였다.

“그건 아마네의 유령도 아니야. 그놈은 조슈 쪽 밀정이었으
니까.”

조슈의 밀정이 신센구미를 도와줄 리가 없다고 덧붙이자,
사키는 몹시 안타까운 얼굴로 고개를 끄덕였다.

“네에……. 내가 아마네 씨였으면 좋겠다고 생각했기 때문
인지도 모르겠네요.”

오카자키는 사키의 어깨를 툭툭 쳐주었다. 신센구미의 지
휘부는 모두 의심암귀가 되어 있었다. 어설프게 정에 휩쓸리
는 말을 했다가는 의심을 받을지도 모른다.

“그놈 일은 잊어버려.”

대체 어쩔 작정으로 그런 짓을 했는가. 오카자키는 종이에
싼 사탕을 꾹 움켜쥐었다.

아마네, 그놈.

매화나무에 꽃봉오리가 맺힐 즈음이 되자 아마네도 살갗에
밑그림을 그리는 것 정도는 할 수 있게 되었다. 연습 판으로
쓰는 건 자신의 다리였기 때문에 그릴 때마다 꽤 간지러웠다.

"에이, 이런 멍텅구리. 대체 몇 번을 말해야 알아듣는 게야? 선이 흔들렸잖아!"

머리 위에서 고함이 떨어졌다.

바이코의 지도는 엄격했다. 제자를 칭찬으로 키워낸다는 건 그저 입에서 나오는 대로 해본 소리였던 모양이다. 실컷 고함을 내지른 뒤에는 항상 콜록콜록 기침이 터졌다. 고통스러워보이는 끈끈한 기침이어서 아마네도 여간 걱정스러운 게 아니었다.

"글쎄, 됐으니까 그만 누워 계세요."

"뭔 소리야? 네가 제대로 그리지 못하니까 그렇지. 이 녀석, 날 죽일 셈이냐?"

말은 그렇게 하면서도 눈은 번들거리고 있었다. 오랜만에 제자를 가르치는 즐거움을 만끽하는 눈치였다.

하지만 이번 겨울 추위가 어지간히 힘에 부쳤는지, 눈에 띄게 바싹 여위어버렸다. 아마네를 호쇼 후계자로 키워내겠다는 목적이 없었다면 벌써 죽었을지도 모른다.

"그래도 네 녀석이 그려내는 도안은 묘하게 색기色氣가 있어. 그런 점은 칭찬해줄 만해."

"색기?"

여인을 그린 그림에 색기가 있다면 칭찬하는 말이 될 수도 있지만, 지금 아마네가 그리는 건 승천룡昇天龍이다.

"용이 됐건 잉어가 됐건 색기가 있다는 건 좋은 일이야. 이런 그림이라면 여자 손님이 줄줄이 찾아올 게야. 내 그림에는 살기가 있다고 스승님이 노상 꾸중을 하셨구먼. 그래서 그런지 손님은 대부분 사내들뿐이었어."

여자의 살갗에 상처를 내며 그림을 새겨넣는 건 그리 내키는 일이 아니다. 이렇게 문신 수행을 하고 있지만, 일부러 돈을 들여 제 살에 문신을 새기는 자들의 속내를 이해할 수 없었다.

"문신을 하는 여자들이 있어요?"

"어허, 한둘이 아니야. 옷에 가려서 겉으로 보이지 않을 뿐이지. 주로 정을 준 사내의 이름을 새겨넣는 경우가 많아. 하긴 그 사내가 변심을 하면 당장 달군 부젓가락으로 지워버리겠다고 달려오지."

바이코는 껄껄 웃었지만 아마네는 대체 뭐가 우습다는 건지 알 수 없었다. 시시한 정분에 휘둘려 두 번씩이나 고통을 겪는 여자라니, 그저 불쌍하다는 생각밖에 들지 않았다. 하지만 그런 말을 하면, 아직 꼬맹이라 여자 마음을 모른다고 비웃을 게 뻔해서 아마네는 그냥 입을 다물었다.

“너는 문신이 싫으냐?”

바이코의 물음에 부정은 할 수 없었다.

“어렸을 때 물에 뛰어들어 죽은 사람의 이마에 ‘견犬’이라는 글씨가 새겨진 걸 본 적이 있어요. 그건 죄인의 표시라고 형이 그랬어요. 그런 걸 강제로 이마에 새겨넣었으니 그 사람이 비관해서 강물에 몸을 던진 거라고.”

아마네는 제 손바닥의 염마를 물끄러미 바라보았다.

“그건 입묵入墨이야. 문신하고 똑같이 취급하면 안 돼.”

죄인에 대한 형벌로 새겨넣은 건 입묵이고, 자신의 의지에 따라 멋을 표현한 건 문신이라는 얘기인 모양이다. 그렇다면 내 손바닥의 이 염마는 입묵이다.

“신귀 새김은 양날의 검이야. 선한 쪽이든 악한 쪽이든 아주 잘 들지.”

바이코의 기침이 심해졌다. 아마네는 급히 등을 쓸어주었다. 가까스로 진정되자 목사탕 한 알을 손바닥의 매화꽃에 얹어주었다.

밖에 나가면 아마네는 반드시 이 사탕을 사왔다. 몸도 아픈 바이코를 시장에 내보낼 수 없어 위험한 줄 알면서도 바깥출입을 하고 있었다.

다행히 그 뒤로는 더 이상 신센구미도, 싸움판도 맞닥뜨린 일이 없었다.

"너한테 꼭 당부할 말이 있어."

"됐으니까 입 다물고 눕기나 하세요."

바이코를 자리에 눕히고 솜옷을 덮어주었다.

"일단 새긴 신귀를 지울 수 있는 건 신귀 새김을 할 줄 아는 자뿐이야. 스스로 제 속에 깃든 신귀를 쫓아낼 수는 없어."

그건 신귀가 결코 허락하지 않는구먼, 이라고 바이코는 자조 섞인 웃음을 지으며 덧붙였다.

"너 말고 호쇼라는 이름을 지닌 놈은……."

"나 말고 또 다른 호쇼 문신사라면, 전에도 말했었죠? 내 손으로 파문한 제자뿐이다, 어디 있는지, 살았는지 죽었는지도 모르는 그 망할 녀석……."

아마네는 자조적으로 고개를 저으며 스승의 흉내를 내보았다.

"대체 어떤 녀석이에요? 한 번도 본 적이 없으니 내가 나서서 찾을 길도 없잖아요."

바이코는 기침을 하면서 웃었다.

"아직 젊고 너보다 더 잘생긴 녀석이야. 겉으로 드러난 생김새만은 말이지."

스스로를 잘생긴 사내라고 생각해본 적이 없는 아마네는 입술을 비뚜름하게 틀었다.

"다른 사람에게 신귀를 빼내달라고 할 때도 불사의 경우는 여간 까다로운 게 아니야. 빼내는 즉시 숙주가 죽어버린다면 분명 그 신귀도 격렬하게 저항할 것이구먼. 하긴 저 죽을 줄 뻔히 알면서 신귀를 빼냈다는 얘기는 들어본 적이 없으니 잘 모르겠다만."

살고 싶다는 인간의 본능과 숙주를 죽게 놔둘 수 없다는 신귀의 집착이 힘을 합해 저항하면 이 문신을 지우기가 엄청나게 어렵다는 것쯤 충분히 예상할 수 있었다.

"그것 말고도 죽을 수 있는 방법이야 있지. 목을 베어버리거나 단숨에 심장을 찔러버리는 경우야. 그건 회복될 시간이 없어서 죽고 말아. 너라면 그것도 간단하겠지?"

아마네는 맥이 탁 풀려서 쓴웃음을 지었다.

"그렇기도 하겠네요."

현재 양쪽에서 쫓기는 몸이다. 그런 죽음이라면 얼마든지 가능할 것 같았다.

"그 다음은…… 아, 그렇지, 한 삼십여 분쯤 목을 조르면 필시 죽을 수 있을 게야. 아무리 신귀가 몸속에서 용을 써도 네가 사람인 건 틀림이 없으니까. 게다가 신귀가 사람한테 싫증이 나서 나가버리는 일도 있는 모양이더라. 이건 내 생각이다만, 어쩌면 불사의 신귀에도 수명이 있는지 몰라.”

“수명이라고요?”

엄마는 미간을 당겼다.

“응, 신귀 역시 영원한 건 아니구먼. 언젠가는 그 존재가 사라져 없어지지. 사람이 흙으로 돌아가듯이 이 세상의 요기妖氣에 녹아들어. 당연히 그렇겠지. 불로불사라는 건 불완전한 것이야. 오히려 불사가 새겨진 놈일수록 요절하는 경우가 더 많아.”

목숨에 대한 고마움이 희박해지면 인간은 무모하게 내달리는 법, 이라고 바이코는 중얼거렸다.

“정말로 그런 사람이 있었어요?”

“옛날에 내가 처음 제자로 들어갔을 무렵에 불로불사가 된 사람이 있었어.”

추억을 더듬듯이 바이코는 눈을 감았다.

“영감님이 새겼어요?”

“아니, 스승님이 새기셨지. 그 양반이 도박에 미쳐서 결국은 빚 때문에 옴짝달싹 못하게 되었지 뭐냐. 그러자 노름판 주인이 억지를 쓰고 나섰어. 도박 빚을 못 갚겠다면 자기를 불사의 몸으로 만들어 달라, 아니면 그 손가락을 모조리 짤막하게 해주겠다고 협박을 해대니 어쩔 수 없었지. 하긴 스승님도 속으로는 불사의 신귀 새김을 해보고 싶어 근질근질하던 참이었을 게야.”

그건 호쇼 문신사의 본성이구먼, 하고 바이코는 입가를 헤벌쭉 풀면서 덧붙였다. 절대적인 금기인데도 호쇼라는 이름을 지니게 된 자들은 하나같이 이 유혹에 넘어갔는지도 모른다.

“그래서 그 노름판 주인은 어떻게 됐어요?”

“죽었어. 신귀 새김을 하고 1년도 안 되어 뻗어버렸어. 어차피 악한 놈이야. ‘불사의 다쓰조辰蔵’라고들 불러주니까 그만 우쭐해서 제멋대로 날뛰다가 결국 참수형을 당했어. 머리통이 몸에서 떨어져버리면 아무리 막강한 신귀라도 어쩔 수가 없지.”

분명하게 죽은 사람이 있었다는 것만으로도 마음이 놓였다. 이 이야기는 염마의 마음을 편하게 해주기에 충분했다.

“그렇게 죽기는 했지만 그래도 불사의 인간이었잖냐. 그 덕을 좀 보겠다고 무덤을 파헤쳐서 썩은 살과 뼈까지 그야말로 한 조각도 남김없이 도적질을 당했구먼. 인간이라는 건 참으로 야비한 것이야.”

허망한 이야기에 우울해졌는지, 바이코는 입을 꾹 다물었다. 잠시 뒤에 뭔가 생각난 것처럼 덧붙였다.

"신귀를 몸속에 품고 반쯤은 마물魔物이 된 인간에게 행복이 주어질 리가 없구먼……. 참말로 어쩔 도리 없는 어리석은 자였어."

"영감님이 그런 말을 할 자격이 있어요? 자기 마음대로 나를 마물로 만들어놓고서."

그렇게 아마네가 따지고 들었지만, 바이코는 미안해하는 기색도 없이 허허 웃었다.

"네 말, 틀림이 없구먼."

참으로 분통 터지는 영감이다.

아마네는 창을 열고 매화 향기를 즐겼다. 화려하게 피어나 봄을 색칠하는 벚꽃도 좋지만, 안타깝게도 벚꽃에는 향기가 거의 없다. 화려함은 없어도 곁을 지나칠 때마다 그 향기에 다시 한 번 돌아보게 하는 매화꽃을 아마네는 좋아했다.

바이코는 꽃을 사랑하는 취미는 없지만 자신의 이름자로도 사용해서 그런지 콧구멍만 한 마당에 매화나무 한 그루를 심어두었다. 그 나무에 꽃이 피어 새장 속의 새 같은 신세가 된 아마네의 마음을 달래주었다.

"거, 창문 좀 닫아라."

바이코의 말에 아마네는 창문을 닫았다.

"추워요? 그러니 가만히 누워 계시라니까."

"종이가 바람에 날려서 그래."

오늘은 그나마 살 만한지 바이코가 아침부터 새로운 도안을 궁리하고 있었다.

"의사에게 가보는 게 좋을 텐데요."

"늙은이가 몸이 아픈 건 당연한 일이지. 아플 때마다 일일이 의사를 찾아다닐 수 있겠냐?"

언제라도 말은 술술 잘한다.

"그보다 너도 이제는 본격적으로 새겨봐야지."

"설마, 사람한테요?"

"그럼 언제까지 베개에 바늘을 찌르고 있을 거냐? 한번 새겨보고 싶지도 않아?"

문신은 평생 지워지지 않는 만큼 섣불리 시도해볼 수 없다. 그래서 늘 베개를 연습 판으로 삼았다.

"하지만 초짜인 나한테 손님이 찾아올 리도 없고……."

"이런 멍청한 놈, 언감생심 손님은 무슨 손님이야? 네놈 다리에 새겨보란 얘기야. 그렇게 해야 아픈 것도 알게 되는 게야."

역시 그렇구나. 문신 자체에 저항감이 있는 아마네는 선뜻 제 몸에 묵을 넣을 마음이 나지 않았다. 하지만 결국 그 방법밖에 없었다.

"문신을 싫어하면서 어찌 문신사 노릇을 하겠느냐? 냉큼 준비하지 못해?"

"뭘 새기는 건데요?"

바늘과 묵을 챙기고 바지를 걷어올려 맨다리를 내놓았다. 장딴지 안쪽을 수건으로 깨끗이 닦았다.

"처음에는 꽃부터 가볼까. 옜다, 이거. 마음을 가라앉히고 찬찬히 해봐."

바이코가 도안장의 벚꽃을 가리켰다.

아마네는 천천히 밑그림을 떠나갔다. 그리고 바늘로 하나하나 색깔을 넣었다. 생각했던 것만큼 아프지는 않았다. 이마에서 땀이 뚝뚝 떨어졌다. 바늘을 쥔 손도 흥건히 젖었다. 살짝 피가 배어나왔다. 칼싸움을 많이 해서 피를 보는 데는 익숙해져 있지만 역시 긴장이 되었다.

"피는 신경 쓸 것 없어. 좀 더 빨리 해봐."

"찬찬히 해보라고 하셨으면서."

잠시 손을 멈추고 땀을 훔쳤다.

"서둘러서 하지 않으면 없어져버려."

"문신인데 왜 없어지겠어요?"

"글쎄, 네 몸뚱이는 특별하다니까. 등과 어깨의 상처는 어찌 되었지? 흔적도 없이 깨끗하게 사라졌잖아."

칼에 벤 상처는 보이지 않는 곳이라서 딱히 신경 쓰지 않았지만, 흔적도 없이 사라졌다는 건 알고 있었다.

"설마, 문신까지 그렇다는 거예요?"

"문신도 상처하고 똑같은 거야."

아마네는 새기던 벚꽃을 내려다보았다. 아직 별다른 변화는 없었다.

"아주 안성맞춤이구먼. 엉터리 초짜 문신이 남지 않으니 얼마나 좋아? 연습 판으로 써먹기 딱 좋지."

이건 말도 안 된다. 아마네는 다급하게 손을 놀렸다. 문신이 없어지는 꼴은 보고 싶지 않았다. 괴물이 된 자신을 목격하고 싶지 않았던 것이다.

"앗, 크으윽."

바늘을 떨어뜨리고 말았다. 벚꽃을 새긴 살갗에 강렬한 아품이 몰려온 것이다. 어깨에 칼을 맞았을 때와 똑같았다. 응축된 통증이 덮쳐들었다. 아픈 것인지 가려운 것인지 구분할 수가 없었다. 바늘을 집으려고 했지만, 그것도 못한 채 다리를 붙잡고 뒹굴었다.

"이런 멍텅구리, 그러니 어서 빨리 새기라고 하질 않더냐."

"이 판국에 잔소리는……. 으으윽."

데굴데굴 구르며 몸부림을 친 시간은 그리 길지 않았다. 가까스로 몸을 일으키고 아마네는 머뭇머뭇 다리를 들여다보았다. 상처는 아물고 순식간에 벚꽃이 희미해져 갔다.

아마네는 바늘을 집어 바이코에게 던져버렸다.

"이놈의 영감, 뒈져버려!"

제 눈으로 지켜본 기묘한 치유력에 아마네는 크게 동요했다.

"그걸 볼 때마다 토라질 거냐? 네놈이 어린애야?"

마주 고함을 지르는 바이코를 노려보다가 아마네는 방구석에서 무릎을 껴안고 몸을 웅크려버렸다. 진흙을 뒤집어쓴 것처럼 몸이 무거웠다.

며칠 동안 똑같은 짓을 거듭하는 사이에 아마네는 현실을 받아들였다. 격렬한 통증도, 시간을 거꾸로 돌린 것처럼 아물어버리는 상처도, 그만 체념하게 되었다.

손바닥의 염마가 심판하는 것은 자기 자신일 것이다. 그렇다면 어쩔 도리가 없다. 누군가 내 목을 날려주기 전까지는.

그날, 아마네는 방금 목이 잘린 무인의 얼굴을 새겼다. 바림 기법을 써서 담담하고 구슬프게 그려냈다.

"허참, 은근히 부아가 나는구먼. 겨우 요만큼 배우고서 선수가 되어버렸네."

바이코에게 그런 말을 들을 정도로 완성도 높은 문신이었다. 타는 듯한 아픔과 함께 그윽한 정취가 서린 사내의 머리가 사라져갔다. 어쩐지 아마네 자신을 닮은 얼굴이었다.

"아무래도 네가 나보다 재능이 더 뛰어난 것 같아."

칭찬을 받는 건 드문 일이었다. 견본으로 두 팔뚝에 작은 보살을 새겨달라고 했는데, 부처상인데도 바이코의 문신에는 귀기 어린 구석이 있었다. 그에 비하면 자신이 새긴 그림은 미적지근했다.

하긴 팔뚝에 새긴 바이코의 보살도 금세 사라졌다. 조금 아까운 마음이 들었다.

통증과 자리를 바꾸듯이 나른함이 몰려오곤 했다. 바닥에 눕자마자 그대로 잠이 들어버렸다. 언제나 그렇듯이 암흑 속으로 쭉 미끄러지는 꿈이 기다리고 있었다.

"어서 일어나. 늦겠다."

아침이면 그렇게 오카자키가 깨워주곤 했다. 새벽잠이 많은 아마네의 팔을 잡아끌어다 옷을 던져주었다. 얼빠진 놈인 척하면 싸움판에 내보내는 일이 줄어들 거라고 나름대로 계산을 하긴 했지만, 딱히 오카자키를 속일 마음은 없었다. 새벽잠이 많은 것도, 덤벙거리는 것도 원래 본바탕이 그랬다.

"네가 여기에 입대한 건 사키가 들어온 것보다 더 이상한 일이야. 새벽녘을 노리고 공격해 오면 어쩔 셈이냐?"

오카자키는 바지의 끈까지 묶어주고 질질 끌듯이 수돗가로 데려갔다. 아직 날도 채 밝지 않은 시간이지만 신입대원은 할 일이 많았다.

"아마네 씨는 잠버릇이 너무 험해요."

수돗가에서 쌀을 씻던 사키가 킥킥 웃으면서 놀렸다. 싱글벙글 잘도 웃는 소년이었다. 검을 잡을 때는 오른손이지만, 도무지 고쳐지지 않는 왼손잡이여서 그 밖에 붓이나 칼은 왼손을 썼다. 그래서 나란히 서서 작업을 하면 자주 팔꿈치가 부딪쳤다. 그때마다 쩔쩔매며 사과하는 모습이 묘하게 웃음을 자아냈다.

"그보다 사키, 이 강아지는 대체 어쩔 셈이야?"

발밑에 엉겨드는 강아지를 밟을 뻔한 오카자키가 고함을 질렀다. 사키가 전날 밤 길에서 주워온 강아지였다.

"여기 있게 해주면 안 될까요?"

사키가 강아지를 품에 안아들고 머뭇머뭇 물었다.

"혹시 대장님이 데려온 거라면 또 모르지만, 우리 같은 말단이 여기서 강아지를 기를 수 있겠냐?"

맞는 말이라고 아마네도 고개를 끄덕였다.

"하지만 씩씩한 번견으로 키우겠다고 하면 인정해주실 수도 있잖아요?"

그새 정이 들었는지 사키는 뜻밖에 고집을 피웠다.

"신센구미의 번견이 되었다가는 일 터졌을 때 가장 먼저 칼침 맞기 십상이야. 일찌감치 관둬라."

아마네의 말에 다른 동기들도 고개를 끄덕였다. 막연한 생각으로 입대한 자들도 신센구미가 어떤 곳인지 몸으로 실감하기까지 그리 오래 걸리지 않았다.

"네, 알았어요…….."

결국 사키는 강아지를 주웠던 자리에 다시 데려갔다. 그 뒷모습이 몹시도 쓸쓸하게 보였다. 오카자키와 다른 대원들도, 이제는 적이 된 자신도 모두들 생각하는 바는 거기서 거기였다. 피로 피를 씻어내는 항쟁이 거듭되면서 과연 무엇을 지키려는 싸움인지 알 수가 없었던 것이다. 무력함을 통감했기 때문에 더더욱 사키는 강아지만이라도 구해주고 싶었던 것인지 모른다.

그날의 일이었다.

야마네와 밀통하던 자가 붙잡히면서 모든 계획이 발각되었다. 대장의 눈빛을 본 순간, 야마네는 즉시 사태를 파악했다. 자신을 향한 살기를 깨닫지 못할 만큼 둔하지는 않았다. 죽을 둥 살 둥 도망쳤다. 그리고 등을 가르는 아픔이 내달렸다…….

잠이 깼다.

눈을 떠도 어두웠다. 그새 한밤중이 된 모양이다. 바이코가 덮어주었는지 솜옷이 배 위를 가리고 있었다.

"스승님."

대답은 없었다. 이런 밤중에 어딜 나갔는가. 노상 허리가 아프다면서 혹시 넘어지기라도 하면 어쩌려고. 야마네는 손으로 더듬더듬 등잔을 끌어당겨 불을 켰다.

식은땀을 훔쳐냈다. 등허리에 칼 맞은 상처가 멀쩡하게 나아 버린 만큼 기억은 더욱더 선명했다. 바지를 걷어보니 낮에 새긴 문신은 희미하게 남아 있었다. 뒤틀린 웃음이 입가에 떠올랐다.

"아닌 게 아니라 편리하긴 하구나."

토방에 내려서서 물통의 물을 마셨다.

동기들이 끌어당기는 바람에 유곽까지 나오기는 했지만 오카자키는 여자를 품을 마음이 나지 않았다. 워낙 착실한 성품으로 타고난 사람인지라 돈으로 여자를 산다는 행위를 내심 경멸하고 있었다.

데운 술 한 병을 달게 마신 뒤, 오카자키는 주둔지에 들어가겠다고 말하고 혼자서 유곽을 나왔다. 위를 올려다보니 동그란 어묵 같은 달이 오도카니 떠 있었다.

술을 따라준 여자의 하얀 분가루가 옷소매에 묻어 있었다. 피와 땀의 냄새와는 달리 도원향桃園鄕을 연상시키는 달콤한 향기였다. 그 분가루를 탈탈 떨어내고 밤길을 걸어가는데 초롱불을 든 노인네가 휘청휘청 앞을 가로질러갔다.

“영감님, 모셔다 드릴까요?”

노인네 혼자 밤길을 돌아다닐 만큼 요즘 교토는 안전하지 않다.

“허허, 고맙구려.”

노인은 나무도시락 초밥을 들고 있었다. 술에 취한 것 같지는 않았다.

“세상이 여간 험악한 게 아니라서요. 도중까지만이라도 모셔다 드리지요. 걱정 마세요, 이래봬도 신센구미 대원이니.”

그 말에 노인이 눈에 띄게 당황했다. 오카자키도 이런 반응에는 익숙했다.

“무서워하실 것 없어요. 미부의 늑대가 무서운 이를 드러내는 건 역적 패들이 나타났을 때뿐입니다.”

그렇다, 우리는 짐승이 아니다. 예전에는 무법자라는 소리를 들어도 어쩔 수 없는 짓들을 했다지만, 지금은 엄격한 규율로 통제된 질서와 정의의 집단이다. 그런 점을 좀 더 이해시킬 필요가 있다. 게다가 이 노인은 어쩐지 낯이 익다……. 오카자키는 기억을 더듬어보았다.

“아이, 참말로 괜찮다니까. 손자놈이 배를 곯고 기다려서 곧장 집에 들어갈 거구먼.”

손자라고? 문득 매화꽃 문신이 오카자키의 뇌리를 스쳤다.

"언젠가 만난 그 영감님이시군요. 손바닥에 매화꽃을 피우고 있던 그……."

노인이 의아한 듯 눈을 가느스름하게 떴다.

"아하, 내 보퉁이를 들어준 그 사무라이님이신가?"

"생각나세요?"

조금쯤은 신센구미에게 믿음을 갖게 됐을까. 하지만 노인의 얼굴에서는 아무런 감정도 읽어낼 수 없었다.

"손자는 잘 있어요?"

"헤, 노상 건방을 떠는 놈이라서 영 힘들지."

이렇게 할아버지가 돌봐주고 있는 걸 보면 부모가 없는 모양이다.

"그래도 참말 귀여운 녀석이구먼. 나 같은 노인네보다 먼저 세상을 떠나는 일만은 없었으면 좋겠어."

이런 세상이다. 주어진 수명을 다하고 세상을 떠나는 태평성대가 아닌 것이다. 얼굴은 무뚝뚝해 보이는데도 손자에게 정이 깊은 노인네의 마음씨에 오카자키는 내심 감동했다.

"그 손자, 눈에 넣어도 아프지 않은 모양이지요?"

"그야 물론이지. 보물이야, 보물."

“행복한 아이로군요.”

노인은 고개를 갸우뚱했다.

“글쎄, 행복한지 어쩐지는 모르겠네.”

짐짓 겸손의 예를 차리려는 것인지, 묘한 대답을 한다.

오카자키와 노인은 나란히 걸음을 옮겼다. 밤은 점점 깊어
가서 두 개의 초롱불도 그다지 미덥지 않았다.

봄이 코앞에 다가왔지만 밤이면 바람이 몸을 엘 듯 차가웠
다. 노인이 힘겨운 듯 쿨룩쿨룩 기침을 했다.

“저런, 감기예요?”

“늙어서 그렇지. 별거 아니야.”

노인은 품속에서 작은 종이봉투를 꺼내더니 안에서 사탕을
꺼냈다. 한 개는 오카자키에게 건네주고 또 한 개는 자기 입
에 넣었다.

“드시우. 기침 멎으라고 우리 손자가 사다줬어.”

사탕에서 모과 냄새가 났다.

“손자가 사탕을…….”

“으음, 이제 집이 바로 저 앞이니까 난 이쪽으로. 젊은이,
고마웠소.”

“……예에, 조심해서 가십시오.”

노인은 연신 고개를 숙이고는 허름한 민가가 늘어선 골목으로 들어갔다. 집 앞까지 배웅해 줄 생각이었지만, 오카자키는 일부러 그 자리에서 헤어졌다.

하지만 노인이 오른쪽 모퉁이로 굽어들자마자 발소리를 죽여 그 뒤를 밟았다. 아마 우연일 것이다. 하지만 확인하지 않을 수는 없었다. 집이 바로 저 앞이라고 하더니 노인은 한참을 걸어가고 있었다. 경계하듯이 이따금 뒤를 돌아보곤 했다.

마침내 노인은 어느 조그만 집의 문을 열었다.

"애, 아직 안 잤지? 이거 봐라, 초밥을 사왔구먼."

집 안은 보이지 않지만 등불이 켜져 있었다. 오카자키는 매화나무 뒤에 숨어 안을 살펴보았다.

"밥은 대충 먹어도 괜찮다니까요. 밤에 나다니면 위험하다고요."

"응, 오늘 좀 위험했지."

"무슨 일 있었어요?"

"아니, 별일 아니야."

집 안에서 흘러나오는 손자의 목소리는 분명 귀에 익은 음성이었다. 오카자키는 잠시 망설인 끝에 조용히 그 자리를 떠났다.

문을 닫아걸어도 어차피 넝마조각 같은 집이다. 판자 틈새를 누비며 비쳐드는 햇살만은 어떻게도 막을 수가 없었다.

그래도 아마네는 점심때가 다 되어서야 눈을 떴다. 어중간한 시간에 자고 깨는 생활 탓인지 밤낮의 감각마저 둔해진 것 같았다. 목을 빙글빙글 돌리며 얼굴을 씻으려고 방을 나섰다. 발밑에 감겨드는 검둥이를 깜빡 밟을 뻔했다. 아직도 잠이 덜 깬 모양이다.

우물에 나무대야를 내려놓았을 때, 여자애 하나가 이쪽으로 뛰어왔다. 발그레한 볼이 귀여운 옆집의 계집아이였다.

"오빠, 이거."

여자애는 손에 힘껏 쥐고 있던 종이를 내밀었다.

"어떤 아저씨가 옆집 할아버지네 손자한테 전해주랬어요."

이웃사람들에게는 바이코의 손자라고 말해두었지만, 아마네 앞으로 편지를 보낼 사람이 있을 리 없었다.

소녀에게 고맙다고 말하고 아마네는 그 자리에서 종이를 펼쳤다. 안에 모과 사탕 한 개와 짤막한 글이 적혀 있었다.

잠시 생각에 잠겼다가 아마네는 하늘을 우러러보았다.

얼굴을 씻고는 방에 들어가 콜록콜록 기침을 하는 바이코에게 말했다.

"지금 당장 신귀 새김을 가르쳐줘요."

바이코는 잔뜩 찌푸린 얼굴을 쳐들었다.

"무슨 바보 같은 소리냐? 네놈은 아직 문신사가 되려면 멀었어. 100년은 빠르구먼."

"오늘 안으로 죄다 배워야 한다니까요. 바보 같은 말이라는 건 나도 잘 알아요."

바이코는 탐색하는 눈빛으로 아마네를 올려다보더니 "허어, 그놈 참."이라고 혀를 차며 자리에서 일어섰다.

"그렇다면 어서 채비해라."

벼락치기 수행은 한밤중까지 이어졌다.

신귀 새김은 영락없는 주술이었다. 분명 이건 인간의 재주가 아니었다.

눈에는 보이지 않아도 이 세상 것이 아닌 무언가의 기척이 느껴졌다. 암흑 속에서 수런수런 꿈틀거리며 뭔가가 다가왔다. 자욱한 요기가 피어올라 좁은 방 안을 이계異界로 바꾸었다.

마지막으로 최대의 금기인 '불사의 신귀 새김'을 전수받을 때는 바이코의 손마저 파르르 떨렸다.

"이건 아예 모르는 게 너한테 좋다마는……. 그래도 어설프게 가르치고 싶지는 않구먼."

밀랍 황초 불빛과 두 남자를 에워싸듯이 신귀들이 위에서 넘어다보고 있었다. 써늘한 감촉이 뺨을 훑고 지나갔다.

점점 인간이 아니게 되어간다…….

그런 감각이 등줄기를 타고 흘러내렸다. 아마네는 자신이 발을 들이민 암흑의 무게를 감지하며 바이코의 컬컬한 목소리를 듣고 있었다.

"나한테 파문을 당한 그 제자놈은 허리에 야차夜叉를 새기고 그걸 문신사 이름으로 내걸었어. 그놈은 불사의 신귀 새김을 제 손으로 새겨서 진짜로 신귀가 되어버렸구먼……."

그 말을 긍정하듯이 암흑이 키득키득 웃었다.

"진짜 신귀가 되었다고요?"

바이코가 고개를 끄덕였다.

"제 손으로 제 몸에 신귀를 새긴다는 건 그런 거야. 사람을 잡아먹는 악귀가 되는 거란 말이야. 놈은 남의 목숨을 파먹어. 그 어리석은 놈이 제 손으로 죽인 인간의 심장을 먹었다고 말하더라. 그러지 않고서는 신귀가 날뛰어서 여기저기 몸이 아파 견딜 수가 없다는 거야. 깨끗한 척은 혼자 다하던 놈이 죽은 사람의 살과 피를 헤집고 다닌 걸 보면 그 신귀한테

어지간히 들볶였던 모양이지. 하긴 내가 듣기로는, 인간의 심장을 먹으면 죽지 않는다는 전설은 어느 나라에나 다 있다고는 하더라만. 어쨌거나 정신이 돌아버린 놈이 가닿을 곳은 결국 똑같아.”

불사의 미치광이……. 그것이 얼마나 끔찍한 존재인지 아마네도 충분히 짐작할 수 있을 것 같았다. 그와 동시에, 죽은 누님이 문득 머릿속에 떠올랐다. 죽은 사와 누님의 몸속에는 심장이 없었다.

‘설마…….’

이곳은 교토고, 사와는 조슈 하기 땅에서 살해되었다.

“제 손으로 제 몸에 새기는 짓거리를 막기 위해서 신귀 새김은 잘 드는 손으로 새겨야 한다는 규정이 있어. 그래서 그놈도 복잡한 도안은 새기지를 못했어. 오른쪽 손바닥에 초승달 하나……. 한자로는 삼일월三日月이지. 그게 그놈이 새긴 불사의 신귀야.”

초승달, 삼일월…….

아마네가 자신의 손바닥에 새긴 ‘염마’를 이름으로 쓰고 있는 것처럼 그자도 어쩌면 ‘삼일월’이라는 이름을 내걸고 있는지 모른다.

"참으로 어리석은 놈이라고 생각하면서도, 금기에 도전한 야차가 내내 부러웠는지도 모르겠구먼. 그래서 너한테 그만……. 참말로 미안하게 됐다."

목숨을 쥐어짜는 듯한 바이코의 목소리에 아마네는 더 이상 그를 탓할 마음이 나지 않았다. 짧은 동안이지만 문신의 기술을 전수해준 스승님인 것이다. 바이코가 빠져든 그 광기를 어렴풋이 이해할 것도 같았다.

"혹시 그놈을 만나게 되면……. 가능하면 네 손으로 꼭 죽여줘."

어처구니없는 부탁을 하고 있다. 농담하지 말라고 쏘아붙이고 싶었지만, 아마네는 굳이 거부하지 않았다.

"예, 기회가 있다면 그러죠."

하지만 그런 기회 따위 있을 리 없다는 건 자신이 더 잘 알고 있었다.

'미안해요, 스승님…….'

나는 이제 곧 죽을 거라고요.

4

창을 열자 하늘에 희부연 새벽빛이 내려오고 있었다. 밤새 신귀 새김을 가르쳐주느라 지칠 대로 지친 바이코는 숨소리 조차 내지 않은 채 잠들어 있었다.

아마네는 검을 챙겨들고 조용히 집을 나섰다. 마지막까지 좋은 제자를 얻지 못하고, 게다가 애써 그린 유작까지 잃게 되었다는 소식을 들으면 바이코가 얼마나 안타까워할까. 하지만 이것도 운명이다. 결국은 죽음이 앞서서 찾아왔다는 얘기일 뿐이다.

동쪽 하늘에 붉은 기운이 서리고 있었다. 오늘은 비가 오겠구나. 영감이 또 허리깨나 아프겠네. 저런 성질 더러운 노인네라도 함께 지내다 보면 정이 드는 법이다.

하품이 연달아 나왔다. 밤샘 수행이 역시나 힘에 부쳤다. 이런 몸으로 최후의 결전에 나선다는 건 결코 좋은 조건이 아니지만, 그래봤자 죽기밖에 더할까. 약간은 멍해져 있어도 상관없다.

저만치에 분고바시가 보였다. 단단히 기합을 넣고 맞상대를 하지 않으면 또다시 녀석은 파르르 화를 낼 것이다. 불문곡직 나를 죽여줄 사내가 아닌 것이다, 오카자키는.

아마네는 칼집을 움켜쥐고 다리 난간을 향해 달렸다. 사람들이 모여들기 전에 단숨에 결판을 낼 필요가 있다.

"왜 이리 늦어!"

오카자키가 짧게 외쳤다. 절박함이 담긴 험상궂은 표정으로 아마네에게 칼끝을 겨누었다. 그 눈에서는 분명한 각오의 빛이 보였지만, 어딘가 망설임이 어른거리는 것 같기도 했다.

"어, 미안해. 자, 간다!"

오카자키의 결심이 흐려지지 않도록 하기 위해 아마네는 멈춰 서지 않고 그대로 덤벼들었다. 크게 휘두른 검이 오카자키의 얼굴 앞에서 바람을 갈랐다.

"이놈이!"

늦게 온 주제에 갑작스럽게 칼을 휘두르는 아마네에게 오카자키가 분노를 드러냈다. 자신을 용서 없이 죽이도록 유도하는 데는 아주 효과적인 수단이었다.

"그 노인네는 부상당한 나를 치료해주었을 뿐이야. 나와는 아무 혈연도 없는 사람이니 해 끼치지 마라."

맞부딪친 검에서 불꽃이 튀었다.

"내 목적은 너뿐이니까 쓸데없는 걱정은 할 것 없어."

"고맙다."

아마네는 그제야 마음이 놓였다.

"흥, 퍽 생각해주는 척하는군. 우리 대원들뿐만 아니라 그 노인네까지 속여넘긴 놈이."

엄청난 기세로 정수리를 향해 꽂히려는 검을 받아내며 아마네는 쓴웃음을 지었다.

"미안하다."

"아까부터 고맙네, 미안하네라는 말만 하고. 너, 바보냐?"

두 개의 검이 마주치는 소리가 고요한 아침을 누비며 울려퍼졌다. 서로 상대의 검법을 살피는 것도, 거리를 두는 것도 없이 오로지 일직선으로 마주 치고받았다.

자리에 어울리지 않는 소리를 입에 올리는 아마네에게 오카자키는 점점 더 부아가 났다.

"대체 네놈은 정체가 뭐야? 아침마다 두드려 깨워야 겨우 일어나고, 생선가시까지 발라줘야 겨우 밥을 떠넣고……. 그게 모두 다 우리를 방심하게 하려는 책략이었어?"

"생선가시쯤이야 나 혼자서도 발라먹을 수 있어. 그건 네가 괜히 나서서……."

"닥쳐!"

오카자키의 검이 가슴팍을 스쳐서 앞섶이 옆으로 길게 잘려나갔다. 아마네는 숨을 헉 삼켰다. 막상 대결에 들어가자 역시 죽는 게 무서워서인지, 아니면 몸속의 신귀가 쉽게 죽도록 내버려두지 않으려고 용을 쓰는 것인지, 아마네는 전에 없이 진지하게 검을 휘두르고 있었다.

"싸울 때만은 누구보다 잽싸구나. 조슈의 살인검이더냐?"

가증스럽다는 듯이 오카자키가 미간을 찌푸리며 말했다. 아직 어린 대원들은 그리 대단한 충의나 사상을 품고 있지 않았다. 그저 일자리를 찾아서, 혹은 용맹한 지사적 분위기에 홀려서 입대한 자들이 많았다. 하지만 오카자키만은 달랐다. 분명하게 올곧은 뜻을 갖고 있었던 만큼 더더욱 아마네를 용서할 수 없는 것이다.

"하지만 사키와 구와다를 구해준 것에 대한 감사 인사쯤은 해야겠지."

그렇게 말하면서도 오카자키는 살의가 넘실거리는 검을 휘둘러왔다.

"사키는 어서 제대시키는 게 좋아."

"동감이야."

"너도 신센구미 같은 거, 관둬."

오카자키의 눈초리가 바짝 치켜 올라갔다.

“건방진 놈이!”

혼신의 일격을 받고 아마네의 어깨가 쭉 찢겨나갔다. 살과 뼈가 갈라지는 아픔에 아마네는 그대로 하늘을 보며 벌렁 쓰러졌다.

“……역시 너는 검의 달인이야.”

“아마네, 제대로 실력 발휘를 안 했지?”

오카자키가 아마네의 코끝에 검을 들이대고 으드득 이를 갈았다.

“아니, 네가 더 강했을 뿐이야.”

바이코의 집에 틀어박혀 되도록 바깥출입을 하지 않았던 아마네는 체력이 떨어져 이미 숨을 헐떡거리고 있었다. 깊은 상처를 입은 지금은 손가락 하나 움직일 수 없었다.

“마지막 일격은 목줄이나 심장으로 해다오. 내가 지나치게 튼튼한 놈이라 그 정도가 아니면 숨통이 끊어지지 않아.”

오카자키는 하얗게 질린 표정이었다. 이 판국에도 여전히 농담을 늘어놓는 놈으로 비쳤는지도 모른다. 하지만 실제로 오카자키가 목이나 심장을 찌른다고 해도 정말로 죽을지 어떨지 아마네도 알 수 없었다. 그걸 확인했을 때는 이미 죽어 있을 것이다.

"단숨에 죽여달라? 그래, 좋다."

검 끝이 가슴 한가운데로 옮겨 왔다. 이 정도라면 회복될 겨를도 없이 죽게 될 것 같다.

묵직한 회색 구름이 드리운 하늘만은 적잖이 유감스러웠다. 마지막으로 고향땅 조슈까지 깨끗하게 이어진 파란 하늘을 보고 싶었는데.

이것으로 자객 밀정으로서의 내 인생도 끝이 난다. 그나마 오카자키의 손이 숨통을 끊어준다는 게 감사했다.

"아마네, 설마 이런 날이 올 줄은 몰랐어."

오카자키가 고통스럽게 중얼거렸다.

"참말로 마음에 든 놈이었는데……."

나도 그렇다, 라고 아마네는 가슴속에서 중얼거렸다. 하지만 그 말을 입 밖에 내면 오카자키는 마지막 단칼을 찌르기가 어려울 터였다.

"시시한 소리 말고, 어서 죽여."

어물어물하는 사이에도 상처가 아물어간다. 작별을 아쉬워할 틈도 없는 것이다.

반동을 주려고 오카자키가 검을 높이 쳐들었다. 사내대장부다운 그의 얼굴이 괴롭게 일그러졌다. 빤히 쳐다보면 오카자키가 칼을 내려치기 어렵겠다는 생각이 들어 아마네는 눈을 질끈 감았다.

"안 된다! 이놈, 안 돼!"

노인네의 컬컬한 고함소리가 들렸다. 바이코가 가슴팍을 붙잡고 헉헉거리며 달려오고 있었다.

"영감님, 오면 안 돼!"

아마네가 부르짖었다.

새벽잠이 없는 노인네를 확실히 재워두려고 써먹은 방법이 별 효과가 없었던 모양이다. 젊은 놈의 얕은 꾀 따위 뻔히 다 내다보고 있는 것이다.

바이코는 두 젊은이 사이에 끼어들더니 오카자키에게 매달렸다.

"제발 죽이지 말아주게."

"이미 늦었어요. 상처가 깊어서 가만둬도 어차피 죽습니다. 마지막 한 칼을 쳐주는 게 자비예요."

한쪽 팔이 살가죽에 매달려 겨우 붙어 있었다. 상처는 가슴까지 이어졌다. 오카자키가 그렇게 생각하는 것도 당연한 일이었다.

"나한테는 목숨보다 소중한 놈이야. 최고 걸작이란 말일세.

숨통을 끊어서는 안 돼!”

아마네의 가치는 계속 살아주는 데 있다. 자신보다 먼저 죽어서는 아무 의미도 없다. 바이코는 그렇게 부르짖고 싶은 것이다. 오카자키는 무슨 말인지 알아듣지 못했으리라. 그저 노인이 열심히 아마네의 목숨을 구걸하고 있다는 것으로 이해했을 터였다.

“이자는 조슈 역적 패당이 보낸 밀정이에요. 목을 베어 주둔지로 가져가야 합니다.”

“그렇다면 나를 먼저 죽이게.”

바이코는 그 자리에 털썩 주저앉아 가슴속에서 치솟는 괴로운 기침을 토해냈다. 고통으로 일그러진 얼굴이 검붉게 부풀었다.

“천식까지 있는 분이 왜 이러십니까.”

오카자키는 바이코를 부축해 몸을 앞으로 숙이게 하고 등을 쓸어주었다.

“천식?”

바이코는 그저 감기가 오래가는 것뿐이라고 말했었다.

“제발 이놈을 죽이지 마……. 내 것이야, 내 것이야.”

바이코의 손이 오카자키의 팔을 움켜잡았다. 고통스러운

숨을 내쉬면서도 이 녀석만은 절대로 죽여서는 안 된다고 거듭 중얼거리는 그 얼굴은 더 이상 인간의 모습이 아니었다. 오카자키도 조용히 숨을 죽이고 있었다. 이윽고 바이코는 힘이 빠져 수분이 모조리 빠져나간 듯 손이 툭 떨어졌다.

"영감님, 영감님!"

아마네는 다친 어깨를 잡고 자리에서 일어나 유해가 된 바이코를 연거푸 불러댔다.

"돌아가셨어."

오카자키의 팔뚝에 피가 번져 있었다. 바이코가 손톱이 파고들 만큼 매달렸던 것이다. 또렷하게 남은 그 자국은 집념의 증거였다.

"아마네, 어디로든 사라져버려. 혹시 목숨을 부지하더라도 두 번 다시 내 앞에 나타나지 마라."

"내 목을 들고 가지 않으면 네가 난처해져."

"너는 이 노인네 것이야."

오카자키는 한마디를 내뱉고 칼을 집어들더니 질질 끌다시피 하며 멀어져갔다. 그 뒷모습을 지켜보며 아마네는 기나긴 한숨을 토해냈다.

날이 훤히 밝았지만, 하늘은 아직 어스레했다. 이윽고 몸을 두드리듯이 빗방울이 떨어졌다.

휘둥그렇게 뜨인 노인의 눈을 감겨주고 아마네는 그 유해에 말을 건넸다.

"……이 망할 영감."

뭐가 최고 걸작인가.

마지막까지 아마네는 그의 작품일 뿐이었다. 바이코는 자신의 유작을 지켜낸 것이다.

비를 맞지 않도록 다리 아래까지 망해를 끌고 내려갔다. 고양이의 울음소리에 뒤를 돌아보니 검둥이가 느릿느릿 다가왔다. 이 고양이는 모두 지켜보았는지도 모른다.

검둥이는 바이코의 손을 핥았다. 그는 주인이 죽은 것을 알고 있었다. 다 알고서 조의를 표하는 것이다.

'그래, 은혜는 은혜야.'

짐승이라도 잠자리를 내주고 밥을 먹여준 주인에게 조금이나마 은혜를 느끼는 법이다.

아마네는 검둥이를 품에 끌어안고 부상이 아물어가는 고통을 견뎠다. 가열할 만큼의 통증이 물러갈 즈음에는 비도 그쳐 있었다.

우선 야차라는 자부터 찾아보자. 지금은 그런 정도밖에는 살아갈 목표를 찾을 수 없었다.

아마네는 유해를 남겨두고 검둥이를 안은 채 걸음을 뗐다. 구름 틈새에서 빛의 기둥이 내려선 방향으로 걸어나갔다.

이치노세 아마네는 죽었다. 신귀를 새긴 염마는 어떻든 살아보는 수밖에 없다.

2장

약속

1883년 봄

1

도쿠가와의 치세가 막을 내리고 에도라는 지명이 도쿄로 바뀐 것은 1868년의 일이다.

유신이니 개화니 마구잡이로 부르짖어 봤자 세상이 금세 태평성대가 되는 것도 아니다. 몇 차례의 피비린내 나는 정쟁의 난이 거듭된 끝에 이윽고 싸움의 수단은 무력에서 언론으로 옮겨갔다. 그렇다고 그 언론에 그리 대단한 자유가 있는 것도 아니다.

찬란한 새 시대를 꿈꾸었던 만큼 체념하지 않으면 안 되는 일도 많았지만, 사람들은 저마다 환상과 현실을 적당히 타협

해 가며 근근이 삶을 이어갔다.

1883년 4월.

염마가 도쿄에 올라온 지도 벌써 6년째가 되어간다. 이제 슬슬 거처를 옮길 필요가 있는 시기였다. 옆집에 사는 이발소 여자는 직업적인 감이 있어서인지 염마의 생김새에 아무 변화가 없다는 것을 그새 눈치채고 있었다. 만날 때마다 찬찬히 뜯어보던 끝에 고개를 갸웃갸웃하는 걸 보면 이제 한계에 달한 것이다. 교토에서 요코하마로 옮겨 살다가 나고야와 고베를 거쳐 도쿄까지 전전해왔다.

그날, 이사할 곳을 궁리하며 염마는 메밀국수를 후루룩후루룩 빨아들이고 있었다. 마침 큰 일거리 하나를 끝낸 참이었다. 어깨와 등을 지나 허벅지까지 걸치는 부동명왕은 나름대로 만족스러운 완성도를 보였다. 색깔이 잘 자리를 잡는지 잠시 경과를 지켜본 뒤에 이사하자고 생각했다. 물론 다음 일거리는 받아둔 게 없었다.

아직 위험하기는 하지만, 가능하면 요코하마로 돌아가고 싶었다. 내 몸뚱이 하나만 건사하면 되는 속 편한 처지지만, 지금까지 맺어온 인연을 끊고 어느 누구에게도 알리지 않은 채 이사해버리면 한참 동안은 일거리가 들어오지 않는다. 공공연히 내놓고 활동할 수 없는 문신사에게 인맥을 잃는다는 건 사활이 걸린 문제이기도 했다. 하지만 요코하마라면 손님이 찾아주지 않아 답답할 일은 없을 터였다.

요코하마에는 외국인이 많다. 그들의 눈에는 이 나라의 문신이 제법 예술적인 것으로 보이는 모양이었다. 개중에는 천사나 악마를 새기고 싶다는 자들도 있었다. 지금까지 해본 적이 없는 도안을 새겨보는 것도 재미있었다.

마음 착한 어느 외국인 무역상이 미국에 함께 가자고 제안한 적도 있었다. 그리 나쁜 제안은 아니었다. 그토록 넓은 나라라면 이사할 곳이 부족할 일은 없을 것이다. 하지만 끝내 마음의 결정을 내리지 못했다.

바이코가 부탁한 야차라는 자의 일이 아직 남아 있기 때문이다. 아직껏 그자의 행적을 잡지 못했다. 어쩌면 '호쇼 야차'라는 이름을 쓰지 않는지도 모른다. 아니, 그보다 문신사로 일을 계속하는지 어떤지도 애매했다. 그뿐만 아니라 이미 이 세상에 없을 가능성도 부정할 수 없었다. 신귀 새김으로 얻은 불사는 완전한 것이 아니기 때문이다.

넓은 강가에서 돌멩이 하나를 찾는 일이었다. 이럴 줄 알았

다면 바이코에게 야차의 풍채나 인상을 좀 더 세세하게 물어
볼 걸 그랬다.

'야차와 삼일월을 새긴 자…….'

하지만 생판 모르는 타인에게 대뜸 손바닥을 보여달라고
들이댈 수도 없다. 옷을 걷어올리고 허리춤에 문신이 있느냐
고 할 수는 더더욱 없었다. 아무리 생각해도 그자를 찾아내기
란 막막한 일이었다.

설령 찾아낸다고 해도 당장 어떻게 할 수 있는 것도 아니다.
바이코에게는 미안한 일이지만, 이치노세 아마네라는 이름을
버리고 염마라는 이름을 쓰기 시작하면서부터 자객 노릇은
그만두었다. 이 손으로 사람을 죽이는 짓거리는 두 번 다시
하지 않겠다고 오른손의 신귀에게 맹세했다. 누님을 죽인 사
내를 덜컥 만난다 해도 이 맹세에는 변함이 없을 것이다. 살
인범을 잡아 죽여봤자 사와 누님이 되돌아올 수 있는 것도 아
니다.

'그보다 지금은 이사할 곳부터 정해야 해.'

야차인지 뭔지만 생각하고 있어봐야 별 소용도 없다.

아직 살아본 적이 없는 오사카로 옮길까, 하고 염마는 생각
했다. 도쿄에 오기 한참 전에 요코하마에서 살았지만 그건 벌

써 10년도 더 된 옛날 일이다. 그 당시의 지인을 만나기라도 한다면 대충 얼버무리기가 힘들어진다. 게다가 도쿄와도 거리상 가깝다는 문제점이 있었다. 요코하마는 아무래도 한참 더 세월이 지난 뒤에 가는 게 좋을 것이다.

서양 문물이 유입되어 화려한 풍정을 빚어내는 요코하마의 번화가가 그리워져서 염마는 턱을 괸 채 멍하니 국수집 창밖으로 시선을 던졌다.

격자 창문 너머로 맞은편의 경찰서가 보였다. 그 앞에 여자애 하나가 서 있었다.

아까부터 무슨 일인지 순경에게 애걸복걸하는데 순경은 전혀 귀를 기울여주지 않는 것 같았다. 그래도 여자애는 포기하지 못하고 계속 경찰서 앞에 우두커니 서 있었다.

염마는 그 모습을 멀거니 바라보았다. 자신과는 관계없는 일이지만 왠지 자꾸만 마음에 걸렸다. 아직 열서너 살쯤으로 보이는 어린 여자애다. 무슨 일이 있었던 걸까.

두툼한 구름이 하늘을 뒤덮어 한낮인데도 어쩐지 어둠침침했다. 서둘러 집에 돌아가지 않으면 비를 맞을 것이다.

가게 주인은 메밀국수 한 그릇을 비우고도 계속 죽치고 앉아 있는 손님을 쏩쓸한 눈빛으로 흘끔거렸지만, 염마는 알아차리지 못했다. 어떻든 시간은 남아돌 만큼 많다. 서두를 필요가 없었다.

마침내 구름이 더 이상 버티지 못하고 물을 쏟아냈다. 무수한 빗방울이 거칠게 땅바닥이며 지붕을 내리쳤다. 어딘가 들어가 비를 피할 거라고 생각했는데, 여자애는 꿈쩍도 하지 않았다. 그 옆의 차양 밑으로도 들어가지 않고, 눈앞의 경찰서 건물만 마주보고 서 있었다. 금세 옷이 젖고 뒤로 올려 묶은 머리도 젖었다.

염마는 국수 값을 치르고 가게를 나섰다. 뚜벅뚜벅 걸어가 여자애 머리 위에 우산을 내밀었다.

"……고맙습니다."

일단 인사는 했지만, 우산을 받쳐준 사람을 돌아보려고도 하지 않았다.

"저기 차양 밑으로 들어가거라."

"나는 비 맞아도 괜찮아요. 신경 쓰지 말고 그냥 가세요."

어린 소녀라고 생각되지 않을 만큼 또렷한 말투였다.

"그럼, 이걸 써."

염마가 우산을 건네주었지만 아이는 받아들지 않았다.

"공짜 물건을 받으면 아버지에게 혼나요."

"남의 호의를 무시하는 건 괜찮고?"

호의라기보다는 오지랖 넓은 간섭일 것이다. 엄마는 그렇게 생각하면서도 일부러 말해보았다. 아이는 갑작스럽게 떨어진 두 가지 진실 사이에 끼어 당황하고 있었다.

"거추장스러우면 그냥 버려도 돼. 자, 그럼."

아이의 머리에 우산을 얹어놓고 엄마는 자리를 떴다. 당황한 아이가 뒤를 돌아보았다.

"아, 잠깐만요."

아이와 눈이 마주쳤다. 순식간에 그 눈이 큼직해졌다. 엄마의 얼굴을 보고 놀란 것이 분명했다. 스무 살 때 그대로인 자신의 얼굴에는 실제 나이 이상의 우수가 새겨져 있을 터였다. 아직 어린아이가 그런 이질적인 냄새를 맡은 것인가, 하고 엄마는 저절로 몸이 긴장되었다.

"아저씨, 혹시 이치노세 아마네 씨와 친척이세요?"

아이가 깜짝 놀랄 말을 하고 있었다.

"음…… 우리, 국수나 한 그릇 먹을까?"

잠시 이야기를 나눠볼 필요가 있을 것 같았다.

아이의 이름은 히사카 나쓰라고 했다.

나이는 열세 살. 예쁜 얼굴이라고 하기에는 귀염성이나 화사함이 좀 부족하지만, 그 대신 당당함과 총명함이 느껴졌다.

"몸이 따뜻해질 거야. 어서 먹어봐."

나쓰는 김이 나는 국수가 나왔는데도 선뜻 손을 대지 않았다. 염마가 몇 번이나 권한 뒤에야 겨우 젓가락을 들었다. 배가 고팠던지 마지막 한 방울까지 남기지 않았다.

"국수 값은 꼭 갚아드릴게요."

"그 돈을 받을지 말지는 네 이야기를 들어본 뒤에 결정할게. 내가 아는 사람의 아이라면 국수 값을 내라고 할 수는 없잖아?"

히사카라는 지인은 없지만, 염마의 진짜 이름을 알고 있는 걸 보면 어디선가 인연이 엮인 사람인지도 모른다.

염마가 지그시 바라보자 나쓰는 뺨을 붉혔다.

"아버지가 가진 사진 속에 아저씨를 꼭 닮은 사람이 있었거든요. 그분 이름이 이치노세 아마네라고 하셨어요."

염마가 사진이라는 것을 찍은 건 딱 한 번뿐이었다. 처음 신센구미에 입대했을 때, 다른 신입대원 세 명과 함께 찍은 것이다. 입대 기념이라고 하는 바람에 미처 거절할 여유가 없었다. 밀정의 몸으로 기념사진까지 찍다니, 아무래도 양심에 찔려서 영 내키지 않았었다.

그렇다면 이 아이는 신센구미에서 살아남은 대원의 아이라는 얘기다. 그 얼굴에 적의가 없는 걸 보면 염마가 조슈의 밀정이었다는 말까지는 듣지 못한 것 같았다.

'대체 누구의 딸인가.'

손가락 없는 가죽장갑을 낀 손바닥만 자꾸 비볐다.

"이치노세 씨하고 친척이세요?"

"음, 뭐 그렇다고 할 수도 있지."

사람을 잘못 본 거라고 잡아떼려다가 아이가 경찰서 앞에서 순경과 말씨름을 하던 게 아무래도 마음에 걸려서 염마는 그렇게 대답했다.

"그래서, 네 아버지는 잘 지내시니?"

나쓰는 힘없이 고개를 끄덕였다.

"지금 큰 봉변을 당하시는 것 같아서 걱정이에요……."

나쓰는 창문 너머로 경찰서를 노려보았다.

"며칠 전에 순경이 집에 와서 아버지를 데려갔어요. 지금도 저 안에 계실 텐데."

경찰에 구속되었다는 얘기인 모양이다. 그래서 이 아이가 아버지와 면회를 하게 해달라고 부탁하고 있었던 것이다.

염마는 기억을 더듬어보았다. 그때 함께 사진을 찍은 대원은 분명 오사나이, 사키, 그리고……

"아버지 이름요? 히사카 세이노스케, 예전에 쓰시던 성은 오카자키예요."

염마는 한 손으로 제 얼굴을 가렸다.

신센구미의 말로는 참으로 비참했다.

일부는 쇼기타이彰義隊(1868년 에도 막부 최후의 쇼군 도쿠가와 요시노부 휘하의 경호 순찰 조직. 에도의 치안 유지를 담당했지만 우에노 전쟁에서 신정부군에게 패하여 해산했다—역주)와 함께 우에노 전쟁에 참가했다가 죽고, 일부는 아이즈 전쟁会津戦争에 가담했다가 죽었다. 그리고 끝까지 남아 신정부군과 싸운 대원들도 고료카쿠五稜郭 싸움에서 대부분 전사했다. 물론 목숨을 부지한 자도 있었다. 그 뒤 정부군으로 세이난 전쟁西南戦争에 참가하여 사쓰마 조슈에 대한 원한을 갚아준 옛 신센구미 대원도 있었다고 한다.

그 오카자키가 지금 경찰에 구속되어 있는 것이다. 그리고 염마는 오카자키의 집에 와 있었다. 나쓰를 바래다주려고 국수집에서 여기까지 온 것이다.

"이게 그 사진이에요."

나쓰가 건네준 한 장의 사진을 찬찬히 들여다보았다. 17년 전의 아마네와 오카자키가 앞줄에 나란히 서 있었다. 약간 난처한 표정의 아마네와는 대조적으로 오카자키는 자랑스러운 듯 정면을 쏘아보고 있었다. 사진을 찍느라 오랜 시간 똑같은 자세를 유지하는 게 무척 힘들었던 게 또렷하게 기억났다. 아마네도 똑같은 사진을 갖고 있었지만 밀정이라는 게 발각되면서 사물을 주둔지에 남겨둔 채 도망칠 수밖에 없었다.

오카자키, 용케도 여태껏 이걸 보관하고 있었구나. 신센구미 대원으로서 소중한 추억이라고는 해도 배신자와 나란히 찍은 사진 따위는 찢어버려도 괜찮았을 텐데.

"정말 꼭 닮으셨어요."

나쓰가 감탄한 듯이 말했다. 눈 밑의 흉터까지 똑같으니 놀랄 만도 했다.

경찰서에서 10리쯤 떨어진 오카자키의 집은 밭으로 둘러싸인 낡고 큰 건물이었다. 건축 모양새로 봐서는 촌장의 집이었던 것 같았다. 이런 곳을 어린 여자애 혼자서 지키고 있었으니 얼마나 불안했을까.

"……닮았나?"

분명 똑같은 얼굴이지만, 마치 전생의 내 모습을 들이댄 것처럼 멀게만 느껴졌다. 기껏 20년이 안 되는 세월에 벌써 이런 느낌이 드는 걸 보면 앞으로는 어떨지 뻔히 짐작이 되었다.

"아버지가 아주 귀한 사진이라고 하셨어요. 이때가 가장 빛나는 시절이었다고 혼자 중얼거리기도 했고요."

엠마는 가슴이 아팠다. 자신은 그 추억을 짓밟은 사람이었다.

"이 사진 속의 사람들에 대해서는 무슨 얘기를 하셨어?"

"아뇨, 이름밖에 들은 게 없어요."

사진에 찍혀 있는 인물의 얼굴과 이름을 분명하게 기억하고 있다니, 참으로 영리한 여자애다.

"그렇군. 근데 너 말고 다른 식구들은 없어?"

나쓰는 고개를 저었다.

"저 혼자예요. 어머니는 제가 네 살 되던 해에 돌아가셨고, 그 뒤로 내내 아버지하고 둘이서만 살았어요."

아버지와 딸, 달랑 둘만 사는 집안에 이런 일이 일어났으니 어지간히도 마음을 졸였을 것이다.

"아버지는 셋째 아들이라서 히사카 집안에 데릴사위로 들어와 이 논밭을 물려받았대요. 농사일을 하면서 요즘 이 근처 아이들에게 읽기와 쓰기를 가르치셨어요."

전국적으로 초등학교가 생겨났지만 아직도 집안이 가난해

서 학교에 다니지 못하는 아이들이 많았다. 오카자키는 그런 아이들에게 공부를 가르치는 모양이었다.

"아버지는 신센구미 대원이었다는 걸 숨기지 않았어요. 오히려 자랑스럽게 생각하셨어요."

분명 오카자키는 그런 사내였다고 염마는 저도 모르게 고개를 끄덕거렸다.

"그래서 몇몇 경찰들이 아버지를 나쁘게 봤나 봐요. 특히 가와무라라는 순경 아저씨는 조슈 출신이라서 아버지한테 대놓고 역적 패당이라고 했어요."

경찰 대부분이 예전의 도바쿠파 사람들이었다.

"며칠 전에 아버지가 가르치던 아이가 절도 혐의로 잡혀갔어요. 그 일로 아버지가 경찰서에 항의를 했거든요. 그 뒤에 끌려가시고는 사흘이 지났는데도 여태 안 나오시고 있어요."

무릎 위의 조그만 주먹을 불끈 움켜쥐는 것을 보고 염마는 한숨을 내쉬었다. 담대한 것 같아도 아직은 어린 여자애다. 불안에 짓눌리는 듯한 심정으로 며칠을 보냈을 것이다.

"반정부 인사라서 취조를 해야 한대요. 하지만 그건 억지로 죄를 씌운 거예요."

오카자키가 융통성 없는 뻣뻣한 인물이었던 만큼 더욱더

눈에 거슬렸는지도 모르지만, 그래도 이건 너무 폭력적인 일이었다.

"제발 도와주세요. 내일 저랑 경찰서에 가서 우리 아버지를 풀어달라고 말해주시면 안 될까요? 저 혼자 가면 상대도 해주지 않아요."

염마는 경찰이라면 딱 질색이다. 더구나 이 지역 순경이 나쓰의 말처럼 방약무인한 자들이라면 자칫 염마까지 심문을 받기 십상이다. 그렇게 되면 오카자키보다 일이 더 귀찮아질 수 있다.

아직까지는 호적법이 허술해서 그럭저럭 넘어갈 수 있었지만, 앞으로는 신분을 감추기가 점점 어려워질 터였다. 메이지 정부에게 있어 호적의 정비는 세수를 늘리고 징병제도를 충실히 운영하기 위해 반드시 필요한 작업이었다. 그리 만만하게 넘어가줄 리 없다.

"생긴 것과는 달리, 내가 사실은 문신사야. 경찰에서 나 같은 사람을 상대해줄 것 같지 않구나."

나쓰에게 자신의 사정을 설명할 방도가 없어서 우선 그렇게 대답해두었다. 문신은 메이지 정부에 의해 금지된 일이었다. 공공연히 문신사라고 이름을 대기도 어려운 게 현실이었다.

염마는 얼핏 보기에 가난한 서생 정도로 보인다. 나쓰에게
는 염마의 변명이 이런 일에 말려들기 싫다는 의사 표시로 들
렸을 터였다. 숙인 얼굴에서 눈물이 흘러 떨어졌다. 울어버린
게 부끄러웠는지 급히 그 눈물을 훔쳐냈다.

"미안합니다. 제가 괜히 폐가 되는 말을 했나 봐요."

이걸 어쩌나, 하고 염마는 뺨을 긁적였다.

2

다음 날, 벚나무 가로수 밑을 지나가면서 염마는 고개를 뒤
로 젖혔다. 허공을 뒤덮은 벚나무 틈새로 맑은 하늘빛이 내다
보였다.

결국 염마는 경찰서에 가보기로 했다. 옆에서는 나쓰가 미
안하다는 듯 고개를 숙이며 걷고 있었다. 상당한 자제심이 몸
에 밴 소녀였다. 오카자키가 딸을 어떻게 키웠는지 충분히 짐
작할 만했다.

"아버지는 다정하게 대해주서?"

오카자키라는 인물이 과연 어떤 아버지였는지 궁금한 마음
이 들었다.

"네, 잘해주세요. 인간의 도리에 벗어나서는 안 된다, 옳다고 생각한 일을 당당하게 하라고 항상 말씀하셨어요. 엄격하지만 좋은 아버지예요."

그야말로 오카자키다운 훈육이어서 염마는 마음이 흐뭇해졌다. 그 사내가 지금껏 변함없이 그대로 있어주었다는 게 고맙기까지 했다.

"어머니는 돌아가셨다고 했지? 어떤 분이셨어?"

"어릴 때 돌아가셔서 얼굴도 기억 안 나요."

나쓰가 안타까운 듯 고개를 저었다.

"기억나는 건, 어머니 무덤 앞에서 울고 있는데 천사가 나타나 나를 달래줬다는 것뿐이에요."

염마가 눈이 휘둥그레져서 빤히 바라보자 나쓰는 부끄러운 듯 고개를 숙였다.

"어쩌면 꿈인지도 몰라요. 하지만 아주 잘생기고 착하게 보이는 사람이 어느 틈에 내 뒤에 나타나더니, 그렇게 슬프면 어머니가 계신 곳에 데려다줄까, 라고 말했어요."

요즘에는 서양의 기독교와 관련된 그림도 자주 눈에 띈다. 나쓰도 어린아이를 대상으로 한 성경책 등에서 그런 그림을 보았는지도 모른다.

아니, 이건 좀 이상하잖아……. 염마는 미간을 찌푸렸다. 천사인지 뭔지는 모르겠지만, 어린아이를 위로하는 것이라고 하기에는 지나치게 위험한 냄새를 풍기는 말이다.

"그 사람을 보고 왜 천사라는 생각이 들었는지는 잘 모르겠어요. 남자였는지 여자였는지도 확실하지 않거든요. 하지만 정말로 그림에서 본 외국의 하느님 같았어요. 크고 하얀 날개가 잘 어울릴 것 같은 사람……."

소녀다운 몽상이었다. 옛 기억이 차츰 미화된 것이라고 염마는 생각했다.

"어떤 이야기를 했는지는 자세히 기억나지 않지만, 나중에 내가 어른이 되면 데리러 온다고 했던 것 같아요."

나쓰는 그제야 생각이 났는지 쿡쿡 웃었다.

"그 얘기를 아버지한테 했더니, 예쁜 아이를 잡아가는 인신 매매범일지도 모르니까 절대로 따라가면 안 된다고 크게 화를 내셨어요."

오카자키가 자식 사랑에 상당한 팔불출인 모양이다. 나쓰가 빙그레 웃는 바람에 염마도 덩달아 웃음이 터졌다.

어떻든 그 '천사'라는 것만은 마음에 걸렸다. 단순히 어린아이가 꾼 꿈일 가능성도 있지만, 농촌에서 처녀들을 납치해 외국에 팔아넘기는 자들도 적지 않았다.

"나처럼 별로 예쁘지 않은 아이는 잡아갈 사람도 없을 텐데, 아버지는 괜히…….."

"예쁘지 않다니, 누가 그래?"

"귀염성이 없다는 말을 자주 들어요. 그게 맞는 말이니까 어쩔 수 없죠, 뭐. 내가 거울로 봐도 별로 예쁘지 않아요."

예쁘다기보다는 영리하다는 뜻으로 한 말인지 모르지만, 별 실없는 소리를 하는 사람들이 다 있다고 생각했다.

"그렇지 않아. 내가 보기에는 충분히 예뻐. 이 다음에 한창 나이 때는 훨씬 더 예뻐질 거야. 아무튼 아버지 말씀이 맞아. 만일 그자가 다시 나타나더라도 절대로 따라가면 안 돼. 틀림없이 제대로 된 사람이 아닐 거야."

나쓰는 놀란 듯 염마를 올려다보았다. 그러고는 환한 얼굴이 되어서 "네."라고 말하며 고개를 끄덕였다.

경찰서 앞에 도착하자 일단 심호흡부터 했다. 이제부터 힘겨운 일전을 벌여야 하는 것이다.

관헌은 시민을 범죄에서 지키기 위해 존재하는 것이 아니다, 정부에 거슬리는 인물을 철저히 배제하기 위해 존재한다, 라는 건 누구의 말이었던가.

　물론 어떤 직종이든 일하는 사람의 수준은 제각각이다. 순경 중에도 조금쯤은 말이 통하는 사람이 있을 거라고 생각하며 안으로 들어갔다.

　대응에 나선 순경은 멋을 부린답시고 턱수염을 기르긴 했지만 아직 서른 남짓한 나이로 보였다. 오카자키를 눈엣가시로 여기는 가와무라라는 순경이 바로 이자인 모양이었다. 조슈 출신이라고는 했지만 다행히 염마와 면식이 있는 자는 아니었다. 그야말로 수상쩍은 사람을 보듯이 염마를 쏘아보고 있었다.

　"히사카 딸이 또 찾아왔어? 그건 그렇고, 당신은 뭐요?"

　오만한 순경이었다. 염마는 우선 친척이라고 대답했다. 그러는 게 이야기를 풀어가기가 쉬울 것 같았다.

　"단둘이 살아가는 집안입니다. 어린 딸아이가 얼마나 불안하겠습니까. 일단 애 아버지를 집에 보내주시지요."

　공손하게 정에 호소하는 말을 해봤지만, 순경은 이런 애송이 같은 놈이, 라는 눈빛으로 염마를 올려다보았다.

　"네놈도 예전의 역적 패당이야? 흥, 속이 느글거리네."

　무조건 적의를 드러내는 상대에게 염마도 화가 났다. 나쓰의 말대로 이자는 어린아이 혼자서 상대할 수 있는 사람이 아니었다.

"다른 순경을 불러주세요. 정식으로 이야기해야겠어요."

가와무라는 얼굴을 붉히며 소리쳤다.

"뭐야? 이런 건방진 놈. 윗사람을 대하는 예절도 모르는 풋내기놈은 그만 돌아가. 히사카는 아직 조사할 게 많아."

그 풋내기놈이 자신보다 훌쩍 키가 큰 것이 마음에 들지 않았던 모양이다. 더 이상 말을 붙여볼 수도 없이 쌀쌀맞게 내치는 태도였다. 순경 중에는 이런 자들이 많았다. 이미 익숙한 일이지만, 그래도 당할 때마다 울분이 몰려왔다.

내가 네놈보다 훨씬 더 나이 많은 어른이라고 한마디 쏘아붙이고 싶은 심정이었다.

"……대체 무슨 조사를 한다는 거야."

가와무라의 고함은 무시해버리고 염마는 획 발길을 돌렸다. 그러고는 나쓰의 등을 밀며 집과는 반대 방향으로 걸음을 옮겼다.

"어디 가시는 거예요?"

순경을 화나게 했을 뿐, 곧바로 나와버린 염마는 나쓰의 집과는 반대쪽으로 향하고 있었다.

"높으신 분의 집에."

나쓰는 고개를 젖히고 휘둥그레진 눈으로 엄마를 올려다보
았다.

"이럴 때는 비장의 카드를 꺼내야지."

한 시간쯤 걸어 도착한 곳은 당당한 양옥집 앞이었다. 감정
의 동요를 거의 드러내지 않는 나쓰지만 멈칫 놀랐다.

"놀랄 것 없어. 겉만 서양식이지 안은 죄다 다다미방이야."

메이지 시대에 들어서자마자 수많은 자산가들이 유행을 쫓
아 서양식 집을 지었다. 그래도 옛날 방식을 완전히 버릴 수
는 없었는지 대부분 어정쩡하게 흉내만 내는 양옥집이었다.

"여기는 무타 씨네 집이잖아요?"

"음, 잘 아는구나."

"검은 양옥집이라면 다들 알아요."

아닌 게 아니라 외벽이 검은 서양식 저택은 드물었다. 뭔가
기이한 인상을 풍기는 것도 그 때문이다. 그래도 잔디가 촘촘
하게 깔리고 꽃들이 다투어 피어난 정원은 낙원처럼 눈이 부
셨다.

"그래, 여러 가지 의미에서 검은 집이지."

"미리 약속은 하셨어요?"

"안 했어."

무타 가의 선대 주인인 무타 겐조는 노점상에서부터 시작하여 일대―代에 거액의 부를 쌓아올린 입지전적인 인물이다. 메이지 시대가 열리자 그 재력을 이용하여, 예전에 대신을 지냈던 시노미야 가문에서 며느리를 맞아들여 버젓이 귀족의 말단으로 이름을 올렸다. 국내 굴지의 자산가로서 각 방면에 영향력을 휘두르는 무타 가를 둘러싸고 이런저런 흉한 소문도 많았다.

막부 말기의 어둠을 흡수하여 몸집을 불린, 정체를 알 수 없는 자가 바로 무타 겐조였다. 하지만 그 마물魔物 같던 자도 이미 세상을 떠난 지 오래였다.

"정말 들어가도 괜찮아요?"

"글쎄, 집에 없을지도 모르겠다."

아니, 그런 게 아니라고 말하려는 나쓰는 아랑곳하지 않고, 염마는 정원 손질을 하는 노인에게 말을 건넸다.

"무타 노부마사 씨, 안에 계십니까? 사람이 왔다고 말 좀 전해주세요."

낡아빠진 바지 차림의 젊은이가 집주인을 만나겠다고 나서자 노인은 그 즉시 의아한 얼굴을 내보였다.

“호쇼 염마라고 하면 알 겁니다.”

아마도, 라고 마음속으로 덧붙였다. 벌써 6년 만이다. 꼭 만나줄 거라는 확신은 없었다.

혹시라도 정말 주인과 아는 사람일까봐 함부로 대하지 못하겠는지 정원사는 슬쩍 고개를 끄덕이고는 집 안으로 들어갔다. 잠시 뒤에 감색 옷에 서양식 앞치마를 두른 젊은 여자가 나와서 염마에게 인사를 건넸다.

“만나시겠답니다. 이쪽으로 오세요.”

여자의 뒤를 따라 안으로 들어서자 나쓰는 눈앞에 펼쳐진 넓은 계단에 압도된 모양이었다. 이건 영락없는 무대였다. 지금이라도 이국의 공주가 긴 치맛자락을 잡고 내려올 듯한 분위기였다.

안내해준 방은 다실茶室이었다. 그곳에서 전통복 차림의 남자 혼자 책상다리를 하고 앉아 기다리고 있었다. 염마와 나쓰가 들어서자 자리에서 쓱 일어섰다. 여섯 척 정도로 키가 크고, 언뜻 보기에는 침착한 인상의 청년이지만 눈빛은 날카롭고 어두웠다.

“틀림없이 그때 그 문신사군요. 그때는 제가 큰 신세를 졌습니다.”

무타 노부마사는 염마의 눈앞에 오른손을 펴보였다. 손바닥에 육각성六角星 하나. 금세 손을 소매 속에 다시 넣고 얇은 입술을 슬쩍 쳐들며 웃었다.

"덕분에 완전히 술은 입에도 못 대는 사람이 되었어요."

"거참 다행이네."

염마는 웃지도 않고 대꾸했다.

"일부러 여기까지 찾아오시게 해서 미안합니다. 가능하면 내 쪽에서 보내주려고 했는데 어디 사는지 알 수 없어서."

"그렇겠지. 그 뒤에 곧바로 도쿄로 거처를 옮겼으니까."

"그렇다면 좀 더 일찌감치 찾아오셨으면 좋았을 텐데. 아버지가 돌아가신 건 알고 있으셨죠?"

노부마사는 차 솔을 빙글빙글 돌렸다. 말차抹茶의 달콤한 향기가 감돌았다.

"당신이 경찰에 입문했다는 말도 들었고, 선친과 달리 돈을 떼어먹을 사람은 아닌 것 같아서 내가 궁할 때 찾아오면 되겠다고 생각했어."

"그럼 지금 돈이 궁하다는 얘기군요. 네, 당연히 드려야죠. 오래 기다리게 했으니 대금을 두 배로 치러야겠군요. 나도 내내 이 일이 마음에 걸려 있었으니."

염마는 고개를 저었다.

"아니, 돈은 됐어. 그 대신 부탁이 있는데."

"호오."

"당신이라면 간단히 해결할 수 있는 일이야."

노부마사는 나쓰 앞에 차를 내밀었다.

"이쪽 아가씨와 관계 있는 일인 모양이군요."

"저는 히사카 나쓰라고 합니다."

나쓰는 앉음새를 바로하며 공손히 머리를 숙였다.

"이 아이의 아버지가 경찰서에 간 뒤에 돌아오지 않고 있어. 곧바로 풀어줄 수 없을까?"

"범죄자를 그냥 풀어주라는 건가요?"

재미있다는 듯한 말투였다. 나쓰의 눈에 노기가 떠올랐다.

"우리 아버지는 범죄자가 절대 아니에요. 나쁜 짓은 하나도 안 했어요. 거만하고 어리석은 경찰이 부당하게 잡아간 거라고요!"

염마까지 흠칫 놀랄 만한 소리를 거침없이 내뱉는다.

"그러지 마라. 이분이 아직 나이는 젊지만 경시님이셔."

"그렇다면 더 분명하게 말씀드려야지요. 우리 아버지 히사카 세이노스케를 어서 풀어주세요."

반원의 안경 속에서 노부마사의 두 눈이 흥미 깊은 듯 나쓰를 응시했다.

"알았어. 즉시 풀어주라고 사람을 보내야겠군. 이보게, 소키치."

시원하게 승낙하더니, 노부마사는 쓱쓱 붓을 휘둘러 심부름꾼에게 그 편지를 건네주었다.

"이걸 보내면 오늘 안으로 풀려날 거야."

경찰서장 앞으로 보내는 편지인 것 같았다. 소키치라는 사람은 고개를 숙이고는 곧바로 방을 나갔다.

"확인하지 않아도 돼? 죄가 있는지 없는지 어떻게 알고?"

지나치게 쉽게 승낙해주는 바람에 염마는 오히려 김이 빠졌다.

"저 아이를 보면 충분히 짐작할 만해요. 아버지도 거친 말투로 옳은 소리를 하다가 순경의 비위를 거스른 것 아닌가?"

그 말에 나쓰는 얼굴을 붉히며 고개를 떨구었다.

"별것 아닌 일로 네가 크게 마음고생을 한 것 같구나. 미안하게 됐다. 내가 대신 사과하마."

노부마사가 고개를 숙였다.

"제가 그만 예의에 어긋나는 말씀을 드렸네요. 부디 용서해주세요.”

생각지 못한 반응에 나쓰도 급하게 머리 숙여 사과했다. 불안과 억울함으로 천 갈래 만 갈래 흩어졌던 마음이 이제야 침착함을 되찾은 모양이었다. 안도감으로 입가가 헤실헤실 풀어져 있었다. 나이에 어울리는 그 표정이 예상 밖으로 사랑스러웠다.

“저는 아버지가 나오시는 거 기다려야겠어요. 호쇼님, 경시님, 정말 고맙습니다.”

더 이상 여기서 멍하고 있을 수 없다는 듯 나쓰는 방을 뛰어나갔다.

그 뒷모습을 지켜보며 노부마사가 감탄한 듯이 말했다.

“재미있는 아이로군요.”

“그런가?”

“당신은 그 사람 데리러 가지 않아도 괜찮아요?”

노부마사가 지그시 이쪽을 쳐다보며 물었다.

“나를 보면 화들짝 놀랄 것 같아서 관두겠네.”

염마는 식은 차를 후루룩 마셨다.

“흐음.”

“게다가 섣불리 만났다가는 자칫 나를 죽일 수도 있거든.”

그 참에 양갱을 집어 입에 넣었다.

"저 아이의 아버지와 당신은 나이 차이도 많이 날 텐데요? 무슨 일로 다퉜는지 모르겠군요."

염마는 머리를 긁적였다.

"이래저래 일이 있었어. 내가 나빴지."

노부마사는 손을 내밀어 염마의 팔목을 잡았다.

"염마님, 좀 보여주시죠."

고개를 끄덕이기도 전에 노부마사는 염마의 손에서 가죽장갑을 쑥 벗겨냈다.

"이 글씨에는 어떤 신귀가 담겨 있는 걸까요?"

날카로운 눈빛이 대답을 재촉하고 있었다.

"잘 알잖아. 상처가 수월하게 아물어. 그만큼 아프기도 퍽 아프지만."

"단순히 그것만은 아닐 텐데요?"

글쎄, 하고 얼버무리며 염마는 얼른 손을 감췄다.

"몇 살인지 모르겠지만 당신은 조금도 변하지 않았군요."

탐색하는 눈빛으로 쏘아보는 바람에 염마는 시선을 돌려버렸다.

"……겨우 6년 사이에 그렇게 늙을 리가 있나."

"그럴까요? 나는 변했지요?"

"당연하지. 예전에 너는 걸레처럼 누덕누덕한 술주정뱅이였으니까."

그때의 기억이 생생하게 떠올랐다. 어두운 방구석에서 눈을 번득이고 있던 청년의 모습……. 끔찍하게 여윈 몸에 얼굴빛도 좋지 않았다. 손을 부들부들 떨었고 온몸에는 마구 긁어댄 상처가 있었다.

갑작스럽게 나타난 문신사에게 그 청년은 험한 욕설을 퍼부었다.

"아닌 게 아니라 그 무렵의 나는 짐승이었어요."

나이 열여덟에 술독에 빠져서 중독증상을 일으켰다. 끊임없이 자신의 몸에 상처를 내서 그때는 자해 행위로 죽느냐, 술로 죽느냐 하는 고비에 이르러 있었다.

의사들마저 두 손을 들어버리자 노부마사의 아버지 무타 겐조가 마지막으로 찾아간 곳이 '호쇼 엔마'라는 이름을 가진 수상쩍은 문신사의 집이었다.

"당신을 데려온 것만은 돌아가신 아버지에게 감사해야겠지요. 그것 말고는 모조리 쓰레기 같은 인간이었지만."

친아버지에게 무슨 버릇없는 소리냐고 한마디쯤 나무라줘

야 마땅할 터였지만, 유감스럽게도 염마 역시 그 말에 이의가 없었다. 무타 겐조는 협박을 하다시피 염마를 데려다 아들의 손에 문신을 새기게 한 뒤에 대금도 치르지 않고 쫓아냈다.

"그 뒤로 1년여 만에 돌아가셨다면서? 기세등등하게 오래오래 사실 것 같더니."

"여기저기서 너무 많은 미움을 샀기 때문이겠지요."

"썩어날 만큼 돈이 많으면서 문신사의 수고비까지 떼어먹을 줄은 몰랐어."

내 아들의 술버릇이 없어진 건 단순한 우연이다, 겨우 이만한 재주로 돈을 받을 줄 알았느냐? 경찰에 신고하지 않는 것만도 감사하게 생각해라. 무타 겐조는 염마에게 그런 말을 내뱉었다.

어쩌다 질이 안 좋은 손님도 있었지만, 그렇게까지 심한 경우는 처음이었다. 기름이 올라 달마처럼 비대한 몸을 하고 있었지만, 눈만은 움푹한 모습이었다. 먼눈으로 보면 어두컴컴한 안와眼窩가 해골처럼 보이는 사람이었다.

"아직 도쿠가와 막부가 있던 시절에 그 인간이 교토에 장사를 하러 갔어요. 거기서 품에 다 안을 수도 없을 만큼 엄청난 양의 고방小判(에도 막부가 발행한 표준화폐. 금화로, 한 개에 한 냥으로 통용

되었다—역주)을 들고 왔죠. 가만히 살펴보니까 그 돈에 피가 묻어 있었어요. 그때는 뭔지 몰랐는데 몇 년쯤 뒤에 그 인간이 술에 취한 김에 자기 입으로 술술 불었어요. 고리대금업자를 습격해서 빼앗아왔다고 마치 무용담이라도 늘어놓듯이 얘기하더라고요.”

막부 말기의 교토에는 그런 모리배가 얼마든지 있었다. 무타 겐조도 그중 한 사람이었다는 얘기다. 그 돈을 밑천으로 큰 장사에 성공해서 상류층으로 치고 올라온 것이니 참으로 대단한 악당이다. 어쩌면 그 무렵에 교토에서 신귀 새김에 대한 얘기를 얻어들었는지도 모른다. 금기 이외의 신귀 새김에 대해서는 바이코도 굳이 감추지 않았었다.

“네가 술에 빠져든 원인이 그것이었어?”

“글쎄요, 무엇 때문이었는지 지금 돌이켜보니 생각도 안 나는군요.”

다시 떠올리고 싶지 않은 일이라서 말을 얼버무리는 것 같지는 않았다. 이제는 정말 아무래도 상관없는 과거가 되어버린 것이다. 그만큼 이자는 번듯하게 재활에 성공했다.

“그럼, 이거.”

노부마사는 두툼한 봉투를 염마 앞에 놓았다.

“돈은 필요 없어. 내 부탁을 들어주었으니까.”

“받아둬요. 이걸 받아가지 않으면 경찰관이라는 자가 수고비 대신 편의를 봐준 꼴이 되잖아요. 애초에 잘못한 건 부당하게 사람을 구속한 순경 쪽입니다. 오히려 사죄를 해야 하는 건 나예요.”

그것도 그렇다. 염마는 간단히 고개를 끄덕이고 봉투 안을 확인해볼 것도 없이 품속에 밀어 넣었다.

“자, 그럼 이만 가봐야겠어. 너, 말귀가 통하는 사람이라서 다행이야.”

“무슨 일이 있으면 언제든지 찾아와요.”

이상한 소리를 한다. 방을 나서려던 염마가 다시 돌아보았다.

“왜 그러지? 수고비는 두둑하게 받았어. 더 이상 내 부탁을 들어줄 이유는 없을 텐데?”

“내가 그야말로 한심한 꼴을 내보였잖아요. 그러니 이번에는 당신 쪽에서 쩔쩔매는 걸 보고 싶군요. 언제든 사양하지 말고, 나한테 사정사정하는 모습도 좀 보여주시죠.”

노부마사는 짓궂은 미소를 지었다.

“그 성격, 술 때문이 아니었던 모양이지?”

“앞으로도 계속 그렇게 젊은 모습이 유지된다면 아무래도 이 사회에서 살아가기 **빡빡한** 일도 많을 것 같은데요.”

이자는 모든 것을 훤히 알고 있는지도 모른다. 하지만 아무리 그래도 냉큼 마음을 열어줄 수는 없다.

“그렇다면 혹시 야차라는 호쇼 문신사를 알아봐줄 수 있을까? 지금은 다른 이름을 쓰는지도 모르지만.”

별다른 기대 없이 물어보았다.

“사진 같은 건 없어요?”

고개를 저었다. 야차는 자신과 비슷한 처지의 사람이다. 그리 쉽게 기록으로 남을 만한 일은 하지 않을 터였다. 더구나 자신보다 먼저 불사의 몸이 되었다. 그때 사진기 같은 물건이 이 나라에 있었는지 어떤지도 미심쩍다.

“사진은 없어. 어쨌든 나와 똑같은 스승에게서 문신을 배웠으니 동문인 셈이지. 근데 그자 주위에서 사체의 심장이 사라지는 기괴한 살인사건이 일어날 수도 있어. 분명 아직 젊은 남자야. 허리춤에는 야차, 손바닥에는 초승달 문신이 있다고 했어.”

노부마사가 생각에 잠겼다.

“심장 없는 사체라. 그러고 보니 작년에 기사라즈 지역에서 그런 사건이 있었다는 얘기는 들은 적이 있어요.”

138

“기사라즈…….”

작년 일이라면 야차가 아직도 그곳에 있다고 하기는 어렵다. 사람을 죽였다면 얼른 그 지역을 벗어나는 게 보통이다.

“죽은 사람은 미장이 사내였어요. 그 즈음에 아내를 잃고 크게 상심한 참이어서 처음 사체가 발견됐을 때는 다들 자살이라고 추정했죠. 하지만 제 손으로 심장을 도려내고 죽는다는 건 불가능한 일이지요.”

노부마사는 하녀를 불러 작년 11월의 신문기사 정리본을 가져오라고 지시했다. 자신의 관할 밖이라도 마음에 걸리는 사건은 기사를 모아두는 모양이었다.

“범인은 심장을 꺼낸 뒤에 옷을 단정히 고쳐주고 망해를 반듯하게 눕혀뒀다는군요. 사체의 얼굴에 튄 피를 닦아낸 흔적까지 있었다니까 이건 원한이라고 하기도 어려워요.”

염마는 흠칫 놀랐다. 사와 누님의 경우와 똑같았다. 옷의 앞섶은 피로 물들어 있었지만 얼굴은 잠이라도 자듯이 편안해 보였다.

“사인은?”

“질식이었던가? 목을 조른 흔적은 없고 입과 코를 막았을 거라는 소견이 나왔지만, 그런 셈치고는 별로 저항한 흔적이 없었어요. 기묘한 사건이었지요. 아직 범인을 찾지 못했습니다.”

노부마사도 이 사건에 관심이 있었는지 신문기사를 확인할 것도 없이 분명하게 기억하고 있었다.

사와 누님의 사건과 공통점이 많은 것에 염마는 놀랐다. 똑같은 스승을 둔 동문이 피와 살을 빨아먹는 악귀라는 건 상상도 하고 싶지 않지만…….

“그 동문이라는 자가 한 짓일까요?”

“글쎄…….”

염마는 일부러 말끝을 흐렸다. 야차만은 내 손으로 결판을 내야 한다.

“어떻든 세상을 소란스럽게 하는 자로군요. 경찰에 몸담은 사람으로서 꼭 마음에 담아두지요. 그 밖에 유사한 사건은 없는지 조사해보겠습니다.”

만일 그자를 살아서 만나는 일이 있다면 예전에 조슈 땅에 간 적이 있는지 없는지, 우선 그것부터 물어볼 필요가 있을 것 같다.

나의 누님을 먹었느냐. 그 대답을 듣지 않으면 안 된다.

“이렇게 찾아와주다니, 정말 다행이야…….”

창문 너머로 젊은 문신사를 배웅하며 노부마사가 중얼거렸다.

꼭 한 번 만나고 싶었던 사내의 뒷모습이 저 멀리 사라질 때까지 지켜보았다.

"이제 그만 옷을 갈아입으셔야 합니다."

하녀가 말을 건네왔다.

오늘은 만찬에 초대를 받았다. 상대는 연상의 미망인. 물론 아무도 모르는 밀회였다. 약간 괴팍하지만 아름다운 여자였다. 단순히 놀이 삼아 만나주는 건지, 아니면 진심인지 알 수가 없는 그녀의 꿀처럼 달콤한 몸짓은 사나이를 고민에 빠뜨리곤 했다. 참으로 만만치 않은 상대였다.

"아직은 시간이 있어. 소키치가 돌아온 다음에 나갈 채비를 하지."

소키치는 눈치가 빠른 사람이다. 아마 소녀의 아버지가 풀려나는 것을 똑똑히 확인한 다음에나 돌아올 것이다.

노부마사는 손바닥의 신귀를 가만히 들여다보며 손톱 끝으로 쓱쓱 긁어보았다.

그때의 일이 생각났다.

"저자는 괴물이야. 앞으로도 절대 관여하지 마라."

수고비도 주지 않고 염마를 쫓아내고는 무타 겐조가 아들에게 그렇게 말했다.

"괴물이라고요?"

"교토에 갔을 때 내가 들은 이야기가 있어. 이 세상에 불로 불사의 인간이 있다는 게야. 어쩌면 저자가……."

그때는 말도 안 되는 소리라고 생각했지만, 엄마에게는 분명 심상치 않은 능력이 있었다. 게다가 오늘 만나본 그는 전혀 세월이 느껴지지 않는 모습이었다. 하긴 6년이라는 시간은 변화의 추이를 살펴보기에는 약간 짧은 것 같기도 했다.

설령 문신사 호소 엄마가 불사의 사내라고 해도 그 당시 노부마사에게는 아버지 쪽이 훨씬 더 추악한 괴물로 보였다. 평생 고생만 하던 어머니가 병으로 쓰러졌을 때도 푼돈이 아까워서 의사를 부르지 않았다. 글을 읽지 못하는 집안 일꾼들을 속여 돈을 빌려주고 엄청난 이자를 뜯어내던 끝에 자살에 몰아넣기도 했다. 어눌할 만큼 올곧은 소년이었던 노부마사로서 결코 용서할 수 없는 일들이 너무도 많았다.

지금이야 누구보다 당차게 살고 있지만 노부마사에게도 그런 시절이 있었던 것이다.

약속했던 수고비도 주지 않고 아버지가 문신사를 쫓아내자 노부마사는 서둘러 아랫사람을 보내 나중에 자신에게 직접 돈을 받으러 와달라는 말을 전했다. 아무리 기다려도 오지 않아 일부러 사람을 풀어 찾아볼까, 하는 생각까지 했다. 하지만 그렇게까지 하지 않아도 언젠가 반드시 만날 수 있을 거라는 막연한 기대를 했다.

그는 학교에 다시 들어가 경제학을 공부했다. 그러나 아버지에 대한 반감이 강했던 탓인지 졸업하고 나서 경찰직에 뛰어들었다. 할 수만 있다면 직접 아버지를 체포하고 싶었지만 그때는 이미 세상을 떠난 뒤였다.

노부마사는 신귀 새김을 받았을 때의 그 기묘한 분위기를 아직도 잊지 못하고 있다. 무언가 불끈 용솟음치는 듯한 느낌이었다. 주위는 온통 흐릿하게 어두워졌고 오른손만 덩그렇게 희뿌연 빛을 내며 떠 있었다. 아버지를 닮은 면이 있어서 현실적인 그였기에 이 세상을 초월하는 것을 감지해내는 힘은 전혀 없었다. 그런데도 이계에 발을 들이밀었다는 것만은 알 수 있었다. 으스스하게 피가 수런거렸다. 귀신이 뒤에서 자신을 껴안아 일으키는 것 같은 느낌이 들었다.

그런 속에서 젊은 문신사의 얼굴은 부처님처럼 보였다. 아직도 어린 티를 간직한 문신사는 무시무시한 염마대왕이 아니라 고뇌하는 아수라왕 같았다. 신귀 새김이라는 기술이 그에게는 제 몸을 깎아내는 작업인 듯했다.

무슨 일이 있어도 새 삶을 살아야 한다. 손바닥에 새겨진 인印이 눈에 들어올 때마다 노부마사는 그렇게 맹세했다. 문신사가 자신에게 그런 힘을 주었다.

적잖이 창피한 마음도 있어서 공연히 어깃장을 놓는 말을 하기는 했지만, 그에 대한 순수한 감사의 마음 이외에는 아무것도 없었다. 만일 힘든 일이 생긴다면 기꺼이 그를 도와주고 싶었다. 설령 그가 무시무시한 괴물이라고 해도.

'게다가……'

문신사의 뒷모습을 바라보는 노부마사의 입 끝이 슬쩍 치켜올라갔다.

ㅡ게다가 나는 무엇보다 괴기스러운 인간을 좋아한다.

염마는 무타의 저택을 뒤로했다.

현관을 나와 문까지 한참 되는 거리를 걸어나오는 동안, 염마는 등 뒤로 노부마사의 시선을 느꼈다. 단순히 손님을 배웅하려는 것만은 아니다. 분명 탐색하는 눈빛으로 바라보고 있을 것이다.

노부마사, 저자는 만만하게 볼 만한 사내가 아니다. 되도록 마주치지 않는 게 가장 좋겠지만 왠지 인연이 길어질 것 같은 예감이 들었다.

6년이라는 시간이 이토록 긴 세월이었다는 것을 노부마사를 보고 절실히 느꼈다. 유령처럼 비쩍 여윈 채 움푹 들어간 눈으로 자신을 노려보던 소년이 저렇게 당당한 성인으로 변해버릴 만큼 기나긴 시간인 것이다.

그는 어두컴컴한 골방 한구석에서 제 무릎을 끌어안고 손톱을 씹고 있었다. 헤벌어진 옷깃 사이로 앙상한 갈비뼈가 보였고 팔다리는 마른 나뭇가지처럼 삐져나와 있었다. 방 안에 나뒹구는 술병들에서 물큰한 냄새가 풍겨서 안에 들어서자 속이 울렁거렸던 게 아직도 생각난다.

염마를 보자마자 노부마사는 어서 죽여 달라고 부르짖었다. 걷잡을 수 없이 화가 났다.

─그렇게 죽고 싶으면 네 손으로 어서 뒈져라. 죽기로 마음먹으면 얼마든지 죽을 수 있지 않느냐.

몸속에 깃든 신귀 때문에 자살조차 할 수 없는 염마의 처지에서는 한없이 어리광을 부리는 어린놈으로밖에 보이지 않았다.

─새롭게 살기를 원한다면 분명하게 네 입으로 말을 해라. 그렇지 않고서는 신귀 새김을 해줄 수 없다.

염마는 발로 걷어차여도 물어뜯겨도 끝까지 버텼다. 물어뜯긴 상처가 아물어가는 모습을 눈앞에 들이대며 보여주었다.

하필 그 자리에 함께 있었던 무타 겐조가 그 모습을 보고 말문이 막힌 채 새파랗게 질려 있었지만, 그렇다고 뒤로 물러설 수도 없었다.

"똑똑히 봐라. 이게 내 능력이야. 신귀 새김을 하면 너 역시 술 냄새를 맡기만 해도 토하게 된다. 그 다음에 어떻게 살아갈 것인지는 네가 하기 나름이야!"

……노부마사는 얌전히 오른손을 내밀었다.

지금의 당당한 노부마사가 본래 모습이었던 것이리라. 키는 비슷하지만 두툼한 가슴팍이 염마의 두 배는 될 것 같았다. 이제는 오히려 염마 쪽이 더 어린애 같은 모습이 되어버렸다.

그로부터 17년, 매번 이런 역전현상을 맞닥뜨리게 된다. 이젠 정말 속이 뒤집힐 지경이다.

—집에나 갈까.

집에는 검둥이가 있다. 제 마음 내키는 대로 사는 고양이라서 훌쩍 집을 나가 한 달쯤 돌아오지 않는 일도 허다했다. 걱정할 것 없다고 생각하면서도 녀석의 나이가 나이인지라 은근히 마음에 걸렸다. 아무리 짐승이라도 검둥이는 염마에게 유일한 가족이다.

고양이가 이렇게 오래 사는 짐승인지. 아무래도 이상한 일이지만 어차피 주인을 닮는다고 한다. 대충 그렇게 받아들이며 살고 있다.

물론 한 가지 가능성이 있기는 하다…….

짐승의 습성인지, 들개에게 물려 크게 다쳤던 검둥이가 한동안 몸을 감춘 적이 있었다. 다시 돌아왔을 때는 언제 다쳤나 싶게 멀쩡했다. 어느 정도의 상처였는지 알지 못했기 때문에 그때는 딱히 신경도 쓰지 않았지만, 혹시…….

'바이코 영감의 고양이니까 혹시…….'

어쨌든 이제 곧 답이 나온다. 염마는 괴물 고양이 문제로 고민하는 건 일찌감치 걷어치웠다.

집에 가기 전에 오카자키가 무사히 석방되었는지, 잠깐 확인이나 해두자고 생각했다. 이제 새삼스럽게 무슨 얼굴로 그를 만날 수 있겠는가. 이런 어린애 같은 낯짝으로.

바람에 흔들리는 벚나무를 바라보며 아예 나무가 되었으면 싶었다. 이 나무는 10년 전이나 10년 후에나 변하지 않는 모습을 간직할 것이다.

염마는 비에 젖은 길을 고개 숙인 채 걸었다. 남의 시선이 마음에 걸려서 자꾸만 이사를 거듭해야 한다.

이런 일을 앞으로 몇 번이나 되풀이해야 내 삶이 끝날 것인가. 상상도 되지 않는 일인 만큼 더욱 끔찍하기만 했다. 불로불사를 굳이 감추지 않아도 될 친구가 있다면 조금쯤 마음이 편안해질까.

무타 노부마사의 얼굴이 눈꺼풀 안쪽을 스쳤다. 그를 믿어도 될까. 그에게 의지해도 괜찮을까.

노부마사는 경찰에 몸담고 있지만 그 본바탕은 염마와 똑같이 무뢰한이다. 무타 가문의 장남이면서도 아비가 죽은 후에 그 가업을 잇지 않았다. 현재 무타 가문은 차남인 무타 쓰요시가 맡고 있다. 노부마사의 어머니는 농민 출신이고, 후처로 들어온 쓰요시의 어머니는 귀족 출신이다. 쓰요시가 무타 가문을 물려받는다는 것을 전제로 한 끝에 무타 겐조는 귀족의 지위를 얻었다.

노부마사의 어머니 도요는 험악한 남편을 고생고생하며 내조하던 끝에 몸에 탈이 나서 젊은 나이에 세상을 떠났다. 겐조가 재혼한 뒤에는 마치 첩실처럼 뒤로 밀려난 신세였다. 귀족의 지위에 오른 겐조에게는 전처와 그 아들 노부마사가 거추장스러운 오점에 불과했는지 모른다.

다행히 차남 쓰요시의 심성이 착해서 어릴 때부터 형을 좋아하고 잘 따랐다. 이제는 단둘만 남은 혈육이다. 검은 양옥 집을 찾아갔던 6년 전만 해도 후처가 아직 살아 있어서 젊은 문신사를 차가운 눈빛으로 쳐다보았다. 돈에 팔려온 지체 높은 집안의 귀한 따님에게는 눈에 비치는 모든 것이 지저분하게 느껴졌을 것이다. 지금 생각하면 참으로 가엾은 일이다.

아직 소년이던 노부마사가 술과 자포자기에 빠졌던 건 그런 저간의 사정과 관계가 있었는지도 모른다.

술을 끊고 건강을 회복한 노부마사는 학생으로 되돌아갔고 그 뒤에 경찰에 입문했다. 경찰 내에서도 유력한 간부 후보라고 한다. 유능한 사람이라서 몇몇 난해한 사건을 척척 해결해 낸 모양이었다. 경찰서장에게 짧은 편지 한 통으로 피의자를 석방시키라고 지시할 정도면 이제는 권력이든 집안이든 이용할 줄 아는 어른이 되었다는 얘기다. 유산 상속에 집착하는 쩨쩨한 사내가 아니어서 오히려 동생이 집안을 맡아준 것을 다행스럽게 여기는 눈치였다.

신귀 새김은 저주가 섞인 주문이지만, 노부마사에게서는 어떤 악영향도 찾아볼 수 없었다. 신귀 새김을 해줄 때, 염마는 항상 망설이는 마음이 있었다. 몸속에 깃든 신귀가 제 주인을 파먹지는 않을지, 매번 걱정스러워 견딜 수가 없는 것이다. 실제로 그런 사례가 없지 않았다. 정신이상을 일으킬 정도가 되는 바람에 몸에서 신귀를 빼내야 했던 적도 있었다.

신귀는 노부마사에게 두 번 다시 술을 허락하지 않았다. 그는 한참 동안 몹시 힘들어했다. 데굴데굴 구르며 몸부림을 치고 목구멍을 쥐어뜯기도 했다. 신귀에게는 숙주가 괴로워하는 모습이야말로 가장 기쁜 일이다.

그것을 견뎌냈기 때문에 비로소 지금의 노부마사가 있는 것이다. 신귀 새김이 좋은 일을 할 때도 있다고 생각하니 엄마는 구원의 빛을 본 듯한 심정이었다.

젖은 땅을 느릿느릿 밟으며 경찰서 앞까지 왔다. 나쓰는 보이지 않았다. 지금쯤 아버지와 함께 도란도란 이야기를 나누며 집으로 향하고 있을 것이다. 무사히 돌아갔다면 그걸로 되었다.

국수집 차양 밑에 서서 혹시나 하고 경찰서 쪽을 살펴보았다.

"아앗, 아버지!"

비명에 가까운 목소리에 엄마는 저도 모르게 내달렸다. 경찰서 안에서 들려온 것은 분명 나쓰의 비명소리였다.

"아버지, 아버지! 어쩌다 이렇게……."

경찰서 안으로 뛰어든 옘마는 제 눈을 믿을 수 없는 장면을 보았다.

"오카자키……."

머리와 손에 붕대를 둘둘 감은 남자가 순경의 부축을 받으며 가까스로 서 있었다. 찢어진 입술에는 피가 말라붙었고 눈두덩은 시퍼렇게 부어올랐다.

무참한 아버지의 모습에 나쓰는 할 말을 잃고 파르르 떨고 있었다.

"아니, 이 사람이 계단에서 넘어져서 말이지."

가와무라가 뻔뻔스럽게 시치미를 떼며 말했다.

"그래서 풀어주고 싶어도 풀어주지 못했군. 폭력 취조가 들통이 날까봐서!"

옘마는 가와무라 앞으로 다가갔다. 원래 자객이었던 그다. 눈에 깃든 분노는 경찰을 압도하는 엄청난 힘을 갖고 있었다.

"무, 무슨 소리야?"

당장 때려눕히고 싶었지만, 지금은 오카자키 쪽이 먼저였다.

"나쓰, 의사를 모셔 와라. 나는 네 아버지를 업고 집에 갈 테니."

순경을 밀치고 오카자키를 등에 업었다. 축 늘어진 사내는 몹시도 무거웠다. 옷을 통해서도 느껴질 만큼 오카자키의 몸은 뜨거웠다.

"무타 경시님이 보낸 편지는 봤겠지? 어서 비켜!"

예전의 맹우盟友를 등에 업고 엄마는 경찰서를 뛰쳐나왔다.

3

히사카 세이노스케는 손가락 두 개와 갈비뼈 한 대가 부러진 상태였다. 그 밖에도 온몸에 타박상과 찰과상을 입었다.

하지만 문제는 그런 부상이 아니었다. 그는 부르르 경련이 일어나 몸을 뒤척이며 괴로워했다. 파상풍일 거라고 의사는 말했다. 순경들의 폭력에 의한 상처로 감염된 것 같았다.

"사람을 이렇게 만들어놓고 제대로 치료도 해주지 않다니……. 정말 너무해요."

아버지 곁에서 나쓰는 떨리는 목소리를 내고 있었다.

―아마 사흘도 버티지 못할 것이오.

노부마사가 보내준 독일인 의사도 그만 포기하고 말았다. 조금만 더 일찍 치료했더라면, 이라고 안타까워했다.

다음 날, 오카자키가 문득 눈을 떴다. 진통제 덕분인지 조금

편해진 것 같았지만, 의식은 여전히 몽롱한 상태였다.

"너는…… 아마네?"

건방졌던 청년이 부드러운 눈빛의 어른이 되어 있었다. 그 눈이 지그시 염마를 바라보았다.

염마는 말없이 고개를 끄덕였다. 17년 전과 똑같은 모습의 배신자가 오카자키의 눈에 어떻게 비치고 있는 것일까.

등잔불이 치지직 소리를 냈다.

"살아 있었구나……."

"오카자키, 너도 살아야지."

염마는 턱 끝으로 뒤쪽을 가리켰다. 찻상에 얼굴을 대고 나쓰가 잠들어 있었다. 딸아이를 두고 떠나지 말라고 눈으로 호소했다.

"미부 늑대의 망령이 아버지여서야 저 아이도 힘들기만 하지, 뭘."

"네가 떠나면 더 힘들지 않겠냐……."

오카자키는 흐흐 웃었다. 제대로 입이 열리지 않는지 그것조차 힘들어 보였다.

"사키는 고료카쿠 싸움 때 전사했어. 나도 그때 죽었어야 했는데."

그 약해빠진 녀석이 마지막까지 남아서 싸웠다니. 참 사람이란 알 수 없다고 염마는 절절히 생각했다. 입대 당시 열여덟 살이었지만 기껏해야 열네다섯 살쯤으로 보이는 뺨이 붉은 어린놈이었다.

"너를 보니까 그 시절이 생생하다……."

"그렇지?"

염마의 시간은 에도 시대에서 멈춰 있었다.

"망령은 바로 나야."

염마는 들리지 않을 만큼 작은 목소리로 중얼거렸다.

"나는 더 이상 인간이 아니니까."

올려다보는 오카자키의 눈빛은 다정했다.

"그래? 너만큼 인간 냄새를 물씬 풍기는 놈은 본 적이 없는데."

"오카자키……."

"나는 무사로서 당당하게 죽지 못했어……."

그렇지 않다고 염마는 고개를 저었다.

"너는 끝까지 참된 무사였어. 저 아이가 바로 무사의 딸이고, 네 삶의 증거야. 아니라는 말은 하지 마라."

오카자키의 오른손을 잡고 그 손바닥을 들여다보았다.

이미 때늦은 일이 아닐까. 내가 과연 할 수 있을까. 불사의 신귀 새김은 아직껏 해본 적이 없었다.

괴로운 신음을 올리며 오카자키가 몸을 뒤틀었다. 순간적으로 염마는 가죽가방을 움켜쥐었다. 그 안에는 문신 도구들이 채워져 있었다. 잘하면 살려낼 수 있을 것이다. 나쓰는 단 한 사람의 가족을 잃지 않을 수도 있다.

하지만 목숨과 바꾸어 가혹한 운명을 들이대는 일이 된다. 염마는 망설였다.

—어쩔 거야?

몸속의 신귀가 재미있다는 듯 물어왔다. 그새 눈치를 챘는지, 구경이나 하자고 어둠 속에서 이매망량이 수런수런 일어섰다. 땅의 깊은 곳에서 기어나오는 벌레, 발밑에 엉겨드는 하얀 뱀……. 허공에서 여자의 목이 떠올라 기다란 머리칼을 늘어뜨렸다.

한 인간이, 인간이 아니게 되는 순간을 이제나저제나 목을 빼고 기다리는 것이다. 다른 평범한 신귀 새김 때와는 전혀 달랐다. 염마는 그 암흑의 무게에 짓눌릴 것만 같았다. 턱 밑으로 뚝뚝 떨어지는 땀을 훔쳤다.

"이제 정말 죽을 모양이다. 귀신이 보여."

그게 아니라고 말하려는 염마를 오카자키가 눈으로 만류했다.

"아마네, 나쓰를 부탁한다."

그건 애원이 아니라 명령이었다. 좋다 싫다는 대답을 허락하지 않는 그 눈빛에 염마는 머뭇머뭇 고개를 끄덕였다.

"그저 평범한 행복이면 돼⋯⋯."

의식이 가물가물해서 오카자키는 염마의 몸에 일어난 이변을 정확히 알아보지는 못했을 것이다. 하지만 불가능한 일이 일어났다는 것만은 느꼈으리라. 그것 때문에 짊어져야 하는 무게까지도 감지했는지 모른다.

"나쓰를 부탁한다⋯⋯."

가느다란 목소리로 다시 한 번 다짐하듯이 말하고 오카자키는 눈을 감았다. 곧바로 잠이 들었다.

내가 오카자키에게서 인간으로 죽을 권리마저 빼앗으려고 했구나.

우둘투둘한 그의 손바닥은 온갖 상처와 굳은살로 뒤덮여 있었다. 여기에 또 다시 무엇을 새기겠다는 것인가. 인간답지 않은 오만을 부린 자기 자신의 위선에 속이 메슥거렸다.

오카자키의 오른손을 이불 속에 가만히 넣어주고 염마는

밖으로 나왔다.

세찬 바람에 염마의 머리칼이 마구 흩날렸다. 기어나왔던 이매망량들이 기대를 저버렸다고 분노한 모양이었다. 날려온 나뭇가지가 염마의 뺨을 찢고 갔지만, 미처 아픔을 느낄 사이도 없었다. 빠득빠득 발을 깨무는 작은 귀신을 무의식중에 발로 밟으며 휘청거리는 걸음으로 벚나무 거목 앞까지 왔다.

컴컴한 밤을 배경으로 벚나무는 크게 뒤흔들렸다. 미친 듯이 흩날리는 꽃잎이 어둠을 색칠하고 있었다.

염마는 쭈그리고 앉아 욱욱 토했다.

잠들지 못하는 밤을 보냈다.

약이 효과가 있었는지, 오카자키에게 더 이상의 고통은 없는 듯했다. 조용히 잠들어 있었다. 손쓸 도리가 없는지라 의사가 준비해준 약은 의식을 혼탁하게 하는 강한 진통제뿐이었다.

잠든 얼굴을 바라보기도 괴로워서 염마는 자리에서 일어나 나쓰를 찾았다.

텅 빈 집 안에는 인기척이 없었다. 토방에 있던 나쓰의 신발이 보이지 않았다. 야무진 아이지만, 아버지의 처참한 모습에 어제는 크게 동요하는 기색이었다. 어딘가에서 혼자 울고 있는 게 아닐까. 마음에 걸려서 밖으로 나섰다. 집 주위를 한 바퀴 둘러보았다.

봄날 아침은 싸늘하게 살갗을 찌른다. 간밤의 바람에 떨어진 꽃잎이 땅바닥에서 아침 이슬에 젖어 있었다.

집 뒤편에서 나쓰를 발견했다. 조그만 지장보살 앞에 웅크리고 앉아 두 손을 맞대고 있었다.

염마의 기척에 뒤를 돌아본다.

“호쇼님…….”

제대로 잠을 못 잤는지 눈이 붉어져 있었다.

“그 호쇼님이라는 거, 하지 마라.”

들을 때마다 낯이 근질거렸다.

“그러면 뭐라고 불러요?”

염마, 라고 말하려다가 잠시 고민했다. 말씨까지 예의바른 나쓰가 아닌가. ‘염마’에도 ‘님’을 붙여 부를 것이다. 지옥의 두목 같은 그런 이름은 싫었다.

“네 아버지는 ‘아마네’라고 불렀는데.”

17년 전의 사진 속 남자와 똑같은 얼굴, 똑같은 이름…….
그것이 무엇을 의미하는지 이 총명한 아이에게도 수수께끼였

158

는지 일순 의아한 표정을 보였다. 하지만 나쓰는 더 이상 캐묻지 않았다. 지금은 그럴 정신이 아닌 것이다.

"지장보살님께 기원을 올렸어요. 하지만 아버지는…… 이제 낫기 어렵지요?"

대답할 말이 없었다. 이 아이는 영리하다. 섣부른 거짓말 따위 금세 알아차릴 것이다. 그건 잠시잠깐의 위안도 되지 않는다.

"……아마도."

나쓰는 어금니를 꾹 악물었다. 그 모습이 너무도 애처로워서 염마는 무의식중에 작은 어깨를 품에 안아주었다.

나쓰는 염마의 소맷자락을 움켜쥐고 몸을 떨었다. 울지 않으려고 끝끝내 버티는 것 같았다.

"나는 아무 힘도 없어요. 부처님께 매달리는 것 말고는 아무것도 할 수 없어서 너무 답답해요. 내 손으로 꼭 아버지를 구해드리고 싶은데……."

강한 아이였다. 마냥 슬픔에 젖어 울먹거리지는 않았다.

"난 꼭 의사가 될래요. 여자도 의사가 될 수 있지요?"

올곧은 눈빛으로 빤히 바라보는 바람에 염마는 당황스러웠다. 마치 기적을 지켜보는 듯한 마음이었다. 나쓰는 절망 속에서 자신이 갈 길을 찾아내려 하고 있었다.

"그럼, 될 수 있고말고."

이 아이가 될 수 없는 것 따위, 있을 리 없다.

경찰서에서 나온 지 사흘째 되는 날에 오카자키는 죽었다.

망해를 앞에 두고 나쓰는 울고 또 울었다. 인간이 이토록 많은 눈물을 흘릴 수 있을까, 하고 의아할 정도였다. 바이코를 잃은 뒤로 엄마는 눈물을 흘려본 적이 없었다. 눈물이라는 것이 있다는 것조차 까맣게 잊고 있었다.

자객이었을 때는 죽음이 일상이었고, 끝없이 살아야 하는 숙명을 짊어진 몸이 되자 죽음은 어떤 의미에서 부러운 것이기도 했다.

방울방울 줄지어 떨어지는 나쓰의 눈물을 보고 나서야 비로소 죽음이란 애도하는 것이라는 점을 깨달았다.

마을 사람들과 조촐한 장례식을 치르고 매장을 마치자 상복을 차려입은 무타 노부마사가 나타났다.

"내일, 서장이 사죄하기 위해 찾아올 겁니다."

이번 일은 신문에서도 다루었기 때문에 경찰 전체의 문제로 비화된 모양이었다. 적당한 선에서 무마하려는 움직임도 있었지만, 그건 노부마사가 용서하지 않았다. 가와무라와 그

일당은 면직된 동시에 잡혀 들어가 재판을 기다리는 처지가
되었다.

"제자가 절도 혐의를 받은 사건은 다른 소매치기가 자백
을 하면서 무죄라는 게 밝혀졌어요. 모두 다 때늦은 일이지
만……."

"아니, 오카자키는 그 제자를 위해 크게 기뻐할 거야. 오명
을 뒤집어쓰고 사는 것만큼 괴로운 일은 없으니까."

ㅡ그렇지, 오카자키?

염마는 무덤을 향해 말을 건넸다. 둥그스름한 흙더미 위에
돌비석 하나뿐인 초라한 무덤 속에서 오카자키는 조용히 땅
으로 돌아갈 터였다. 무덤 앞에서 합장한 채로 나쓰는 두 사
람의 이야기를 듣고 있었다. 울어서 퉁퉁 부은 눈에 표정은
보이지 않았다.

"저 아이를 맡아줄 친척이 있습니까?"

염마는 고개를 저었다. 어린 나쓰에게 아버지는 유일한 가
족이고 이 세상의 모든 것이었다.

"그렇다면 내가 양녀로 들여도 될까요?"

괜찮은 제안이었다. 곰팡이가 필 만큼 재산이 많은 귀족의
일원이 된다면 나쓰의 장래도 편안할 것이다. 하지만 염마는

다시 한 번 고개를 가로저었다.

"당신 딸로 들어가기에는 나이가 좀 많지."

나쓰는 자리에서 일어나 당당한 눈빛으로 노부마사를 올려다보았다.

"후의는 고맙습니다만, 나는 아버지의 유지를 따를래요."

노부마사는 확인을 청하듯이 염마를 보았다.

"……히사카 세이노스케는 이 아이를 내게 부탁한다는 말을 남겼어."

"그쪽 딸로 하는 것도 좀 문제가 될 텐데요. 당신의 실제 나이가 어찌 되었건."

노부마사는 어렴풋이 감을 잡고 있었다.

"여동생이라는 걸로 해도 좋아. 뭐, 될 대로 되겠지."

아버지를 대신할 수는 없지만 곁에서 자라는 모습을 지켜보는 것 정도라면 할 수 있다. 내 몸에 깃든 신귀 때문에 아마 고생스러운 일도 많을 것이다. 하지만 나쓰는 그런 고생을 감수하면서라도 아버지의 유지를 따를 터였다.

"음, 그렇다면 잘 부탁합니다."

염마의 어깨를 한 차례 툭 치더니, 노부마사는 나쓰 앞에 앉아 눈높이를 맞추었다.

"아가씨, 아버님은 아무 허물도 없으셨어. 잘못한 건 전적으로 경찰 쪽이야. 정말 미안하구나. 사과한다고 시간을 되돌릴 수는 없지만 용서해다오."

깊이 머리를 숙였다.

"진심으로 사과해주신 경찰 아저씨가 있었다는 거, 제 가슴 속에 간직하고 살아갈게요."

아직 어린 입술에서 흘러나온 너그러운 대답에 노부마사는 안타까운 듯 미간을 좁혔다.

나쓰는 인사를 건네고 집으로 돌아갔다. 원한도 슬픔도 모두 담아둔 가슴이 그렇잖아도 진흙처럼 무거울 터였다.

"꾹 참고 있는 아이를 보면 왜 이렇게 가슴이 아픈지……."

노부마사가 중얼거렸다.

"증거라서 그런 거야."

딸이 살아가는 모습이 바로 그 아비의 정의로움을 증명하는 것이다. 나쓰가 그렇게 인식하고 있다는 것을 엔마는 깨달았다. 세상 떠난 아버지의 정의로움을 위해 나쓰는 눈물 흘리는 모습을 보일 수도 없고, 어린애처럼 누군가를 비난만 할 수도 없는 것이다.

'나쓰를 부탁한다.'

이런 의미였구나, 하고 염마는 탄식했다.

스스로에게 부과한 엄격한 규칙 때문에 나쓰가 괴로워하지 않도록, 이라고 오카자키는 염마에게 딸을 부탁한 것이다.

"허참, 어려운 일을 나한테 떠넘기고."

염마는 무덤을 향해 작게 투덜거렸다.

3장

요코하마 리퍼

1890년 여름

1

무더운 날씨가 연일 이어지네요.

건강하게 잘 지내시죠?

식사는 꼬박꼬박 챙겨 드시는지, 머리에 빗질은 좀 하시는지. 그리고 이불은 이따금 햇볕에 말려야 하는데…….

요코하마에서는 요즘 여자들을 노리는 끔찍한 살인사건이 이어지고 있다는 소식 들었어요. 부디 자중하고 조심하세요.

당신은 자칫하면 이상한 일에 휘말리곤 하니까 그것도 걱정이에요.

제발 경거망동하시면 안 돼요.

혼자 어떻게 살아가는지 자꾸 걱정이 됩니다. 철도를 이용하면 도쿄에서 요코하마까지 겨우 한 시간에 갈 수 있다는데, 벌써 오랫동안 내려가지 못해 가슴이 아프네요.

의사가 되기 위해 하루하루 열심히 공부하고 있지만, 당신을 만나지 못하는 게 섭섭하기만 합니다. 가끔은 당신이 나를 만나러 와주면 얼마나 좋을까, 하고 원망해볼 때도 있어요.

날씨가 한여름을 향해 달려갑니다. 머지않아 내려갈 거예요. 한동안 그쪽에서 지낼 수 있겠지요? 내가 간다고 귀찮아하시면 안 돼요.

나는 항상 당신의 딸이자 누이라고 생각합니다. 다른 사람들이 나를 누님으로 본다고 해도…….

거기까지 써내려가다가 나쓰는 붓을 내려놓았다. 이런 식으로 붓을 써나가면 가슴속에 꽁꽁 감춰둔 마음이 튀어나올 것 같아 두려웠던 것이다.

편지지를 꾸깃꾸깃 뭉쳐버렸다. 가족으로서의 인연마저 잃어버리면 앞으로 호쇼 엔마라는 사람과는 더 이상 관계를 이어나갈 수 없다.

나쓰는 입술을 깨물며 문궤文机에 놓인 책들을 탁탁 두드려 가지런히 맞춘 다음에 책보에 쌌다. 오늘은 해부실습이 있는 날이다. 들뜬 기분으로 나가서는 안 된다.

지난번처럼 또다시 현기증으로 비틀거렸다가는 남학생들에게 실컷 욕을 먹게 될 것이다.

"어휴, 저렇다니까."

"그래서 여자는 안 된다는 거야."

두 번 다시 그런 비웃음을 당하고 싶지 않았다. 의학교에 보내준 엄마와 무타 노부마사의 이름에 먹칠을 하는 일만은 없어야 한다. 여자의 몸으로 의사가 되겠다는 뜻을 세웠을 때부터 어떤 고난도 반드시 견뎌내기로 다짐했었다.

태연한 얼굴로 해부실습을 하면 그때는 또 여자가 귀염성이 없다고 숙덕거릴 테지만, 그런 험담이라면 오히려 자랑스러웠다. 어서 빨리 그런 말을 듣고 싶었다.

쇠로 만든 풍령이 시원한 소리를 내며 울렸다. 창문을 닫고 나쓰는 하숙집을 나섰다.

태양은 하얗게 뜨거웠다. 매미는 패를 짜서 지글지글 땅을 태우는 듯한 소리로 울어댔다.

히사카 나쓰는 어제로 만 스물한 살이 되었다. 하지만 엄마는 스무 살에서 그대로 시간이 멈춰 있었다. 오빠라고 부르던 사람의 나이를 한 살 앞질러 가버린 것이다.

1890년 8월.

예전에는 이곳을 요코하마 촌이라고 불렀다. 새조차 드나들지 않을 만큼 시골이었다고 한다.

그런 마을에 외국의 거대한 배들이 차례차례 들어왔다. 눈 깜짝할 사이에 벽돌로 지은 양관이 착착 들어서고, 붉은 수염의 외국인이 활보하고, 연기를 풍풍 토해내면서 증기차가 달렸다.

사무라이 머리와 금발머리가 함께 오고가고, 증기차 소리와 멜대를 어깨에 맨 생선장수의 호객 소리가 동시에 울려 퍼지는, 요코하마는 참으로 기묘한 도시가 되었다.

에도 시대는 멀어지고 사무라이들은 이슬로 사라졌다. 이곳은 그런 시류의 최첨단 지역이었다. 요코하마는 이국의 문화를 탐욕스럽게 흡수하고 마침내 과거의 모든 것을 허망한 꿈으로 바꿔버린 것 같았다.

손님의 집으로 가는 길목에 염마는 뒤를 돌아보고 있었다.

저녁 해가 떨어지는 노게야마野毛山는 노을빛에 물들어 요코하마의 옛날과 현재를 지켜보고 있었다. 항상 변하지 않는 것도 분명 존재하고 있었다. 누군가처럼……

"요코하마는 정말 이상한 곳이라니까."

절절한 어조로 중얼거리는 이 여자는 반년쯤 전에 도쿄에서 이곳으로 건너왔다. 곁에 있는 염마에게 한 말이라기보다 혼잣말에 가까웠다.

"시내를 잠깐만 벗어나면 아직도 한참 시골이면서 으리으리한 역도 있고 하이칼라한 외국인의 집들이 여기저기 눈에 띄고……."

여자는 아픈 것을 잊어보려고 그러는지 꽤 말을 많이 하는 편이었다.

고개를 숙이고 있는 여자 쪽에서는 보이지 않겠지만 염마는 착실히 고개를 끄덕여주었다. 집중을 요하는 작업이라서 본격적으로 이야기 상대는 해줄 수 없었다. 그러나 들어주는 정도라면 얼마든지 할 수 있었다. 하긴 문신 작업을 하지 않을 때도 염마는 말수가 적은 편이다. 그래서 이렇게 일방적으로 이야기를 해주는 상대가 오히려 고마웠다.

"시골과 서양이 뒤죽박죽 섞여 있어. 왜 그런지 모르겠다니까."

여자의 말씨에는 아주 조금이지만 사투리가 남아 있었다. 반라의 몸으로 요염하게 누워 있는 여자에게는 어쩐지 어울리지 않는 소박함이었다.

등잔 불빛이 여자의 피부를 뽀얗게 띄워 올렸다.

"잔소리는 좀 했지만, 그리 나쁘진 않아. 이 거리가 정말 재미있거든."

동감이었다. 이곳은 이질적인 문물을 거침없이 받아들이는 품이 넉넉한 도시다.

"태연하게 돌아다니는 외국인을 보면 진짜 얼마나 우습게 생겼는지 몰라. 무슨 대단한 사람처럼 수염들은 다 기르고. 그 사람들 보고서 멍청한 정치가들까지 똑같이 흉내를 내고 다니잖아."

도쿠가와 시대에는 수염을 기르는 사내가 드물었다. 하지만 메이지 시대에 들어서자 위엄 있는 척하려고 수염을 늘이고 다니는 남자들이 많아졌다. 콧수염을 꼬아 올리고 위세를 부리는 경찰들도 적지 않았다.

여자가 입을 다물자 희미하게 바스락거리는 소리가 났다. 천장 한 귀퉁이에서 갈색 나방 한 마리가 도망갈 길을 찾고 있었다. 여자의 등에 그려지는 꽃에 홀려 날아들었는지도 모른다.

"어때, 목단꽃이 예쁘게 피었어?"

고개를 끄덕이는 게 보이지 않더라도 대답은 이미 알고 있을 것이다. 와, 정말 기대된다, 라면서 여자는 웃었다.

여자의 등에는 큼직한 목단꽃 문신이 새겨지고 있었다. 선명하게 피어난 꽃은 아름다웠다. 이제 곧 완성 단계에 들어선다.

"하긴 호쇼 엄마께서 새겨주시는 건데, 틀림없을 거야."

여자는 한껏 즐겁다는 듯이 웃었다.

"아참, 여태 물어보지도 않았네. 지금 몇 살이야? 스물? 스물하나?"

글쎄요, 라고 엄마는 퉁명스럽게 중얼거렸다.

"당신, 몸매도 날렵하고 피부도 하얀 도자기처럼 젊은데, 그런 셈치고는 눈에 번들거리는 게 없는 것 같아."

눈의 광채만은 원래 나이에 맞게 변했는지도 모른다.

"하지만 그 눈빛을 보면 왠지 마음이 편안해져. 우리 영감은 나잇값도 못하고 아직까지 눈을 번득거리니까."

여자는 몇 년 전까지 유녀遊女였지만, 유곽 빚을 갚아준 서양식 기와 공장 사장의 첩실로 들어와 있었다. 등 전체를 뒤덮는 목단꽃 문신은 남편이 원하는 일이었다. 아니, 정확히 말하자면, 명령이었다.

"정말 찔러도 피 한 방울 안 나올 사람이지 뭐야. 첩의 등판에 이런 걸 새겨서 외국인들에게 구경시키려는 거야.”

외국인을 상대로 장사를 하는 남편이 사람들을 끌어들이기 위해 첩의 몸을 제물로 이용하는 것이다. 이렇게 여자의 등에 목단꽃을 피우고 있으니 염마도 공범이라고 해야 할까. 가슴이 찌르르 아팠다.

“아, 미안해. 당신은 아무 잘못 없어. 나한테는 오히려 고마운 일이지. 솜씨가 좋아서 별로 아프지 않으니까. 게다가 이거 새기는 동안에는 그 짓을 안 해도 되고.”

말린 국화꽃 연기가 여자의 등에 엷은 막을 만들었다. 벌레를 쫓기 위한 것이었다. 염마는 쿨룩 기침을 했다.

“저거, 좋지?”

여자는 활짝 편 채로 방바닥에 내려놓은 하얀 파라솔을 가리켰다.

염마도 저녁 나절에 이곳에 들어설 때부터 은근히 마음에 걸렸던 참이다. 다다미 위에 펼쳐진 파라솔이 창문으로 들어오는 밤바람에 하늘하늘 흔들리고 있었다.

“어제, 내가 나가서 사온 거야. 새것은 아니지만 아주 귀한 물건이야. 이런 호사를 한 번도 부려본 적은 없지만, 그래도 너무 예뻐서 꼭 갖고 싶었어.”

수줍어하는 모습이 사랑스러웠다. 엄마도 저절로 얼굴이 환하게 풀어졌다.

"첩실 신세에 저런 걸 쓰고 나돌아다닐 수도 없지만."

"그렇지 않아. 그냥 쓰고 다니면 돼."

"……그럴까?"

"잘 어울려."

여자는 뺨을 발갛게 물들였다. 분위기가 침착한 편이어서 서른 가까운 나이일 거라고 생각했는데, 어쩌면 좀 더 어린 여자인지도 모르겠다.

"그래, 나중에 꼭 파라솔 들고 바닷가를 걸어볼래."

기뻐하는 표정을 짓는 여자의 옆얼굴은 예상 밖으로 여렸다.

"이렇게 당신도 만나고, 파라솔도 샀고, 어때, 나도 꽤 행복한 사람이지?"

"나를 만난 게 행복한 건 아니고……."

나와 함께 있어봤자 별다른 재미가 있을 리 없다. 유난히 말수가 적은 건 아니지만, 작업 중에 재미있는 대화까지 나눌 만큼 요령이 좋은 편은 아니다. 따분하다고 손님에게 불평을 들은 일도 있었다. 원래 사람이 둔한 편인지, 스스로는 침묵도 그리 힘겹지 않았지만.

"당신은 별로 말은 하지 않지만 내 얘기를 아주 잘 들어주는 사람이야. 자기 마음속에 차곡차곡 담아주는 것 같아. 넋두리도 시답잖은 얘기도 모두 다. 난 그게 좋더라."

그렇게 말해주니 고마운 일이다. 나이 어린 아가씨라면 결코 가능하지 않은 일이지만, 고생을 거듭하며 많은 것을 체념한 여자는 남자의 담약함이나 한심한 면도 넉넉히 받아주는 도량이 있다.

"우리 영감, 사흘씩이나 코빼기도 안 보이고, 내가 요즘 정말 팔자가 늘어졌어."

양손을 포개고 그 위에 턱을 얹은 여자는 마루 끝의 고양이처럼 실눈이 되어 있었다.

"나, 아이즈 출신이야. 그쪽이 폭삭 엎어져버린 뒤에 아버지 어머니가 어린 나를 데리고 도쿄로 나왔어."

아이즈는 마지막까지 신정부에 저항하여 수많은 사람들이 목숨을 잃은 곳이다.

"하지만 두 분 모두 픽픽 쓰러져 죽어버렸어. 결국 나이 열다섯에 유곽 신세가 됐지, 뭐."

메이지 시대에 들어서면서 남녀동권男女同權이라는 말이 들렸지만, 그것은 현실과는 너무도 동떨어진 얘기였다. 에도 시절을 잘 아는 염마의 감각으로는 지금이 오히려 남존여비의 경향이 강한 느낌이 들었다.

여자의 표정이 흐려졌다. 숙인 눈에 눈물이 맺힌 것 같았다.

"……그 얘기 들었어? 지난번에 불란서당佛蘭西堂 뒷길에서 손님을 기다리던 매춘부가 살해됐다던데."

엿새 전 일이다. 골동품 가게 뒤편에서 여자가 살해되었다.

"온몸을 칼로 난도질했대. 살인범에게는 매춘부 같은 건 인간도 아니었겠지."

여자가 분하다는 듯 중얼거렸다.

목을 파고든 상처에서 뼈가 드러나고, 가슴에서 배에 걸친 깊은 상처에는 내장을 도려낸 흔적이 있었다고 한다. 살해된 여자는 고후甲府의 농가에서 요코하마로 올라온 지 얼마 안 됐기 때문에 그 틈에 무슨 원한 관계가 생겼다고 보기는 어려웠다.

보름 전에도 매춘 일을 하던 여자가 살해되었다. 덤불 숲 속에 내버려진 참혹한 사체를 먼저 발견한 게 들개나 까마귀였나 보다. 죽은 지 사흘쯤 지나 발견된 사체는 짐승에게 뜯어 먹혀 끔찍하기 짝이 없는 모습이었다고 한다.

연속 살인마의 등장에 요코하마는 긴장 상태에 빠져 있었다.

“어떻게 그럴 수가 있는지, 가엾게도.”

아무리 매춘부라도 때로는 울고 때로는 웃는, 피가 통하는 인간인데. 아마 그렇게 말하고 싶었을 것이다.

염마는 내내 입을 꾹 다물고 있었다. 표정으로 드러내지는 않았지만 여자의 분노를 이해하고 있었다.

손님인 척 접근하여 흉악한 짓을 저질렀을 터였다. 상대를 믿어주는 것 외에는 살아갈 방도가 없는 그녀들이 마침 좋은 먹잇감이었을 게 틀림없다. 바늘을 든 손에 힘이 들어갔다.

“아얏, 아파.”

“아차, 미안.”

여자의 등에 피가 번졌다. 마침 꽃잎의 한가운데쯤이었다. 살갗을 파내는 것이라서 약간의 출혈은 어쩔 수 없지만, 피를 흘리는 꽃이란 역시나 통절한 모습이다.

“이제 괜찮아. 그보다 손바닥의 염마님 좀 보여줘. 나, 그거 좋더라.”

이런 게 뭐가 좋다는 것인지 모르겠다.

“그냥 글씨인데.”

“아이, 그렇지 않아.”

바이코의 기예가 뛰어나다는 것을 말해주듯이 아름다운 장식 범어는 보는 이에게 신비한 감개를 던져주는 모양이다.

"하긴 나 같은 여자는 염마님을 볼 면목도 없어. 살인마를 욕할 처지도 아니지. 분명 지옥에 떨어질 거야, 난."

여자는 손톱을 물어뜯었다.

"……내 손이 빨갛게 피로 물드는 꿈을 자주 꿔. 내가 꿈속에서 남자들을 다 죽이는가봐. 나를 돈으로 샀던 남자들. 우선 그 더러운 손을 잘라내는 거야. 헐떡거리며 탐하는 헛바닥, 누리끼리한 눈알……. 나, 무서운 여자인가봐. 그렇지? 살인자와 하나도 다르지 않아."

슬픔은 아직껏 마르지 않았고 눈동자에는 푸른 불꽃이 흔들리고 있었다.

"그런다고 정말 죽는 사람은 없어."

꿈은 꿈이다. 그런 꿈은 누구라도 꾼다.

"칫, 안타까워라."

여자는 키득키득 웃었다. 그리고 자신의 손바닥을 지그시 들여다보았다.

"그 손에 피는 어울리지 않아."

여자는 염마를 올려다보았다.

"꽃이 더 잘 어울리지."

말을 한 뒤에야 머쓱해져서 고개를 숙여버렸다.

"정말 기분 좋은 말을 해주네, 부끄럼도 많은 사람이."

여자는 난처하다는 듯이 웃으며 말했다.

"이젠 아프지 않아. 계속해 줘."

오늘 안으로 끝내기로 약속했었다. 여자와 맺은 약속이 아니라 남자 쪽과의 약속이다. 자기가 먼저 나서서 새기라고 말했으면서도 첩실이 다른 남자 앞에서 살갗을 드러내는 건 영 마음에 들지 않는 눈치였다. 유명한 문신사가 이렇게 젊은 사람일 줄은 미처 예상하지 못한 모양이었다.

"빨리 끝내지 않으면 그 영감, 수고비를 깎으려고 들 거야. 어찌나 쩨쩨하게 구는지."

여자가 킥킥 웃었다.

"……사실은 좀 더 오래오래 이야기 나누고 싶었는데."

이 나이에 예순 살 남자의 첩실이 된 것이다. 나이가 비슷한 염마와의 만남이 잠시잠깐이나마 큰 위로가 되었는지도 모른다.

"하긴 내내 나 혼자서만 조잘거렸지? 당신, 평소에는 말을 많이 할 것 같아. 가족도 있을 거고."

약간 망설인 끝에 염마가 대답했다.

“여동생이 하나.”

나쓰는 이미 염마의 나이를 뛰어넘었다. 그래도 여동생이라고 말하는 건 그저 허세일 뿐이다. 제대로 하자면 누님이라고 해야겠지만, 그 호칭에는 아직 저항감이 있었다.

“당신의 여동생이라면 엄청 예쁜 여자겠네.”

“글쎄, 벌써 반년 넘게 만나지 못했지만 조금은 멋있어졌나. 지금 도쿄에서 공부하고 있어.”

성실하기 그지없는 나쓰의 옆얼굴을 머릿속에 떠올리며 염마는 고개를 갸우뚱했다.

“여학생? 정말 좋겠다. 나도 학교에 다니고 싶었는데……. 글을 배웠으면 내 인생도 바뀌었을까?”

여자는 진심으로 묻고 있었다.

“뭔가 되고 싶은 거라도 있었어?”

“유곽과 첩실만 아니라면 뭐든지 좋아. 내 손으로 돈을 벌어 이따금 맛있는 것을 사먹을 수 있다면 그 이상 더 바랄 게 없어.”

자그마한 바람이지만, 이 여자에게는 최고의 꿈이었던 것이리라.

“끝났어.”

염마는 땀을 훔치며 긴 숨을 토해냈다.

"그래? 드디어 끝났네."

"붓기가 빠지고 피부에 스며들어야 진짜 색깔이 나와."

목단꽃이 흐드러지게 피어나는 건 며칠 뒤라는 얘기다.

"나도 그 정도는 알지. 어머, 벌써 한밤중이 되었네?"

나른한 듯 여자가 몸을 움직였다.

"아직은 움직이지 않는 게 좋아."

일어서려는 여자를 만류했다.

"문신사 도련님을 저만치 바래다주고 싶어서 그래. 세상이 워낙 험악하잖아."

"여자 손님의 배웅을 받아야 할 만큼 어린애는 아니야."

산전수전을 겪으며 살아온 여자가 보기에는 비쩍 여위고 말도 짧은 염마가 아직 어리게만 보이는 것이리라. 실제로는 이 여자보다 적어도 15년은 더 살았는데.

"후후, 그건 그렇지. 여자한테 밤길 배웅을 받는 건 좀 이상하겠다."

색깔이 선명한 대작인 만큼 마감하는 데 몇 달이 걸렸다. 그 사이에 숱한 이야기를 나누었다. 항구를 장식한 외국 선박 이야기, 외국인에게서 받은 그림 이야기, 아이즈에서의 추억.

여자는 재미있게 이야기하는 재주가 있어서 힘든 일도 슬픈 일도 웃음을 버무려 스르르 털어놓곤 했다.

"등허리라서 내 눈으로 얼른 볼 수 없는 게 답답해. 정말 아름다운 꽃일 텐데."

"아름다운 게 아니야. 이건 오점이지. 당신의 깨끗한 피부에 본의 아니게 상처를 입힌 것 같아."

여자를 만나는 건 즐거웠지만, 그 살갗에 묵을 넣는 건 우울한 일이었다.

"당신이 입힌 상처라면 나한테는 보물이야. 소중히 간직할게."

여자가 빙그레 웃었다.

"……치에."

염마는 처음으로 여자의 이름을 불렀다. 지금까지 고집스럽게 '손님'이라고만 했었다. 어느 누구와도 오랜 만남을 가질 수 없는 처지다. 손님을 만날 때마다 직업적인 말 이외에는 나누지 않도록 조심해왔지만, 이 여자에게는 정이 새록새록 쌓여갔다.

치에의 손이 다가와 염마의 손을 잡았다.

"고마워, 정말."

밤바람은 미적지근하고 눅눅한 습기를 품고 있었다.

치에의 집에서 나오자 염마는 심호흡을 했다. 바다 냄새가 났다. 여자의 지분 냄새도 좋지만 바다 향기는 더욱 좋다.

달빛에 손을 비춰보았다. 그리 봐서 그런지, 손바닥의 염마도 기분이 좋아보였다.

'염마'라는 이름의 문신사가 실제로 손바닥에 염마천閻魔天을 품고 있다는 게 화제가 되어서 문신 일거리가 부쩍 많아졌다. 덕분에 요즘은 손님을 골라잡을 만큼 호황이다.

그 오른손에 손가락 없는 양가죽 장갑을 꼈다.

약간 짤막한 바지 아래로 가느다란 발목이 삐죽 나와 있다. 세속을 벗어난 듯한 차가운 분위기에 작은 얼굴이라서 염마는 세련된 서양식 옷차림이 더 잘 어울릴지 모른다.

염마는 소매를 어깨까지 둥둥 걷어 올리고 신발 소리를 울리며 걸음을 옮겼다. 벌레와 개구리가 앞다투어 합창을 하고 있었다. 조금 더 나가면 외국인 거류지가 보이지만, 이 근처는 온통 논밭이 펼쳐진 한적한 곳이다.

메이지 시류가 세상을 정복해버린 듯 보여도, 아직 에도는 죽지 않고 살아 있었다. 문명이니 개화니 떠들어대지만, 인간의 삶은 과거의 연장선상에 있는 것이다.

바다 냄새를 만끽하며 제 둥지를 향해 걸었다. 빠른 걸음이면 쪽방 동네까지 금세 갈 테지만 염마는 서두르는 법이 없다. 문신 일 이외는 되도록 천천히 행동했다. 서두를 이유는 아무것도 없었다.

염마는 문득 발을 멈추었다.

자리에 어울리지 않는 불길한 냄새가 느껴졌다. 틀림없다. 피 냄새였다.

어디서 떠돌이개가 죽었는가. 염마는 주위를 둘러보았다. 길가 덤불에 한 발을 들이밀었을 때, 바지 밑으로 삐죽 나온 발목에 천 조각이나 끈 같은 게 엉겨드는 감촉이 있었다. 찬찬히 살펴보니 여자의 속속곳 끈이었다. 엷은 분홍색이지만 군데군데 거무스레하게 얼룩이 져 있었다.

"이건 피……."

확인하지 않을 도리가 없었다. 염마는 몇 걸음 더 나아갔다. 하얀 기둥 같은 게 보였다. 찬찬히 보니 그것은 여자의 다리였다. 푸르스름한 두 다리가 달빛 아래 요염하게 내던져져 있었다.

'이런, 말도 안 돼!'

풀덤불 속에 벌거벗은 여자가 쓰러져 있었다. 검은 머리칼이 부채처럼 펼쳐진 채였다.

배는 갈라지고 한쪽 눈은 도려낸 상태였고 목은 반절 가까이나 잘려 있었다. 아직 살해된 지 얼마 안 되었는지 손을 대 보자 그 살갗에 온기가 있었다. 남겨진 눈이 큼직하게 벌어져 별 뜬 하늘을 응시하고 있었다. 그 눈동자에 비친 달이 파르르 흔들렸다.

2

모른 척 지나칠 수도 없어 경찰에 신고를 하러 갔던 것인데 예상했던 대로 불쾌한 취조를 받게 되었다.

사체 발견자라는 입장에 더하여 소지품 속의 칼, 법률에 저촉되는 직업, 그리고 어딘지 삐딱한 인상 때문이다. 게다가 변변한 친인척도 없다고 하면 의심을 받는 건 어쩔 수 없는 일이다. 그들이 던지는 노골적인 의혹의 시선에는 역시 지긋지긋한 마음이 들었다.

신원을 보증해줄 만한 사람이 없느냐는 물음에 여동생이 있다고 대답했지만 경찰 쪽에서는 대번에 일축해 버렸다. 하긴 도쿄 학교로 연락이 가면 나쓰가 크게 놀랄 것이다. 엄마는 오히려 안도했다. 하지만 누구든 인계해줄 사람이 없으면 계속 피의자로 구속되어 있어야 한다.

염마는 할 수 없이 한 남자의 이름을 댔다.

그날 오후, 무타 노부마사가 경찰서에 나타났다.

무타 자작子爵의 형님이자 경시님인 노부마사가 일부러 도쿄에서 찾아오자 요코하마의 순경들은 납작 몸을 낮췄다. 다행히 그들은 염마에게 폭력까지는 휘두르지 않았기 때문에 처벌을 받지는 않았다.

"요즘 경찰은 제 식구에게도 엄격하거든. 그리 부당한 대우는 받지 않았지?"

경찰서를 한 걸음 나서자 노부마사가 말했다.

잠이 부족한 눈에는 저녁 해가 지나치게 눈부셨다. 어제부터 눈을 붙이지 못했다. 그런가, 라고 적당히 대답해두고 염마는 머리를 저었다.

솔직히 염마는 노부마사와 만나고 싶지 않았다. 서른 살을 넘어선 노부마사는 당당한 풍격을 풍기는 사내가 되었다. 아무리 세월이 흘러도 풋내기 어린놈일 수밖에 없는 자신이 그를 만날 때마다 더욱더 실감나게 느껴졌다. 게다가 호가호위하듯이 무슨 일만 터지면 그에게 의지해야 하는 자신이 한심하기만 했다.

"미안하게 됐어. 매번 귀찮게 하고."

"아니, 신속하게 신고해준 것에 오히려 감사해야겠지."

그새 자신을 대하는 말투마저 달라졌다. 탄탄한 몸집에 한 치의 빈틈도 없이 낯선 양복을 차려입은 노부마사와 나란히 걸어가려니 엄마의 열등감은 더욱더 자극을 받았다.

진즉에 불혹의 나이를 넘기고도 이십대 때와 달라진 게 없는 길쭉한 몸뚱이가 오래 입어 후줄근해진 바지 속에서 허우적거리고 있었다.

'아차!'

멍하니 걸음을 옮기다 보니 맞은편에서 다가온 남자와 정면으로 부딪치고 말았다.

"저런, 미안합니다. 괜찮으세요?"

말씨가 어눌했다. 고개를 들고 쳐다보니 모래색깔 머리의 외국인이었다.

"아니, 나도 멍하니 가다 부딪쳤으니……."

서양인은 나이를 판단하기가 어렵지만 아마 삼십대인 것 같았다. 둥근 안경을 쓰고 코에는 살짝 주근깨가 흩어져 있었다.

"아뇨, 내가 잘못했습니다. 너무 급하게 걸었습니다."

그렇게 말하더니 외국인은 손끝으로 경찰서를 가리켰다. 익숙하지 않은 몸짓으로 고개 숙여 정중히 인사를 하고는 다시 뛰어서 벽돌 건축의 경찰서 안으로 사라졌다.

"외국인 기자들까지 법석을 떨 만큼 흉흉한 사건이야."

노부마사가 쓴웃음을 지었다.

그럴 만도 하다고 염마는 고개를 끄덕였다. 방금 그 외국인은 신문사 특파원인 모양이다. 세 번째 희생자가 나왔다는 정보를 듣고 급하게 취재를 하러 온 것이다.

"나라에 수치스러운 사건이라서 어떤 정보도 흘리지 말라고 단단히 입단속을 해두고 있어. 경찰서에 찾아가봤자 별다른 얘기는 못 들을 거야."

"흥, 살인마라면 어느 나라에나 다 있을 텐데, 웬 호들갑이람."

옛날 조슈 하기 지역 같은 시골에도 살인마가 있었다. 핏기를 잃은 채 차갑게 식어버린 누님의 죽은 얼굴이 생각나서 염마는 입술을 악물었다.

"그야 그렇지."

요코하마 경찰서 관할 사건이라서 노부마사는 직접적으로 수사에 참견할 입장이 아니었다. 그래도 마음에 걸렸는지 검시 담당관에게 연거푸 질문을 했다. 그 질문 중 하나가 유체에 심장이 있었느냐는 것이었다. 매사에 빈틈없이 노련한 그가 염마의 최대 관심사를 분명하게 확인해준 것이다.

참혹하기 짝이 없는 사체였지만 심장은 남아 있었다고 한다. 그나마 천만다행이라고 생각했다.

"벌써 재작년 일인가? 바다 건너 영국에서 매춘부 다섯 명이 칼로 난자당한 채 살해되는 사건이 연거푸 터졌다는 소식이 있었어. 아무래도 그 사건과 흡사한 것이 마음에 걸려."

"그래서 그쪽 범인은 잡혔대?"

아니, 라는 노부마사의 대답에 염마는 미간을 찌푸렸다.

"우린 꼭 좀 잡아주쇼, 경찰 나리."

그럼, 이라고 한 손을 쳐들고 염마는 개천의 작은 다리를 건넜다. 그 앞으로는 추레한 쪽방 집들이 늘어선 변두리 지역이다. 지체 높으신 귀족께서 발을 들일 만한 곳이 아니었다.

1884년에 메이지 정부의 포고령에 따라 귀족에게는 다섯 가지의 작위가 주어졌다. 노부마사의 동생 무타 쓰요시는 자작의 지위에 올랐다.

자작의 형님이라는 기묘한 자리에 서게 된 노부마사는 '사민평등을 기치로 내세운 메이지 정부에서 그에 반하는 신분제도를 만들어내는 건 우스꽝스럽기 짝이 없는 일'이라고 실소했다. 그런 지위 따위에는 전혀 개의치 않는 태도였다.

"한동안 모토마치 쪽 집에서 머물 거야. 생각나면 들러줘."

요코하마에는 무타 가의 옛 저택이 남아 있었다. 지금도 사업적인 협상 등을 할 때 종종 이용하는 모양이었다.

"싫은데?"

가다 말고 돌아보는 아름다운 미인처럼 고개를 틀며 씩 웃는 엽마를 보자 노부마사는 실눈을 뜨고 피식 웃었다. 마음속에 뭔가 짐작 가는 게 있었는지, 멀어져가는 엽마의 등을 한참이나 지켜보았다.

쪽방 동네에서는 생선 굽는 연기가 피어올랐다. 어머니들이 총총거리며 저녁 준비를 하고 있었다. 배에 수건 한 장 두른 어린아이들이 그 주위를 와와 뛰어다니고 있었다.

여느 때와 똑같은 그 광경에 엽마는 안도했다.

"웬일이야, 간밤에 집에 안 들어왔지? 좋은 사람이라도 생겼어?"

맞은편 집 마사 아줌마가 빙글빙글 웃으며 말을 건네왔다.

"그야 당연하지. 저리도 잘생긴 남정네에게 여자가 없을 리 있어?"

"에구, 나도 몇 살만 더 젊었더라면."

아줌마들이 웃으며 숙덕거렸다. 젊은 총각을 자꾸만 놀려대고 싶은 모양이다.

"놀면서 먹고 살게 해준다면야 나이는 상관없죠."

늘 있는 일이라서 염마도 짐짓 농담으로 받아쳤다.

"이걸 어째, 남편 몰래 돈 좀 많이 꿍쳐둬야겠네. 아참, 어서 집에 들어가봐, 나쓰가 왔어."

그런 얘기는 미리감치 해주셔야지. 염마는 급히 방문을 열었다.

나쓰는 단정히 앉아서 염마를 기다리고 있었다. 평소에는 표정이 부족한 외까풀의 눈에 분명하게 노기가 담겨 있었다. 가느다란 입술도 굳게 다물어져 있었다.

"오래간만이에요, 오빠."

나쓰가 고개 숙여 절을 했다. 언제, 어떤 경우든 우선 깍듯하게 예의부터 갖추는 아이다.

"응, 와 있었구나."

적잖이 민망한 상황이었다. 옆에 누워 있던 검둥이가 염마를 비웃듯이 큼직한 하품을 했다. 대체 이 고양이는 몇 살이나 된 건가? 염마도 이제는 '동포'라는 걸 인정하지 않을 수 없었다. 만일 그런 게 아니라면 꼬리가 슬슬 갈라져 인간의 다리로 변한다 해도 이상하지 않을 정도다.

"네, 어제 왔어요."

꼬박 하루 동안 혼자서 기다렸다는 얘기다. 도쿄의 의학교에 다니는 나쓰는 정월과 추석에나 겨우 집에 올 수 있다.

"내가 온다는 건 미리 전보로 알렸는데요?"

분명 그랬다. 기억은 하고 있었지만 참혹한 사체를 발견하는 바람에 일이 크게 어그러져버린 것이다.

"응, 전보는 받았어. 어제 내가 이래저래 일이 생겨서."

굳이 끔찍한 얘기는 하고 싶지 않아서 염마는 자세한 내용은 말하지 않았다.

"부모님 성묘를 하자마자 내려왔어요. 만날 날만 손꼽아 기다렸는데."

상당히 토라진 것 같다. 아무래도 밖에서 나눈 허튼소리도 다 들은 모양이었다.

"근데 설마 남의 기둥서방 노릇을 하느라 집에도 안 들어올

줄은…….”

“그, 그런 거 아냐.”

성실하기만 한 나쓰에게는 그런 쪽의 농담이 도무지 통하지 않는다.

“미안한데, 내가 좀 피곤해서 잠 좀 자야겠다.”

실은 긴 이야기를 나누어야 할 것이다. 의학교에 대해, 공부에 대해, 도쿄 생활에 대해. 어떻든 명목상의 ‘오빠’니까.

지금까지 해온 습관 때문인지, 아니면 딱히 다른 호칭이 생각나지 않아서인지 나쓰는 아직도 염마를 ‘오빠’라고 불렀다. 겉으로 보기에는 별 차이가 없어서 그렇게 불러도 위화감은 없다. 하지만 앞으로는 과연 어떻게 될까. 그런 것을 생각하면 가슴속이 더욱 무거워졌다.

모두들 자신보다 한 해 두 해 늙어가는 데는 익숙해졌지만, 나쓰의 경우에는 그걸 무심히 받아들일 도리가 없었다. 요즘에는 그게 답답하고 은근히 분통 터져서 왠지 말이 다정하게 나오지 않았다. 한두 해 전까지만 해도 친오누이처럼 지낼 수 있었는데.

‘내가 애꿎은 화풀이를 하는 건가. 점점 더 자신감 넘치는 어른으로 성장하는 나쓰에게?’

"그런가요? 그럼 어서 주무세요."

나쓰의 목소리에는 명백하게 섭섭한 마음이 담겨 있었다.

하지만 이틀을 내리 한숨도 자지 못했다. 몸속의 신귀가 깊은 휴식을 요구하고 있었다. 이 신귀는 숙주의 건강관리에는 유난히 엄격하다. 염마는 그 자리에 스르르 무너지자마자 혼이 빠져나간 듯 깊은 잠에 빠져버렸다.

다음 날 아침, 도무지 일어날 기척이 없는 염마를 남겨두고 나쓰는 장을 보러 나갔다.

염려했던 대로 염마는 거의 넝마 같은 옷차림에다 밥그릇이니 찻잔은 입을 다칠 만큼 죄다 이가 빠져 있었다.

야무진 맛이 없는 염마의 성격은 정말 봐줄 수가 없다. 저절로 이래저래 잔소리를 하게 되고 만다.

지금도 된장국을 주르륵 흘리는 건 아닐까. 생선가시가 목에 걸려 캑캑거리지는 않을까. 그런 세세한 것까지 걱정스러워서 나쓰는 에휴, 한숨을 내쉬었다.

염마가 쓸 물건들을 몇 가지 산 뒤에 나쓰는 낯익은 양서 책방으로 향했다. 사전과 의학서를 둘러볼 생각이었다. 서양 책자는 요코하마 쪽이 구하기가 더 쉽다. 이곳에 내려올 때마다 반드시 몇 권쯤은 한꺼번에 구입하곤 했다.

현재 의학교에 여학생은 나쓰 혼자뿐이다. 입학 당시에는 두 명이 더 있었지만 엄격한 환경을 견디지 못하고 자퇴했다.

나쓰는 무슨 일이 있어도 중단할 생각이 없었다. 걸핏하면 여자라는 이유로 멸시를 받고 괴롭힘을 당했다. 그래서 늘 최고의 성적을 유지할 필요가 있었다. 남자들에게 빌미가 될 만한 빈틈을 보여서는 안 되는 것이다. 아무리 공부를 많이 해도 부족했다. 이 나라는 교양 있는 여자를 은근히 미워하는 경향이 있다. 그렇다면 철저히 미움을 받아보자고 각오했다. 나쓰는 그런 단단한 각오를 품고 의학에 뛰어들었다.

아버지와 함께 살던 집을 처분한 돈은 오래전에 바닥이 났고, 이제는 학비도 생활비도 모두 엄마가 대주고 있다. 친부모도 아니고 친형제도 아닌 터에 이렇게 계속 신세를 질 수는 없다. 하루 빨리 내 손으로 돈을 벌고 싶다. 내 손으로 내 앞가림을 할 수 있을 때까지는 엄마를 향한 사모의 마음을 의식할 자격도 없다고 스스로에게 들려주곤 했다.

2년 전에 의학교에 입학하면서 나쓰는 도쿄에서 자취 생활을 시작했다. 때를 맞추어 엄마는 오사카에서 요코하마로 거처를 옮겼다. 한창 커나가는 나쓰 때문에 같은 지역에서 5년

이상은 살 수가 없었다. 이웃들이 보내는 의심의 눈초리를 피해 도망치듯이 이사하지 않으면 안 되었다.

처음 염마가 자신의 손바닥을 내보이며 신귀 새김에 대해 말해주었을 때, 나쓰는 솔직히 선뜻 믿지 못했다. 우연히 싸움에 휘말려 칼에 찔린 가슴팍의 상처가 순식간에 아무는 것을 보기 전까지는 그저 농담이라고만 생각했다. 그 상처는 나쓰를 바짝 얼어붙게 할 만큼 큰 부상이었다.

"걱정할 것 없어. 목이 잘리거나 심장을 찔리지 않는 한, 나는 죽지 않아."

신귀에게 미처 회복할 시간을 주지 않는 절대적인 죽음. 그것 외에는 죽을 수 있는 방법이 없다면서 자조적인 웃음을 흘렸다.

살짝 심장을 비껴갔을 뿐, 깊이도 세 마디 이상은 되었을 것이다. 보통사람이라면 틀림없이 죽었을 그런 끔찍한 상처가 바로 눈앞에서 스르르 회복되었다. 혈관이 다시 붙고 살이 차오르고 아물어가는 것이 눈에 보였다. 너무도 생생한 광경에 나쓰는 비명조차 지르지 못했다. 자신이 두려워하면 염마가 마음의 상처를 입을 것 같았다. 동요를 겉으로 드러내지 않기 위해 필사적으로 버텼다.

믿지 않을 도리가 없었다…….

무엇보다 처음 만난 이후로 염마는 전혀 변하지 않았다. 자신이 어린아이에서 성인 여자로 성장하는 동안에도.

언젠가는 염마의 나이를 뛰어넘는다. 도저히 받아들이기 힘든 미래가 나쓰를 두려움에 빠뜨렸다.

결국 그때가 와버렸고, 여전히 불안감은 쌓여만 갔다. 그와의 나이 차는 앞으로도 점점 더 벌어질 것이다. 자신과 함께 살면, 나이를 먹지 않는 염마의 이상한 증세가 괜히 더 주위에 두드러지게 된다.

이제는 자립하지 않으면 안 된다.

옷깃을 바로잡고 등을 꼿꼿이 편 채 나쓰는 요코하마 거리를 걸었다. 서양에 침식당한 거리 풍경은 에도의 잔향과 뒤섞여 진기한 분위기를 빚어냈다. 가스등과 기와지붕, 이를 검게 물들인 여인과 아이스크림, 요코하마에는 없는 것이 없었다. 염마처럼 기묘한 인물이 살기에는 마침 적당한 도시인지도 모른다.

큰길을 벗어나 골목길로 들어섰다. 양품점 옆에 '삼일월당三日月堂'이라고 적힌 세련된 간판이 보였다. 나쓰가 단골로 다니는 양서 책방이다.

예전에는 창고였다는 삼일월당은 비치된 서적이 풍부해서 유럽의 희귀한 민간요법이며 복잡한 정신병학의 책도 빠짐없이 갖추고 있었다. 나쓰는 외과 전공이지만, 그쪽 분야에도 비상한 관심이 있었다.

"실례합니다."

그 친절하고 재미있는 주인 남자가 있을까. 안을 슬쩍 들여다보았다.

"Welcome, Please."

뜻밖에도 영어로 맞아주는 바람에 가게에 들어가려던 나쓰의 발이 멈칫했다. 안에 있는 사람은 붉은 머리칼과 수염에, 거대한 몸집의 외국인이었다. 열어놓은 흰 칼라 사이로 역시 붉은색 가슴털이 보였다.

의학교에는 서양인 강사도 있었다. 다른 사람들보다는 외국인이 익숙하다고 생각했던 나쓰도 곰처럼 큼직한 남자를 보자 저절로 몸이 긴장되었다.

"아, 이쪽은 의학교에 다니는 여학생."

귀에 익은 아름다운 목소리와 함께 가게 안쪽에서 일본식 평상복 차림의 젊은 남자가 나타나자 그제야 나쓰는 마음이 놓였다.

이 사람이 바로 삼일월당의 주인이다. 우아하다는 단어가 머릿속에 떠오를 만큼 거동이 유연하고 잘생긴 남자다.

"다행이에요. 난 또 가게를 잘못 찾아온 줄 알았어요."

"생김새는 좀 무섭지만 이 친구 착한 사람이에요. 이름은 히스."

히스라는 외국인이 엄지손가락을 치켜들고 웃으며 고개를 끄덕였다.

"실례했습니다, 친구분이셨군요."

남녀의 틀을 뛰어넘는 아름다운 용모, 어딘지 세상과는 동떨어진 듯한 분위기의 이 남자라면 외국인은 물론이고 요괴 친구가 있다고 해도 이상할 게 없었다.

"친구이자 삼일월당의 공동 경영인이랍니다."

바로 얼마 전부터예요, 라고 히스가 덧붙였다.

나쓰는 뜻밖이라고 생각했다. 삼일월당의 주인이 누군가와 편을 짜서 일할 만한 사람으로는 보이지 않았던 것이다.

"그렇군요. 아참, 지난번에는 고마웠습니다."

지난달에도 사업차 도쿄에 왔다면서 잠깐 나쓰를 만나러 왔었다.

"그때 사다주신 화과자, 정말 맛있었어요."

엄마와 함께 살던 무렵에는 나쓰도 되도록 사람들을 멀리할 수밖에 없었다. 이제야 겨우 이렇게 하나둘 아는 사람이 생기기 시작했다.

"다음에는 어떤 선물을 들고 가야 당신의 웃는 얼굴을 또 볼 수 있을까?"

삼일월당의 주인이 빙긋 웃으며 말했다.

어휴, 또 시작이네, 라고 옆에서 히스가 어깨를 으쓱 치켜들었다. 아마도 삼일월당의 주인이 여자들을 대할 때마다 써먹는 사교적인 말이 또 튀어나왔다는 뜻인 모양이다.

"이미 충분히 받았는걸요. 제가 의사가 되면 급할 때 꼭 불러주세요."

삼일월당의 주인은 잠시 생각해보더니 중얼거렸다.

"마음의 상처도 치료해줄 수 있어요?"

나쓰는 눈을 둥그렇게 떴다. 아직 일본에서는 심리학이나 정신병리학은 미지의 분야였다. 수업시간에도 그 부분은 거의 다루지 않았다.

"글쎄요, 그건 좀……. 제가 외과 전공이라서요. 죄송하군요. 하지만 혹시 어딘가 다치셨을 때는 제가 최선을 다해서 치료해드리죠."

삼일월당의 주인은 문득 쓸쓸한 표정으로 웃었다.

"다쳤을 때……. 흠, 글쎄요."

이것은 자주 본 적이 있는 표정이다. 염마도 이따금 이런 식으로 웃는다.

"나쓰 씨에게는 미리 알려드려야겠군요. 올해 안으로 이 책방을 히스에게 맡기고 저는 요코하마를 떠날 생각이랍니다."

나쓰는 깜짝 놀랐다.

"이 친구가 미국 사람이니까 책방 이름이 '클레센토 책방'으로 바뀔지도 모르겠군요. 하지만 책들은 모두 그대로 넘길 거예요."

재미있는 이야기라도 하는 듯한 말투였다.

"그러시군요, 섭섭하네요."

서적이 많은 것도 좋았지만, 이 주인을 만날 수 있다는 게 즐거움 중에 하나였다.

"앞으로도 자주 들러줘요."

"가게를 넘긴 다음에는 어떻게 하시려고요?"

오지랖 넓은 질문인지 모르지만, 왠지 마음에 걸렸다.

"아직 정하지 않았어요. 바람이 부는 대로 흘러갈 뿐이죠."

어릿어릿한 어린애 같은 풍정과 만사를 체념한 노인네 같은 눈동자였다. 이런 분위기는 염마와도 질이 같은 것이었다.

"근데 묵향이 나는군요."

"네?"

기모노에 먹물을 묻히고 나온 걸까. 나쓰는 당황해서 옷소매의 냄새를 맡아보았다. 그러고는 아하, 하고 얼굴을 들었다.

"이건 문신 염료 냄새예요."

염마가 사용하는 묵에서 옮겨온 향이었다. 외출하기 전에 잠깐, 어질러진 작업도구를 정리해주고 나온 것이다.

"오빠가 문신사거든요."

나쓰는 굳이 감추지 않았다. 물론 세상에 드러내놓고 자랑할 만한 직업은 아니지만, 염마는 그 일로 지금껏 자신을 키워왔다. 창피하다는 생각은 들지 않았다.

"문신에 대해서는 잘 모르지만, 오빠가 새기는 그림은 정말 아름다워요, 어떤 그림보다도……."

진심으로 그렇게 생각했다. 이따금 염마의 손님이 부러울 때도 있었다. 그들은 죽을 때까지 염마의 예술혼과 함께 있는 것이다.

"그래요? 한번 만나보고 싶군요."

삼일월당의 주인이 중얼거렸다.

“남자에게는 삐딱하게 구는 사람이에요.”

나쓰가 킥킥 웃었다.

“그렇다면 둘이 잘 맞을 것 같은데요?”

이 사람은 일본인답지 않게 ‘레이디 퍼스트’를 챙기는 남자니까, 라고 히스가 놀렸다. 매끈한 일본어였다.

“아참, 지금까지 저희 책방을 사랑해 주신 보답으로 이걸 드려야겠군.”

주인이 두툼한 한 권의 의학서를 내밀었다. 표지에 ‘정신의학’이라는 독일어 제목이 적혀 있었다.

“그래도 이건…….”

양서는 가격이 만만치 않다. 마음은 고맙지만 널름 받을 수는 없었다.

“파는 물건이 아니에요. 제가 보던 책이니까 괜찮다면 가져가요. 이제 읽지 않으니까.”

그가 보던 책이라는 말에 나쓰는 놀랐다.

“이걸 읽을 수 있어요?”

“사전을 뒤적이며 그럭저럭. 시간이 남아도니까 심심풀이로 딱 좋죠.”

그러니 가져가라고 다시 건네주어서 나쓰는 고마워하며 몇 번이나 고개를 숙였다.

"여자분이 의학에 뛰어들면 이래저래 힘든 일이 많을 거예요. 도움이 되었으면 좋겠군요."

"고맙습니다."

너무 힘들어서 기가 꺾일 것 같은 일도 있다. 정말 고마운 말이었다.

"뭔가 짐이 많군요. 좀 들어드릴까요?"

"아뇨, 천만에요. 제가 원래 농사꾼 출신이라서 힘이 장사랍니다. 게다가 집도 그리 멀지 않으니까 괜찮아요."

나쓰의 눈에는 오히려 삼일월당의 주인이 더 약해 보였다. 오늘은 특히나 얼굴빛이 창백하게 보였다.

"미안해서 사양하시는 거 아니에요?"

"정말 괜찮아요. 모토마치 뒤쪽 동네인데요, 뭐. 잠깐만 가면 돼요."

"덴베이 주택?"

아직 지은 지 10여 년밖에 안 된 이층 건물의 이름이 튀어나오는 바람에 나쓰는 뺨을 붉히며 고개를 숙였다. 그런 궁궐 같은 집에서 살 만한 형편이 아니다.

"아뇨, 그 뒤의 개천 쪽에……. 아, 정말 괜찮아요. 고맙습니다."

나쓰는 급히 책방을 나왔지만 곧바로 발을 멈췄다. 주인의 이름조차 모른다는 게 생각났기 때문이다.

"저어, 성함을 여쭤봐도 될까요?"

왜 그런지 삼일월당의 주인은 잠시 고개를 갸우뚱하게 기울이고 뭔가 생각한 뒤에야 대답했다.

"오니즈키鬼月라고 합니다."

아름다운 얼굴로 부드럽게 웃는다.

나쓰가 돌아가자 히스가 빙글빙글 웃으며 물어왔다.

"새 이름이야?"

"그렇지."

히스에게 가게를 맡겨두고 삼일월당의 주인은 평상복 차림 그대로 큰길로 나섰다. 오늘은 날씨가 맑지만 그다지 덥지 않아서 지내기가 수월했다. 이 정도라면 그 여학생도 별로 힘들이지 않고 집까지 갈 수 있을 것이다.

가로수 사이의 마차 길은 아름답게 정비되어 있어서, 마치 이국의 경치처럼 사람들에게 잠시잠깐의 꿈을 주었다.

"히사카 나쓰……."

죽고 싶다는 생각 따위는 해본 적도 없을 것 같은 건강한 눈 동자를 가진 아가씨다. 올곧고 총명한 모습이어서 언제 봐도 그 당당함에 기대고 싶은 마음이 들었다.

이름을 묻는 바람에 순간적으로 오니즈키라고 대답했다. 지금까지 수없이 많은 가짜 이름을 써왔지만, 기왕 새로 지었으니 당분간은 오니즈키라는 이름을 쓰자고 생각했다.

문신사라는 나쓰의 오빠가 왠지 마음에 걸렸다. 그 묵 냄새는 예전에 스승으로 모셨던 바이코가 사용하던 것과 똑같았다. 벌써 오랜 옛날에 세상을 떠났다고 들었지만, 말년에 제자로 보이는 젊은이 한 사람을 거느리고 있었다고 한다. 파문당한 불초 제자를 대신하여 번듯한 후계자를 찾아낸 것이라고 해도 이상할 건 없다.

'하지만 설마……'

오니즈키는 머릿속에 떠오른 그 생각을 일단 뿌리쳤다.

길을 걷다가 신문을 한 부 샀다. 천천히 걸음을 옮기는데 인도의 저만치 앞에서 길바닥에 우르르 쏟아진 물건들을 줍고 있는 여자가 눈에 띄었다. 아니나 다를까, 나쓰였다.

"내가 좀 도와드려야 할 것 같은데요?"

곧바로 뛰어가 냄비니 젓가락 등속을 챙겨주었다. 이런 살

림살이들이 의외로 무거운 법이다.

"미, 미안해요. 하지만 정말 괜찮아요. 손에 땀이 나서 잠깐 놓쳤을 뿐이에요."

나쓰가 어쩔 줄 모르는 기색으로 사과했다.

"그럼 잠깐 쉬었다 갈래요? 마침 좀 더 이야기도 나누고 싶었는데. 저기 저 가게, 커피 맛이 꽤 괜찮아요. 라무네(탄산수에 시럽과 향료를 넣은 청량음료－역주)도 있고."

눈앞에 보이는 세련된 양식당을 손끝으로 가리켰다. 어지간히 목이 말랐던지 이번에는 나쓰도 사양하지 않았다. 발그레한 얼굴로 꾸벅 고개를 끄덕였다.

나쓰의 짐을 나눠들고 양식당으로 들어갔다. 가게 안도 마찬가지로 무더웠지만 햇볕이 닿지 않는 만큼은 시원했다.

"나쓰 씨는 라무네?"

"네, 목이 마르군요. 의욕이 넘쳐서 물건을 너무 많이 사들였나 봐요."

사양하는 마음보다 수분이 더 급했던 모양이다. 아까 책방에서 말했다면 물 한잔쯤은 기꺼이 대접했을 텐데. 의학교에 다니는 선구적인 여성이면서도 고유의 전통적 사고를 고스란히 간직하고 있다.

자리에 앉아 커피와 라무네를 주문했다.

접힌 신문에는 큼직하게 '요코하마 여자 살인'이라는 제목이 춤추고 있었다. 세 번째 피해자가 나오면서 이제는 요코하마 어디를 가든 이 사건이 화제가 되고 있었다.

아무리 피비린내 나는 끔찍한 사건도 자신과 관계없는 일이면 사람들은 벌떼처럼 달려들어 떠들어댄다.

'세 사람째…….'

오니즈키의 눈에 위태로운 빛이 떠올랐다.

"정말 끔찍한 사건이에요."

신문 제목을 바라보며 나쓰가 진지한 표정으로 말했다.

"네, 그렇지요."

"이런 짓, 절대로 용서할 수 없어요."

분노에 찬 마음이 전해져 왔다. 거기에는 반쯤 심심풀이로 여기는 호기심 같은 건 털끝만큼도 없었다. 순수한 분노로 나쓰는 입술을 깨물고 있었다.

수수한 생김새의 아가씨지만 이럴 때면 매우 아름답게 보인다. 숭고한 영혼이 빚어내는 아름다움이랄까.

라무네와 커피가 나왔다. 눈 깜짝할 사이에 잔을 비우고 나쓰는 안도의 한숨을 내쉬었다.

"오늘은 이래저래 창피한 모습을 내보였네요."

"이제 좀 기운이 나시는 것 같군요."

오니즈키는 품속에서 작은 유리병을 꺼냈다. 병 안에 검은 가루가 반쯤 들어 있었다.

창문을 뚫고 들어오는 햇살에 유리병을 비췄다. 검은 입자가 유리병 속에서 사철砂鉄처럼 가느다란 빛을 뿜었다.

"약인가요?"

"네, 불로불사의 묘약."

웃으면서 그렇게 대답하자 나쓰는 눈을 둥그렇게 떴다. 물론 아무도 믿지 않을 것이다. 오니즈키 스스로도 사실은 믿지 않는다. 하지만 손에서 놓을 수가 없다…….

"만일 이 세상에 실제로 그런 게 있더라도 드셔서는 안 돼요."

나쓰가 진지한 얼굴로 응했다.

"왜요?"

"행복해질 수 없으니까요."

망설임 없는 대답이었다. 이 아가씨가 무엇을 알고 있다는 건가.

"그럴까요……."

현자 같은 이 아가씨에게 자칫 때를 놓쳤을 때는 어떻게 해야 하느냐고 한번 물어보고 싶었다.

"오늘은 왠지 얼굴색이 좋지 않다고 생각하던 참이에요. 어디 몸이 불편하신가요?"

나쓰가 걱정스럽게 몸을 내밀며 물었다.

"더위를 먹었나 봅니다. 이걸 먹으면 괜찮아져요."

병뚜껑을 돌려 열었다. 커피에 딸려 나온 스푼으로 가루를 아주 조금 퍼올렸다.

얼핏 한방약처럼 보여서 오니즈키도 실제로 그런 거라면 정말 좋겠다고 생각하곤 했다. 오른손이 욱신욱신 아파왔다.

어서 먹어, 라고 몸속에서 신귀가 속닥거렸다.

그러지 않으면 네가 죽어, 라고 킬킬킬 비웃는다.

죽어도 괜찮은데, 그래도 저항할 수가 없다.

스푼을 입에 넣었다. 탄내가 입안에 퍼진다. 구역질이 나려고 해서 오니즈키는 서둘러 커피를 마셨다. 진한 향기의 커피가 이 '묘약'을 삼킬 때는 안성맞춤이다.

몸의 내부까지 속속 스며들었다. 신귀가 만족한 듯 얌전해지는 것을 느끼며 숨을 가다듬었다. 이제야 겨우 오른손의 통증이 가라앉았다. 땀을 훔치며 길고 가느다란 숨을 토해냈다.

“그렇게 쓴 약이에요?”

“이보다 더 쓴 약은 이 세상에 없다 싶을 정도.”

의학도라서 그런지 나쓰는 진심으로 염려해주는 얼굴이었다.

“가족은요?”

건강을 돌봐줄 만한 식구는 없느냐고 묻는 것이리라.

“가족은 없어요. 내가 아홉 살 때 어머니가 돌아가신 뒤로는 줄곧 혼잣몸이죠.”

나쓰는 고개를 떨구었다.

“제가 쓸데없는 질문을 드렸군요.”

“아뇨, 신경 쓰지 마세요.”

“오니즈키 씨의 어머님이라면 정말 아름다운 분이셨을 것 같아요.”

그랬던가. 야차는 잠시 생각에 잠겼다. 아무튼 까마득한 옛날 일이라서 제대로 기억도 나지 않는다.

“죽은 얼굴은 아름다웠죠. 행복한 미소를 짓고…….”

그때를 다시 떠올린 건 무척 오랜만이다.

“그건 분명 오니즈키 씨와 함께 웃는 꿈을 꾸신 거예요.”

커피 잔을 입에 대다가 문득 멈췄다.

“우리 어머니가?”

“네. 예전에 아버지가 해준 얘기가 있어요. 어머니가 이따금 잠을 자면서 웃는 일이 있었대요. 나중에 물어보면 나를 꼭 끌어안고 있는 꿈을 꾸었다고 겸연쩍은 얼굴로 대답하곤 했다는군요. 그러니 분명 오니즈키 씨의 어머님도 그러셨을 거예요.”

바짝 말라버린 줄만 알았던 가슴에 잔잔한 파문이 퍼져갔다. 하지만 여자의 순진한 몽상에 그럴 리 없다고 쏘아붙일 만큼 유치하지는 않다.

“정말 그럴지도 모르겠네.”

웃으며 응했다. 하지만 제대로 웃는 얼굴을 만들지 못했는지도 모르겠다. 나쓰의 표정이 슬쩍 흐려졌기 때문이다.

“내가 또 슬픈 얘기를 해버린 모양이죠?”

역시 얼굴에 드러났던 모양이다. 나답지 않은 일이다.

“아뇨, 천만에.”

야차는 미소를 지은 채 고개를 저었다.

“당신을 보면 생각나는 사람이 있어요.”

퍽 오래전의 일이다. 변하는 시대와 변하지 않는 자신. 약간은 우울한 시기였는지도 모른다. 딱히 본다는 의식도 없이 멍하니 바다를 바라보고 있었더니 자신에게로 달려온 젊은 여자가 있었다.

"이봐요, 성급한 마음을 먹어서는 안 돼요."

분명 전에도 이런 말을 들은 적이 있었던 게 생각나서 우스웠다. 당장 자살이라도 하려는 사람처럼 보인 모양이었다.

어머님이 애써 내려주신 목숨이잖아? 그걸 함부로 하면 천벌 받아."

전에 그런 말로 자신을 꾸짖었던 여인은 그 마을의 가난한 촌장의 딸이라고 했다. 뭔가 힘든 일이 있으면 언제든지 상의하러 오라고 했다. 남편도 착한 사람이라 나쁜 말은 안 할 것이라며, 고압적이지 않은 소박한 말투로 꼭 살아야 한다고 타일러주었다. 그녀는 임신 중이었다.

"이거라도 먹고 힘을 내서 살아봐."

등에 맨 야채 바구니에서 토마토 하나를 꺼내주었다.

"잘 익었으니까 그냥 먹어도 돼."

토마토라면 몇 번 본 적이 있었다. 관상용이라고 들었는데 이걸 생으로도 먹는 건가. 그런 생각을 하면서 한 입 베어물었다.

멀리 바다 건너에서 왔다는 진귀한 그 야채는 비릿해서 여름의 태양 맛이 났다.

……돌이켜 생각해도 여전히 낯이 간지럽다.

"혹시 오니즈키 씨가 좋아하던 분?"

나쓰가 흥미진진한 눈빛으로 물었다.

"아뇨, 그런 연애 이야기가 아니에요. 우연히 만나서 몇 마디 나눴을 뿐이죠. 그 여자는 이미 결혼한 사람이었고 만삭이 된 배를 안은 행복한 얼굴이었어요."

아이가 태어나기를 진심으로 고대하는 기색이었다. 그토록 건전하고 행복한 웃음을 야차는 여태까지 본 적이 없었다.

"여름에 태어나는 아이니까 딸이라면 '나쓰'라고 이름을 붙일 생각이야."

나쓰……. 좋은 이름이라고 생각했다. 반짝거리는 느낌이 있다. 이미 그때에 아직 본 적도 없는 그 아기는 야차의 내면에서 특별한 존재가 되었는지도 모른다.

"정말 나를 닮았어요?"

"네. 어쩌면 그때 그 분의 뱃속에 나쓰 씨가 있었는지도."

나쓰는 '풋!' 웃음을 터뜨렸다.

"오니즈키 씨와 나는 기껏해야 몇 살 차이일 뿐이에요. 대체 몇 살 때의 일인데요, 그게?"

우스운 얘기라는 듯 나쓰는 눈가에 맺힌 눈물을 훔쳤다.

"그렇다면 나도 오니즈키 씨와 비슷한 느낌을 가진 사람을 알아요. 처음 만났을 때부터 그런 생각이 들었죠. 얼굴 생김 새가 닮은 건 아니지만 분위기랄까, 그런 게 꼭 닮았어요, 우리 오빠하고."

문신사라는 그 오빠에게 점점 더 흥미가 솟구친다.

"오빠의 이름을 물어봐도 될까요?"

나쓰는 잠시 망설였다.

"오빠는 남들에게 자기 얘기를 별로 안 하는 사람이에요. 이 이름, 다른 데서는 말하지 않으실 거죠?"

"물론입니다."

나쓰는 남의 눈을 피하듯이 목소리를 낮췄다.

"호쇼 염마예요."

오니즈키는 저도 모르게 헉 숨을 삼켰다. 그 이름을 듣자마 자 미칠 듯이 마음이 둥실 떠올랐다. 웃음이 치미는 것을 간 신히 참았다.

"혹시 아는 사람이에요?"

"아뇨. 하지만 호쇼 문신사라는 얘기는 들은 것 같군요."

"그러고 보니 그 호쇼라는 건 스승에게서 제자로 대를 이어 물려받는 호칭이라고 하던데요?"

이게 대체 무슨 인연인가. 세상 모든 것이 보이지 않는 자의 생각대로 굴러가고 있다. 새삼 그걸 깨닫고 오니즈키는 경탄했다.

"이봐, 또다시 매춘부가 살해된 모양이야."

"누가 아니래. 아휴, 끔찍해라."

등 뒤 자리에서 그런 대화가 들려왔다. 서양 옷차림의 두 남자가 잘 구워진 고기를 덥석덥석 입에 넣으며 열을 내어 '요코하마 여자 살인' 사건에 대해 떠들고 있었다.

"요코하마에는 전국 각지에서 막돼먹은 시골놈들이 마구 몰려들잖아. 틀림없어, 범인은 그자들 중에 있어."

"하지만 옷을 홀딱 벗기고 온몸을 난도질해서 내장까지 꺼내다니, 정말 끔찍하지 뭐야. 얼굴에까지 칼질을 했다잖아."

"그렇다니까."

나쓰의 주먹이 파르르 떨렸다. 오니즈키는 자리에서 일어섰다.

"그만 나갑시다."

나쓰도 불쾌했는지 말없이 고개를 끄덕였다.

"오늘, 정말 고맙습니다."

가게를 나서자 공손히 머리를 숙였다.

"짐은 들어주지 않아도 괜찮아요?"

"네, 그만 가서 쉬세요. 오히려 제가 오니즈키 씨를 가게까지 업어다 드리고 싶은데요, 뭘."

나쓰는 웃었다. 난 괜찮아요, 라면서 두 손으로 짐을 번쩍 들어올려 보였다.

"그럼 문신사 오빠에게 인사나 전해줘요."

나쓰를 배웅하고 오니즈키는 한숨을 내쉬었다. 눈부신 햇살에 머리가 핑 돌았다.

문득 생각했다. 정말로 끔찍한 것은 인간인가, 아니면 인간이 아닌 다른 것인가.

3

개천을 덮은 나무판자 위의 쪽방은 제대로 햇볕도 들지 않으면서 푹푹 찔 만큼 무더웠다.

요코하마에서 이곳보다 더 낡고 지저분한 건물이 또 있을까. 모토마치 쪽과 가까워서 입지는 썩 괜찮은 편이지만, 약한 지진으로 한바탕 살짝 흔들리기라도 했다가는 순식간에 나무판자의 쓰레기 더미가 될 것이다.

방 안이 어둡고 너무 더워서 나쓰는 바깥에 나와 있었다. 쪽방 동네 근처의 풀밭에 작은 통을 들고 와 그곳에 앉아 책을 읽었다.

어머니가 남긴 머리핀의 장식 구슬이 떨어지고 없는 것을 오늘 아침에야 알아본 참이라서 기분이 그리 좋지 않았다. 집 바깥에서의 독서는 기분을 바꾸는 데 딱 좋다.

다만 차양 넓은 불란서 모자를 눈까지 깊숙이 눌러써도 쨍쨍한 햇볕이 사정없이 파고들었다. 화려한 새 깃털과 조화가 달려 있어서 수수한 자신에게는 어울리지 않는다는 생각에 아직 써본 적이 없지만, 이토록 햇살이 쨍쨍하니 그런 소리를 하고 있을 때가 아니었다.

만으로 스무 살이 되었다는 말을 듣고, 한 남학생이 나쓰에게 선물한 모자였다. 외국에서는 해마다 자신이 태어난 날을 축하하는 풍습이 있다는 모양이다. 같은 의학교에서 공부하는 의사 집안의 아들로, 유일하게 나쓰에게 친절하게 대해 주는 청년이었다.

기쁘기도 하고 부끄럽기도 했다. 날마다 공부에만 매달려 온 나쓰도 늦었지만 그런 나이를 맞이하고 있었다. 염마라면 이런 세련된 선물을 하는 일은 결코 없을 것이다. 어렵사리 말하면 돈을 던져주면서 원하는 것을 사라고 할 뿐이다.

그쪽에서는 나를 여자라고 생각하지 않으니 어쩔 수 없지만, 좀 더 아름다웠더라면 염마의 태도도 달라지지 않았을까, 하는 생각이 드는 일도 있었다.

'에이, 바보.'

처음 만났을 때부터 내내 한 남자로서 사모했던 것 같다. 그 쓸쓸한 눈동자를 항상 마음속에 담아두고 있었다. 어떻게든 염마의 따스함 밑에 들어서고 싶다고 늘 생각해왔다. 하지만 그런 말을 입에 담으면 그에게는 큰 부담이 될 터였다.

평생 이런 마음을 꽁꽁 감춰둔 채 살아가는 수밖에 없다. 하지만 그건 한창때의 나쓰에게 상상할 수 없는 시련으로 느껴졌다. 아직 그럴 각오까지는 되어 있지 않았다.

쓸데없는 미련을 떨쳐내듯이 나쓰는 책을 읽어나갔다. 어제 삼일월당의 오니즈키에게 받은 독일 의학 서적이다. 깜짝 놀랄 만큼 난해해서 독일어에는 자신이 있는 나쓰도 쩔쩔맬 정도였다. 사전도 가져올걸, 하는 후회를 했다.

이 책을 읽고 이해했다면 삼일월당의 주인은 상당한 지식인이다. 느긋한 은거 생활을 즐기는 부잣집 도련님처럼 보이더니, 대체 어떤 사람일까? 책장 속에는 오니즈키가 책꽂이 대신 사용했었는지 서양의 그림엽서가 꽂혀 있었다. 눈 내린 경치와 동그란 동백나무 가지의 장식이 그려진 엽서로, 구세주의 탄생을 축하하는 그림이었다.

그림엽서가 꽂혀 있던 페이지에는 흥미를 끌 만한 내용이 적혀 있었다.

자신이 인간의 피를 빨아먹는 뱀파이어라는 괴물이 되었다고 믿는 한 남자가 밤마다 사람들을 습격하여 피를 먹는다는 사례였다. 일본에서라면 여우에 홀린 인간이라는 한마디로 일축할 것 같은 얘기지만, 그것을 뇌와 정신의 병으로 자리매김하고 정확히 분석한 학설들이 실려 있었다.

삼일월당의 주인에게는 이 내용이 마음에 걸렸던 것일까. 아니면 우연히 이 페이지에 끼워둔 것일까. 그런 생각들을 굴리고 있으려니, 길 건너편에서 연신 땀을 닦아가며 걸어오는 외국인의 모습이 보였다.

화려한 모자를 쓴 나쓰를 발견하고는 손을 흔들며 뭔가 부르짖었다. 알아듣기 어려운 말씨여서 나쓰는 책을 들고 그 외국인에게로 다가갔다.

둥근 안경 안쪽의 눈동자가 안도한 듯이 이쪽을 빤히 쳐다보았다.

“메이 아이 헬프 유?”

나쓰는 더듬거리는 영어로 말을 건네보았다.

“와우, 다행이다. 드디어 내 말을 알아듣는 사람을 만났어!”

안도한 남자는 유창한 일본어로 말했다.

“말을 붙여도 다들 도망쳐서 어쩔 줄 모르고 있었습니다.”

온화한 거동으로 웃음을 건네와서 나쓰도 덩달아 미소를 지었다. 요코하마 사람이라도 외국인이 말을 걸면 당황해서 달아나버리는 모양이다.

“무슨 일이세요?”

“사람을 찾고 있어요. 문신을 하는 호쇼 엠마라는 사람, 알아요?”

집을 나올 때는 아직 자고 있었는데, 이제는 일어났을까.

실컷 자고 일어났더니 온몸이 땀투성이가 되어 있었다. 아직 머릿속이 몽롱한 채로 부스스 몸을 일으키자 눈앞에 낯선 외국인이 앉아 있었다. 문신을 새기려는 손님인가, 라고 생각하면서 엠마는 머리를 벅벅 긁었다.

“와우, 당신이야? 우리, 경찰서 앞에서 만났었지?”

그 말에 생각이 났다. 경찰서 앞에서 마주쳤던 둥근 안경의 외국인이었다.

"그때 그 기자?"

나쓰는 두 사람이 서로 아는 사이라는 것에 깜짝 놀란 얼굴이었지만, 곧바로 차를 준비하러 내려갔다. 방 안은 지독히 후덥지근하고 땀과 곰팡이와 묵향이 뒤섞인 독특한 냄새가 났지만, 외국인 기자는 그다지 신경 쓰는 기색도 없었다.

"〈런던 위클리〉지의 오즈월드 레이라고 해. 당신은 입묵하는 호쇼 염마 씨?"

"입묵이 아니라 문신이라고 해주시오. 그나저나 무슨 볼일로? 문신 새기려고?"

이불 위에 책상다리를 틀고 앉아, 잠자리에 눌려 여기저기 뻗친 머리 꼴로 염마는 부루퉁하게 대꾸했다.

"아니, 우리 신문에 일본의 문신을 소개하려고 해. 취재 좀 하게 해줘."

"왜 하필 나야?"

염마의 눈동자가 탐색하듯이 번쩍 빛을 뿜었다. 문신사라면 얼마든지 있다. 굳이 개천 건너 쪽방 동네까지 새파랗게 젊은 나를 찾아온 이유가 뭔지 알 수 없었다.

“불란서인 친구가 당신에게 문신을 했어. 정말 멋진 데빌이었어.”

분명 얼마 전에 외국인의 어깨에 서양 악귀를 새겨주었다.

“외국인 남자는 조금만 아파도 죽는다고 엄살을 피우니까 귀찮아. 몸집은 곰 같으면서.”

“그 친구는 아주 잘 그려졌다고 기뻐했어. 섹시한 데빌을 보여주면서 신문에 소개할 거면 당신이 최고라고 추천했어.”

공공연하게 문신사라고 이름을 밝히고 나설 수 없는 처지라서 인편으로 손님이 찾아드는 건 고마운 일이지만, 이런 식으로 엉뚱한 손님까지 불러들이고 만다. 염마에게 이런 일은 괜한 고민의 씨앗이다.

“나도 귀국하기 전에 하나 새기고 싶어.”

“괜히 멀쩡한 살에 흠집 낼 거 있어? 영국에서는 부잣집 도련님일 텐데. 부모님이 엉엉 우실 거야.”

자기보다 어린 사람인 데다, 문신사가 그런 말을 하는 게 이상했던 모양이다. 오즈월드는 쓴웃음을 지었다.

“부모님은 돌아가셨어. 아무도 울지 않아.”

“당신들의 그 하나님께서 울겠지.”

염마는 여전히 시들한 얼굴로 대꾸했다.

“흠, 그건 모르겠어. 나는 하나님이란 건 본 적도 없으니까.”

나쓰는 내심 놀란 얼굴이었다. 이런 말을 하는 외국인은 처음이었던 것이다.

“그거야 내 알 바가 아니고……. 그나저나 요코하마 여자 살인사건 쪽은 괜찮아?”

‘요코하마 여자 살인’이라는 건 지역 신문에서 붙인 제목이다. 세 번째 사체가 발견되면서 온 시내가 부르르 떨 만큼 동요하고 있었다.

“사실은 그런 것도 취재를 할 생각이야. 세 번째 피해자를 처음 발견한 게 당신이었지?”

염마는 흠칫해서 얼굴을 번쩍 들었다. 그런 얘기를 처음 듣는 나쓰도 눈이 휘둥그레졌다.

“어떻게 그런 것까지 알고 있지?”

“이래봬도 나는 신문기자야. 일본 속담으로 말하자면, 뱀의 길은 뱀이 안다고 할까?”

경찰에서 정보를 흘린 걸까. 그 일을 알고 있는 건 경찰 관계자뿐이다. 염마는 잠시 생각을 굴렸다.

“나는 말해줄 게 없어.”

취재 대상이 부쩍 경계심을 높였다는 걸 깨달았는지 오즈월드가 곤혹스러운 표정으로 웃었다.

"아이, 그러지 말고. 문신에 대한 것만이라도 자세한 의견을 들려줘. 일본 문화를 요코하마에 사는 외국인들에게 소개하는 일이야."

염마는 고개를 가로저을 뿐이었다. 사진은커녕 누군가의 기억 속에 남는 것도 좋지 않다. 더구나 신문 따위, 말도 안 되는 일이다.

나쓰는 상황을 지켜보듯이 두 사람 앞에 조용히 찻잔을 내밀었다.

"문화인지 뭔지는 모르겠지만, 다른 데 가서 알아봐. 쌍수를 들고 도와줄 사람이 얼마든지 있을 거야."

오즈월드도 여간내기가 아니어서 쉽게 물러서지 않았다.

"레지 홀의 여가수가 '리염마裏閻魔'에게 감사하다고 하던데? 완전히 다 나았다고 하더라고."

염마는 흠칫 놀랐다. 언제부터인지, 신귀 새김을 할 때만은 리염마라고 불리게 되었다. 공공연히 드러내고 싶지 않은 호칭이다.

"그건 그냥 사기 주술이야. 잠시잠깐 마음이나 편하자고 하는 짓이야.”

외국인 전용 극장에서 노래하는 미국인 여자였다. 걷잡을 수 없이 코카인 중독에 빠져 헤매게 되자 인편을 통해 염마에게 울며 매달렸다. 그래서 신귀를 담아 손바닥에 눈물 모양을 새겨주었다.

“그건 그렇겠지. 아무리 엉터리 같은 것도 믿기 나름이라는 말이 있지? 나도 그런 거라고 생각했어. 하지만 우리 신문을 읽는 독자들은 ‘동양의 신비’라는 주제를 아주 좋아해. 문신은 그야말로 최고의 화제가 될 거야.”

한마디로 이자는 신귀 따위는 전혀 믿지 않는 것이다. 그러면서도 흥미 본위로 그걸 신문에 싣겠다니, 제대로 된 신문기자가 아니다.

“제발 화내지 말아줘. 표리表裏가 서로 다른 문신사라면 누구든 흥미를 갖게 마련이야. 나는 꼭 당신을 취재하고 싶어. 당신 사업에도 짭짤한 홍보가 될 거야.”

서양인치고는 온후한 분위기의 얼굴이지만, 여간 고집이 센 게 아니었다. 하지만 염마가 이면의 얼굴을 감추고 있다는 것까지는 이해하지 못한 모양이다.

“싫다는 데 왜 이래? 문신 손님이 아니라면 그만 돌아가쇼.”

염마는 고함을 빽 지르고 더 이상 말하기도 싫다는 듯 등을 돌렸다.

"알겠어. 오늘은 이만 돌아가지. 실은 또 한 사람, 손바닥에 주술 같은 걸 새겨주는 문신사가 있다는 얘기를 들었는데, 현재 행방불명이라고 했어. 그래서 당신을 꼭 취재하고 싶었는데, 정말 유감이야."

흠칫 놀라서 염마가 몸을 돌렸다.

"뭐라고?"

"왜 그래? 혹시 그 사람, 네가 아는 사람이야?"

염마는 손톱을 씹으며 생각에 잠겼다.

"모르는 사람이야. 근데 그자의 이름은?"

"거기까지는 나도 몰라. 그냥 소문으로 들었을 뿐이야. 요즘에는 문신 일을 하지 않는 모양이라서 찾아낼 수가 없어. 그 사람에게 일을 맡기려면 돈을 아주 많이 주어야 한다고 했어. 그리고 그 사람 손바닥에는 초승달인지 뭔지가 새겨져 있다는 얘기도 들었어."

염마는 숨을 헉 삼켰다. 이건 틀림없다.

"허리에 야차 문신이 있다는 얘기는 못 들었어?"

오즈월드는 잘 모르겠다는 듯 고개를 갸웃거렸다.

"글쎄, 그것까지는 모르겠어."

"그자는 어디 있지? 요코하마에 있어?"

잘 모르겠다는 듯이 오즈월드가 어깨를 으쓱 처들었다.

"그냥 소문이야. 그렇게 궁금하면 내가 좀 더 조사해볼까? 그 대신……."

그 대신 취재에 응해줄 수 있겠느냐고 오즈월드의 눈동자가 빈틈없이 교환조건을 제시해왔다.

"……아니, 그만 돌아가."

괜히 긁어 부스럼이 될 수 있겠다는 생각이 들었다. 처음 만난 외국인에게 그런 일을 부탁할 필요는 없다. 불로불사라는 건 전 세계 어디에 사는 인간에게나 경이로운 일일 터였다. 알려졌다가는 어떤 위험이 닥칠지 알 수 없다.

염마는 더 이상 대화할 생각이 없어서 여태 깔아둔 이불 속으로 기어들어갔다.

"아이 참, 호쇼 선생……."

어린애처럼 이불 속으로 기어드는 염마를 보고 오즈월드가 낭패한 표정을 지었다.

"잠깐만요."

더 이상 두고 볼 수 없어서 나쓰가 끼어들었다.

“보시는 대로 까다로운 성격이라서 이름을 팔 생각은 없을 거예요. 부디 오늘은 이만 돌아가주세요.”

그제야 오즈월드는 고개를 끄덕이며 자리를 털고 일어섰다. 집 밖에까지 배웅해주면서 나쓰는 깊이 고개를 숙였다.

“애써 여기까지 와주셨는데 죄송해요. 하지만 오빠의 생각은 바뀌지 않을 거예요.”

“나도 끈질긴 성격이니까 다시 오겠어요.”

나쓰는 쓴웃음을 지었다.

“그러면 미리 미안하다고 말씀드리는 게 좋겠군요. 도움이 되어드리지 못해 죄송해요.”

몇 번을 찾아와도 쓸데없다는 뜻을 은근히 내비친 것이다.

“하하하, 일본에 온 지 1년 반쯤 되었지만, 당신처럼 매력적이고 재치 있는 여성은 처음이에요. 그럼, 이만 실례합니다. 요코하마 리퍼ripper 사건이 정리되면 다시 취재하러 올 거니까, 잘 부탁합니다.”

1년 반밖에 안 되었다고? 나쓰는 입이 떡 벌어졌다. 그만큼 능숙한 일본어였다.

4

요코하마 여자 살인사건은 전혀 해결될 기미가 없었다.

국내에서는 비슷한 예를 찾아볼 수 없을 만큼 끔찍한 사건이었기 때문에 경찰도 허둥거리고 있는 것 같았다. 염마는 울적한 기분으로 집을 나섰다. 아니, 그보다 집을 대청소하겠다는 나쓰에게 등을 떠밀려 쫓겨난 것이다.

"마차 길이라도 잠깐 산책하고 오세요. 그 옆의 가게, 아이스크림이 아주 맛있어요."

나쓰는 그렇게 말했지만, 사람들이 많이 왕래하는 곳에는 별로 가고 싶지 않았다.

"지난번 손님, 상처가 잘 아물었는지 보고 올게."

그리고 퍼뜩 생각난 것처럼 한마디를 덧붙였다.

"아마 늦을 거야. 먼저 자라."

밤낚시라도 하면서 아침까지 집에는 들어오지 않을 생각이었다. 넓지도 않은 단칸방이다, 이불을 맞대고 잠을 자야 했다. 요즘 들어 그게 유난히 답답하게 느껴졌다. 나쓰는 어엿한 여자로 성장하고 있었다. 어린아이 때처럼 덤덤할 수만은 없었다.

"네, 잘 다녀오세요."

나쓰의 인사가 어쩐지 차갑게 들린 것은 자신의 마음속에 찔리는 게 있기 때문일 것이다. 이렇게 내외를 하게 되는 건 두 사람이 그야말로 타인이라는 증거인지도 모른다.

두 사람은 여태까지 여동생과 오빠로 살아왔지만, 실제로는 나쓰의 아버지와 같은 나이이다. 함께 사는 동안에는 언제나 어린애였는데, 의학교에 입학하여 서로 떨어져 살면서 이따금씩 만나게 되자 아무래도 오누이라는 관계가 점점 더 어색해져 갔다. 다 큰 처녀가 된 나쓰를 왠지 똑바로 마주 바라볼 수가 없었다.

'나름대로 각오는 했던 일인데······.'

나쓰를 여자로 의식하다니, 이런 건 처음 만났을 무렵에는 상상도 못했던 일이다. 오카자키의 딸에게 그런 감정을 품다니, 결코 있어서는 안 될 일이다.

내 자식처럼은 아니더라도 친여동생이라고 생각하며 살아왔다. 함께 울고 웃으며 의사가 되기 위해 힘껏 노력하는 나쓰를 뒷바라지해 왔다. 그것만으로도 분명 행복한 세월이었을 터였다.

그동안 쌓아온 관계도 추억도 이런 삿된 마음에 휩쓸린다면 모조리 잃을지도 모른다는 두려움이 있었다.

저도 모르게 한숨이 새어나왔다.

염마는 그 길로 곧장 치에의 집을 향해 걸음을 옮겼다.

등에 핀 목단꽃이 이제는 색깔 곱게 자리를 잡았을 것이다. 원래 여름철은 문신을 하기에는 적합하지 않다. 더운 날씨에 계속 땀을 흘리면 상처가 곪는 일이 많기 때문이다. 더구나 등 전체를 뒤덮는 대작이 아닌가. 극구 말렸는데도 치에의 남편은 말을 듣지 않았다. 당신이 거절하면 다른 문신사를 불러올 것이다, 그러니 꼭 당신 손으로 새겨달라고 치에는 말했다. 결국 조금이라도 선선한 때를 골라 밤에만 새기기로 한 것이다.

첩실의 깨끗한 피부에 피어난 꽃을 외국인들의 구경거리로 삼겠다니. 이 나라의 문신이 그만큼 예술적으로 높은 평가를 받는다는 얘기인 모양이다. 제기랄, 엿이나 먹어라. 문신은 그걸 새긴 사람 혼자만의 은밀한 도락이다. 그냥 그걸로 충분한 것이다.

치에의 등판에 새겨진 것은 문신이 아니라 죄인의 입묵이었다. 설령 치에가 부정한다고 해도 사실이 그렇다.

가는 길목에 지난번 사체를 발견한 곳이 나와서 염마는 그 앞에 웅크리고 앉아 합장했다.

이 세상에 신이라는 게 있는지 없는지는 모르지만, 살인은 끊이지 않고 일어난다. 예전에는 자객으로 남의 목숨을 빼앗은 자신이지만, 저항할 수 없는 사람을 재미삼아 죽이는 자의 정신상태를 도저히 이해할 수 없었다.

집 앞에 도착하자 치에가 꽃밭에 물을 주고 있었다. 조롱박 바가지로 멀찌감치 뿌리는 물에 저녁 해가 비쳐서 참으로 시원한 광경이었다.

"어라, 엽마 씨가 왔네?"

항상 어두운 방 안에 엎드린 치에의 등만 봤기 때문에 이렇게 환한 태양 아래에서 얼굴을 보는 건 처음이었다.

유곽 출신도 아니고 첩실도 아니다. 그저 평범한 여인네로 보였다. 그런 만큼, 얇은 옷 한 장 너머에 화려한 문신을 짊어지고 있다는 것이 가슴 아프게 느껴졌다.

"등, 아프진 않아?"

"아무렇지도 않아. 당신 솜씨가 좋은 덕분이야."

"혹시 덧나지 않았는지 보러 왔어."

치에는 반가운 눈빛을 보이며 웃었다.

"고마워. 하지만 요즘 세상이 험악해. 내 등 살펴보려면 밤중이 될 거야. 이런 때는 밖에 나다니지 않는 게 좋아."

치에는 염마가 항상 어린애로 보이는 모양이다.

"약한 여자를 고통스럽게 살해하는 비열한 자야. 분명 남자를 공격할 만한 배짱도 없는 놈이야."

"글쎄, 얼마 전에 바로 요 앞에서 그……. 아이, 말하기도 싫다. 어쩌면 그렇게 지독한 짓을 할 수 있는지. 매춘하는 여자가 누구한테 폐 끼친 일이라도 있어? 마음에 들지 않으면 그냥 무시하면 되잖아. 지저분해서 싫다면 가까이하지 않으면 되잖아. 흥, 우리도 그런 사람은 싫어."

치에는 입술을 깨물었다. 세 번째 사체를 발견한 사람이 염마라는 건 알지 못하는 것 같았다. 굳이 자신이라고 밝힐 필요도 없었다.

"아무튼 들어와, 술 한잔 줄게."

염마는 치에의 뒤를 따라 들어갔다. 하얀 목덜미가 여느 때보다 더 눈부셨다.

창을 열어둔 채, 치에는 옷을 뒤로 젖혀 등을 내보였다. 하얀 등판에 독한 가짜 꽃이 흐드러지게 피어 있었다. 서녘 햇빛에 물들어 한층 더 요염하게 보였다. 어딘가 탈이 난 듯한 곳도 없었다. 묵 색깔도 차분하게 살갗에 스며들었다.

"이제 괜찮을 거야, 남편이 와도."

함께 잠자리를 해도 좋다는 뜻이었다.

"후우, 솜씨가 너무 좋은 것도 안 좋을 때가 있네."

쓴웃음을 섞어 말하더니 치에는 옷깃을 바로잡았다.

"아직 한참 더, 그 짓은 좀 쉬고 싶었는데."

"……미안해."

염마가 사과하자 치에는 우습다는 듯 눈을 둥그렇게 떴다. 섭섭해서 견딜 수가 없는지 가늘게 실눈이 되어 중얼거렸다.

"그래, 미안하지?"

치에의 팔이 염마의 목에 감기고 입술이 맞닿았다.

아마도 이런 건 연모라고는 말하지 않을 것이다. 색에 미친 남편이 찾아와 자신의 몸을 더듬기 전에 다른 누군가를 원하는 것뿐이다. 눈앞에 마침 적당한 남자가 있었다. 젊고 곱상하고 우수에 찬 분위기의 문신사가 바로 앞에.

그것을 다 알면서도 염마는 치에를 품었다.

다음 날, 해가 중천에 뜬 뒤에야 염마는 겨우 귀로에 들었다.

치에와 함께한 시간은 부드럽고 따스했다. 무서워질 만큼 편안했다. 다만 이제 더 이상 만나는 일은 없을 것이다. 목단 꽃은 선명하게 치에의 등에 계속 피어 있을 것이니, 그 꽃이 수호신이 되어주기를 기원할 뿐이다.

뜻하지 않게 일이 이렇게 되었지만, 나쓰에게 늦을 거라고 미리 말했으니까 걱정은 하지 않을 것이다. 지분 냄새가 날까 봐 옷자락에 코를 대고 쿵쿵 냄새를 맡아보았다. 혹시나 해서 잠시 바람이라도 쐬다가 집에 들어가기로 했다.

예의 풀숲에 순경 몇 명이 나와 있었다. 새삼스럽게 현장을 다시 조사하는 걸 보면 어지간히 궁지에 몰린 모양이다.

한 사람, 경찰 제복을 입지 않은 남자가 있었다. 큼직한 체구에 서양 옷차림의 무타 노부마사였다. 딱히 수사를 하거나 지시를 내리는 것 같지는 않았다.

염마를 알아보자 한 손을 치켜들었다.

"일하고 오는 길인가? 아니면 여자?"

노부마사의 목소리에 차가운 빛은 없었다.

"그보다 이런 데서 무슨 일이야? 경시님도 견학을 나오셨나?"

"휴가차 내려온 길인데, 아무래도 마음에 걸려서 나와봤어."

사실은 이 사건이 마음에 걸려 일부러 휴가를 얻어 내려왔다고 하는 게 옳을 터였다. 다른 경찰서의 관할 구역을 간섭

할 수도 없어서 이런 방식을 취한 것이다.

"단서도 못 찾았어?"

"목격자가 없어. 유류품도 없고. 이제 어떻게 쑤셔볼 데가 없는 모양이야."

노부마사도 답답한지 입술이 삐뚜름해졌다. 경시로서의 의무감보다는 범죄자에게 당한다는 게 참을 수 없는 모양이다. 냉정한 것처럼 보여도 뜨거운 사내다.

"서양 옷을 입고 다니는 사내는 용의선상에 없어?"

"무슨 소리지?"

염마는 자신의 귀 밑을 손끝으로 가리켰다.

"이쯤에서 그런 흔적을 봤거든. 동그란 것, 아마 양복의 소매 단추일 거야."

"난 그런 얘기는 못 들었는데? 조사서에도 그런 건 없었어."

노부마사의 강한 눈빛에 염마는 어깨를 으쓱 치켜들었다.

"그럼 순경이 살펴봤을 때는 없어졌던 모양이지. 어두워서 똑똑히 보이진 않았지만, 손에 닿는 감촉으로는 분명 단추 자국이었어."

경찰에서는 다짜고짜 자신을 의심했다. 목덜미에 난 단추

자국에 대한 말을 할 상황도 아니었고, 실은 방금 전까지도 까맣게 잊고 있었다.

"뒤에서 팔을 앞으로 감아 목을 졸랐다는 건가……."

서양 문물의 유입이 빠른 요코하마라고 해도 서양 옷차림의 남자는 그리 많지 않다. 하지만 외국인까지 합친다면 상당한 숫자다. 만일 범인이 외국인이라면 일이 상당히 복잡해진다.

"세 명의 매춘부가 살해되면서 요즘 유곽에서 일하는 여자들이 사라지는 모양이야. 이제 그만 잦아들 거라고 이쪽 경찰은 낙관적으로 보는 것 같은데. 흠, 글쎄."

"이건 뭐 범인 잡을 마음이 없다는 얘기 아냐?"

노부마사를 매섭게 노려보았다. 엉뚱한 화풀이라는 건 알지만, 명치 근처에 화가 불끈 치밀어서 도저히 참을 수가 없었다.

"그렇진 않아. 왜 그래, 화가 난 것 같은데?"

"잠을 편히 잘 수가 없다고, 이대로는."

그 여자는 울고 있었다. 하나 남은 눈동자에 달을 담고 속눈썹도 뺨도 눈물에 젖어 있었다. 이 세상의 어떤 사람도 그런 식으로 살해될 이유는 없다.

"엄마, 사람들 앞에서는 말조심하는 게 좋겠어. 생김새는 겨우 스무 살 청년인데 어른에게 반말을 하는 것처럼 보일 수 있어."

말하는 소리가 들렸는지, 수사를 하던 경찰들이 놀란 눈빛으로 이쪽을 보고 있었다. 지체 높은 귀족 경시님께 시비를 거는 불량한 젊은 놈이라는 식으로 보였다가는 괜히 일이 귀찮아진다.

"쳇, 그럼 이만 실례하겠습니다, 경시 나리. 사건이 빠른 시일 내에 해결되기를 진심으로 비옵니다."

어이없을 만큼 공손한 말을 던지고 엄마는 머리를 깊숙이 숙인 뒤 그곳에서 물러나왔다.

노부마사에게는 어지간히 큰 신세를 졌다. 나쓰가 의학교에 무사히 입학한 것도 무타 가의 추천이 있었기 때문이다. 아무리 향학열이 높아도 여자라는 이유만으로 문전박대를 당하는 상황이다. 더구나 문신사의 누이라고 해서는 도저히 입학을 바랄 수 없다.

노부마사의 추천이 아니었다면 그야말로 이루어질 수 없는 꿈이었다. 앞으로도 그에게 의지할 일이 한둘이 아닐 터였다. 그런 만큼 자신이 더더욱 한심스러웠다.

아무런 비밀 없이 모든 사실을 털어놓은 지금도 그와는 허물없이 어울릴 마음이 생기지 않았다. 노부마사의 손 안에서 놀아나는 진기한 짐승만은 되고 싶지 않았다.

쪽방 동네에 돌아오자 역시 나쓰는 부루퉁한 얼굴이었다. 눈치가 빠른 나쓰라서 자신을 피한다는 건 진즉에 감지했을 것이다.

"내일 도쿄로 돌아갈 거예요."

염마는 깜빡 눈에 띄게 안도하는 표정을 보였다.

"그래, 그게 좋겠다."

이런 험악한 도시에서는 어서 떠나는 게 좋다. 요코하마보다는 도쿄 쪽이 그나마 마음이 놓였다. 한시바삐 내쫓으려고 한 말은 결코 아니었지만, 나쓰는 그 말에 상처를 받았는지 눈빛이 파르르 흔들렸다.

"엇, 영자 신문도 읽어? 대단하네."

화제를 바꾸려고 염마는 찻상 위의 신문을 집어 들었다.

"지난번에 왔던 영국 기자의 신문이에요. 공부도 할 겸 한 부 받아왔어요. 외국어는 말하기보다 읽기가 더 수월하거든요. 이번 사건에 대해서도 자세히 실려 있더라고요."

모래색깔의 머리칼에 둥근 안경을 낀, 붙임성 좋은 웃는 얼굴이 머릿속에 떠올랐다.

"시티 오브 테러…… 머더…… 요코하마 리퍼…….”

"어라, 읽을 줄 알아요?”

"응, 조금. 손님 중에 외국인이 있으니까 싫더라도 알게 돼. 그자들은 일본에 와 있으면서도 여기 말을 배우려는 노력을 하지 않는다니까.”

나쓰는 저도 모르게 ‘풋!’ 웃음이 터졌다.

"하지만 오즈월드 씨는 일본말도 아주 잘하던데요?”

그래서인지 나쓰는 오즈월드에게 호감이 있는 눈치였다. 이 신문도 그런 관심이 있어서 일부러 받아온 모양이다.

"그건 그것대로 수상해.”

"아이 참, 까다롭기는.”

외국인이라고 그렇게까지 질색할 필요가 있을까. 나쓰는 어이없다는 얼굴로 자리에서 일어섰다.

"혼자 쏘다니지 마라. 어두워지기 전에 돌아와.”

"그런 걱정을 해야 하는 건 오빠 쪽이에요. 이번에 살해된 여자의 사체를 발견했다니. 난 그런 얘기는 처음 들었다고요.”

나한테는 그런 말도 안 해주다니, 라고 나쓰가 웬일로 원망하는 말을 내비쳤다. 염마는 머리만 긁적였다.

"그거야, 괜히 무서운 얘기는 할 필요 없잖아.”

“이래뵈도 의학도예요. 어린애처럼 겁을 내진 않아요.”

크게 토라졌는지 유난히 말대꾸를 했다.

“겁도 좀 내고 그래야지. 이 도시 어딘가에 살인자가 있다는 건 분명한 사실이니까.”

나쓰처럼 용감하고 당당한 사람이 오히려 더 걱정스러운 법이다.

“혹시라도 급한 일을 당했을 때는 앞뒤 따질 것 없이 고함을 질러. 살려달라고 크게 비명을 지르고 그 참에 장소나 범인의 특징까지 소리치면 더 좋아.”

나쓰는 흘끗 염마에게 의미심장한 시선을 던졌다.

“걱정 마세요. 바람 쐬러 잠깐 나가는 거예요. 누구신지, 분가루 냄새를 풍풍 풍겨서.”

염마는 깜짝 놀라 옷소매에 코를 대고 킁킁거렸다.

“흥, 역시.”

한숨을 섞어 말하더니 나쓰는 나가버렸다.

아차, 당했구나. 염마는 옷자락을 둥둥 걷어 가슴팍에 바람이 들어오게 하고 벌렁 드러누웠다. 분가루 냄새는 아니지만, 살짝 동백기름 향기가 나는 듯한 마음이 들었다.

밤이 되자 나쓰는 등잔불빛 아래에서 공부를 시작했다. 뭔지 도통 알 수 없는 서책을 펼쳐놓고 심각한 얼굴로 뚫어져라 들여다본다. 중얼중얼하는 건 아무래도 독일어인 것 같았다. 염마는 방해가 되지 않게 집 앞에 나와 나무통 위에 자리를 잡았다.

벌레소리가 시끄러울 만큼 울리고 있었다. 마침 발밑에서도 여치가 목소리를 자랑하고 있었다.

"어라, 웬일이야? 요코하마에 무서운 살인마가 있어. 이런 시간에 밖에 나오면 안 되지."

맞은편 집의 마사 아줌마가 염마에게 말을 건넸다. 피곤한 얼굴로 나무통의 물을 버리는 중이다. 요즘 요코하마에서 화젯거리라고 하면 이것밖에 없다.

"마사 아줌마야말로 조심해. 그런 얇은 잠옷 입고 돌아다니면 위험해."

벌어진 앞섶으로 참외처럼 큼직한 젖가슴이 반쯤이나 나왔지만 그리 신경 쓰는 기색도 없었다.

"하하, 내 걱정해 주는 건 앞집 총각밖에 없네. 우리 영감탱이는 이제 내가 여자로도 안 보이나봐. 노상 할망구라고 타박만 하지. 아니, 내 나이에 맞게 늙어가는 게 무슨 흉이야? 자기는 머리가 훌렁 벗어진 주제에.”

마사는 호쾌하게 웃었다.

“그럼요, 나이에 맞게 늙어가는 게 좋죠.”

염마는 절절하게 중얼거렸다. 마사 아줌마의 주름살 하나하나가 빛나 보일 정도였다. 아마도 마사 아줌마는 자신과 비슷한 나이일 것이다.

“그렇지? 우리 영감 만나거든 좀 조곤조곤 타일러줘. 이제 슬슬 돌아올 때가 됐네.”

아저씨는 술 한잔 걸치러 나간 모양이었다. 살인사건의 피해자가 여자들뿐이라 그런지 이 지역 남자들은 살인마를 그리 두려워하지 않았다. 오히려 겁쟁이라는 소리를 듣는 게 싫어서 오기로 돌아다니는 자들도 있었다.

옷자락을 허리춤까지 걷어 올린 남자가 총총걸음으로 다가왔다. 마사 아줌마의 남편 스에요시였다. 이마가 한참 위까지 벗어진 불그레한 얼굴이 잔뜩 굳어 있었다.

“무슨 일이야, 얼굴빛이 확 변해서?”

어이없다는 듯이 웃는 아내의 팔을 붙잡고 스에요시는 침을 튀기며 소리쳤다.

“이눔의 여편네야, 그런 꼴로 밖에 나오지 말랬지? 또 여자

하나가 살해됐단 말이야. 요코하마 여자를 잡는 살인마가 또 나타났어!"

염마는 눈이 휘둥그레졌다.

"정말이에요? 어디서?"

"응, 문신사 총각이야? 세 번째 피해자가 나왔던 그 풀밭에서 멀지 않은 집에 살던 여자야. 누구 첩실이라던데, 나도 자세한 건 모르겠어. 아무튼 지금 시내가 시끌시끌 야단이야."

허름한 쪽방 판자 너머로 이야기 소리가 죄다 들렸던 모양이다. 나쓰가 불안한 듯 얼굴을 내밀었다.

"오빠, 어서 안으로 들어와요."

뛰쳐나가지 않게 미리 잡아두려는 것이었지만, 소용없었다.

"나쓰, 절대로 집 밖에 나오지 마라!"

그 말을 던져놓고 염마는 얼굴이 일그러진 채 뛰어나갔다.

'이런, 제기랄.'

피가 끓었다. 나쓰의 만류를 뿌리치고 밤길을 내달렸다.

그럴 리 없다고 가슴속에서 되뇌었다. 치에는 매춘부가 아니다. 그녀를 노릴 이유가 없지 않은가. 그렇게 생각하면서도 등줄기에 써늘한 땀이 흘렀다.

수런거리는 소리가 점점 가까워졌다. 발견된 사체에 구경

꾼들이 몰려든 것이리라. 발이 자꾸만 엉켰다. 폐가 한계를
호소하고 있었지만 달리기를 멈출 마음이 없었다. 치에의 무
사한 모습을 볼 때까지는 발을 멈출 수 없었다.

여자는 집 현관 앞에 엎드린 자세로 쓰러져 있었다.
달빛에 드러난 옆얼굴이 무참하게 난도질되어 누구인지 판
별할 수도 없는 상태였다. 그래도 염마는 한눈에 알아보았다.
자리에 어울리지 않는 하얀 파라솔이 활짝 펼쳐진 채 바람에
흔들리고 있었다.
"……말도 안 돼."
마치 염마에게 보여주기라도 하려는 듯 등허리만은 깨끗한
채였다. 새파랗게 질린 피부에 떠오르듯이 목단꽃이 요염하
게 피어 있었다.
염마가 새겨준 꽃이었다. 가엾은 여인의 족쇄였다.
그 자리에 선 채로 미쳐버릴 것만 같았다. 목구멍이 얼얼하
게 아팠다. 둘러싼 구경꾼들의 소란은 귀에 들어오지 않았다.
차가운 유해가 되어 바닥에 쓰러진 여자를 말없이 내려다볼
뿐이었다.
사랑스러운 여자였다. 따스하고 정 많은, 슬픈 여자였다. 매

달리듯이 엉겨들던 그 팔의 온기가 아직도 새롭다. 그런데 왜 이렇게 피투성이의 몸으로 맨땅에 누워 있는 것인지, 도저히 이해할 수 없었다.

등판의 꽃 외에 이 여자는 아무런 가치도 없다. 살인자는 그렇게 말하는 것 같았다.

품에 안으면 목이 떨어져나갈 것 같아 그것조차 할 수 없었다. 염마는 떨리는 손으로 치에의 하얀 손가락만 만지작거렸다.

'대체 누가 너를 이런 꼴로 만들었어…….'

죽은 사람이 아무 대답도 하지 못하는 건 뒤에 남겨진 자를 염려해서 그런 것인지도 모른다.

그제야 달려온 순경이 구경꾼들을 걷어차며 몰아냈다. 염마는 휙 그 자리를 떠났다.

이 살인마는 나를 아는 놈이다……. 자꾸만 그런 마음이 들었다.

5

네 번째 여자가 살해되면서 신문은 날개 돋친 듯이 팔려나갔다.

246

거리의 매춘부가 아닌데도 자기 집 앞에서 살해된 것이어서 요코하마 사람들도 본격적으로 불안에 휩싸였다. 그래서 그런지, 며칠 동안은 큰길까지 한산했다.

손님이 뜸해진 것을 기회로 오니즈키와 히스는 가게 앞에서 느긋하게 커피를 마시며 신문을 읽고 있었다.

"이거, 잭 더 리퍼Jack the Ripper 사건하고 점점 똑같아지는 것 같아."

히스가 절절한 목소리로 중얼거렸다.

"런던에서 일어난 연쇄 살인마 얘기야?"

외국인 대상의 영자신문도 읽는 오니즈키는 그 사건에 대해서도 잘 알고 있었다. 영국은 물론 유럽 전역을 뒤흔든 살인사건이었다.

"예스. 살해 수법까지 아주 흡사해."

"런던의 살인마는 경찰에 도전하는 짓도 했다고 들었는데?"

파닥파닥 부채질을 하며 히스가 고개를 끄덕였다.

"맞아, 경찰을 놀리면서 날뛰는 바람에 런던 경시청의 체면이 완전히 구겨졌어. 요코하마 살인마는 그렇게까지는 하지 않았지만."

신문에는 사체의 등에 새겨진 문신만 깨끗한 채로 남아 있었다고 한다. 문신사에 대한 도발인가, 아니면 단순히 그 문신이 마음에 들어 남겨둔 것인가. 어떻든 범인은 경찰이 아닌 문신사 쪽에 뭔가 메시지를 전하려 한 것 같았다.

"사실은 범인을 다 알면서도 차마 체포하지 못하는 속사정이 있는 것 아니냐는 소문이 떠돌았어."

"속사정이라니, 무슨?"

오니즈키의 물음에 히스가 목소리를 낮췄다.

"위대하신 대영제국의 여왕 폐하께는 수많은 자제분들이 계시거든. 그중에는 망나니 같은 왕자도 몇몇 있었다는 거야."

의미심장하게 찡긋 눈을 감으며 웃는다.

"살인범이 왕자였다는 거야?"

"항간에 떠돌던 무책임한 소문 중 하나야. 어때, 재미있지?"

재미있는지 없는지는 모르겠고, 어떤 의미에서는 합리적인 추측인지도 모른다고 오니즈키는 생각했다.

"잭에게 흥미가 있다면 내 친구를 소개해줄게. 〈런던 위클리〉특파원인데, 왕실과 관련된 일에도 상당한 정보통이야."

런던의 '잭 더 리퍼'라는 자에게는 흥미가 없지만, 일단 그 기자의 이름을 알려달라고 했다.

"가게 좀 부탁해."

긴 머리칼을 목덜미 뒤에 하나로 묶고 오니즈키는 빨간 머리의 후계자에게 책방을 맡긴 뒤에 밖으로 나섰다.

이 세상은 분명 불공평한 곳이지만, 머리 위의 태양만은 만인에게 평등하다. 오늘도 몹시 무더운 날씨였다.

네 번째 여자는 자기 집 현관 앞에서 살해되었다. 과거의 세 사건과는 뭔가 달랐다. 요코하마가 온통 삼엄한 경계를 하는 가운데 범행에 나서자면 길거리에서 희생자를 물색하는 건 어렵다. 요즘에는 길가에서 호객을 하는 몸 파는 여자들도 보기 힘들어졌다. 방법을 바꿀 필요가 있었을 것이라고 경찰에서는 추측하는 것 같았다.

마차 길을 걸어 내려가 풀숲이 펼쳐진 작은 길로 나섰다. 오고가는 이국의 선박이 내다보이는 길 맞은편이 마쓰이 치에라는 피해자의 집이다. 그 옆의 양품점 주인이, 죽은 여자는 서양식 기와 공장을 하는 벼락부자 사장의 첩실이라고 말해주었다.

지금쯤 장례식을 하는지도 모르지만, 산책 겸 그 곁을 지나
치는 정도라면 그리 섣부른 짓이 되지는 않을 터였다. 한 시
간쯤이나 걸어서 살인사건의 현장까지 다가갔을 때 그 집 앞
에서 누군가 말다툼을 하는 소리가 들려왔다.

“뭐라고? 장례식도 없이 무연고자로 매장해버렸어?”

분노에 찬 젊은 남자의 목소리였다.

“첩한테 장례식까지 치러줄 게 뭐 있어? 내 자식을 낳아준
것도 아닌데 뭐 하러……. 어이쿠!”

예순 살쯤 된 남자가 패대기쳐져서 오니즈키가 서 있는 곳
까지 굴러왔다.

“이놈이 왜 사람을 치는 거야!”

젊은 남자에게 얻어맞은 것이다. 초로의 남자는 코피를 흘
리며 깜짝 놀라 부들부들 떨고 있었다.

“진정해, 진정하라니까.”

다시금 덮쳐들려는 청년의 두 팔을 양복 차림의 남자가 등
뒤에서 잡았다.

“이거 놔. 저놈을 때려죽여야 속이 풀리겠어.”

젊은 남자의 얼굴에 떠오른 것은 의분이 아니었다. 어떻게
도 할 수 없을 만큼 마음에 상처를 입은 자가 내보이는 순수한

슬픔이었다. 그 표정에서 오니즈키는 참을 수 없는 매혹을 느꼈다.

"남의 살에 문신이나 파고 다니는 놈이! 당장 고소하겠어. 방금 봤지요, 경시님. 이자가 폭력을 휘두르는 것, 봤지요?"

경시님이라고 불린 양복 차림의 남자는 입가에 희미한 웃음을 지으며 고개를 가로저었다.

"글쎄, 나는 당신이 발을 헛디뎌 넘어지는 것밖에 못 봤는데?"

"뭐라고? 이자들이 한 패로군. 어이! 거기, 당신은 봤지? 이 젊은 놈이 나를 패대기치는 것, 봤지?"

오니즈키는 눈을 둥그렇게 떴다. 그저 지나가며 구경이나 하려고 했는데, 일이 묘하게 흘러가고 있었다.

"영감님, 돌부리를 조심하셔야죠. 안 그러면 또 넘어지십니다."

우아하게 미소를 지었다. 초로의 남자는 분노로 얼굴이 벌게져 있었다. 하지만 아무래도 분위기가 심상치 않다는 것을 눈치챘는지, 더 이상 따지지 않고 옷에 흙을 묻힌 채, 피가 흐르는 코를 붙잡고 허둥지둥 달아났다.

"고맙소."

경시의 감사 인사에 오니즈키는 가볍게 고개를 숙이고는 아무 일도 없었다는 듯이 지나쳐갔다.

'저자가 그 문신사인가…….'

아주 젊다. 그리고 한쪽 손에 손가락 없는 장갑을 끼고 있었다.

아무래도 마음에 걸렸다. 발걸음을 돌려 야차는 조금 전의 그 집으로 다시 돌아갔다. 그들에게 들키지 않도록 생 울타리 그늘에 숨었다.

"역시나 염마님의 심판은 강렬하군."

경시의 목소리였다. 염마님이라고 야유하는 걸 보면, 이자가 나쓰의 오빠인 호쇼 염마인 모양이다. 점점 더 일이 재미있게 흘러간다.

"시끄러워!"

"화낼 것 없어. 그런 놈이 장례식을 해줘봤자 어차피 고인에 대한 공양이 되지 않아."

"공양을 얘기할 거면 어서 빨리 범인이나 잡아. 경찰은 노상 잘난 척하더니 겨우 이 정도야?"

문신사는 아직도 화가 나 있는 것 같았다.

"그렇다면 어째서 등에 있는 문신만 멀쩡했는지, 당신 생각을 좀 말해봐.”

“그 질문이라면 수없이 받았어. 쳇, 내 손으로 새긴 문신을 망가뜨리지 않으려고 그랬다고 생각하는 모양이지? 당신이 아니었다면 지금쯤 또다시 범인 취급을 받았을 거야. 역시나 무타 경시님의 입김이 대단하네.”

“범인 쪽에서 너를 알고 있는 것 아닐까?”

“나는 모르겠다고 말했잖아. 아니, 그보다 왜 느닷없이 나를 들먹여? 먼저 살해된 세 여자들과는 면식도 없었는데, 왜 나 때문에 치에 씨가 살해되었다는 거야?”

참을 수 없다는 듯한 비통한 목소리였다. 가슴에 뭉클하게 스며드는 음성이었다. 울부짖음이 저토록 매력적이라니.

“엄마, 얼굴빛이 너무 창백해. 그 뒤로 전혀 잠을 못 잔 거 아냐?”

“잠이 올 리가 있어?”

“사랑하는 여자였어?”

“그런 거 아니야. 서로의 상처를 핥아주었을 뿐이지.”

쥐어짜듯이 중얼거린 뒤에 침묵이 이어졌다. 이국의 선박이 출항하는지, 기적소리가 일시에 높직하게 울렸다.

“살해된 여자가 그날 외국인들에게 등의 문신을 보여줬던 모양이야.”

경시의 목소리에는 작은 망설임이 있었다. 염마라는 자에게 이런 말을 해도 좋을지, 몹시 망설이는 것 같았다.

“그 너저분한 영감탱이가⋯⋯.”

아까 패대기를 쳤던 초로의 남자를 가리키는 것이리라.

“다들 문신 솜씨를 크게 칭찬했다고 들었어.”

“그 자리에 참석했던 자들의 이름, 한 명도 남김없이 알려 줘.”

문신사의 목소리에는 살기가 서려 있었다.

“그거 알아내려면 여기 순경들에게 돈푼깨나 집어줘야 하는데⋯⋯.”

투덜거리는 경시의 말소리가 울렸다.

‘재미있는 친구야⋯⋯.’

정처 없이 걸음을 옮기며 오니즈키는 젊은 문신사에 대해 생각했다.

아직 새파란 풋내기라고 할까, 열정적이라고 할까. 그러면서도 어딘가 달관한 듯한 분위기도 엿보인다.

나쓰는 역시 총명한 여자라고 새삼 실감했다. 염마와 오니즈키에게서 분명하게 똑같은 냄새를 감지해냈던 것이다.

길가의 나무 그늘에 잠시 앉아 담뱃대에 불을 붙였다. 바다를 바라보며 연기를 길게 토해냈다. 산책길에 우연히도 그 문신사를 보게 되었다. 그렇다면 또 한 명, 만나볼 사람이 있다.

오니즈키는 바닷가 길을 걸어 외국인 사무실이 늘어선 외곽으로 향했다.

엇비슷한 벽돌 양옥집 중에서 철제판에 영문자로 '런던 위클리 요코하마 지부'라고 적힌 간판을 찾아냈다.

날이 더워서인지 창문들이 활짝 열려 있었다. 안에서 영어로 떠드는 소리가 들렸다.

"오즈월드, 또 요코하마 리퍼 취재하러 나가려고? 아주 신바람이 났군."

"이런 재미있는 뉴스가 또 어디 있어?"

"아닌 게 아니라 요즘은 어디 가나 그 얘기야. 게다가 자네가 쓰는 리퍼 기사는 자극적이라서 아주 대 히트야."

그런 대화를 나누고 있는 것 같았다. 시카고 사투리가 심한 히스의 영어보다는 알아듣기가 쉬웠다.

"자네는 '잭 더 리퍼'에 대해서도 전문가잖아. 이번 사건의 범인은 어떤 사람일지, 자네 의견을 듣고 싶은데?"

“흠, 나이는 이십대에서 삼십대. 고독한 인텔리, 그리고 독특한 미의식을 가진 남자라고 생각해.”

야차는 고개를 갸웃거렸다. 명색이 신문기자가 범인을 미화하는 발언을 하다니, 이건 상당히 불온한 짓이 아닐까.

살인마에게 대체 어떤 미의식이 있다는 건가. 구역질이 날 만큼 추악하고, 악마 그 자체 같은 놈일 게 틀림없지 않은가. 맞은편 건물 유리창에 비친 자신의 모습을 바라보며 오니즈키는 그렇게 생각했다.

하지만 대체 왜 그런지 그런 황당한 인간들이 꼭 있다. 살해 방법은 참으로 악취미라고 할 수밖에 없지만, 그토록 역겨운 살인귀라면 혹시 불사의 사내까지도 죽일 수 있을지 모른다.

그런 생각을 하고 있는데, 사무실의 문이 벌컥 열렸다.

해가 서쪽으로 기울고 있었다. 오늘은 좀 지나치게 돌아다닌 것 같다.

지친 다리로 돌아와보니 책방을 지키고 있던 히스가 떨떠름한 얼굴을 하고 있었다. 뭔가 생각에 잠긴 채 손끝으로 연한 붉은색 구슬을 만지작거리고 있었다.

“그게 뭐지?”

"응, 청소하다가 주웠어. 이게 뭐지?"

오니즈키는 구슬을 받아들고, 아아, 하고 고개를 끄덕였다.

"머리핀의 장식 구슬이야. 산호인가? 꽤 고급스러운 물건이군."

손님이 떨어뜨리고 간 모양이다. 서양 서적을 파는 책방에 찾아오는 여자 손님은 그리 많지 않다. 가장 최근에 들렀던 여자 손님이라면 히사카 나쓰다. 분명 단정하게 빗어올린 머리에 딱 하나, 머리핀을 꽂고 있었던 것 같다.

"나중에 내가 찾아가서 돌려줘야겠군."

덴베이 주택보다 좀 더 뒤편의 개천 쪽, 이라고 사람들에게 물어보면 찾는 건 그리 어렵지 않을 것이다.

"넌 정말 여자들한테는 유난히 친절하더라."

"히스, 아까부터 영 기분이 안 좋아 보이는데? 사랑니라도 앓는 건가?"

히스는 힘없이 고개를 저었다.

"그런 거 아냐. 난 지금 요코하마 여자 살인마의 공범이라도 된 것 같은 기분이야. 너무 우울해."

오니즈키의 눈이 큼직해졌다.

"그건 또 무슨 얘기야?"

“지난번에 어느 사장의 초대를 받아 문신을 보러 갔었거든. 여자의 등 전체에 새겨진 꽃그림이었어. 그런데 이번에 살해된 사람이 바로 그 여자라는 거야.”

붉은 머리칼을 쥐어뜯으며 괴로워하는 외국인 친구를 보고 야차는 고개를 갸웃거렸다. 문신을 구경하고 싶어 하는 외국인은 적지 않다. 이따금 문신 감상회가 열린다는 얘기는 전부터 들었다.

“그런데 왜 공범이라는 거지?”

“그 여자 얼굴이 몹시 고통스러워 보였어. 사람들 앞에서 제 살을 내보이는 게 싫었던 거야. 하지만 남편의 말을 거스를 수 없었나봐. 지금 생각하니 가슴이 아파.”

히스답다고 내심 감탄했다. 붉은 도깨비 같은 생김새지만, 상당히 섬세한 면이 있다.

“그렇게 고통스러웠다면 그 여자는 차라리 죽는 걸 원했을지도 몰라. 자네가 괴로워할 일은 아니야.”

“누구라도 가끔은 죽고 싶은 마음이 들기도 해. 그렇다고 그런 사람을 죽일 권리는 어느 누구에게도 없어! 신은 그런 오만함을 용서하시지 않아.”

흥분해서 대드는 히스에게 좀 진정하라고 커피 잔을 내밀었다.

'오만한 건가…….'

그 말을 들으니 그런 것도 같았다.

6

염마는 정신없이 뛰었다.

한 인물이 떠올랐다. 하지만 아직은 추측일 뿐이다. 우선 나쓰를 요코하마에서 내보내야 한다. 침울해진 염마가 걱정된 나쓰는 도쿄로 돌아가기를 하루하루 미루고 있었다.

오늘에야 마침내 노부마사가 문신 감상회라는 모임에 참가한 자들의 명단을 보여주었다. 그 이름을 발견했을 때, 온몸의 털이 거꾸로 서는 느낌이었다.

아직 모든 것이 뒤엉킨 채였다. 일의 앞뒤가 논리정연하게 맞아떨어지는 건 아니다. 그래도 머릿속에서는 그자가 수상하다는 경고가 종소리처럼 울려 퍼지고 있었다.

오랜 세월 온갖 위험한 일들을 겪어왔다. 이런 예감에는 틀림이 없다. 쪽방 마을 앞에 도착하자 마사 아줌마가 말을 건네왔다.

“무슨 일이야? 왜 그리 급하게 달려들어?”

깜짝 놀란 듯한 목소리였지만, 지금은 그런 걸 돌아볼 여유가 없었다. 대충 얼버무리고 엄마는 문을 벌컥 열었다.

하지만 방 안에는 아무도 없었다. 나쓰의 짐 보퉁이가 있는 걸 보면 아직 도쿄에 돌아간 건 아닐 터였다.

“나쓰 찾는 거야? 아까 나갔는데?”

마사 아줌마의 말에 뒤를 돌아보았다.

“어디 갔죠?”

“그거야 나도 모르지. 하지만 외국 사람하고 함께 나갔어. 지난번에 한 번 왔던 그 신문사 기자라나 하는 남자…….”

─오즈월드!

피가 얼어붙는 것 같았다. 그의 교묘한 말에 넘어간 나쓰가 함께 따라나선 것이다. 치에만으로는 성이 안 차서 나쓰까지 제 손으로 죽이려는 것인가. 가장 걱정했던 사태였다.

“그자가 나쁜 놈이었어? 이걸 어째! 어서 나가서 찾아봐. 나는 무타 경시님께 소식을 전하러 갈 테니까!”

마사 아줌마의 말이 끝나기도 전에 엄마는 이미 뛰고 있었다. 마사 아줌마가 어떻게 노부마사를 알고 있을까. 게다가 그의 집에까지 가서 소식을 전하겠다고 한다. 하지만 그런 건 지금은 아무려나 상관없었다.

외국인 사무실이 늘어선 외곽 지역 쪽으로 향했다. 시가지를 전속력으로 뛰어가는 남자를 행인들이 의아한 눈빛으로 쳐다보았지만, 그런 걸 돌아볼 겨를도 없었다. 불안으로 터져버릴 것 같은 가슴이 헉헉거리며 한계를 호소했다.

설령 내 몸이 백 번을 업화業火에 태워진다 해도 나쓰만은 죽게 할 수 없다. 오카자키와의 약속 때문만은 아니었다. 이미 나쓰는 염마에게 세상 그 무엇으로도 대신할 수 없는 유일무이한 존재였다. 행여 나쓰가 살해되기라도 한다면, 틀림없이 미쳐버리고 말 것이다.

〈런던 위클리〉 신문사 간판이 붙은 서양식 건물을 발견하고는 문을 박차고 들어갔다. 오즈월드는 어디 있느냐고 소리쳤다. 안에 혼자 있던 젊은 사무원이 이게 대체 무슨 일인가 하고 겁에 질려 쩔쩔맬 뿐이었다. 어떻든 오즈월드가 없다는 건 분명했다.

사무원을 위협하다시피 해서 오즈월드의 집 주소와 신문사 임대 창고가 항구에 있다는 것을 알아낸 뒤 염마는 다시 정신없이 달렸다. 아마 그 젊은 사무원은 즉각 경찰에 신고를 할 것이다. 그렇다면 오히려 잘된 일이다. 요코하마의 모든 경찰들이 쫓아온다고 해도 상관없었다. 외국인에게는 유독 친절한 관헌들께서 깡패 같은 자에게서 오즈월드를 보호하려고 필사적으로 찾아나설 터였다.

제 집에 있을까, 아니면 창고 쪽에 있을까. 문득 그런 놈은 자신의 성城만은 더럽히려 하지 않는 법이라는 생각이 들었다. 염마는 망설임 없이 항구 쪽으로 향했다. 비슷비슷한 벽돌 건물의 창고가 줄줄이 이어져 있었다. 점심시간인 탓인지 인기척은 없었다.

계속 뛰어온 탓에 다리에 경련이 일었지만, 염마는 멈추지 않았다. 나쓰를 찾아낼 때까지 멈출 수 없었다. 각국의 언어로 적힌 명패를 확인하고 창문을 넘어다보면서 창고 거리를 이 잡듯이 뒤져나갔다.

'……저기다!'

하지만 신문사 창고는 바깥쪽에서 큼직한 자물통이 채워져 있었다. 안에 사람이 있는 것 같지는 않았다. 작은 창문으로 확인해봤지만 큰 통들이 몇 개 놓여 있을 뿐이었다. 잘못 짚은 것인가. 오즈월드의 집 쪽이라면 지금 달려가더라도 한 시간은 걸릴 것이다. 절망의 나락으로 떨어지려는 순간, 염마의 눈에 고운 색깔의 구슬이 비쳤다.

'저건……!'

저만치 안쪽 검은 벽돌 창고 앞에 떨어져 있는 것은 분명 머리핀의 장식 구슬이었다. 나쓰도 그런 빛깔의 머리핀을 갖고 있었던 게 생각났다. 게다가 그 창고는 자물쇠가 달려 있지 않았다.

염마는 즉시 묵직한 문짝을 힘껏 밀었다.

"와우! 놀라워라. 예상보다 훨씬 빨리 찾아오셨는데?"

어슴푸레한 실내에 오즈월드와 나쓰가 있었다. 나이프를 손에 든 살인귀의 발밑에는 입에 재갈이 물리고 양손과 양발이 묶인 나쓰가 나뒹굴고 있었다.

"나쓰!"

달려가려는 염마 앞을 오즈월드가 가로막았다. 오른쪽 손가락 두 개로 나이프 손잡이 끝을 잡고 그 칼날을 아래로 향하고 있었다. 정확히 나쓰의 가슴을 겨눈 것이다.

"나를 덮쳤다가는 이 나이프가 여자의 심장에 꽂힐 거야. 어때, 한번 시험해보겠나?"

그 눈동자는 느긋하게 염마를 응시하고 있었고, 나쓰의 이마와 입술에서는 피가 흐르고 있었다. 옷자락도 말려 올라갔다. 이자는 여자에게도 용서 없이 가혹했다.

“네가 요코하마 여자 살인의 범인?”

“그 호칭은 너무 촌스러워. 내가 명명한 대로 요코하마 리퍼라고 불러줄래?”

태연하게 인정하고 있었다. 머리에 불끈 피가 솟구쳤다.

“허튼소리 하지 마!”

나쓰에게 상처를 입혔다는 것만으로 도저히 용서할 수 없었다.

“후우! 눈부셔. 날씨 한번 좋군.”

오즈월드는 문 너머로 빛이 찬란한 하늘과 바다에 눈을 가늘게 떴다.

“런던은 공기가 아주 지저분해. 산업의 발달은 장단점이 있는 법이지.”

“네놈의 나라에서는 살인귀도 수출하더냐?”

염마의 말이 우스웠던지, 오즈월드는 얇은 입술을 틀며 웃었다.

“아무튼 문 좀 닫아줘. 보시는 바와 같이 램프를 준비해뒀거든.”

나무 상자 위에는 디자인이 세련된 램프가 놓여 있었다. 하지만 문을 닫으면 퇴로가 막힌다. 염마는 잠시 망설였다.

“빨리 해!”

오즈월드가 나쓰의 배를 구둣발로 밟으며 으르렁댔다. 재갈 물린 입으로 나쓰가 신음을 올렸다.

“……악마 같은 놈!”

양손으로 문을 닫았다. 창고 안은 희미한 램프 불빛만 남았다.

“우리 신문사 창고는 금세 들킬 것 같아서 빈 창고로 왔는데 너무 일찍 들켜버렸어.”

“이제야 본성을 드러내는구나.”

아무리 미소를 짓고 있어도 더 이상 인간으로는 보이지 않았다.

“누구든 인간성은 하나가 아니야. 온화한 신문기자의 얼굴 역시 내 본성이지.”

오즈월드는 손가락 두 개로 잡고 있던 나이프를 제 얼굴 높이까지 들어올렸다.

“이 나이프, 멋있지? 아주 날카롭게 갈려 있어.”

섬세한 무늬가 들어간 손잡이 아래로 예리한 칼날이 은빛으로 빛났다.

“그걸로 치에를…….”

“그래, 네 여자를 포함해 세 명을 이 칼로 처치했어.”

염마는 으드득 이를 갈았다.

"세 명이라고?"

피해자는 분명 네 명이었다.

"첫 번째 매춘부 사건은 내가 한 게 아냐. 하지만 그 사건이 내 마음에 불을 붙였어."

이제 새삼 거짓말을 할 것 같지는 않았다. 그렇다면 또 한 명의 살인자가 있다는 얘기다. 염마의 마음속에서 또 다른 불안이 고개를 쳐들었다.

오즈월드는 칼날에 비친 자신의 눈을 지그시 응시했다.

"이건 버릇이 되면 도무지 그만두기가 어려워."

"런던의 여자 살인도 설마 네가?"

오즈월드는 글쎄, 하고 고개를 갸웃거리며 웃었다.

"우리 아버지가 아들에게 그런 의심을 품으셨지. 그래서 동양의 에덴까지 유배를 보낸 거야."

이자는 틀림없는 악귀 그 자체다. 염마의 호흡이 거칠어졌다.

"네 아비도 한심하구나."

"올 봄에 갑작스레 죽었다는 소식을 들었어."

살인귀 아들을 저승길에 함께 데려갈 생각은 없었던 걸까. 이런 악귀를 남의 나라에 보내놓고 사건의 열기가 식기를 기다리다니, 참으로 어이없는 일이다.

"나는 서둘러 고향으로 돌아가 유산을 상속받고 싶어. 이 나라의 음식은 영 입에 맞지 않아서 말이야."

염마는 나쓰를 흘끗 살펴보았다. 불안한 표정이지만 나쓰는 냉정한 눈빛을 잃지 않고 있었다.

"누이가 걱정되는 모양이지? 네가 부상을 입고 신문사 사무실에서 치료 중이라고 했더니 금세 따라나서더군. 오빠를 걱정해주는 착한 누이야."

그런 말을 들었으니 나쓰는 화들짝 놀라 따라나설 수밖에 없었을 것이다. 부상을 염려해서가 아니다. 순식간에 상처가 치유되는 모습을 사람들에게 들켜서는 안 되기 때문이다. 나쓰가 눈빛으로 미안하다는 신호를 보내고 있었다. 염마는 고개를 저었다. 사과해야 할 사람은 나야.

"네 누이가 상황 파악을 하지 못한 채 오히려 내게 화를 내고 설교를 했어. 아주 드센 여자야. 그래서 내가 약간 손을 봐줬지."

나쓰가 설교를 했다는 건 아마 그녀 쪽에서 노린 일일 터였다. 토론거리를 던져주면 이자가 장황한 이론을 늘어놓을 거라고 계산한 것이다. 아무튼 이자는 말이 많은 편이다. 자신이 저지른 흉악한 짓을 수훈처럼 줄줄 늘어놓고 싶어 한다. 나쓰는 시간을 벌기 위해 그와 입씨름을 한 것이다.

'노부마사…….'

그에게 기대를 걸어도 될까?

언제나 그렇듯이, 질투가 날 만큼 재빠르게 나타나 일을 해결해줄까?

창고 안은 푹푹 찌는 목욕탕 같았다. 염마는 땀을 훔치며 슬금슬금 다가갔다.

"왜 하필 나한테 싸움을 걸지? 네놈의 취재 부탁을 거절했기 때문인가?"

오즈월드는 키득키득 웃었다.

"그 풀숲에서 여자의 사체를 발견한 게 너였기 때문이야. 실은 그때 내가 현장 근처에 있었어. 깜빡 회중시계를 떨어뜨리고 와서 말이지. 아무래도 네놈이 주워간 것 같아 취재를 이유로 찾아갔던 거야. 전부터 문신에 대한 기사를 쓰자는 얘기가 있어서 너에 대해서는 좀 알고 있었거든."

염마는 얼굴이 바짝 굳어버렸다.

"어때, 내 시계는 갖고 있지? 경찰에는 신고하지 않은 모양인데 대체 무슨 속셈이야? 그걸 미끼로 협박이라도 할 생각인가?”

“알게 뭐야, 그런 물건!”

이자가 나를 협박꾼으로 생각하고 접근했던 것인가.

“범인이 외국인이라고 생각한 건 그 회중시계 때문이잖아. 그건 아버지가 여왕 폐하께 받은 물건이야. 그런 물건을 소지한 일본인은 있을 리가 없지.”

그런 시계는 전혀 알지도 못한다고 아무리 말해봐야 소용없을 터였다. 설령 그걸 갖고 있어서 이자에게 건네준다고 해도 나와 나쓰를 죽이지 않고 돌려보낼 리 없다.

“사체의 귀 밑에 단추로 눌린 듯한 자국이 있었기 때문에 외국인을 포함한 양복 차림의 남자를 추적한 것뿐이야. 이 나라의 사내들은 애초에 몸 파는 여자를 그다지 경멸하지 않아. 메이지로 시대가 바뀌면서 편협한 사상이 물밀듯이 들어왔지만 우리가 그리 쉽게 변할 것 같아? 이 사건의 배경에 그런 여자들에 대한 경멸이 깔려 있다면 그건 외국인일 거라고 충분히 짐작할 수 있어. 런던에서 일어난 여자 연쇄 살인사건도 염두에 두고 있었어. 하지만 외국인이라고 결론을 내린 게 아니야. 어디까지나 가능성의 문제였을 뿐이지. 네놈의 시계 따위, 난 알지도 못해.”

오우, 그랬나, 하고 오즈월드가 고개를 끄덕였다.

"남색이니 혼욕이니, 분명 이 나라는 성에 관한 모럴이 희박하지."

"그건 희박한 게 아니라 그만큼 대범하다는 거야!"

고함을 지른 끝에 염마는 흠칫 몸이 얼어붙었다.

"그 일로 나를 협박하려고 치에를……?"

오즈월드는 고개를 끄덕였다.

"그렇지, 말하자면 메시지였어. 네가 시계를 갖고 있다면 나한테 협박 같은 건 통하지 않는다는 뜻을 전하고 싶었거든. 자긍심 높은 영국의 귀족을 만만하게 본 죄를 포함해서 말이지. 물론 순수하게 죽이고 싶은 욕망도 있었어. 그 여자는 죽여주고 싶은 냄새를 풍겼거든."

주먹이 부르르 떨렸다. 치에의 참혹한 사체가 머릿속에 떠올랐다.

"네놈이 치에를!"

염마의 분노를 도저히 이해할 수 없다는 듯이 오즈월드는 어깨를 으쓱 치켜들었다.

"뭘 그리 슬퍼하실까? 매춘부는 인간이 아니야. 기껏해야 가련한 장난감이지."

엄마는 두 눈을 부릅떴다.

"네가 문신을 새겨준 그 여자도 원래는 매춘부였어. 첩이라는 것도 마찬가지잖아? 하지만 네가 새긴 꽃만은 진짜 예술이었지. 그것만은 난도질하기가 아까웠어."

아니야, 라고 엄마는 생각했다. 내 하찮은 문신 따위를 치에의 등에 지워준 것이 훨씬 더 큰 죄였다.

"자기가 원해서 매춘부가 되는 사람이 있다더냐? 네놈이 어떤 흉악한 짓을 저질렀는지 알기나 해?"

오즈월드는 몹시 불쾌하다는 듯 미간을 찌푸렸다.

"나도 어쩔 수 없어. 죽이고 싶어서 견딜 수가 없단 말이야. 그건 내게는 호흡과도 같은 일이야. 게다가 그 여자들이 불행한 처지라면, 죽여주는 것도 자비로운 일이겠지?"

"이런 천한 상놈이 어디서 감히."

순간 총성이 울렸다. 동시에 엄마는 털썩 무너져 내렸다. 허벅지에서 피가 콸콸 솟구쳤다.

"내가 나이프 하나만 준비했다고 생각했다면 큰 오산이야. 물론 남자도 얼마든지 죽일 수 있어."

오즈월드는 쓰러진 엄마에게 총구를 겨누었다.

"하지만 이건 너무 시끄러운 물건이야. 너무 투박한 흉기거든. 하지만 대영제국의 신사에게 천한 상놈이라니, 그 말만은 곱게 넘어갈 수 없어. 네가 말이 심했어.”

그는 염마의 왼손을 발뒤꿈치로 힘껏 짓밟았다. 뼈가 으스러지는 소리와 함께, 더 이상 견딜 수 없어 염마가 비명을 올렸다.

염마를 구해주려고 나쓰가 필사적으로 버둥거렸다. 하지만 단단히 묶인 밧줄은 풀릴 것 같지 않았다.

“오우, 참으로 착하기도 한 누이야. 오빠가 먼저 죽는 걸 차마 볼 수 없다면 너부터 죽여줄까?”

염마는 얼굴을 번쩍 쳐들었다. 많은 피를 한꺼번에 흘린 탓인지 의식이 몽롱했지만 필사적으로 북북 기어가 나쓰 위에 몸을 던졌다.

“너 같은 놈에게…….”

이제 어떻게 나쓰를 지켜야 할지 알 수가 없었다. 상처가 아물어 움직일 수 있을 때까지 이자가 두 손 놓고 기다려줄 리 없었다. 재갈 물린 입으로 염마를 만류하려는 말을 하고 싶은지 나쓰가 울먹이는 얼굴로 돌아보았다. 한 번도 이렇게 가까이에서 얼굴을 마주본 적이 없었구나, 라고 자리에 어울리지 않는 생각을 했다.

소리가 되지 않는 소리로 염마가 속삭였다.

"그 사람이…… 틀림없이…… 올 테니까……."

결코 포기하지 말라고 전해주고 싶었다. 노부마사 얘기라는 건 알아들었을 것이다. 나쓰는 고개를 끄덕였다. 구원의 손길이 가까이 다가왔다면 조금 전의 그 총성도 들었을 것이다.

"너를 죽게 두지는 않아."

사랑스럽고 또 사랑스러워서…… 염마는 볼을 비비며 나쓰의 머리를 품에 안았다. 가슴속에 감춰두었던 사랑을 이제야 분명하게 깨달았다.

"오오, 아름다운 오누이의 사랑이야. 알았어, 그렇게까지 누이를 감싼다면 너를 먼저 죽여주지."

오즈월드가 몸을 웅크렸다. 염마의 등판에 칼날을 얹더니 등허리의 천을 찢어 내렸다. 핏물이 선을 그리며 옷에 스몄다.

"당당한 여동생보다는 네놈을 죽이는 게 더 재미있을 거야. 너야말로 매춘부 같아. 그 눈빛으로 어서 죽여 달라고 지겨울 만큼 졸라댄다니까."

그런 식으로 보였다고 생각하니 새삼 분노가 치밀었다.

'나쓰…….'

좀 더 많은 이야기를 해줬어야 했다. 나쁜 남자에게 걸려들지 마라, 공부도 좋지만 건강을 조심해라, 좋은 의사가 되어라, 무엇보다 네가 내 곁에 있어주어서 행복했다……. 하지만 결국 아무 말도 하지 못했다.

오즈월드가 뭔가 영어로 부르짖었다. 자신의 행위에 도취하여 빠른 말투로 떠들어대고 있었다.

견갑골 옆으로 나이프가 파고 들어왔다.

"크으윽."

폐를 스쳤는지, 엄청난 아픔에 염마의 몸이 뒤로 젖혀졌다. 가슴 깊은 곳에서 피가 역류하는 소리가 났다. 신음소리조차 낼 수 없었다.

하지만 그만큼 감성이 맑아졌다. 광란의 희열에 빠진 오즈월드가 말하는 것조차 잃고 살인 놀음에 몰두하는 틈새로 희미하게 구둣발 소리가 들려왔다. 창고 밖에서 누군가 뛰고 있었다.

노부마사다, 라고 생각했다. 확신이라기보다는 희망에 가까웠지만 그래도 그 실낱같은 희망에 기대를 걸어보는 수밖에 없었다.

나이프가 수없이 파고들어 등을 갈랐다. 일부러 심장을 비켜나가는 건 살인을 즐기기 때문이다. 나쓰를 지키듯이 품에 꼭 안은 채 어떻게든 밧줄을 풀어보려고 했지만 매듭이 단단한 데다 이런 자세에서는 불가능한 일이었다. 기원하는 마음으로 우선 재갈 쪽을 풀었다.

"소리쳐……."

숨소리만으로 나쓰에게 속삭였다.

염마 밑에서 파르르 떨며 나쓰가 크게 숨을 들이쉬었다. 그리고 절규했다.

"무타 씨! 살려주세요! 검은 창고예요! 빨리, 오빠가 죽어요! 살려주세요!"

건물이 뒤흔들렸다. 나쓰의 비명은 엄청났다. 아무리 두툼한 벽돌 창고라도 충분히 소리가 바깥까지 울려 퍼졌을 것이다.

"이, 이 여자가!"

오즈월드가 당황해서 나쓰의 입을 손으로 틀어막고, 나이프를 번쩍 치켜들었다.

그때, 돌연 빛이 비쳐들고 창고의 문이 열렸다.

"여기냐!"

노부마사의 고함소리가 울렸다.

갑작스럽게 나타난 사람들에게 오즈월드가 영어로 지저분한 욕설을 퍼부었다. 당장 노부마사에게로 총구를 돌렸지만,

그 손을 엄마가 발로 걸어찼다.

노부마사의 업어치기 한 판이 멋지게 성공하는 것을 확인하자마자 엄마는 일시에 마음이 놓이면서, 의식까지 날려버릴 듯한 강렬한 아픔에 마음껏 몸부림쳤다.

7

허참, 별 볼 일 없네…….

까맣게 잊고 있었던 조슈 사투리가 머릿속에 떠올랐다.

아픔은 가라앉고 상처도 제멋대로 치유되어 갔지만, 엄마는 자리를 털고 일어나지 못했다.

방 천장만 멍하니 바라보다가 그것도 싫증이 나면 이번에는 왼손을 들여다보았다. 아직 상흔이 조금 남아 있지만 아픔은 진즉에 사라졌다. 털썩 손을 내려놓자 꺼끌꺼끌한 혀가 다가와 그 손바닥을 핥았다. 검둥이도 나름대로 걱정해주는 모양이었다.

"내가 그런 사람을 믿고 따라가는 바람에……."

눈물을 글썽이며 나쓰가 중얼거렸다.

"아니, 비명소리 정말 대단했어. 그 정도면 가극의 프리마

돈나라도 문제없겠던데?”

혹시라도 급한 일을 당했을 때는 앞뒤 따질 것 없이 고함을 질러. 살려달라고 크게 비명을 지르고 그 참에 장소나 범인의 특징까지 소리치면 더 좋다고 했던 자신의 말을 나쓰는 분명하게 기억해준 것이다.

“결국 네가 나를 살린 셈이야.”

나쓰의 이마에는 보기에도 딱한 상처가 생겼다. 흉터가 남지 않기를 바랄 뿐이었다.

“오빠가 나를 찾아냈잖아요. 끝까지 지켜줬고.”

당연하지, 라고 염마는 웃었다.

“네가 없어지면 땅끝까지라도 찾으러 갈 거야.”

나쓰의 눈에서 눈물이 흘렀다.

염마까지 코끝이 시큰해졌다. 나쓰를 지키기 위해 반드시 살아야 한다고 생각했다. 살고 싶다는 생각을 해본 것은 퍽 오랜만이었다. 보통사람이었다면 이미 죽은 목숨이다. 이런 어처구니없는 몸뚱이로 만들어준 바이코에게 이제는 조금쯤 감사한 마음도 들었다.

“내 속마음은 평생 말로 할 수 없겠지요. 하지만 이 마음은 평생 바뀌지 않아요.”

오래 막아둔 둑이 터진 것처럼 나쓰가 말했다.

염마의 마음이 뒤흔들렸다. 깜짝 놀랄 만큼 나쓰가 아름답게 보였다. 품에 안고 그 입술을 만져보고 싶다고 진심으로 생각했다.

"아차, 내가 방해가 됐나?"

문을 벌컥 열고 마사 아줌마가 들어서는 바람에 염마와 나쓰는 퍼뜩 정신을 차렸다. 급히 눈가를 훔쳤다.

"아이, 괜찮아. 기쁜 눈물은 얼마든지 흘려도 돼. 무사해서 참말로 다행이구먼."

스스럼없이 말하더니 염마의 얼굴을 들여다보았다.

"이제 다 나은 것 같네. 어서 빨리 건강해져야지."

"……아줌마한테까지 큰 신세를 졌어요."

마사 아줌마가 달려가 노부마사에게 소식을 전하지 않았다면 지금쯤 자신도 나쓰도 산 목숨이 아닐 터였다.

"무슨 소리야, 이웃 사이에 그런 일쯤이야 당연하지."

이웃 사이…….

아무래도 마사 아줌마네는 우연히 이웃사람이 된 게 아닌 모양이었다. 염마가 가진 기묘한 치유력도 이미 알고 있었다. 그래도 마사 아줌마는 그다지 신경 쓰는 기색이 없었다. 먼

도시에 사는 염마가 마음에 걸려 노부마사가 자연스럽게 사람을 붙여둔 것이다.

아무 일도 없다면 그걸로 좋다. 하지만 혹시라도 위험한 일이 있을 때는 즉시 기별을 해라. 분명 그런 식이었을 것이다.

'이건 뭐, 완전히 어린애 취급이군.'

어쩔 수 없는 일이었다.

노부마사와 일일이 맞서는 것도 이제는 귀찮게 느껴졌다. 누군가 도와주지 않으면 살아갈 수 없다는 것을 인정하는 수밖에 없다. 자신은 그런 생물이 되어버린 것이다.

'그냥 시치미 뚝 떼는 수밖에.'

너무 많이 자서 부숭하게 부어오른 눈꺼풀을 닫았다.

"어라, 잠의 장식이지, 이거? 다행이네, 찾았어?"

마사가 찻상 위에 놓인 구슬을 집어들고 찬찬히 들여다보았다.

"내가 잡혀갔던 창고 앞에 그 구슬이 떨어져 있었대요. 어떻게 된 건지 모르겠어요. 그건 벌써 며칠 전에 잃어버린 물건인데."

그 구슬에 대해서는 염마도 이상하다고 생각했다. 어떻든 그게 거기에 없었다면 나쓰를 찾아내지 못했을 것이다. 누군가 거기에 구슬을 놓아준 것이다. 하지만 누가?

다음 날 저녁, 양과자 상자를 들고 무타 노부마사가 문병을 왔다.

"엄마, 몸은 좀 어때?"

다친 데 하나 없이 멀끔한 노부마사의 얼굴을 보고 있으려니 은근히 화가 났다. 자신은 하마터면 죽을 뻔했는데 마지막 순간의 수훈은 그의 것이었다.

"이제 괜찮아. 당신 덕분에 살았어."

엄마의 감사 인사를 듣더니 노부마사의 거무스레한 얼굴에 희색이 떠올랐다.

"덕분에 요코하마 여자 살인의 범인을 체포했어. 감사해야 할 사람은 나야."

실력파 경시님에게 실적이 또 한 건 덧붙었다는 얘기다. 세상이란 참 불공평하고 불합리하다. 엄마는 영 재미가 없었다.

"뭘, 눈치 빠른 이웃 아줌마와 우렁찬 목소리를 가진 누이에게 감사해야겠지."

"모두 무타 씨 덕분이에요."

나쓰가 고개를 숙이자 웬일로 노부마사가 고분고분한 대답을 했다.

"무사해서 정말 다행이야. 이 친구는 덤이지만, 그래도 나쓰 씨와는 한 식구인데 죽게 버려둘 수는 없겠지?"

나쓰는 순경의 부당한 폭력으로 아버지를 잃었다. 노부마사의 마음속에는 아직도 나쓰에게 그에 따른 보상을 해야 한다는 의무감이 있는 것 같았다.

"정말 고맙습니다……."

그제야 마음이 풀렸는지 나쓰가 눈물을 글썽였다.

"그자는 순순히 범행을 인정했어?"

염마의 물음에 노부마사가 고개를 끄덕였다.

"뻔뻔스럽게도 네 건의 살인을 태연히 자백했어."

네 건이라고?

"왜 그래?"

실력파 경시님은 역시 상처 입은 자의 아주 작은 표정 변화도 놓치지 않았다.

"그자가 첫 번째로 희생된 여자는 알지 못한다고 말했어. 그 사건을 보고 마음에 불이 붙었다고……."

믿기지 않는다는 듯 노부마사가 눈을 가늘게 떴다.

"정말이에요?"

나쓰도 얼굴이 새파래져서 되물었다.

"그러고 보니 최초 피해자는 새와 들개에 사체가 훼손되어서 다른 세 번의 사건과 살해 방법이 같은지 검증하지 못했다고 했어."

"……심장은?"

"없었어. 하지만 그게 짐승 때문인지, 아니면 범인에 의한 것인지는 알 수 없었어."

염마는 눈을 질끈 감았다.

"서서히 범행 수법이 과격해졌다고 생각했는데, 애초에 범인이 달랐다면……."

생각에 잠긴 채 노부마사가 중얼거렸다.

염마는 침묵했다. 또 한 명의 범인이 아직도 요코하마에 존재한다. 그리고 그건 어쩌면 자신과 똑같이 호쇼라는 호칭을 가진 사내인지도 모른다. 속이 메슥거리며 구역질이 났다.

"그 영국 기자는 어떻게 되나요?"

미간을 좁히며 나쓰가 물었다. 원래는 극형이지만, 과연 이 나라에서 서양인의 죄를 물을 수 있는지, 나쓰는 그 점을 염려하고 있었다.

"응, 그건……."

노부마사가 말끝을 흐렸다.

"놈은 7일 후에 영국으로 송환될 거야."

엽마의 미간에 짙은 주름이 잡혔다. 나쓰는 아연한 얼굴로 노부마사를 바라보았다.

"죄 없는 여자들을 그토록 잔인하게 살해한 사람인데 어떻게……."

이해할 수가 없다며 나쓰가 따져 물었다.

"영국과의 관계를 생각하면 우리가 할 수 있는 최대의 조치는 강제퇴거뿐이야. 그자가 범행을 인정하긴 했지만, 익숙하지 않은 타국에서의 생활 때문에 정신에 이상이 생긴 탓이라고 거짓말을 하고 있어."

"말도 안 돼! 그렇다면 영국에서는 처벌을 받아요?"

그건 아닐 거라고 노부마사는 고개를 저었다.

"그자가 명문 귀족의 자제라는 모양이야. 영국에 돌아가도 한동안 병원에 입원시키는 정도로 흐지부지되기 쉽겠지. 영국의 배가 7일 후에 출항할 거야. 일이 그렇게 됐어."

절망한 듯 나쓰는 입술을 깨물었다.

"잠깐 봐야겠어."

엽마가 중얼거렸다. 얼굴을 홱 돌려 위협하는 듯한 눈빛으로 노부마사를 노려보았다.

"그자를 좀 만나게 해줘."

"뭘 어쩌려고?"

염마는 어질러져 있던 문신도구를 가죽 가방에 챙겨 넣고 벌떡 일어섰다.

"그거야 뻔하잖아? 선물 좀 쥐어서 보내줘야지."

오른손이 적당할 정도로 욱신거리고 있었다.

오즈월드는 영국 영사관에 있었다.

창문에 장식 창살이 달린 소박한 방이었다. 침대에 걸터앉은 채 오즈월드는 문신사를 맞이했다.

어두운 빛이 깃든 뻔뻔한 두 눈으로 빤히 바라보는 바람에 염마는 쳇 하고 혀를 찼다. 희생된 치에와 여자들은 차가운 흙 속에 있는데, 이자에게는 아직껏 부드러운 침구가 주어지는 것이다.

"오우, 놀라워. 의외로 멀쩡하잖아?"

오즈월드가 놀라는 것도 당연한 일이었다. 이틀 전에 등에 수십 군데나 칼침을 맞은 사람이 멀쩡하게 걸어 들어온 것이다. 살아 있다는 것도 이상할 정도인데.

“그렇지도 않아.”

목숨과 직결된 상처에서 회복되는 중이기 때문에 왼손은 아직 자유롭지 못했다. 등의 상처도 아직 완치된 것은 아니다. 숨을 쉴 때마다 힘이 들었다.

“어째서 네 번을 살해했다고 자백했지?”

“넷이든 셋이든 마찬가지야. 전혀 상관없어.”

예상했던 대답이 돌아왔다. 100명을 난도질하더라도 처형되지 않는 몸이다, 라는 말까지 하고 싶었는지 모른다.

“……며칠 뒤에는 고국으로 돌아간다던데?”

“응, 유감이야. 요코하마에서 꽤 즐거웠는데 말이야.”

염마의 미간이 움찔하는 것을 노부마사와 영사관 직원이 불안한 눈빛으로 지켜보고 있었다.

“선물로 리염마 문신은 어때? 특별히 공짜로 해주지.”

오즈월드의 얇은 입술이 옆으로 쭉 늘어났다.

“리염마라고? 그거 아주 매력적인 제안이군. 하지만 부상 당한 몸으로 문신을 새길 수 있을까?”

“잘 쓰는 손만 움직이면 얼마든지 할 수 있어.”

염마는 오른쪽 장갑을 입에 물고 쓱 손을 빼냈다. 염마천의 범어를 새긴 손바닥을 내보였다.

"이자는 죄를 심판하는 지옥의 왕이야."

"흠, 그렇군. 네 이름을 거기에서 따온 거였어?"

오즈월드가 일어섰다.

"그럼 부탁해볼까."

의자에 앉아 책상 위에 오른손을 내밀었다. 염마도 맞은편에 앉아 도구 가방을 열었다. 그 모습을 노부마사는 지그시 바라보고 있었다. 가방 속에 칼날이 있다는 것을 알고, 감시하던 영사관 직원이 허리의 총에 슬쩍 손을 얹었다.

"정말로 무서운 건 심판이 끝난 뒤야."

"지옥 그림이라면 나도 절에서 본 적이 있지. 분명 처참한 장면이었어."

남의 나라의 종교관 따위는 관심도 없는 것이다. 마치 남의 일처럼 말하고 있었다.

"뭘 새겨줄까? 원하는 게 있으면 말해."

"네가 원하는 걸로 새겨줘."

살인의 충동을 멈출 수 있는 문신을 새겨볼 테면 어디 새겨보라고 오즈월드는 배짱을 부렸다.

"너 스스로 더 이상 아무도 죽이지 않겠다고 간절히 원하지 않고서는 신귀가 깃들지 않아."

그것이 신귀 새김의 규정이었다. 스스로 받아들일 마음이 없다면 단순한 문신에 지나지 않는다. 문신사는 상대의 소원을 들어주는 것뿐이다.

"그건 좀 어렵지."

오즈월드는 킬킬킬 웃으며 어깨를 으쓱 치켜들었다.

"그렇다면 이런 건 어때? 누군가를 죽이고 싶은 마음이 들 때는 가장 친하고 소중한 자를 죽인다는 건?"

제안하는 염마의 얼굴에 표정은 없었다.

"사랑하는 자에게야말로 죽음을, 이라는 건가? 한마디로 그렇게도 살인을 하고 싶다면 네 혈육부터 죽이라는 뜻이겠지? 그것도 좋지, 형도 할머니도 아주 지긋지긋하던 참이니까. 내가 그들을 사랑하는지 어떤지는 상당히 미심쩍지만."

예전에 '엉터리 같은 것도 믿기 나름'이라고 말한 적이 있던 자다. 신귀 새김 같은 건 전혀 믿지 않고 있다. 어차피 어리석은 믿음의 산물이라고 생각하는 것이다. 오즈월드로서는 도박을 하자는 제안에 가벼운 마음으로 맞받아치는 정도일 것이다.

"어떤 걸로 새길까?"

"흠, 나이프가 좋겠군. 안타깝게도 내 나이프는 경찰이 몰수해갔지만.”

염마는 문신용 바늘을 들었다. 밑그림 따위는 필요 없었다. 단숨에 새겨버릴 생각이었다.

“상관없어, 그 칼이라면 내가 똑똑히 기억하고 있으니까.”

수많은 피를 빨아들인 은빛 나이프, 이자의 손에 새기기에는 아주 적합한 그림이다.

“신귀 새김이 효험을 보기 위해서는 너의 의지가 필요해. 어설피 도망치지 마라.”

“효험을 보려면 내가 분명하게 원해야 한다는 거로군. 가장 가까운 소중한 사람이라……. 좋아, 이 나라 주술사의 능력을 한번 볼까.”

사기라고 얕잡아보고 있었다. 그렇다면 주술의 효과를 네 몸으로 직접 경험해보는 수밖에.

염마는 일을 시작했다. 손바닥에 칼날이 새겨져 갔다. 꽤 아플 텐데도 오즈월드는 약한 모습을 보이지 않겠다고 작심했는지 신음소리도 내지 않았다. 그 대신 어떻게 여자들을 죽였는지 상세하게 말하기 시작했다.

살려달라고 비는 여자의 입을 찢었다, 젖무덤을 도려냈다, 내장을 끌어냈다……. 영사관 직원은 얼굴이 새파래져서 손으로 입을 막고 있었다. 그래도 동족이므로 설마 이렇게까지 괴물이라고는 생각하고 싶지 않았을 것이다.

제 이야기에 도취한 오즈월드는 스멀스멀 주위를 둘러싼 신귀의 기척을 깨닫지 못했다. 쌍두의 뱀에게 온몸이 둘둘 감긴 영사관 직원은 뭔가를 감지했는지 머리를 긁적거리면서 벽에 몸을 기댔다.

금기의 신귀 새김은 아니지만, 염마의 어두운 정념에 평소보다 더한 괴물들이 호출되었던 것인지도 모른다. 노부마사도 긴장한 듯 입을 한일자로 꾹 다물고 있었다.

짙고 기나긴 밤이었다.

미친 회열에 빠져 제 이야기를 마쳤을 즈음, 오즈월드의 손에는 아름다운 나이프가 달라붙어 있었다.

영사관을 나왔을 때는 동쪽 하늘이 부옇게 밝아오고 있었다.

노부마사와 나란히 걸음을 옮겼다. 오른손에 손가락 없는 장갑을 다시 끼웠다. 신귀 새김은 몹시도 지치는 작업이다. 몸속의 심지가 깎여나간 것만 같았다.

아침노을이 낀 바다가 보였다. 살인귀를 아득한 저 너머의 땅으로 데려가는 무정한 바다였다.

"살인귀가 달아나는 걸 두 눈을 멀뚱멀뚱 뜨고 바라봐야 하다니, 정말 괴롭군."

노부마사가 웬일로 경찰관다운 말을 했다.

"아니, 놈을 놓칠 수야 없지."

"신귀 새김으로? 하지만 그건……."

노부마사는 비관적으로 고개를 저었다.

"저놈에게 사랑하는 사람이 있을 리 없잖아."

그 중얼거림에 염마는 고개를 끄덕였다.

"그렇겠지."

태어나서 지금껏 한 번도 인간을 사랑해본 적이 없는 사내다. 살의라는 집착은 애정이 아닐 것이다.

"하지만 유일하게 한 사람은 있지 않을까."

저런 놈이라도, 아니, 저런 놈이기 때문에 더더욱 자신만은 사랑스러울 것이다. 염마는 뒤를 돌아보았다.

그렇지, 잭?

8

가게 안쪽의 방을 정리하고 오니즈키는 땀을 훔쳤다.

문신사의 일을 버리고 책방 주인으로 3년을 보낸 방은 편안한 시간들을 말해주듯이 자질구레하게 어질러져 있었다.

"아직도 우울한 거야?"

가게 당번을 맡고 있던 히스에게 말을 건넸다. 역시 착한 사람이라고 오니즈키는 흐뭇하게 웃었다.

"어떻게 이럴 수가 있느냔 말이야. 내 친구가 요코하마 여자 살인의 범인이라니……."

한껏 침울한 목소리가 돌아왔다.

아직 신문에도 실리지 않았고 경찰에서도 발표하지 않았지만 어떻든 요코하마 여자 살인의 범인이 잡힌 모양이었다. 게다가 그자가 히스의 친구인 영국인 특파원이라는 것이다. 이곳에 거주하는 외국인들 사이에 한발 앞서 소문이 날아들었다고 한다.

"그 오즈월드가……. 난 정말 믿을 수가 없어."

히스의 말에 따르면 그자는 지적이고 온후한 신사였다고 한다. 적어도 겉으로는.

"당신에게 어처구니없는 인간을 소개한 꼴이 됐지 뭐야. 정말 미안해. 하지만 아직 그자를 직접 만난 적은 없었지?"

"유감스럽게도 만나지 못했어."

거짓말이었다.

그날 염마를 보았고, 그 길로 히스가 소개해준 그자의 근무지에 찾아갔었다. 요코하마 리퍼를 은근히 미화하듯이 말하는 그 외국인 기자는 눈에 익은 얼굴이었다. 풀숲에서 여자의 몸을 난도질하던 바로 그 사내였다.

첫 번째 여자의 사체가 발견된 뒤, 그 사건을 모방하듯이 살인사건이 이어졌다. 아무래도 신경이 쓰이지 않을 수 없는 일이었다. 결국 피 냄새에 이끌리듯이 그자의 살해 현장을 우연히 목격하고 말았다. 희희낙락해서 나이프를 휘두르던 사내는 목격자를 알아차리지 못했다. 게다가 회중시계를 떨어뜨리고도 잽싼 걸음으로 도망쳤다.

범인이 히스가 소개했던 사람이라는 건 정말 뜻밖이었다. 사무실에서 나오던 그와 대화를 나누면서 귀가 솔깃할 만한 정보를 넌지시 알려주었다.

"문신사가 외국인을 의심하고 있더군요. 증거도 갖고 있어요. 아마 금세 범인을 찾아낼 겁니다. 그 사람만 따라다니면 특종은 당신 것입니다."

돈을 바라고 알려주는 것이라고 생각한 모양인지 오즈월드는 야차에게 사례금까지 쥐어주었다.

둘이서 접촉한 바로 그 다음 날 오즈월드는 나쓰를 납치하여 그 오빠와 함께 처치해버리려고 했다. 하긴 증거품인 시계를 갖고 있는 사람이 문신사인지 아닌지도 확실하지 않은 상황에서 견제할 목적으로 아무 관계도 없는 여자까지 죽이는 그런 놈이다. 역시나 행동이 잽싸다.

회중시계와 머리핀의 장식 구슬. 오즈월드와 나쓰가 떨어뜨린 물건 두 개를 그야말로 극적으로 활용했다.

나쓰가 떨어뜨린 구슬을 일부러 창고 앞에 둔 건 야차였다. 염마라면 충분히 알아차릴 터였다. 그 구슬 덕분에 염마가 나쓰를 구해낸다면 그때는 그녀를 양보해도 괜찮다고 생각했다.

어차피 나쓰의 마음에는 염마밖에 없었다. 어떻게 해도 자신의 인생의 반려자가 되어줄 리 없는 것이다. 매몰차게 거절할 여자에게 집착할 정도로 풍부한 감성은 없었다.

물론 안타까운 마음은 있었다. 나름대로 진심을 다해 나쓰를 원했던 것이다. 은근히 질투가 나는 밉살스러운 놈이다, 염마는.

하지만 그자는 나쓰를 지켰다.

호쇼 염마. 틀림없이 같은 스승님 아래에서 배운 동문 후배다. 게다가 그가 끼고 다니는 장갑 속에 신귀까지 새겨져 있다면 그 역시 자신과 똑같은 숙명을 짊어지고 있는 것이다. 스승이 세상을 떠난 건 25년 전의 일이라고 들었다. 그 사내는 생김새만으로 보면 여전히 스무 살 남짓한 나이다.

'비겁하시잖아요, 스승님.'

저도 모르게 피식 웃음을 흘렸다.

그토록 신귀 새김의 금기를 경계했으면서 자신도 죽기 전에 그 선을 넘어버렸다. 그렇게 자기 마음대로 하는 게 바로 스승이라는 존재인 모양이다. 그야말로 무시무시한 신귀 같은 얼굴로 고함을 치며 자신을 파문해버린 스승이지만, 지금 돌이켜보니 그리 나쁜 추억만은 아니었다.

어떻든 그 노인네는 진심으로 나를 걱정해준 것이다. 제 손으로 불사의 신귀를 새겨버린 사내의 서글픈 앞날을……

신귀란 참으로 복잡하고 손이 많이 가는 짓거리를 한다. 나쓰를 빼앗아간 자가 같은 스승 밑에서 배운 후배라니. 공식적으로는 오누이라고 하고 있지만 실제로는 아버지와 딸만큼 나이차가 날 터였다. 이대로 간다면 그 차이는 거꾸로 뒤바뀐 채 점점 더 벌어진다.

염마는 과연 어떻게 할 생각인지, 부쩍 호기심이 발동한다.

그런 생각들을 굴리며 야차는 다시 방을 정리했다. 언제든지 떠날 수 있도록 해두고 싶었다.

양서 책방은 꽤 재미있는 일이었다. 가능하면 좀 더 계속하고 싶지만, 남의 눈에 띄기 쉬운 장사이다 보니 기껏해야 3년이 한계였다. 그래서 책방을 양도한다는 전제하에 히스를 공동 경영자로 맞아들인 것이다.

먼지를 떨어내고 있으려니 서랍장 뒤편에서 누렇게 변색한 신문이 나왔다. 작년 신문이라서 요코하마 여자 살인에 관한 기사 따위는 없다. 그 대신 일본제국 헌법 포고의 기사가 1면을 장식하고 있었다.

그 아래쪽에서 '추밀원 고문관으로 가이도 씨 취임'이라는 기사를 발견하고 찬찬히 읽어보았다. 가이도 시게키요 씨는 진즉에 70세를 넘긴 나이지만 메이지 정부의 중요한 인물로 총리 후보로 거명된 적도 있다는 내용이었다.

'흠…….'

정치적인 화제에는 도통 관심이 없는 오니즈키는 이런 내용을 처음으로 알았다. 이 사람을 찾으러 허위허위 조슈까지 찾아갔던 게 그새 몇십 년 전의 일이다.

'아주 훌륭한 사람이셨네.'

신문기사를 손끝으로 뜯어내 착착 접어서 품속에 넣었다.

문득 돌다리 위에 우두커니 서 있던 젊은 여자의 모습이 뇌리를 스쳤다. 가을날, 황혼, 갈대……. 또렷하게 기억나지는 않지만 조슈를 찾아갔을 때의 일과 관계가 있는 여자일 것이다. 머릿속을 스치는 기억의 단편들을 모아보다가 금세 포기했다. 옛일을 떠올리는 건 그리 달갑지 않았다.

"히스, 지금부터 이 책방은 당신 거야."

그렇게 선언하고 오니즈키는 서랍장 위에서 큼직한 가방을 내렸다.

"오우, 무슨 소리야?"

히스가 뛰어들어 왔다.

"떠나야겠어. 꼭 하고 싶은 일이 생겼거든."

먼지를 닦아내고 가방 안에 짐을 챙겼다.

"왜? 한참 나중이라고 했잖아."

"아무튼 잘 부탁해."

히스는 일본말에도 능숙하다. 마차 길의 약국집 막내딸과 사랑하는 사이라서 이 나라에 뼈를 묻을 각오를 하고 있기도 했다. 누구보다 이 양서 책방을 잘 꾸려나갈 것이다.

"당신은 항상 느닷없다니까. 책방 운영에 대해 좀 더 찬찬히 배워야 하는데."

붉은 도깨비를 연상시키는 얼굴로 버림받은 강아지 같은 표정을 지었다.

"히스, 넌 퍼펙트야."

등을 두드려주었다.

히스처럼 순수한 생명력이 넘치는 인간을 지켜보는 건 즐거운 일이다. 하지만 곁에 있으면 어쩐지 거북한 느낌이 드는 것도 사실이었다.

묵묵히 여행 채비를 계속했다. 최소한의 짐을 사각가방에 넣고, 맥고모자를 머리에 얹었다. 기모노 평상복에 서양풍의 모자와 가방을 든 차림새지만, 이게 제법 근사하다.

"벌써 가려고?"

"내가 마음이 좀 급해."

웃으며 자리에서 일어섰다.

"자주 찾아와야 해. 알았지?"

히스가 눈물을 글썽였다. 고개를 끄덕이긴 했지만, 두 번 다시 만날 수 없다는 건 오니즈키 자신이 잘 알고 있었다.

몇 년 뒤, 혹은 몇십 년 뒤에 만난다면 이 선량한 외국인도 예전의 친구에게 이렇게 소리칠 것이다. 이 괴물 같은 놈!

그건 아마 몹시 마음 아픈 일이 될 것 같다. 그러니 이걸로 끝내는 게 좋다. 오니즈키는 콧잔등이 붉어진 미국인에게 보살처럼 웃어 보이고 책방을 나섰다.

요코하마 여자 살인사건의 범인이 잡혔다는 건 아직 발표되지 않았다. 상대는 이런저런 공식 절차가 복잡한 서양인이다. 분명 국외 퇴거 조치를 내린 뒤, 진상은 알 수 없다는 식으로 처리될 것이다. 지금쯤 그 문신사 후배도 분해서 이를 갈고 있을까.

추석이 지나면서 저녁 나절이면 사방에서 벌레 소리가 들려왔다. 주위는 어둑어둑 저녁 어스름이 내리고, 길거리는 한적했다. 평소 같으면 이 근처에 사람들의 왕래가 많을 테지만, 공식적으로는 아직 살인사건이 해결된 게 아니라서 그 여파가 요코하마 전역에 긴 그림자를 떨구고 있었다.

회중시계를 꺼내 시간을 확인하고 걸음을 서둘렀다. 오후 6시발 열차를 탈 생각이다. 지나치게 여유롭게 걷다보니 시간이 바짝 다가와 있었다. 하지만 기차는 으레 늦는 법이다. 기차를 놓칠 걱정은 하지 않아도 된다.

영국 영사관의 지붕이 보였다. 저곳에 범인이 구속되어 있을 터였다. 그 순간, 저녁 어스름을 찢어발기는 듯한 여자의 비명소리가 울렸다. 오니즈키는 심상치 않은 비명소리가 나는 곳으로 뛰어갔다.

바닷가로 통하는 좁은 길에 한 여자가 자지러지게 놀라 바짝 웅크리고 있었다. 부들부들 떨면서 여자가 바라보는 곳에 한 외국인이 서 있었다.

남자는 나이프를 든 오른손을 쳐들고 있었다. 하지만 칼끝은 여자가 아니라 자신에게로 향해 있었다.

어떻게 된 영문인지 모르겠다, 정말 믿을 수 없다는 눈빛을 하고 있었다. 당황해서 왼손을 내밀어 오른손을 말려보지만 아무래도 잘 드는 쪽의 손아귀 힘이 더 강한 것이리라. 주춤주춤 칼끝이 제 숨통을 향해 다가갔다. 그자는 울음보가 터질 것 같은 얼굴로 고개를 마구 내저었다.

홀로 연극을 하는 듯한 기묘한 광경이었다. 사람들이 모여들었다.

오즈월드는 자신의 오른손과 왼손의 전쟁을 바라보며 영어로 울부짖었다.

내 손이 제멋대로…… 제기랄, 그 문신사 놈이!

몹시도 더러운 욕설을 퍼부었다.

역시 호쇼 엄마라는 문신사 후배가 그 명성에 걸맞은 판결을 내려준 모양이다.

“제발 살려줘!”

오니즈키와 눈이 마주치자 오즈월드는 울면서 애원했다.

품속에서 금빛 회중시계를 꺼내 불쌍한 그 사내의 얼굴 앞에서 흔들어보였다.

“네, 네가!”

그 문신사가 살인범을 궁지에 몰아넣을 증거를 갖고 있다, 범인이 누구인지 짐작하고 있다, 라고 슬쩍 귀엣말을 해준 사람이 사실은 현장에서 떨어뜨린 회중시계를 갖고 있었던 것이다.

“……지옥이 너를 기다리고 있어.”

명부에 사는 악귀의 말로 들린 모양이었다. 오즈월드의 표정이 얼어붙었다. 오른손을 제지하는 왼손의 힘이 스르륵 빠지는 것처럼 보였다. 달빛을 받은 나이프가 번쩍 섬광을 그렸다.

피가 분수처럼 솟구쳤다. 두 눈을 한껏 부릅뜬 채 오즈월드는 털썩 쓰러졌다.

오즈월드는 스스로 제 목을 잘랐다. 주위에 모인 사람들의 눈에는 미쳐버린 자의 자해 행위로만 보였다.

오른손은 흉기를 놓쳤지만 그 손바닥에는 또 하나의 나이프가 번득였다. 오니즈키, 예전에 호쇼 야차로 불렸던 그가 신귀 새김이라는 것을 알아보지 못할 리 없다.

주위는 온통 소란스러워졌다. 비명과 고함이 뒤섞여 튀었다.

영사관 사람들일까, 어쩔 줄 모르고 뭔가 영어로 떠들어대고 있었다.

"경비를 단단히 했어야지! 누구야, 이자를 감시한 사람! 대체 어디서 나이프를 입수했느냔 말이야!"

"그래도 자살이니까 별 문제없어. 오히려 잘된 거야. 이자는 영국의 수치야."

알아듣기 힘들었지만 대충 그런 대화였다.

'쯧쯧.'

오즈월드가 불로불사의 호쇼를 죽일 수 있는지 없는지 시험해보려고 일부러 염마를 노리도록 작전을 폈던 것인데, 그리 대단한 살인귀는 아니었던 모양이다.

우우웅 땅을 가르는 듯한 소리에 뒤를 돌아보니 기차가 어슴푸레한 어둠 속을 달려가는 게 보였다.

도쿄 신바시로 가는 막차일 것이다. 하필 이런 때에 늦는 일도 없이 정각에 들어오다니. 오니즈키는 피곤한 듯 한숨을 흘렸다.

새삼스럽게 히스에게 다시 돌아가는 건 모양새가 좋지 않다. 게다가 피가 튀어서 아주 조금이지만 옷이 더럽혀졌다. 어디 가서 갈아입을 옷도 좀 사고 요코하마 역 근처에 숙소를 잡기로 했다.

때로는 서양 옷차림을 해보는 것도 나쁘지 않다. 더 이상 사체를 돌아볼 것도 없이 오니즈키는 그런 생각을 하면서 걸음을 뗐다.

머리 위의 달이 발치를 비추고 있었다.

9

비가 오는데도 더위가 기승을 부리는 날씨였다. 아직 오전 시간에 벌써 사위가 어둠침침했다.

날씨 탓인지 평소에는 북적거리던 요코하마 역도 승객이 줄어들어 비교적 한산했다. 철도가 들어온 지도 벌써 18년이나 되었지만, 3등 열차라도 운임이 만만치 않아서 아직은 서민의 발 노릇을 하지 못하고 있었다. 요코하마에서 도쿄까지 한 시간이면 갈 수 있다고는 해도 그리 자주 타고 다닐 수는 없다.

“다시 한참 동안 못 보겠네요.”

나쓰가 섭섭함을 담아 중얼거렸다. 나이에 비해 여전히 어린애 같은 구석이 있어서 항상 아슬아슬한 ‘오빠’가 못내 걱정스러운 모양이다.

“공부 열심히 해라.”

오즈월드에게 희생될 뻔했을 때는 나쓰에게 해줄 말이 줄줄이 떠오르더니만 막상 평범한 일상으로 돌아와 얼굴을 마주하니 겨우 이런 말밖에 나오지 않았다.

“네, 열심히 할게요.”

나쓰는 고개를 떨구었다. 어쩐지 겸연쩍어서 엄마는 화제를 바꾸었다.

“경시님은 안 나타날 모양이네.”

어제는 나쓰와 같은 열차 편으로 도쿄에 가겠다고 하더니 올 기척도 없었다.

“아마 바쁘실 거예요. 어제 저녁에 한바탕 소란스러웠으니까.”

영국 영사관 부근에서 외국인이 자살했다는 소식은 오늘 아침에 마사 아줌마가 알려주었다. 그자가 누구인지는 굳이 물어볼 것도 없었다. 결국 그자는 애써 새겨준 신귀 선물을 제 나라로 가져가지 못한 것이다. 참으로 어리석은 자였다. 두 번 다시 살인의 충동에 빠지지 않고 얌전히 있었다면 단순한 문신으로 끝났을 것이다. 하지만 놈은 그럴 의사를 갖고 있지 못했다.

"요코하마에 사귀는 여자라도 있는 모양이야. 한동안 느긋하게 쉬었다가 갈지도 모르지."

"아뇨, 무타 씨와 교제하는 분은 도쿄에 사는 부인이에요. 아직 못 들었어요? 연상의 미망인이라던데. 여러 여자들과 관계를 가질 만큼 난잡한 분은 아니에요."

염마는 처음 듣는 얘기였다. 도쿄에 사는 나쓰가 오히려 노부마사를 더 잘 알고 있는지도 모른다.

"벌써 몇 년째 교제 중이래요. 서로를 구속하지 않는 편안한 관계라고 하셨어요."

무타 노부마사다운 일이라고 생각했다.

"다시 한 번 감사 인사를 드려야겠지만, 나중에 도쿄에 돌아가서 할게요."

"넌 참 예의도 바르다."

"나 때문에 오빠가 큰일을 당할 뻔한 걸 생각하면 지금도 몸이 떨려요. 무타 씨에게는 아무리 감사해도 부족할 거예요.”

“……그리 쉽게 죽지는 않아.”

나쓰는 고개를 저었다.

“그러니 더 무서운 거예요. 오빠가 도무지 목숨을 소중하게 여기지를 않으니까.”

─목숨을 함부로 해서는 안 돼. 너는 금세 불끈해서 덤비는 성격이니까 그게 항상 걱정이야.

귀가 따갑게 들려주던 사와 누님의 말이 생각났다.

“소중히 해야지. ……네가 훌륭한 의사가 되는 걸 봐야 하니까.”

“꼭이에요. 죽어도 상관없다는 식으로 생각했다가는 내가 용서하지 않을 거예요.”

나쓰가 빤히 쳐다보는 바람에 염마는 다시 한 번 고개를 끄덕였다. 뭔가 말을 해주고 싶었지만, 타고난 서투름과 망설임이 방해를 한다. 노부마사라면 이럴 때 그럴싸한 말을 술술 할 텐데.

역원이 발차 시각이 임박했다고 외치자 급하게 뛰어오는 승객들이 있었다. 그중 한 사람이 염마와 부딪쳤다.

젊은 남자였다. 비를 맞았는지 세련되게 차려입은 서양 옷이 조금 젖어 있었다.

"앗, 죄송합니다. 괜찮으세요?"

단정한 용모의 청년이었다.

어디선가 본 듯한 느낌이 들었지만, 엄마는 미처 알아보지 못했다.

"삼일월당 아저씨 아니세요?"

나쓰가 반가운 목소리를 올렸다.

"오, 의학생 아가씨? 이런 데서 만나다니 정말 우연이군요."

"출장을 가시는 건가요?"

"아뇨, 가게는 관뒀어요. 히스에게 맡겼습니다."

나쓰가 눈을 둥그렇게 떴다.

"이렇게 빨리 그만두실 줄은 몰랐어요."

"한 자리에 오래 머물지 못하는 성격이라서요. 근데, 이분은?"

엄마에게 웃는 얼굴을 향했다.

"오빠예요."

"아, 문신사 일을 하신다는?"

탐색하는 듯한 두 사람의 시선이 얽혔다.

“처음 뵙겠습니다. 오니즈키라고 합니다. 말씀은 많이 들었어요. 만나 뵙게 되어 반갑습니다.”

오니즈키? 어쩌면 삼일월과 야차의 문신을 가진 사람에게 잘 어울리는 이름이다. 그게 아니더라도 이 남자를 본 순간부터 가슴에 묘한 술렁임이 일었다. 손바닥을 좀 보자고 할까. 그런 생각을 하는데 기차가 한층 높직하게 빽 울었다.

“아차, 서둘러야겠네.”

자, 어서, 라고 나쓰에게 먼저 타라는 듯 재촉한다. 그 몸짓이 매우 세련되어서 얄미울 정도였다.

두 사람이 열차에 올라타자 쉿덩어리는 검은 연기를 토해내며 서서히 움직였다.

‘내가 너무 예민하게 생각한 건가.’

저런 호리호리한 사내가 사람을 죽이고 그 심장을 먹을 만한 마물일 것 같지는 않았다. 멀어져가는 기차를 지켜보며 염마는 불안한 마음으로 우두커니 서 있었다.

마지막 차량이 앞을 지나칠 때, 염마는 깜짝 놀라서 고개를 번쩍 쳐들었다.

“앗!”

차량 후미의 문 앞에 나와 서서 오니즈키가 손을 흔들고 있었다. 그 손바닥에는 분명하게 삼일월의 문신이 있었다. 사내가 일부러 염마에게 문신을 내보인 것이다.

"잠깐, 너는?"

염마는 이를 악물고 기차를 쫓아갔다.

"이봐, 거기 서. 위험하잖아!"

제지하고 나서는 역원의 목소리가 들렸지만, 여기서 놈을 놓칠 수는 없었다.

'호쇼 야차였어, 저놈이.'

분명 또 한 명의 요코하마 리퍼이기도 하다.

조금만 더 달리면 차량 후미의 손잡이를 잡을 수 있을 것 같았다. 조금만 더, 조금만 더. 그 모습을 야차가 신기한 구경이라도 하듯이 바라보았다.

가까스로 손잡이를 잡았다. 떨어질 뻔했지만 가까스로 발을 얹을 수 있었다. 기차는 역 구내를 벗어나 본격적으로 속도를 높였다.

"참으로 무모한 짓을 하는군."

야차가 말을 건네왔지만, 헉헉거리는 숨을 고르느라 얼른 대꾸할 수가 없었다.

"그러다 죽는 수가 있어. 너나 나나 완전한 불사신은 아니니까.”

이자가 내 정체까지 알고 있었단 말인가. 바깥쪽에서 겨우 손잡이에 매달린 채, 염마는 놈을 쏘아보았다.

쇠 난간을 뛰어넘으려 해도 그 틈을 노려 덤벼들 것 같아 염마는 선뜻 행동에 나설 수가 없었다. 비가 오는 탓에 발밑도 미끄러웠다. 염마가 내뿜는 노골적인 적의가 감지되지 않을 리 없다. 야차는 서양식 우산을 들고 있었다.

“호쇼 야차……. 네놈이 바로 스승에게 파문당한 어리석은 제자구나.”

야차가 풋 웃음을 터뜨렸다.

“말솜씨가 형편없군.”

“닥쳐! 맨 처음 여자를 살해한 건 네놈이지?”

그 말에 야차는 자못 슬프다는 표정을 내보였다.

“그 여자가 죽고 싶다고 말했어.”

“쓸데없는 소리, 죽인 여자의 심장을 빼앗은 주제에.”

“기브 앤 테이크야.”

염마는 불끈 화가 솟구쳤다. 두 손이 손잡이를 잡고 있지만 않다면 당장 놈을 덮쳤을 것이다.

“네놈은 그 영국인하고 똑같아. 구역질이 나.”

야차는 미간을 찌푸리며 잠시 생각에 잠겼다.

"그자하고 똑같은 건 싫은데……."

반드시 물어봐야 할 것이 있었다.

"내가 열세 살 때, 누님이 죽었어."

의아하다는 듯 야차가 지그시 이쪽을 마주보았다.

"살해됐어. 유해에는 심장이 없었어. 1859년 가을, 조슈 하기 땅에서. 네놈이 한 짓이냐?"

야차는 다시금 생각에 잠겼다.

"……아마도."

"뭐라고? 기억도 나지 않는다는 거냐!"

이런 추악한 놈. 손잡이를 움켜쥔 손이 분노로 파르르 떨렸다.

"조슈 하기라면 한 번 간 적이 있지. 그래, 누군가를 죽였던 것 같군."

쇠 난간을 뛰어넘으려는 염마의 가슴팍에 놈이 우산 끝을 들이댔다.

"격투를 하면 내가 질 것 같아. 좀 더 그쪽에 있어주서야지."

염마는 몸을 버텼다. 이렇게 가까이 있는데도 손을 댈 수가 없는 것이다.

“아, 생각났다!”

야차가 멍한 얼굴로 탄식을 내쉬었다.

“그렇지 않아도 줄곧 마음에 걸렸어. 이제 생각나는군. 해질 무렵의 다리 위에서였어. 아름다운 여자였는데……. 슬픈 눈빛의……. 그렇구나, 그게 너의 누님이었어.”

“죽기를 원해서 죽였다고 할 테냐?”

야차는 고개를 끄덕였다.

“맞아. 내가 원래 매우 예민한 편이지. 나 자신에게 변명이 필요했던 거야. 죽음을 원하는 자를 내 손으로 죽여주는 자비로움. 흠, 그런 거였어.”

말을 하면서 자기 분석이라도 하는 것 같았다.

“누님은 어릴 때 앓은 병으로 아이를 낳을 수 없다는 의사의 진단을 받은 참이었어. 그러니 괜찮은 중매도 들어오지 않았어. 사는 게 지겹기도 했겠지. 하지만…….”

염마는 분노로 물든 얼굴을 들었다.

“그런 건 한때의 감상일 뿐이야. 누님은 그렇게 나약한 사람이 아니었어. 반드시 다시 일어나 자기 손으로 행복한 삶을 꾸려갔을 거야. 네놈은 누님의 미래를 앗아갔어. 누님뿐만이 아니야, 네 손에 희생된 사람들의 행복까지 전부 앗아갔어!”

아무리 소리쳐본들 소용없는 일이다. 미래라는 말은 이자에게 우울한 여운을 던질 뿐이다. 그래도 소리치지 않을 수 없었다.

"대답을 해봐!"

침묵으로 대충 넘어갈 줄 알았던가.

"……그렇게 용서 못하겠다면 원수를 갚으시든지."

마침내 야차가 입을 열었다. 무슨 꿍꿍이로 하는 말인가. 마음속이 짚이지 않는다.

"이놈이 허튼소리를!"

이토록 누구를 죽이고 싶었던 적은 없었다. 증오로 머리가 돌아버릴 것만 같았다. 하지만 살인을 할 수는 없었다. 호쇼 염마라는 이름을 내걸었을 때부터 사람을 죽이는 일에서는 손을 씻었다. 두 번 다시 살인만은 하지 않기로 결심한 것이다. 설령 이런 악귀 같은 놈이라도…….

그때 열차의 문이 드르륵 열리더니 나쓰가 머리칼을 손으로 누르며 안에서 얼굴을 내밀었다.

"앗, 오빠!"

열차 밖에서 가까스로 손잡이를 잡은 채 버티고 있는 염마를 보고 나쓰가 부르짖었다.

“나쓰, 나오면 안 돼!”

엄마가 고함을 쳤지만, 나쓰는 어쩔 줄 모르고 허둥거릴 뿐이었다.

“누가 기차를 쫓아오는 것 같아서 설마설마 했더니, 대체 무슨 일이에요? 아무튼 어서 안으로 들어…… 아악!”

엄마의 손을 잡으려고 달려드는 나쓰를 야차가 뒤에서 덮쳤다. 오른손을 돌려 입과 코를 틀어막았다. 얼마 안 되어 나쓰는 정신을 잃고 몸이 휘청 흔들렸다.

“나쓰!”

“어라, 위험하네.”

난간 밖으로 떨어지려는 나쓰의 허리띠를 야차가 한 손으로 붙잡으며 씩 웃었다.

“이놈!”

엄마의 입술이 떨렸다.

“잠시 기절한 거니까 걱정 마. 하지만 네가 거기서 섣불리 뛰어오르면 이 허리띠를 놓아버릴 수도 있어.”

나쓰의 몸을 지탱해주는 것은 허리쯤에 걸린 난간과 야차의 왼손뿐이었다.

“이 손이 아주 편리해. 그렇게 잠깐만 코와 입을 틀어막으면 아무 고통 없이 죽일 수 있거든. 다들 이 손 안에서 잠이라도 자듯이 죽어갔지.”

온화했던 누님의 죽은 얼굴이 생각나 염마는 분노에 치를 떨었다.

“그 더러운 손을 감히 어디에!”

“뭘 그리 걱정이실까, 친누이도 아니면서?”

“닥쳐, 어서 나쓰를 안으로 돌려보내!”

나쓰는 꿈쩍도 하지 않았다. 빗방울이 튄 목덜미가 하얗게 빛났다.

“이렇게 비가 내리니 나올 사람도 없겠지? 이 여자를 구해 줄 수 있는 건 너뿐이야.”

염마는 입을 꾹 다물었다.

“흠, 아주 소중한 사람인 모양이군.”

“당연하지, 나쓰는 내 딸이자 여동생이고…….”

“그리고 연인?”

뻔히 다 안다는 투로 짐짓 묻고 있었다.

“그런 게 아니라…….”

“알 만하군. 너무 흔한 얘기야. 네 얼굴에 다 써 있어. 불로불사의 업보를 짊어진 놈답지 않군. 전혀 영악한 구석이 없다니까.”

그 비아냥거림에 염마는 더욱더 분이 치솟았다. 하지만 우선은 나쓰를 구하는 게 먼저였다. 냉정해지자고 마음속으로 되뇌었다.

“나쓰는 아무 상관없잖아. 어서 안으로 돌려보내줘.”

“아니, 상관이 아주 많지. 그녀 덕분에 우리가 이렇게 만날 수 있었잖아?”

비는 더욱더 거세게 쏟아졌다.

“나쓰 씨가 스무 살이던가? 불사를 새기기에 딱 좋은 나이야. 분명 그럴 생각이겠지?”

“말도 안 되는 소리! 그런 짓을 할 생각은 없어.”

야차는 어리둥절한 듯 고개를 갸우뚱했다.

“그럼 넌 이 여자에게 뭘 원하는 거지?”

“네놈 따위가 알 바가 아니야.”

누님을 살해한 자가 이번에는 나쓰의 목숨을 위협하고 있다. 이런 놈이 자신과 나쓰의 관계를 어떻게 이해할 것인가.

“대체 어쩔 셈이야? 이제 곧 다음 역에 도착할 거야. 차장이 나올 거라고.”

그렇겠네, 라고 야차는 고개를 끄덕였다. 잠시 망설인 뒤에 생각이 정리되었는지 파안대소했다.

"그럼, 뛰어내려."

무슨 말인지 얼핏 이해가 되지 않았다.

"네가 여기서 없어지면 나쓰 씨는 살 수 있어. 자, 어떻게 할래?"

염마는 숨을 헉 삼키며 흘끗 등 뒤를 돌아보았다. 한없이 이어진 두 줄기의 선. 땅을 돋아 매설한 선로의 한쪽 편은 바다, 또 다른 한쪽은 깎아지른 절벽이었다. 여기서 뛰어내린다면 즉사할 가능성이 있다. 만일 바다에 떨어진다면 익사할 것이다. 몸속에 깃든 신귀가 바다 속까지 공기를 조달할 수는 없을 테니까.

"저런저런, 드디어 죽을지도 모르겠군. 어때, 무서운가?"

야차는 그저 심기를 건드려볼 생각으로 차량 난간에 나와 제 손바닥의 삼일월을 내보였을 것이다. 설마 염마가 기차에 뛰어오를 줄은 예상하지 못한 게 틀림없었다. 여기서 한바탕 붙게 될 줄은 그로서도 뜻밖의 일인 것이다. 자칫 경찰에 불려가기라도 한다면 일이 재미없어지는 건 서로 마찬가지다. 그러니 어서 퇴장하라고 말하는 것이다.

하지만…….

"너를 믿을 수 없어. 나쓰를 죽이고 심장을 꺼내가지 않는다는 보장이 없단 말이야."

야차는 고개를 가로저었다. 양복바지의 호주머니에서 작은 유리병을 꺼냈다.

"1년에 한 사람이면 충분해. 이렇게 불에 태워 만든 가루를 조금씩 먹으면 되거든."

병 속에는 검은 가루 같은 게 들어 있었다. 그게 희생자의 심장이라는 건가. 염마는 그 끔찍한 만행에 눈을 부릅떴다.

"재를 만들어서?"

야차는 꾸벅 고개를 끄덕였다.

"내가 비위가 약해서 말이지."

"이런 더러운 놈!"

머리털이 거꾸로 설 만큼 격앙했다. 가볍게 입을 놀리는 그 한마디 한마디가 염마의 역린을 건드렸다. 이렇게 밉살스러운 자가 이 세상이 또 있을까, 하고 이를 갈았다. 몇 번을 죽여도 성이 차지 않을 놈이었다.

"몸속의 신귀가 날뛰어서 너무 아파. 이걸 먹으면 고통이 가라앉지. 너도 시험해보면 좋을 거야."

"그 정도 아픈 건 참을 수 있어! 바이코 영감이 말했어. 제

손으로 제 몸에 불사를 새긴 자는 신귀가 깃들지 않아. 신귀
자체가 되는 거지. 날뛰는 건 신귀가 아니야. 너는 네 의지에
따라 인간을 잡아먹고 있어!”

조금쯤은 가슴을 치는 말이었을까. 야차는 엷은 웃음을 거
두고 침묵했다. 한참 뒤에야 입을 열었다.

“너에게 나를 먹여주고 싶군. 내 피와 살에 취하는 너를 보
고 싶어.”

눈앞의 아름다운 남자의 모습이 악귀와 겹쳐졌다. 이런 악
귀에게 어떤 말을 해본들 인간으로 돌아올 리 없다.

“바이코 영감이 네놈을 죽이라고 했어.”

“그래, 바라는 바야.”

그저 해보는 말은 아닌 것 같았다. 분명 진심으로 살해되기
를 원하는 모양이었다. 지금껏 희생된 사람들은 죽지 못하는
그 자신의 제물이었던가.

“나는 어느 누구도 죽일 수 없어.”

그 말에 야차는 불쾌한 듯 미간을 찌푸렸다.

“그렇다면 별 볼일 없군. 이제 그만 뛰어내리시지. 내가 팔
에 별로 힘이 없어서 말이지. 누구를 오래 붙잡고 있을 수가
없거든.”

엄마는 각오를 다졌다. 죽어도 좋다는 따위의 생각을 해서는 안 된다. 몸속의 신귀는 '자살'을 결코 인정하지 않는다. 그렇게 되면 몸은 행동의 자유를 잃을 뿐이다. 아까 역에서 나쓰와도 약속했다.

'반드시 살아주마. 살아서 네놈을 죽일 것이다.'

눈으로 죽일 수만 있다면……. 엄마는 바람을 담아 야차를 노려보았다.

"백 번이든 천 번이든 뛰어내리지. 그러니 나쓰에게는 손대지 마라."

엄마는 두 손을 놓았다.

기차에서 떨어진 젊은이는 금세 시야에서 사라졌다. 선로에 떨어진 몸이 어디론가 튕겨나간 것 같지만, 어떻게 되었는지는 알 수 없었다.

'대단한 놈이야.'

야차는 어처구니가 없었다. 50년이 넘는 삶을 이어왔지만, 저런 바보는 한 번도 본 적이 없다.

나쓰를 일으켜 세워 품에 껴안듯이 받아들고 문을 열었다. 다행히 차내가 비어 있어서 수상하게 바라보는 눈길은 없었다. 맨 뒷좌석에 나쓰를 앉히고 젖은 머리칼을 닦아주었다.

아직 정신이 드는 기척은 없었다.

"미안해……."

만일 이 여자의 소중한 사람을 죽게 했다면 그건 미안한 일이다. 하지만 그자는 아마도 살아남을 터였다.

"나쓰……."

어렸을 때와 하나도 변하지 않았다.

그때가 네 살이나 다섯 살 때였을까?

문신 일을 하고 오는 길에 문득 토마토를 주었던 여자가 생각났다. 만삭의 그 여자가 가르쳐준 마을 옆을 지나치고 있었기 때문이다.

아기가 무사히 태어났다면 이제 몇 살쯤일까, 하고 생각하는 사이에 발길이 저절로 촌장의 집 쪽으로 향하고 있었다.

벚나무 밑에 비석 하나를 올려놓은 것뿐인 무덤이 서 있고, 그 앞에 작은 여자아이가 흐느껴 울고 있었다.

"무슨 일이냐, 나쓰?"

이름을 부르자 여자애는 눈물 젖은 얼굴을 들었다.

"엄마가 죽었어요."

만삭의 배를 어루만지며 행복하게 웃던 여인의 얼굴이 떠올랐다. 그렇구나, 그 착한 여인이 세상을 떠났는가. 역시 이 아이는 그 여인의 뱃속에 있던 아이였다.

그때 야차는 아직 태어나지도 않은 아이를 부러워했었다. 그리고 이 순간에도 역시 부럽기만 했다.

이런 슬픔에 빠질 수만 있다면 얼마나 좋을까. 저 눈물은 대체 어디서 저렇게 펑펑 솟아나는 걸까.

"애, 그렇게 슬프면 엄마가 계신 곳으로 데려가줄까?"

낯선 남자가 던져준 기묘한 말에 아이는 흠칫 놀란 얼굴로 올려다보았다. 그러고는 눈물에 젖은 얼굴로 강하게 고개를 가로저었다.

"엄마는 나한테 열심히 살아서 꼭 행복해져야 한다고 말했어요. 그러니까 안 돼요!"

아이는 단호하게 대답했다. 유혹의 손길을 뻗친 부정한 마물을 꿰뚫어보는 듯한 눈빛이었다.

갖고 싶다, 라고 생각했다. 이 아이의 강한 의지력에 기대어 살고 싶었다.

"그럼, 아주아주 오래 살게 해줄까?"

마물은 다시금 속닥거렸다.

"그렇게 할 수 있어요?"

동그랗게 뜬 눈이 사랑스러웠다.

"할 수 있고말고. 손바닥에 주문을 새기기만 하면 돼. 하지만 좀 더 큰 다음에 해야지. 내가 꼭 데리러 올게."

당장 데려가고 싶지만, 생김새가 어린아이여서는 이래저래 살아가기가 힘들다. 시간을 멈추는 건 성인이 된 다음이 좋다고 판단했다.

그리고 몇 년 뒤에 찾아갔을 때, 나쓰는 이미 그 집에 없었다. 이웃 할머니의 말에 따르면, 아버지를 잃고 친척집으로 갔다는 것이다. 다만 성묘를 위해 이따금 고향을 찾는 모양이었다. 도쿄 의학교에 다닌다고 했다. 그 아이가 여간 똑똑한 게 아니거든. 할멈은 마치 자기 일처럼 신이 나서 자랑을 늘어놓았다.

의학도 여학생이란 특이한 경우이기도 하고, 이름도 분명하게 알고 있었다. 소재지를 파악하는 건 그리 어렵지 않았다. 자연스럽게 접근했다. 무심한 척하며 유혹도 해보았다. 하지만 곧바로 나쓰의 마음이 한 남자로 채워져 있다는 것을 깨달았다.

하필이면 그게 같은 업보를 짊어진 문신 동문이라니, 참으로 얄궂은 인연이다.

달리는 열차에서 뛰어내렸으니 아마 한참 동안 엄청난 고통에 시달리겠지만, 그 정도는 그저 자그마한 앙갚음일 뿐이다. 뭔가 약간 부족하다는 마음이 들 정도다.

그자의 누나는 빼앗았다. 하지만 누이는 빼앗지 못했다. 분명 염마의 증오도 상당한 것이리라.

야차는 지그시 손바닥을 들여다보았다. 오른손에 새겨진 삼일월을 볼 때마다 속이 메슥거렸다. 왼손으로 새긴 그 문양은 문신사로서의 자부심에 상처를 낼 만큼 치졸했다. 그런 것에 지배를 당해서 사람을 죽이고 그 살까지 탐하고 있었다.

살인은 나 자신의 의지라는 건가. 살인을 하지 않는다는 것도 그자의 의지라는 건가.

'흥, 그렇게는 안 되지.'

점점 더 그의 손에 죽고 싶어졌다. 신귀를 인印으로 하고 있는 자가 아무도 죽이고 싶지 않다니, 그건 말도 안 되는 소리다. 결코 그럴 리가 없다. 분명 본심으로는 살인을 하고 싶을 터였다.

저 혼자만 깨끗한 척하는 놈을 그냥 두고 볼 생각은 없었다.

어쨌든 그자는 나쓰를 지켰다. 그 점에는 경의를 표한다는 뜻에서 나쓰에게 손을 대지는 않기로 했다.

그자가 나쓰를 어떻게 할 생각인지, 참으로 궁금했다. 나쓰의 손에 끝내 불사를 새기지 않고 버틸 수 있을까. 영원히 함께 사는 것도, 그녀가 늙어 죽어가는 것을 지켜보는 것도, 어느 쪽이건 대단한 각오가 필요한 일이다. 좋아, 그자가 어떻게 하는지 지켜보자. 그 손으로 나를 죽여줄 그날까지.

나쓰를 그대로 두고 다시 바깥 난간으로 나왔다. 비는 어느새 멎었다. 구름 틈새로 햇빛이 빛의 기둥이 되어 바다와 하늘을 이어주고 있었다.

야차는 호주머니에서 다시 한 번 작은 유리병을 꺼냈다.

그 유리병은 마성魔性을 잊어버리지 않기 위한 족쇄였다. 사람을 죽여 그 사체를 먹으면 몸도 마음도 편해진다고, 그렇게 스스로 인간이라는 것을 잊어가는 의식을 거듭해서 신귀와 동화되어 가는 수단이었다.

……그게 아니면 이미 동화되어 버린 걸까.

한번 시험해 보고 싶은 충동에 휩싸였다.

손이 파르르 떨렸다. 가슴이 두근두근 뛰었다. 유리병 마개를 열고, 팔을 높이 쳐들어 병을 거꾸로 뒤집었다. 검은 가루가 번들거리며 바람이 되어 사라져갔다. 그대로 병도 놓아버렸다.

'아무 일도 없잖아?'

분명 저항이 가능한 게 아닌가. 아직 신귀 자체가 된 건 아닌 모양이다. 하지만 이런 상태가 계속 이어지지는 않을 것이다. 그 정도는 알고 있다. 이 몸뚱이에 깃든 신귀는 숙주의 자그마한 저항 따위, 킬킬거리며 비웃고 있을 게 틀림없었다.

그래도 아주 조금이나마 몸이 가벼워진 것 같은 기분이 들었다.

잠시 후 기차가 가나가와 역에 도착하자 야차는 아무 일도 없었다는 듯이 기차에서 내렸다.

오랜만에 문신을 새기고 싶은 기분이 들었다.

4장

백일몽

1895년 6월

1

베이스볼이라는 경기가 이 나라에 들어온 지도 벌써 20여 년이 되었다.

시합을 즐기는 사람들은 대부분 학생들인데 대개는 부유한 집안의 자제들이다. 아직 희귀 종목인 데다 깜짝 놀랄 만큼 비용이 많이 들기 때문이다. 그래도 특권층에서 서민에게까지 서서히 그 폭을 넓혀가고 있었다.

요코하마에서 제일고第一高와 시로가네 클럽 간의 시합이 열린 것은 화창하게 맑은 6월의 어느 날이었다.

초대를 받고 따라오기는 했지만 나쓰는 베이스볼이라고는

여태 구경해본 적이 한 번도 없었다. 요코하마 병원에 근무한 지 3년째, 아직 의사들 중에서 젊은 축이라 잠시 쉴 틈도 없을 만큼 일이 많았다.

오로지 일에만 전념해온 나쓰에게 오늘은 모처럼의 휴일이 었다.

"오랜만에 해를 보니까 어지럽군요."

나쓰는 손을 들어 눈 위에 차양을 만들었다. 양산을 활짝 펴면 다른 사람들에게 폐가 될 것 같아서 아예 가져오지 않았다. 도톰한 나들이용 옷이 조금 더웠다.

"항상 병원에만 틀어박혀 있어서 그래요. 오늘은 마음껏 햇볕을 즐깁시다."

가케이의 말에 나쓰는 빙긋 웃으며 고개를 끄덕였다. 자신과 키가 비슷한, 작은 몸집의 청년이다. 항상 같은 눈높이로 온화하게 말을 걸어왔다.

의학교에서 함께 공부하고 함께 의사가 되었다. 이만큼 큰 신뢰와 존경을 바칠 수 있는 학우는 그 외에는 없었다. 지금까지 가케이의 도움을 얼마나 많이 받았는지, 헤아릴 수 없을 정도다.

그래도 이번 일만은 나쓰에게는 청천벽력 같은 일이었다.

설마 가케이 세이지로가 자신에게 청혼을 할 줄이야.

"동생은?"

질문을 받고 나쓰는 저도 모르게 고개를 떨구었다. 동생이라는 건 물론 엄마를 가리키는 말이다. 나쓰도 이미 이십대 중반. 이제는 누가 봐도 '오빠와 누이'로는 통하지 않는다. 엄마를 남동생이라고 소개하는 건 괴로운 일이지만, 그렇게라도 하지 않으면 한 가족이라는 틀마저 잃게 된다. 선택의 여지가 없었다.

물론 둘이 있을 때는 아직도 엄마를 오빠라고 부른다. 하지만 요즘 들어서는 그의 얼굴을 볼 기회도 거의 없었다.

"함께 구경하자고 미리 말은 했는데, 아마 일이 바쁜가 봐요."

그렇게 말할 수밖에 없었다. 대체 왜 오지 않는지, 조금 화가 났다. 닷새 전에도 편지를 보냈다. 웬만해서 부탁 같은 건 해본 적이 없으니까 이런 때만이라도 좀 와주면 좋을 텐데.

"그래요?"

엄마가 문신사라는 건 이미 말했었다. 그걸 불쾌하게 여길 사람이라면 애초에 인연이 없는 것이다. 하지만 가케이는 신경 쓰지 않았다. 직업에는 귀천이 없다는 생각을 갖고 있었다. 정말 반듯한 사람이라고 나쓰는 늘 생각했다.

내게 청혼한 사람이 있다, 오빠가 한번 만나줬으면 좋겠다. 염마에게 그런 부탁을 한 게 벌써 한 달 전의 일이다. 노골적으로 마뜩잖은 얼굴을 내보였다. 기뻐할 거라고 생각했는데 뜻밖이었다.

최근 1년 동안, 나쓰를 만나기만 하면 어서 결혼하라고 성화였다. 나쓰에게는 깊은 상처가 되는 말이었지만, 한편으로는 체념하는 마음도 있었다.

아버지는 염마에게 유언을 남겼다. 우리 나쓰를 잘 부탁한다고. 결혼까지 시켜야 비로소 그 약속을 다하는 거라고 생각하는 모양이었다. 이쯤에서 어깨의 짐을 내려놓고 싶은 것이다. 하긴 그럴 만도 했다. 염마가 안도할 수 있다면 결혼도 그리 나쁜 선택은 아닌지도 모른다. 똑같은 시간을 살아갈 수 없는 이상, 어딘가에서 분명하게 획을 그을 필요가 있었다. 그것이 서로를 위하는 일이라고 나쓰는 애써 마음을 정리했다.

오늘 베이스볼 시합이 끝나면 가케이에게 청혼에 대한 답을 주기로 약속했다. 그렇건만 염마가 없으니 그의 의견을 들을 수 없다는 얘기다.

"이제 시작하려는 모양이군. 어서 가요."

가케이의 뒤를 따라 객석으로 향했다. 제일고 쪽의 외야에 따로 자리가 마련되어 있었다. 나쓰와 남동생을 위해 가케이가 지정석을 준비해둔 모양이었다.

"시합 개시"라는 외침이 있었다. 제일고 선수들이 일제히 흩어져서 수비에 나섰다.

헐렁한 흰색 유니폼이 아무래도 우스꽝스러웠지만, 선수들은 진지했다. 모래먼지가 휘날리고 파란 하늘로 하얀 공이 날아갔다. 처음 보는 베이스볼이지만 모든 것이 신기했다.

선수들도 즐거워보였다. 시대가 그만큼 좋아졌다는 뜻이리라. 하지만 한편에서는 청나라와 전쟁이 벌어져 화약 냄새를 풍기고 있었다. 어떤 이유로 일이 그렇게 되었는지, 나쓰는 잘은 알지 못한다. 하지만 전쟁만은 하지 않았으면 싶었다.

사람을 살리는 건 참으로 힘겨운 일이다. 그에 비하면 죽이는 건 얼마나 쉬운 일인가.

'해도 되는 전쟁이란 건 있을 수 없잖아…….'

하지만 그런 말을 하면, 여자들은 저렇게 달달한 소리만 한다는 식으로 퉁명스러운 대꾸가 돌아왔다. 나쓰도 굳이 논객과 말씨름을 할 마음은 없었다.

자신이 할 수 있는 일을 하는 수밖에 없는 것이다. 눈앞의 목숨을 구한다, 라는 게 나쓰의 일이었다.

사랑하는 일에 관해서도 마찬가지였다. 소녀 때부터 품어온 사랑은 그리 쉽게 지워지지 않았다. 가슴에 꽁꽁 감춰온 만큼 뜨겁게 어혈이 들어 있었다. 어떤 질병보다 질이 좋지 않다.

"아웃이 세 개면 공격과 수비를 교대해요. 저기 봐요, 우리 학교 후배들 중에는 잘 치는 타자가 한둘이 아니에요."

가케이가 신이 나서 설명해주었다.

도쿄 대형 병원의 둘째아들이고 그곳에서 내과의로 근무하고 있다. 인품은 말할 것도 없고 의사로서 실력도 뛰어났다. 결혼 상대로 이만한 사람은 없다고 나쓰도 생각했다.

하지만 좋은 혼처라는 조건이 나쓰에게는 그리 달갑지만은 않았다. 오히려 이래저래 번거로울 것 같은 마음이 들었다. 하지만 그것을 보충하고도 남을 만큼 가케이는 좋은 사람이었다. 분명 훌륭한 남편이 되어줄 것이다.

"의사로서 성실한 나쓰 씨를 좋아해요. 결혼 후에도 그 일은 계속해도 됩니다. 나는 당신을 외조하지요."

남존여비가 당연한 세상에, 이런 꿈같은 말을 해주는 남자는 앞으로 결코 나타나지 않는다고 단언해도 좋다. 자신이 외모가 그리 뛰어난 것도 아니다. 고집스럽고 융통성 없는 성격인 데다 더구나 의사다. 여자로서의 매력은 거의 없는 것이나 마찬가지였다.

'복이 많은 사람이야, 나는.'

나쓰에게는 가케이와의 결혼이 온통 좋은 것투성이였다. 하지만 가케이 쪽은 어떤가. 마음속에 다른 사람을 품고 있는 여자와 결혼하여 과연 행복해질 수 있을까.

사랑하지도 않으면서 누군가를 잊기 위해, 오직 그 이유만으로 결혼하는 여자만큼 악질적인 동물도 없을 것이다.

딱 하는 소리가 울리며 하얀 공이 날았다. 나쓰가 생각에 빠진 사이에 제일고가 먼저 한 점을 냈다.

나쓰가 베이스볼을 즐기고 있는 그 시간, 염마는 반쯤 죽은 듯한 상황에 빠져 있었다.

창문으로 세찬 바람이 불어왔다. 바깥은 어제부터 날씨가 험악했다. 염마는 침대에 누운 채 멍하니 천장을 응시하고 있었다. 주조 가의 대저택, 방에 갇혀 식사는커녕 물조차 먹지 못한 채 벌써 엿새째 이러고 있었다.

고액의 수고비를 준다는 말에, 그리고 나쓰의 청혼자를 피

할 핑계거리가 되겠다는 생각에 잘됐다 하고 여기까지 찾아
온 끝에 이 꼴이 되었다. 벌을 받은 거라고 생각할 수밖에 없
었다.

　누구보다 똑똑한 여자다. 수많은 환자들을 구해주었고, 모
두에게서 사랑을 받았다. 오히려 곁을 떠나지 못한 건 자신
쪽이었다. 시간이 멈춰버린 염마가 이 세상의 파고에 휩쓸려
나가는 일 없이 오늘까지 무사히 살아올 수 있었던 것은 나쓰
라는 닻이 있었기 때문이다.

　그녀는 무사할까? 요코하마에서 가케이라는 남자와 즐겁게
베이스볼이나 구경하고 있다면 좋을 텐데. 일이 이렇게 될 줄
알았으면 최소한 결혼을 축하한다는 말 한마디라도 해주고
올 걸 그랬다. 막상 청혼을 받았다는 말을 듣자 왠지 모르게
부아가 나는 심정을 억누르느라 따스한 말 한마디 해주지 못
했다.

　‘나도 참 한심하구나……’

꽃병의 물까지 마셔버렸다. 의자로 아무리 내리쳐도 단단
한 떡갈나무 문짝은 꿈쩍도 하지 않았다. 창유리를 깨뜨렸지
만 튼튼한 쇠창살이 가로막고 있어서 도저히 빠져나갈 수 없
었다. 고함을 질러봤지만, 황야의 외딴 저택에서는 비명소리

조차 바람에 지워지고 마른 땅으로 빨려들 뿐이었다.

아무리 죽음과 상관없는 몸뚱이라지만 이렇게 바짝 말라비틀어지고 보니 변변히 움직일 수도 없었다.

바이코는, 불로불사의 업보에도 한계가 있을지 모른다, 신귀가 그 사람에게 싫증이 나서 나가버리기도 하고, 신귀 자체에도 수명이 있다, 라고 하지 않았던가.

하지만 자신 속의 신귀는 싫증이 나서 나가버릴 기척도 없고, 수명이 다해 죽어줄 것 같지도 않았다. 신귀에게 기대할 수 없는 한, 누군가 확실하게 죽여주지 않고서는 죽으려야 죽을 수도 없는 목숨이다.

"물……."

수분이 턱없이 부족한 상태에서는 역시 신귀도 손을 쓸 수 없을 터였다. 이제 곧 죽을 것 같다. 마른 입술을 손끝으로 더듬었다.

엄마는 깨진 유리를 손으로 움켜쥐고 그 끝을 목으로 향했다. 죽지 못한다는 건 잘 알지만 시도해 볼 수밖에 없었다. 경동맥을 건드려야 하는데 어떻게 해봐도 손이 움직이지 않았다. 신귀가 손목을 붙잡고 있다는 게 느껴졌다.

유리를 쥔 손에서 피가 떨어졌다. 엄마는 저도 모르게 자신의 피를 허겁지겁 받아먹었다. 녹슨 쇠 같은 냄새를 풍겼지만 그래도 한순간 갈증을 달래주었다.

"……왜 이러지?"

유리에 벤 손바닥이 평소보다 아프지 않았다. 그저 폭력적인 속도로 살갗과 혈관이 재생되는 것만 느껴졌다. 깊은 상처라서 평소 같으면 엄청난 통증이 몰려올 터였다.

"이런, 제기랄……."

이건 피를 받아먹었기 때문이 아닐까. 나오지 않는 침을 꿀꺽 삼켰다.

야차가 죽인 자의 심장을 입에 넣었던 것과 똑같은 거라면 자신 역시 그자와 조금도 다를 게 없다. 그 생각은 염마를 순식간에 얼어붙게 했다.

'당연하지. 너는 피와 살을 탐하는 마물이야.'

눈앞에서 신귀가 비웃었다.

'분명 마물이구나…….'

자신은 이미 마물이 된 것이다. 인간의 마음 따위 어디에도 남아 있지 않았다. 이렇게 한 발 두 발 그쪽 세계로 들어가고 있었다.

'이게 네가 살해한 자의 살덩이라면 아무리 큰 통증도 황홀

한 쾌락으로 바뀔 거야.'

의식이 희미해져 가던 염마의 귀에는 바람소리조차 신귀의 비웃음으로 들렸다.

한바탕 상처를 빨다가 입가를 훔치고 자리에서 일어섰다.

미망인의 '결심'이 먼저일까, 아니면 자신의 죽음이 먼저일까. 의식이 몽롱한 가운데 마치 도박을 하는 듯한 마음이 들었다.

회색빛 하늘, 시들어버린 나무와 풀. 새조차 보이지 않았다. 쇠창살을 움켜쥐고 염마는 비명을 내지르고 있었다.

만일 그 포효를 들은 자가 있다면 늑대의 단말마라고 생각했을지도 모른다. 그래도 염마는 어떻든 자리에서 몸을 일으켜 바깥을 내다보았다.

창문 너머, 저택 정면으로 이어지는 길 저만치에 집사가 보였다. 하지만 아무리 소리쳐도 뒤도 돌아보지 않았다. 염마는 분노해서 쇠창살에 제 이마를 들이박았다.

집사는 점점 멀어져갔다. 어디 외출이라도 하는 건가? 미망인에게 자신의 인생을 모두 바친 것처럼 살아가는 자다. 그러느라 상당히 바쁜 모양이다.

점심 전에 메이드와 요리사가 나란히 외출하는 것을 보았다. 분명 아직 돌아오지 않았을 터였다. 그렇다면 지금 이 저택에는 엠마 외에는 미망인 요시코밖에 없다.

문만 열 수 있어도…….

열릴 기미도 없는 문을 원망스럽게 바라보며 엠마는 멍하니 이 저택에 찾아온 날의 일을 떠올렸다.

그건 지옥 같은 나날의 시작이었다…….

2

이야기는 한 달 전으로 거슬러 올라간다.

대낮인데도 탁한 구름이 무겁게 드리워져 사위가 어슴푸레했다. 땅이 질퍽거려 한 걸음씩 옮길 때마다 신발 바닥이 들러붙어서 걷기가 힘들었다. 가죽 가방은 물기가 스며들어 꺼멓게 변색되었다. 그날 엠마는 손님의 요구대로 양복 차림을 하고 나섰다. 그래서 발에 익은 나막신을 신고 나올 수 없었던 것이다.

'어째 들어가기가 싫다…….'

여기까지 찾아오긴 했지만, 저택이 너무도 음울해 보였다.

무타 자작의 검은 저택이 지극히 평범한 양옥집으로 생각될 만큼 눈앞에 선 저택은 불길하고 으스스한 느낌을 풍겼다. 창문에는 쇠창살이 끼워져 있었다. 건물 전체를 담쟁이넝쿨이 뒤덮고 있어서 외벽의 색깔조차 알 수 없었다. 식물 화석처럼 시들어버린 모습에서는 5월 초순이라는 계절이 전혀 느껴지지 않았다. 쇠락한 묘지 같은 분위기에 염마는 마른침을 꿀꺽 삼켰다.

집에 도둑이 들지만 않았어도 이런 일거리를 받을 필요는 없었다. 가재도구와 현금, 게다가 소중한 문신 작업도구까지 송두리째 털려버린 염마는 어떻게 해볼 도리가 없었다. 그런 참에 마침 좋은 일거리가 굴러들어왔다.

깜짝 놀랄 만큼 높은 선금이 우선 매력적이었다. 그 돈이면 작업도구를 새로 장만할 수 있었다. 문신이 완성될 때까지 자신의 집에서 기거해야 한다, 양복 차림으로 와야 한다, 그쪽에서 지정해주는 도안을 새겨줘야 한다, 라는 정도의 조건이라서 기꺼이 받아들였다. 특히 입주라는 건 오히려 고마운 얘기였다. 나쓰에게 청혼했다는 남자를 만나지 않아도 되는 좋은 구실이 생기는 것이다.

하지만 너무 쉽게 받아들인 것이 점점 후회가 되었다. 왠지 몸이 부르르 떨리고 머리가 아파왔다. 머리카락 속에 손가락을 밀어넣어 정수리를 눌렀지만 두통은 가라앉을 기미가 없었다.

'어휴, 그냥 돌아갈까.'

저도 모르게 한숨이 터져나왔다.

하지만 선금을 다 써버린 터에 돌아갈 수도 없었다. 염마는 어설프게 벌어진 서양식 셔츠의 앞깃을 가다듬었다.

잽싸게 새겨주고 돌아가자. 그렇게 자신을 다독이며 현관의 문을 두드렸다.

집 안은 걱정했던 것만큼 황량하지는 않았다. 약간 살풍경하지만 깔끔하게 청소가 되어 있었다. 벽지는 여성스러운 꽃무늬였고, 불란서 창이며 걸어둔 그림 같은 건 매우 세련된 물건이었다. 무타의 저택처럼 서양과 동양을 절충한 것이 아니라 완전하게 서양식인 것 같았다.

"부인께서 기다리고 계십니다. 즉시 일을 시작해달라고 하십니다."

나이 든 집사의 안내를 받으며 염마는 "아, 예." 하고 고개를 끄덕였다. 아무래도 의뢰인은 이 집 안주인인 모양이다. 에도의 자취도 덧없이 사라지고 세상이 어쩐지 퇴폐적인 냄

새를 풍기며 돌아간다는 느낌이 들기는 했지만, 설마 귀족 가
문의 안주인까지 제 살갗을 더럽히려고 할 줄이야.

"이쪽입니다."

방에 들어서자 정면에 한 여자가 앉아 있었다. 유럽의 귀부
인 같은 의상으로 넉넉한 장의자에 등을 기대고 있다가, 이쪽
을 보자 빙긋이 웃었다.

"문신사가 오셨습니다."

졸음에 겨운 듯 약간 사시 기미를 보이는 큼직한 눈이 관능
적이었다. 기품은 있지만 어딘가 흐트러진 인상도 있는 여자
였다. 어쨌든 웬만해서는 만나기 힘든 미모의 소유자라는 건
틀림이 없었다.

"초대해주셔서 고맙습니다. 호쇼 엔마라고 합니다."

신분이 높은 자가 됐건 손님이 됐건 대부분 오만한 태도로
대하곤 하지만, 연장자와 여자에게는 비교적 예의를 갖춰왔
다. 엔마보다 나이가 많은 사람들이 점점 줄어들고 있으니, 이
러다가는 완전히 사모님들을 떠받드는 살살이가 될 것 같다.

"난 주조 요시코. 이런 먼 곳까지 오시게 해서 미안하군
요."

그 우아한 말투는 별로 미안해하는 것처럼 들리지 않았다.

손끝으로 자리를 권해서 염마는 요시코 앞의 의자에 앉았다.

"아는 사람에게서 훌륭한 문신사가 계시다는 얘기를 들었어요. 정말 젊은 분이시군요."

그 아는 사람이란 아마도 예전의 손님일 것이다. 공공연하게 장사를 할 수 없는 처지인지라 이런 입소문은 고마운 일이지만, 지체 높은 집안의 여자에게 문신을 새겼다가 두고두고 걱정거리가 될 수도 있다.

"정말로 살갗에 묵을 넣을 생각이십니까?"

"그러려고 오신 거잖아요?"

본인이 좋다면야 뒷일은 내 알 바 아니지만, 상대가 여자일 때는 일단 확실하게 다짐을 받아두어야 한다.

"다시는 지울 수 없는데요."

"그게 내가 원하는 거예요."

……그렇다면 어쩔 수 없다. 염마는 그림을 협의하려고 도안장을 꺼냈다. 식물과 건물을 그리러 나간 사이에 빈집털이 도둑이 들었기 때문에 다행히 도안장과 사생용 책자만은 난을 면했다.

"미리 준비하셨다고 들었지만, 참고삼아 한번 보세요."

요시코는 귀여운 미소를 지었다.

"아뇨, 아뇨. 난 양쪽 손의 앞뒤를 모두 장미로 채울 거예요. 마치 장미꽃 장갑처럼."

염마의 눈이 휘둥그레질 차례였다. 여자의 뒤쪽 장식대에는 마침 한 아름이나 될 만큼 소담하게 장미꽃이 꽂혀 있었다.

"……정말이에요?"

"물론이죠. 그리고 신귀 새김으로 했으면 하는데, 가능하겠어요?"

신귀를 새기는 건 손바닥의 한가운데뿐이다. 그 이외에는 평범한 문신이 되겠지만 그런 식으로는 새겨본 적이 없는 만큼 어떤 결과가 나올지 얼핏 상상이 되지 않았다.

이 여자, 제정신이 아니구나…….

"남편을 불러주시오."

정신 나간 이 미모의 마누라를 좀 말려달라고 해야 할 것 같았다.

"유감이군요. 남편은 세상을 떠났어요. 벌써 13년 전의 일인가?"

염마는 아연했다. 그렇다면 대체 이 여자는 몇 살인가. 겉모습은 서른 살쯤으로밖에는 보이지 않는데.

"어리게 보셨는지도 모르지만, 나, 서른여덟이에요."

요시코는 요염하게 웃었다.

살림에 찌들지 않은 사람은 늙지도 않는다고 하지만, 그렇다고 해도 정말 어려보인다.

"그렇다면 부모님을 불러오시죠."

"부모님은 진즉에 돌아가셨죠. 아이도 없고. 그러고 보니 친척이라고 할 만한 사람이 없네?"

장미꽃 장갑에 반대할 사람은 하나도 없다면서 빙긋이 웃었다.

"……묵이 들어가면 땀을 흘리지 못하게 돼요. 손이나 손가락에는 권하기 어렵습니다. 게다가 손바닥은 상당히 아파요. 모조리 새기는 건, 더구나 여자라면 견뎌내지 못합니다. 전 그냥 가도 되니까, 관두시죠."

"여자는 으레 연약하다고 생각하는 모양이군요. 실은 여자가 아픔에는 훨씬 더 강한데."

염마는 반쯤 설득을 포기하고 여자의 등 뒤쪽의 장미꽃을 보았다. 벚꽃이나 목단, 백합은 새겨본 적이 있지만, 장미꽃은 아무도 해본 적이 없을 것이다. 그런 만큼 흥미는 있었다.

"그래서 그 꽃 속에 어떤 신귀를 넣을 건데요?"

그 즉시 요시코는 눈을 내리떴다. 그러고는 괴로운 듯 가슴에 손을 얹었다.

"……잊어버리게 해줘요, 사랑스러워서 견딜 수 없는 분을."

염마는 연필 꽁무니를 씹었다.

사랑이니 뭐니 하는 것을 위해 신귀 새김을 이용하고 싶지는 않았다. 그 정도는 스스로 견뎌라, 라고 말하고 싶었다.

의자를 박차고 나가지 못한 것은 갚을 길 없는 선금 때문만은 아니었다. 아름다운 미망인의 울먹이는 눈빛에 이끌린 것도 아니었다. 눈앞에서 보란 듯이 집사가 총을 손질하기 시작했기 때문이다. 표정이 일그러지는 염마를 보고 요시코는 의미심장한 미소를 지었다.

세상이 변하면서 검의 휴대를 금지하는 폐도령廢刀令이 내려졌지만, 총포류는 바로 코앞의 상점에서도 아무렇지 않게 팔리고 있었다. 그런 모순점이 때로는 이렇게 염마를 위협하곤 했다. 험상궂은 자들이 문신을 강요하는 일이라면 적잖이 겪어봤지만, 이번 상대는 귀족이다. 미처 이런 것까지는 예상하지 못했다.

어쩔 수 없이 염마는 장미꽃의 밑그림에 착수했다. 팔이

나 다리라면 빙 둘러 새겨봤지만 저 가느다란 손가락 열 개에……. 정신이 아득해지는 일이었다.

염마에게 제공해준 침실에도 장미꽃이 꽂혀 있었다. 염마는 침대에 누워 꽃을 그렸다. 종이를 연신 꾸깃꾸깃 뭉쳐서 내버리고 다시 그렸다. 전에 없이 어려운 작업이었다. 바이코 영감이라면 눈물을 흘려가며 기뻐할 일인지도 모르지만, 염마는 그렇게까지 취향이 별쫑맞지는 않았다.

장미 자체가 희소하고 값비싼 꽃이다. 대체 꽃 장식에 얼마나 돈을 쏟아 붓는 건가. 그런데도 정원은 황폐하기 짝이 없는 것 또한 이상했다.

문을 두드리는 소리가 나더니 집사가 홍차를 들고 왔다.

"일은 잘 되고 있습니까?"

염마는 침대 위에서 책상다리를 하고 찻잔을 받아들었다.

"……독이 들어 있지는 않겠죠?"

"무슨 농담을."

분명 여기서 문신사를 죽여서야 데려온 의미가 없다. 염마는 홍차에 입을 댔다.

"설탕은?"

"필요 없어요. 차가 달달하면 기분 나쁘지. 그보다 정말 괜찮겠어요?"

무슨 소리냐고 집사는 감정 없는 웃음을 내보였다.

"등이나 다리라면 모르지만 손은 금세 눈에 띕니다. 그런 곳에 여자가 요란한 문신을 새긴다면 밖에 돌아다닐 수도 없을 텐데요."

"부인께서는 2년 전부터 밖에 나가신 적이 없어요. 앞으로도 외출하시는 일은 없을 겁니다."

그래서 얼굴이 창백했구나, 하고 이해가 되었다.

"헤어진 사람에 대한 집착이 사라지면 밖에 나갈 마음도 생길 거예요. 겉으로 드러나지 않을 정도로만 새기는 게 좋을 텐데요."

집사는 하얗게 센 머리를 가로저었다.

"부인께서 원하는 대로 해주세요."

부탁이 아니라 명령이었다.

집사가 방을 나가자 염마는 다시 연필을 입에 물고 끙끙 고민했다.

장미꽃 한 송이를 따서 손 위에 얹어보았다. 가시가 손끝을 찔러 피가 흘렀다.

퍼뜩 도안이 떠올랐다.

밤을 꼬박 새워 그리고 다음 날 아침 염마는 다시 요시코를 만났다.

도안을 건네주자 요시코는 나른한 표정으로 들여다보았다. 종이를 든 손이 흰 뱀처럼 보였다. 손목은 부러질 것처럼 가늘었다.

"두 개의 장미 넝쿨이 손목을 느슨하게 휘감고 올라가 손등에서는 꽃봉오리를, 손바닥에서는 활짝 꽃을 피워요. 좌우 대칭으로 똑같은 도안, 어때요?"

"내가 상상한 것과는 약간 다르군요."

맨살이 보이지 않을 만큼 진하게 장미꽃을 채워넣고 싶은 모양이었다.

"살갗을 곱게 비치게 하는 데는 이게 좋아요."

솔직한 의견이었다. 한시라도 빨리 끝내고 싶지만 작업을 하는 이상, 좋은 작품을 새기고 싶었다. 이 정도 넓이의 피부를 모조리 칠해버리는 어리석은 문신사는 없다.

"당신 솜씨를 믿어보죠. 당장이라도 새겨주세요."

"그럽시다."

기세 좋게 대답하고 염마는 받침대 위에 작업도구를 늘어놓았다. 밑그림 없이 단숨에 새기기로 마음먹었다. 하지만 그

전에 반드시 확인해야 할 일이 있었다.

"정말로 그 남자를 잊어버리기를 원합니까?"

"무슨 뜻으로 물어보는 건가요?"

요시코의 눈이 반짝 빛났다.

"미련을 끊을 마음이 정말로 있느냐는 말이에요."

이미 잃어버린 사랑에 미련을 두는 것은 그 추억에 매달리기 때문이다. 요시코가 그걸 끊지 못하는 한, 신귀는 제대로 깃들지 않는다.

"물론이에요."

그렇게 대답은 했지만 문득 자신이 없는지 요시코는 잠시 생각에 잠겼다.

"그것은 마지막 순간까지 미뤄주세요. 그때까지는 꼭 결심을……."

마치 연약한 소녀 같았다.

염마는 새로 장만한 바늘을 들었지만 손에 휘감겨들지 않았다. 익숙한 도구들이 얼마나 중요한지 새삼 깨달았다.

"미안해요. 잠이 부족해서 집중하기가 어렵군요. 오늘은 밤에 시작해도 되겠습니까?"

"어쩔 수 없죠."

염마는 눈두덩을 비비며 자리에서 일어섰다.

"혹시라도 포기하고 싶은 마음이 생기면 언제든지 말해요. 미리 받은 돈은 다달이 나눠서 갚아드릴 테니."

이층 침실로 돌아와 염마는 침대에 쓰러졌다. 베개를 안고 있으면 그대로 잠이 들 것 같았지만, 그전에 할 일이 있었다.

벌떡 일어나 팔소매를 걷고 자신의 팔뚝에 바늘을 찔러보았다. 어떤 상처든 흔적도 없이 사라지는 피부는 문신을 시험해보기에는 안성맞춤이다. 바늘이 손에 익을 때까지 염마는 제 살에 계속 선을 그려나갔다. 응축해서 몰려드는 통증을 견딘 뒤에는 그대로 쓰러져 깊은 잠의 나락으로 빠져들었다.

벌써 30년 가까이나 문신 일을 하고 있지만, 여자의 살갗에 첫 바늘을 찌를 때는 저절로 긴장이 내달린다. 일종의 폭력을 가하는 듯한 꺼림칙한 느낌이 사라지지 않는 것이다.

왼쪽 손등에서부터 이제 막 피어나려는 꽃봉오리를 그렸다. 탁상 램프의 불빛만으로는 아무래도 마음이 불안했다.

작은 불빛을 받은 요시코는 보는 이의 마음을 뒤흔드는 아름다움으로 흔들리고 있었다. 얼굴을 살짝 찌푸리며 아픔을 견디는 모습이 무섭도록 선정적이었다.

한 시간을 새긴 뒤에 휴식을 취했다. 의자에 몸을 묻고 요시코는 피곤한 듯 한숨을 내쉬었다.

"어떤 남자였어요?"

이런 여자를 싫다고 뿌리친 남자는 과연 어떤 사람인지 궁금했다.

"나쁜 사람이에요."

"그렇겠죠."

요시코가 쿡쿡 웃었다.

"아뇨, 좋든 싫든 어른스러운 사람이었던 거겠지요. 10년 넘게 사귀었는데도 속마음을 전혀 알 수 없었으니."

"그렇게 오래 사귀었는데 결혼하자는 말도 없었어요?"

장미꽃의 윤곽이 그려진 손등을 응시하며 요시코는 고개를 저었다.

"피치 못할 사정이 있어서 평생 독신으로 살기로 맹세한 분이에요. 게다가 나도 결혼이라는 건 지긋지긋했어요. 죽은 남편이 그야말로 끔찍한 사람이었으니까."

차를 내온 집사도 말을 거들었다.

"주인님께 맞아서 뼈가 부러진 적도 있었어요. 참으로 지독한 분이었습니다."

주조 가의 주인이 폭력적이었던 모양이다. 황족과도 인연이 있는 가문이라고 들었는데 정말 뜻밖이었다.

"유산을 차례차례 빼먹을 뿐, 전혀 생활력이 없는 분이었습니다. 그런데다 폭력까지 휘두르셨으니……. 주인님에게 덕이 있었다면 그건 일찌감치 돌아가신 것이지요."

상당히 거친 말투였다.

"고인을 나쁘게 말하는 게 아니에요. 수고하셨어요, 오늘은 그만 들어가 쉬세요."

집사는 적잖이 안타까운 듯한 표정을 보였지만, 슬쩍 고개를 숙인 뒤에 방을 나갔다.

"남편분은 병으로……?"

"아뇨, 계단에서 굴러 떨어졌어요. 술에 취했었다나 봐요."

이 저택은 현관을 들어서자마자 정면에 커다란 계단이 있다. 층계참에서 좌우로 갈라지는, 마치 무대와도 같은 계단이었다.

"저 계단인가요?"

"하루하루가 괴로웠으니까 남편이 없어지기를 바라지 않았다면 그건 거짓말이겠죠. 하지만 내가 죽였다고 의심하는 거라면 그건 아니에요."

염마는 머쓱해졌다.

"아니, 그런 얘기는 아니고⋯⋯."

"인간이란 의외로 쉽게 죽더군요."

요시코는 요염하게 미소를 지어 염마의 말문을 닫아버렸다.

"좀 더 새길까요?"

첫날이니 한 시간 정도만 새기고 쉴 생각이었지만, 마음이
바뀌었다. 한시라도 빨리 이 저택에서 나가야 한다는 생각이
들었다.

온종일 문신을 새기고 밤이 되면 잔다. 그 짓만 거듭하는 나
날이 흘러갔다.

한없이 남아도는 시간을 주체하지 못했던 염마였지만, 이토
록 시간이 묵직하게 느껴진 적은 없었다. 날짜뿐만 아니라 밤
낮의 감각조차 사라졌다.

손끝으로 눈두덩을 짚으며 일단 바늘을 내려놓았다.

"집에 한번 다녀와야겠어요, 2, 3일쯤."

요시코가 눈을 슬쩍 치뜨고 염마를 빤히 바라보았다.

"저런, 그새 누님이 그리워졌나요?"

마치 싸움이라도 걸듯이 말하는 걸 보면 이 집에서 나가게

해줄 마음이 없다는 뜻이다.

"누님이 의사라고 하더군요. 퍽 똑똑한 분이신 모양이지요?"

아무래도 엄마의 뒷조사까지 한 모양이다.

아주 어렸을 때 빼고는 나쓰와 내내 떨어져서 살아왔다. 거의 반년 가까이 만나지 못한 일도 있었다. 현재는 요코하마의 큰 병원에서 외과의사로 일하고 있다. 엄마가 도둑을 맞고 무일푼이 된 것도, 지금 이곳에 와 있는 것도 나쓰는 알지 못한다.

엄마는 자기 쪽에서 먼저 남동생이라고 밝힌 적은 없었다. 오빠에서 남동생으로 바뀐 게 엄마에게는 아직도 굴욕적이다. 하지만 나쓰는 얼른 받아들였다. 여동생에서 누님으로. 처음에 자신을 "남동생입니다."라고 소개했을 때는 꽤 충격을 받았다.

"아니면 따로 만날 사람이라도 있는 건가요?"

의미심장하게 묻는 바람에 엄마는 미간을 좁혔다.

"아니, 관두죠."

휴가를 부탁하긴 했지만 엄마도 그리 크게 기대한 건 아니었다.

그 다음에는 대화를 거부하듯이 묵묵히 바늘만 움직였다.

두 송이의 장미는 서로 엉키며 여자의 손을 둥그렇게 말아나
갔다.

외국인 사이에서는 문신을 예술이라고 치켜세우는 분위기
였지만, 염마는 단 한 번도 그런 식으로 생각해본 적이 없었
다. 염마에게 문신은 아직도 살갗에 내는 흠집이었다. 하지만
요시코의 손에 새겨지는 장미꽃을 바라보니 자신이 예술을
하는 듯한 착각에 빠졌다. 요시코의 하얀 손은 조각되기를 기
다리는 상아 같았다.

새길수록 바늘을 통해 미지근한 독이 전해져왔다. 이 여자
는 위험하다. 사귀던 남자가 떠나버린 것도 이해할 만했다.
오히려 용케도 10년이나 이 독을 견뎌냈다 싶었다. 염마는 목
덜미로 흐르는 땀을 닦았다.

왼손이 끝났다.

요시코의 손을 장식하는 장미꽃은 염마의 생기를 한껏 빨
아들여 활짝 피어났다.

만족감 따위는 없었다. 이제야 겨우 반절을 끝냈다고 생각
하니 앞으로 갈 길이 아득해서 한숨이 새어나왔다. 그런 문신
사의 마음은 아랑곳없이 요시코는 장미로 채색된 자신의 왼
손을 홀린 사람처럼 바라보고 있었다.

"아아, 정말 아름다워요!"

"고맙군요."

"반절의 완성을 축하하기로 하지요. 좋은 포도주가 있어요."

밤이 늦어 집사도 자기 방으로 물러갔기 때문인지 요시코는 스스로 잔을 준비했다. 꿀럭꿀럭 심홍의 술을 따랐다.

권하는 대로 건배를 하고 염마는 포도주를 입에 머금었다. 농후한 향기와 산미酸味가 입 안에 퍼졌다.

"당신은 사귀는 여자가 있나요?"

요시코는 기분이 좋아보였다.

"없는데요."

"어머, 왜요? 요즘 아가씨들은 대단히 적극적인데 당신 같은 사람을 그냥 둘 리 없어요."

대개는 임시방편의 여자들이다. 그런 교제밖에 할 수 없었다.

"당신이야말로 한 남자에게 묶여 있을 필요는 없겠지요. 그럴 마음만 먹는다면 얼마든지 남자는 있을 것 같은데요."

"그럴 마음이 나지 않는걸요."

여자의 창백한 뺨에 붉은 기가 서렸다.

"그렇게 좋은 사내였어요, 그자가?"

“네. 원래는 자작이 되실 분인데 남동생에게 양보하셨죠.
작위 따위 그 사람에게는 아무 가치도 없었나봐.”

어디선가 들은 듯한 이야기였다.

“경찰을 용퇴하신 뒤로는 사업에서 큰 성공을 거두셨어요.
정말 뭐든 잘하는 분이셨어요.”

무타 노부마사……

이 여자와 대등하게 어울릴 만한 사람이라면 분명 그자밖
에 없는지도 모른다.

‘흥, 역시 잘난 놈은 다르네.’

어처구니없는 인연이다. 엄지손가락의 손톱을 잘근잘근 깨
물었다.

염마는 포도주를 남겨놓고 자리에서 일어났다.

“그만 자야겠어요.”

휘청거리면서 거실을 나섰다. 작업하느라 이토록 지쳐버린
일은 없었다.

침실의 장미꽃은 매일 갈아주는지 언제 봐도 싱싱했다. 원
래 그리 향기가 강한 꽃은 아니었던 것 같은데, 숨이 턱 막히
는 듯한 느낌까지 들었다.

현관 열쇠는 안쪽에서 열 수 없었고 저택 안의 창문에는 빠

짐없이 쇠창살이 끼워져 있었다. 집 전체가 감옥인 것이다. 도망칠 구멍이 없다는 답답함에 머리가 돌아버릴 것만 같았다.

침대에 누워 머리 위에 베개를 얹고 꾹 눌렀다. 집도 주인도 독 그 자체였다. 이런 독에 젖어 있으니 몸속의 신귀조차 미처 회복을 못하는 것이리라. 나른해서 견딜 수가 없었다. 하루하루 몸이 나빠져 갔다.

차려주는 음식도 반 이상을 남겼다. 이곳에 온 뒤로 매번 양식만 먹어야 했기 때문인지도 모른다. 음식을 가리는 편은 아니지만 이제는 양식이라면 지겨웠다. 요리사에게 직접 찾아가 주먹밥을 부탁해봤지만, 깨끗이 거절당했다. 이 저택에서는 양식밖에 내놓지 않는다는 규칙이 있어서 그걸 어기면 해고된다는 것이다. 집사, 요리사, 하녀, 세 사람이 모두 서양 옷차림이었다. 이것도 규칙일 것이다.

서양물이 드는 것도 이 정도로 철저하면 오히려 대단하다고 할 만했다.

'검둥이는 어떻게 지낼까……'

하지만 지금은 괴물 고양이를 걱정할 처지가 아니었다.

미적지근한 하루하루가 지나갔다.

이미 6월로 접어들었을 터였다. 장마로 기온이 떨어진 탓인지 왠지 썰렁해서 환절기의 변화가 느껴졌다.

문신은 이제 곧 완성된다. 아프지 않을 리 없는데도 이제는 익숙해졌는지 요시코는 얼굴빛 하나 변하지 않았다. 이 여자 안의 다양한 감각이 망가져버린 것 같았다.

염마는 날이 갈수록 야위어갔지만 감성은 그만큼 날카롭게 벼려졌다.

꽃잎의 비로드 같은 질감, 잎사귀의 싱싱함, 가시의 예리한 광택은 보는 이의 눈을 찔렀다. 요시코의 피부는 바늘을 빨아들였다. 묵을 자신의 색깔로 물들여갔다.

이건 영락없는 정사情事였다. 빨아 먹힐 것만 같다.

주조 씨가 정말로 아내에게 난폭했었다면, 분명 이 마성 때문이 아니었을까. 요시코는 남자를 미치게 하는 여자였다. 웬만한 남자라면 그 독에 익사하여 제 몸을 망칠 뿐이다.

"아……."

요시코가 슬쩍 몸을 틀었다. 이미 아픔도 도취로 바뀌어 있었다.

"잠깐 쉴까요?"

"됐어요, 계속해요……."

말은 헐떡이는 숨이 되어 새어나왔다.

"그 사람이 이곳에 드나들던 무렵, 정원에는 장미꽃이 흐드러지게 피어 있었어요."

요시코는 창문에 시선을 던졌다. 바깥은 시든 잎이 휘날릴 뿐이었다.

"그분이 나를 찾아주지 않은 뒤부터는 더 이상 꽃 따위 어떻게 되건 상관없었어요. 정원사도 해고했죠."

안주인의 마음을 그대로 반영하듯이 저택의 외관은 황폐해져버렸다.

"더 이상은 함께할 수 없다고 하시더군요. 끝이 다가온다는 건 감지했지만, 막상 이별의 말을 들었을 때는 얼마나 괴롭던지……. 나는 넋이 나가 집밖으로 한 발짝도 내밀 수 없었어요."

남녀 사이의 일이다. 노부마사만 나무랄 수는 없었다.

"내가 나빴어요. 더 이상 내가 젊지 않다고 생각하니 너무 불안해서 시시한 질투에 휩싸였어요. 그 사람이 젊고 아름다운 여자와 함께 있는 것만 봐도 몸이 타들어가는 것 같았으니까요. 그분이 매정하게 떠나간 것도 어쩔 수 없어요. 어리석은 여자라고 비웃겠죠?"

염마는 고개를 저었다. 자신의 어리석음을 알고 있는 자는
어리석지 않을 터였다.

남은 건 이제 아주 조금. 오른손도 장미꽃으로 뒤덮여 있었
다. 이제 요시코는 더 이상 인간으로 보이지 않았다. 장미의
요정 그 자체였다.

"물어볼 게 있는데요."

염마는 바늘을 내려놓고 한숨을 내쉬었다.

"나를 소개해준 사람이 누구죠?"

질문을 던져도 요시코의 시선은 손등에 그려진 미완의 장
미꽃으로 향한 채였다. 그래도 들리기는 했는지 입가에 빙긋
이 웃음이 번졌다.

"……당신과 같은 직업을 가진 분."

다른 손님이 말해준 거라고 생각했는데, 동업자의 소개였다
니. 염마는 다른 문신사와는 거의 왕래가 없다. 그러니 아는
사람이라고 할 정도의 문신사는 없을 터였다.

"예전에 눈에 띄지 않는 자리에 문신을 새겨주신 분이에
요."

요시코는 자리에서 일어나 망설임 없이 드레스 자락을 걷
어 올렸다.

"이건…….."

"네, 여기예요."

왼쪽 허벅지 안쪽에 심홍의 장미꽃 한 송이가 피어 있었다. 희고 부드러운 살갗과 어우러져 더할 수 없이 아름답고 음란한 장미였다.

"참으로 어이없는 귀부인이시군."

"아니, 난 가엾은 여자일 뿐이죠. 아주 오래전에 들은 이야기가 있어요. 손바닥에 새긴다는 신비한 문신. 그게 가능하다는 문신사를 겨우겨우 찾아냈는데, 그때는 내가 결심이 서지 않아서……. 결국 평범한 문신을 새겨달라고 했어요."

염마의 눈이 휘둥그레졌다. 신귀 새김이 가능한 문신사라면 자신 이외에 단 한 사람밖에는 알지 못한다. 자리에 누워 하얀 다리를 드러낸 미모의 미망인과 수려한 옆얼굴의 죽지 않는 문신사……. 상상하는 것만으로도 현기증이 날 만큼 음란한 광경이었다.

"그분이 떠나면서 이런 말을 남겼어요. 나 말고도 똑같은 기술을 가진 사람이 있다고요. 결심이 서면 호쇼 염마라는 사람에게 부탁하면 된다고 했어요."

드레스 자락을 내리고 요시코는 다시 나른한 듯 의자에 몸을 물었다.

"얼굴이 아름다운 젊은 분이셨어요. 당신처럼 한 손을 감추고 있었죠. 그 사람도 아마 뭔가 기원을 담은 문신을 한 모양이지요?"

"그자의 이름은……?"

"오니즈키 씨."

역시나 그놈이다. 염마의 어금니가 으드득 소리를 냈다.

'그자가 무엇 때문에…….'

이런 곳에 굳이 나를 소개한 건 대체 무슨 꿍꿍이인가. 야차의 진의를 알 수 없어 염마는 입을 꾹 다물었다.

"허리에 새겨진 야차를 보여줬어요. 참으로 아름답고 무서운 신귀였죠. 마치 인간을 잡아먹은 듯한 눈빛이었어요."

바이코 영감이 새겨준 문신은 음참한 아름다움 같은 박력을 풍겼던 게 생각났다.

"그자와 또 어떤 이야기를 했나요?"

"재미있는 사람이었어요. 일본 전국을 떠도는 분이라서 화제가 풍부했죠. 마치 술 같은 분이었어."

요시코가 뭔가에 취한 듯이 말했다.

"아, 그렇지. 그분이 외국에 가면 뱀파이어로 통할지 모른다고, 웃으면서 그런 말을 하셨어.”

“뱀파이어?”

“인간의 피를 먹으며 영원히 사는 악마라는군요. 내 피는 필요 없느냐고 했더니, 몸이 약해지면 원하게 되지만 지금은 건강하니까 괜찮다고 말했어요. 대단히 매력적인 웃음을 지으면서.”

아예 그때 그자의 손에 죽었으면 좋았을 거라는 듯이 요시코는 몽롱하게 취한 얼굴로 미소를 지었다. 예전에 나쓰도 삼일월당이라는 양서 책방의 주인에게 홀렸을 정도니까 그자가 여자를 수중에 넣는 재주는 역시 뛰어난 모양이다.

“사랑하는 여자는 없느냐고 물었더니 이렇게 대답하더군요. 자신은 사랑이라는 감정을 알지 못한다고.”

알지 못하는 것인가, 아니면 알고 싶지 않은 것인가. 똑같은 숙명을 안고 있는 처지, 어떻든 그건 이해할 만한 말이었다. 제 몸으로 깨달았을 때는 절망감에 몸부림치게 된다.

“단지 예전에 어머니를 잃고 울고 있던 어린 소녀에게 어른이 되면 데리러 오겠다고 말한 적은 있었대요. 멋있지 않아요? 마치『겐지모노가타리』속의 기미와 무라사키노우에 같아.”

『겐지모노가타리』라는 책은 읽어본 적이 없어서 잘 모르겠지만, 이것도 어디선가 들은 이야기라는 생각이 들었다.

"하지만 나중에 만나러 가보니까 이미 그곳에 없었다는군요. 시건방진 문신 수업 후배가 무라사키노우에를 빼앗아간 뒤였대요. 정말 안타까운 일이죠?"

염마는 두 눈을 극한까지 부릅떴다.

야차가 자신보다 먼저 나쓰를 만났었다는 것인가.

─어머니가 계신 곳에 데려가줄까?

나쓰에게서 들은 이야기가 퍼뜩 생각나 염마는 몸을 부르르 떨었다. 아차하면 나쓰는 그때 야차에게 살해되었을지도 모르는 일이다.

'그놈이!'

어린 아이까지 살해하려고 했었다고 생각하니 솟구치는 분노로 미쳐버릴 것만 같았다.

분명 나쓰는 단호하게 거절했을 것이다. 그랬기 때문에 지금껏 살아 있는 것이다. 나쓰의 강한 의지가 이토록 자랑스러웠던 적은 없다.

'누님뿐만 아니라 나쓰까지……. 절대로 용서할 수 없어.'

자신의 양팔을 세게 끌어안았다. 만일 그자에게 나쓰까지 빼앗겼다면……. 그런 상상을 하자 염마는 견딜 수가 없었다.

"하지만 어째서 그런 얘기를 물어보는 거예요? 서로 잘 아는 사이가 아니었나요?"

무엇을 알고 있는지, 요시코는 의미심장한 미소를 지었다.

"서로 소중한 것을 빼앗고 빼앗겼다……. 그분은 그런 식으로 말했어요. 아아, 꿈만 같아, 그런 사이."

자신은 사와를 빼앗았고, 염마는 나쓰를 빼앗았다. 그것이 야차의 생각인 모양이다.

말도 안 되는 소리. 그런 어처구니없는 생각이 또 있을까. 분노를 그대로 드러내 고함을 지르고 싶었지만, 가까스로 꾹 참았다. 요시코는 이야기를 이어갔다.

"그래서 자신은 살해되어도 괜찮다는군요. 그 대신 그녀를 되찾을 거라고요."

피가 얼어붙었다. 벌떡 일어서는 겨를에 의자가 뒤로 넘어졌다. 얼굴이 핼쑥해진 염마를 방 한쪽에 앉아 있는 무로타 집사의 눈이 빈틈없이 지켜보고 있었다.

"그건 무슨 말이에요?"

"다시 그녀를 찾으러 갔을 거예요. 그런데 당신이 방해가 된다고 했죠. 한참 동안 이곳에 붙잡아뒀으면 좋겠다고 하더라고요."

그러니까 이 여자는 야차의 부탁을 받아 나를 감금한 것이
다. 벌써 한 달여를 이곳에 잡혀 있었다. 나쓰는 어떻게 되었
을까. 되찾겠다는 건 무슨 말인가. 죽인다는 것인가, 그게 아
니면 불사자로 만들겠다는 것인가.

"이런, 제기랄!"

소리를 지르자마자 염마는 방에서 뛰쳐나갔다. 하지만 현
관의 묵중한 문짝은 꿈쩍도 하지 않았다.

"어서 열어, 열쇠를 달라고!"

돌아보며 고함을 질렀지만 집사는 눈썹 한 번 꿈틀하는 법 없
이 고개를 가로저을 뿐이었다. 그 손에는 총이 쥐어져 있었다.

"다시 들어와요. 아직 작업이 끝났지 않았습니다."

하지만 자신을 향한 총구 따위, 눈에 들어오지 않았다. 반쯤
정신을 잃은 상태에서 염마는 집사에게 덤벼들었다.

"닥쳐! 나쓰에게 무슨 일이 생겼다가는 당신들, 다 죽일 거
야!"

정면으로 덤벼들 줄은 미처 예상하지 못했던 것이리라. 집
사는 방아쇠를 당길 틈도 없이 염마에게 떠밀려 바닥에 쓰러
졌고, 두 사람은 함께 뒹굴며 몸싸움을 시작했다.

이렇게 되면 몸뚱이만은 젊은 염마가 우위였다. 집사에게

서 총을 빼앗아 배 위에 올라탄 채 이마에 총구를 들이댔다.

"더 이상 이러쿵저러쿵할 때가 아니야. 열쇠를 줘!"

집사는 대답하지 않았다. 공포에 질린 기색도 없었다. 그 표정은, 쏘고 싶으면 쏴보라고 말하는 것 같았다.

"어머나, 난폭하신 분."

방 안에서 요시코가 얼굴을 내밀었다. 긴장감이라고는 단 한 조각도 없는 그 목소리가 염마의 비위를 건드렸다.

"현관을 열어, 안 그러면 이자는 죽어!"

고함을 질러도 요시코는 난처하다는 듯 고개를 갸우뚱할 뿐이었다.

"무로타 씨, 미안해요."

"아뇨, 부인께서 걱정하실 일이 아닙니다."

집사가 태연하게 대답했다.

그 대화에 염마는 소름이 돋았다.

다들 제정신이 아니다……. 진즉부터 알고는 있었지만, 설마 이렇게까지 정신이 나갔을 줄이야.

"집에 도둑이 들었던 것도 혹시 당신들이?"

그렇다면 낡은 작업도구까지 훔쳐간 것도 앞뒤가 맞아떨어진다.

"일이 끝나면 모두 다 돌려드릴 생각이랍니다."

요시코는 망설임 없이 인정했다. 나를 무일푼으로 만들어 문신 일을 거절할 수 없도록 함정을 판 것이다. 그것도 야차에게서 얻은 잔꾀인가.

"우리를 죽이고 이 저택에 불을 지르는 건 어때요? 그러면 나갈 수도 있을 텐데."

할 수만 있다면 해보라고 비웃었다.

"자, 해봐요. 사양하지 말고 우리를 죽여줘."

그렇다, 이 여자는 야차에게서 모든 얘기를 들어서 잘 알고 있었다. 염마가 사람을 죽일 수 없다는 것을. 그러면서도 또 한편으로는 살해되어도 상관없다고 생각하고 있다. 염마가 총구를 들이대고 있지만 여전히 요시코와 집사는 우위에 서 있었다.

총으로 현관 열쇠를 부술 수 있을지도 모른다. 무로타 집사를 밀쳐내고 염마는 열쇠구멍을 향해 방아쇠를 당겼다. 하지만 탄환이 튀어나오는 일은 없었다.

"그 총에는 탄환이 없어. 위협용이었으니까."

돌아보니 집사의 손에는 다시 총이 쥐어져 있었다. 총을 따로 준비해둔 모양이었다.

집사가 가진 총이 불을 뿜었다. 탄환은 염마의 관자놀이를 스쳐 뒤편의 문짝을 관통했다.

"그 사람은 당신이 나서서 죽여주기를 원하고 있었어. 그러려면 좀 더 미움을 받아야 한다고 하더군요. 뭐, 나도 그런 정도라면 얼마든지 도와드릴 수 있었죠."

도무지 이해할 수 없다. 그래도 염마는 의문을 쥐어짜내 말했다.

"어째서 나냐고! 그렇게 죽고 싶다면 딴 방법을 찾아보면 될 거 아냐!"

나쓰를 빼앗긴 데 대한 앙갚음인가, 아니면 똑같은 업보를 지닌 후배에 대한 망집 같은 것인가.

"그건 오니즈키 씨에게 직접 물어보셔야죠."

야차를 도와주어서 이 여자에게는 대체 어떤 이득이 있다는 것인가. 한가한 부유층 미망인의 심심풀이 놀이라고 하기에는 무리가 있었다.

"그래, 지금 당장 신귀 새김을 해주지. 그러면 되잖아?"

문신은 거의 완성되었다. 신귀 새김이라면 이제 한 시간도 걸리지 않는다. 공연한 입씨름을 하고 있는 것보다 더 빨리 끝날 일이다.

하지만 이 제안이 요시코의 마음을 크게 뒤흔들었다. 신귀 새김을 한다는 건 이제 영영 노부마사를 잊어버린다는 의미 이다. 일이 이 지경에 이르렀는데도 요시코는 아직 결심이 서 지 않은 모양이었다.

"그건……."

"그 사람은 돌아오지 않아. 어서 마음을 정하라고!"

노부마사는 한번 결정한 일은 바꾸지 않는다. 요시코의 미 련은 결코 이루어질 수 없을 것이다.

"어머, 그런 심한 말을……."

요시코는 눈물이 글썽한 눈으로 염마를 노려보았다.

"잊고 싶어서 나를 불렀잖아? 이런 곳에 나를 가둬가면서까 지!"

저도 모르게 염마는 고함을 내질렀다. 벌써 6월도 끝나가고 있었다. 그동안에 저택에서 한 발짝도 나가지 못했다. 정신 상태는 이미 한계에 달해 있었다. 한시라도 빨리 이곳을 빠져 나가 나쓰를 지켜주고 싶었다.

"그렇게도 벗어나고 싶으셨나요?"

이 여자가 무슨 소리를 하는 건가. 어째서 자신을 나무라는 것인지 알 수 없었다.

“당신도 달아나는군요, 그 사람하고 똑같이.”

노부마사와 염마를 혼동하는 건지, 요시코는 울부짖었다. 단정하던 머리는 흐트러졌고 더 이상 참을 수 없다는 듯 가슴팍을 쥐어뜯었다.

“일을 끝내고 나갈 거야. 그러니 어서 결심을 해! 두 번 다시 그 남자는 이곳에 오지 않아. 당신을 안아줄 일은 없다고!”

요시코는 두 손으로 얼굴을 가리며 소리 없는 비명과 함께 그 자리에 무너져 내렸다.

“부인!”

염마를 밀어젖히고 집사가 달려왔다. 자칫 부서질 물건이라도 다루듯이 소중하게 안주인의 몸을 안아 장의자에 눕혔다.

“당신은 방으로 돌아가시오!”

다시금 총을 들이댔다. 이 사람은 필요하다면 서슴없이 방아쇠를 당길 것이다. 상처가 낫는 것을 지켜보면서도 얼굴빛 하나 변하지 않고 확실히 죽을 때까지 탄환을 쏘아댈 게 틀림없다.

‘나쓰……’

아직 죽을 수는 없다. 염마는 말없이 고개를 끄덕이고 무거운 몸을 이끌고 이층으로 올라갔다.

지친 몸을 침대에 묻었다. 머리가 마비되어 사고가 제대로 작동하지 않았다. 그대로 의식이 가물가물할 때, 어디선가 달칵 소리가 났다.

"……이봐!"

염마는 벌떡 일어나 문의 손잡이에 뛰어들었다.

"무슨 짓이야, 어서 열어!"

바깥에서 잠가버린 것이다.

"부인이 결심하실 때까지 거기서 기다리시오."

나지막한 집사의 목소리였다.

"말도 안 돼. 결심을 대체 언제 한다는 거야!"

"나도 모르겠소."

문 너머에서 멀어져가는 집사의 발소리가 들렸다.

"모르다니, 그게 무슨 소리야. 이봐, 나를 나가게 해줘!"

염마는 문을 계속 두드리다가 이윽고 털썩 주저앉았다.

정말로 감금된 것이다. 머리를 무릎으로 껴안고 머리칼을 쥐어뜯었다. 노부마사도 이 여자와는 이미 연락을 끊은 상태다. 어디서도 구원의 손길을 기대할 수 없었다.

문이 닫힌 뒤로 엿새째.

베이스볼은 이제 슬슬 끝날 때쯤일까. 아니, 그보다 무사하기는 할까. 몽롱한 의식 속에서 엄마는 무의식적으로 이름을 부르고 있었다.

"나쓰……."

3

누군가 이름을 부르는 것 같아 나쓰는 뒤를 돌아보았다.

아직도 엄마를 기다리고 있는 자신이 조금 창피했다. 이 결혼에 반대해주기를 내심 바라고 있었다. 다른 남자는 쳐다보지도 말라고 말해주었으면 했다. 어쨌든 아버지이자 오빠인 사람에게. 나쓰는 자기혐오로 마음이 천 갈래 만 갈래 흐트러졌다.

"왜 그래요?"

시합은 구경하지 않고 고개를 숙인 나쓰가 걱정되는지 가케이가 그녀의 얼굴을 들여다보았다.

"아, 미안해요. 잠깐 화장실에."

그렇게 말하자 가케이는 얼굴을 붉히며 실례했다고 고개를 숙였다.

화장실에 간다는 건 물론 거짓말이었다. 가케이 옆에서 내 엄마만 생각하는 자신이 부끄러웠다. 객석을 떠나 우렁찬 환성에서 벗어나자 나쓰는 긴 숨을 토해냈다.

"거기, 나쓰 씨 아니신가?"

갑작스러운 목소리에 나쓰는 흠칫해서 얼굴을 들었다. 눈앞에 빈틈없이 양복을 차려입은 큰 몸집의 남자가 서 있었다.

"무타 씨!"

이런 데서 만날 줄이야. 울먹거리는 얼굴을 들켜버린 게 아닌지 불안했다.

"베이스볼에 관심이 있는 줄은 몰랐는걸?"

"아뇨, 아는 분이 초대해주서서 왔어요."

호오, 하고 노부마사가 웃음을 보였다.

"그래, 어떤 사람인데?"

그 즉시 나쓰는 얼굴을 붉혔다. 남자라는 말은 하지도 않았는데 무타 씨가 어떻게 알았는지 당황스러웠다.

"베이스볼을 함께 보자고 초대했다면 필시 남자겠지. 게다가 오늘은 나쓰 씨가 평소보다 예쁘게 단장을 하고 나오셨으니."

엄마가 노부마사를 어려워하는 이유를 알 듯한 마음이 들었다.

“무타 씨께는 못 당하겠군요. 맞아요, 의학교에서 함께 공부하던 사람이에요. 어쩌면 결혼을 할지도 모르겠어요.”

솔직하게 대답했다. 무타 노부마사는 은인이다. 감출 필요는 없었다. 게다가 나쓰는 지금 누구하고든 이야기를 나누고 싶은 심정이었다.

“할지도 모른다니, 그건 아직 결심을 못했다는 얘기인가?”

“네……. 이 시합이 끝나는 대로 답변을 하기로 했어요.”

노부마사는 고개를 끄덕였다. 나쓰의 고민을 손에 잡힐 듯이 훤히 알고 있는 것이다.

“엄마는 뭐라고 말했지?”

“아무 말도요. 오늘 여기서 그 사람을 좀 만나달라고 했는데, 여태 오지 않아서요.”

노부마사가 난처한 얼굴로 신음했다.

“그것 참, 어쩔 도리가 없군.”

무슨 말씀이냐고 되묻고 싶었지만, 공연히 상대를 힘들게 하는 질문이 될 것 같았다. 무타 씨도 어떻게 대답해야 할지 모르는 것이다.

“나쓰도 호쇼 야차라는 사람에 대한 이야기 들었지?”

"네. 삼일월당 주인 말이죠? 그분이 살인범이었다니 저는 지금도 무슨 악몽 같아요."

불로불사자라는 건 이해가 되었다. 어딘가 염마와 비슷하다는 느낌이 든 건 그것 때문이었다. 하지만 사람을 죽여 그 심장을 빼먹는 악마이라는 건 차마 생각도 하지 못했다.

"5년 전에 그 기차 안에서 무슨 일이 있었는지 모르겠어요. 오빠가 말을 해주지 않았거든요. 무타 씨라면 그 얘기를 들으셨겠지요?"

문득 정신이 들자 염마도 야차도 사라지고 없었다. 뭐가 뭔지 알지 못한 채 하숙집으로 돌아갈 수밖에 없었다.

"염마가 말하지 않았다면, 나도 섣불리 발설할 수는 없지."

그다지 친한 것처럼 보이지는 않았는데, 역시 남자들끼리는 특별한 우정의 끈이 있는 건가. 나쓰는 잘 알 수는 없었지만 더 이상 캐묻지 않기로 했다.

"무타 씨도 검둥이를 아시지요?"

"왜, 그 고양이에게 무슨 일이 있었나?"

갑작스러운 고양이 이야기에 노부마사가 의아한 표정을 내보였다.

"제가 알기로는 벌써 30년 넘게 살고 있어요. 오빠 말로는 자신과 똑같다는군요.”

아, 그런 얘기인가, 하고 노부마사는 이제야 알아들은 모양이었다.

“불사의 고양이라니, 거참.”

“제가 그때 깜빡 말해버렸거든요. 검둥이가 부럽다고.”

불로불사가 어느 정도나 효력을 갖고 있는지, 염마 자신도 분명하게는 알지 못하는 것 같았지만, 그래도 나쓰는 염마와 똑같은 시간을 살아갈 수 있는 고양이가 진심으로 부러웠다. 하지만 검둥이는 고독한 고양이였다. 다른 고양이와 함께 있는 모습을 본 적이 없다. 아마도 몸속의 신귀가 두려운 것이리라. 짐승은 인간보다 훨씬 더 그런 점에 민감하다. 검둥이가 내내 곁을 떠나지 않는 것도 염마가 동류라는 것을 느끼고 있기 때문인 게 틀림없었다.

“나를 나무라더군요. 그 뒤부터예요, 볼 때마다 어서 결혼하라고 한 게.”

“아버님의 유언이 있었으니 그럴 만도 하지. 미래가 창창한 나쓰를 함께 끌고 갈 생각은 하지 않을 사람이야.”

나쓰는 고개를 끄덕였다. 딸의 처지를 걱정하며 세상을 떠난 아버지. 분명 아버지는 염마에게 당부의 말을 남겼다. 그

쐐기가 박혀 있는 한, 염마는 나쓰를 동반자로 생각할 수 없고 여자로 봐주려고도 하지 않을 것이다.

"참으로 어렵게 의사가 되었는데 말이야."

"모두가 무타 씨 덕분이에요."

"외과의사라니, 나쓰 씨가 할 만한 선택이야."

몇 명 안 되는 여자 의사 대부분은 산부인과 쪽에서 능력을 발휘하고 있었다.

"아버지를 닮아서 삐뚜름한 구석이 있거든요."

오카자키 세이노스케는 시대의 흐름을 거슬러 자신의 의를 관철하고 정의를 주장하다가 살해된 사람이다. 노부마사는 쓴웃음을 지었다.

"여자에게 수술 받기를 두려워하는 사람의 환부를 용서 없이 도려내고 확실하게 치료해주는 걸 좋아한답니다."

"흠, 그렇지. 그건 아주 재미있겠네."

나쓰는 문득 하늘을 올려다보았다.

"하지만 그 사람을 보면 의사로서 허망해질 때가 있어요. 아무리 심한 부상도 저절로 나아버리니까요."

염마라는 존재는 의학 상식과는 무관한 저 너머에 있었다.

"그건 병이야, 일종의 불치병이지."

"네, 꼭 맞는 말씀이에요."

죽지 않는 병을 치료하면 죽고 만다. 까다롭기 짝이 없는 환자다.

"그는 자신이 품은 어둠의 깊이를 잘 알아. 결코 그와 똑같은 사람을 원할 수 없는 막막한 어둠이지."

노부마사의 말은 나쓰의 가슴에 아픔으로 스몄다.

"저도 잘 알고 있어요."

점수를 냈는지 운동장의 환성이 한층 더 커졌다.

"실은 나도 쓸데없는 소리를 해서 그를 화나게 한 적이 있어."

노부마사가 씩 웃었다.

"나쓰 씨가 결혼해서 섭섭하거든 우리 집에 와서 식객 노릇을 해라. 방이라면 기꺼이 준비해주겠다고 했거든."

"저런!"

엄마가 어떤 반응을 보였을지 나쓰는 손에 잡힐듯이 알 수 있었다.

"내가 왜 당신이 사육하는 강아지가 되겠느냐고 금세 덤벼들 것처럼 대꾸하더라고."

노부마사에 대한 엄마의 열등감은 아무래도 심한 면이 있

었다. 아주 조금 남은 자부심을 건드리면 당연히 화가 날 만
도 했다.

"저도 그렇고, 무타 씨도 조심해야겠네요. 오빠가 실은 꽤
섬세한 편이거든요."

나쓰와 노부마사는 서로를 마주보며 웃음을 터뜨렸다. 소
리 내어 웃었더니 한결 마음이 가벼워졌다.

"근데 무타 씨도 베이스볼 구경하러 오셨어요?"

"시로가네 클럽에 아는 사람이 있어서 예의상 참석했지."

노부마사는 3년 전에 경찰을 사직했다. 경시감으로 승진되
고 얼마 안 되어 퇴직한 것이다. 앞날이 뻔히 보였던 것이리
라. 경찰에서 경시감 윗자리는 하나밖에 없다.

현재는 무역회사를 경영하고 있다. 실적이 순조롭게 뛰어
오르는 모양이었다. 만능이라는 말은 이 사람을 위한 것이라
고 나쓰는 생각하곤 했다.

"그 부인과 함께 오시지 않았어요?"

이만한 사람을 10년 넘도록 독차지하고 있는 여자다. 가능
하면 한번 만나보고 싶었다. 나쓰에게도 그 정도의 호기심은
있었다. 하지만 노부마사는 난처한 표정을 지었다.

"벌써 2년 전에 헤어졌어. 요즘은 사업에만 몰두하는 적적

한 신세야.”

“어머, 그러셨군요.”

물론 왜 헤어졌느냐고 물어볼 만큼 무례하지는 않았다.

노부마사는 동생에게 집안의 후계자 자리를 양보했다. 두고두고 분쟁의 씨앗이 되는 일이 없도록 가정은 갖지 않기로 미리부터 결심한 것 같았다. 어쩌면 그런 문제가 얽혀서 두 사람이 맺어지기 힘들었는지도 모른다.

“어떻든 결혼에 관해서는 나쓰 씨가 스스로 결정하는 게 좋아. 어떤 결론을 내리든 나는 축하해줄 생각이야.”

분명 이 문제는 내가 결정할 일이라고 나쓰는 새삼 생각했다. 엄마가 결정해주기를 바라는 것 자체가 잘못이다. 그것은 가케이에게도 큰 실례가 되는 일이다.

“네, 제가 결정할래요.”

노부마사에게 인사를 건네고 나쓰는 객석으로 돌아갔다.

그 광경을 지그시 바라보는 자가 있었다.

눈부신 것이라도 보듯이 실눈을 뜨고 내내 지켜보던 남자가 이윽고 나쓰가 자리를 뜨자, 옆에 있던 노인에게 말을 건넸다.

“저기 저 사람, 무타 씨 아닌가요?”

노인이 얼굴을 들고 주름진 눈으로 그쪽을 바라보았다.

"오, 그렇구먼."

노인은 지팡이를 짚고 자리에서 일어섰다. 초여름이라고 해도 햇살은 벌써 쨍쨍하다. 인사치레로 경기장에 나왔지만 결국 나무 그늘에서 계속 쉬고 있었던 것이다. 그래도 무타 노부마사라고 하면 발군의 활약을 펼친 전 경시감이자 현재 는 외국통의 자산가로 이름을 날리는 인물이다. 친교를 쌓기 에 마침 좋은 기회라고 생각한 것이리라.

정계를 은퇴했다지만 아직은 그 영향력을 과시하고 싶은 노인이 생각할 만한 일이었다.

"용케도 알아봤구나, 오니즈키."

유명한 분이시잖아요, 라고 야차는 미소를 지었다.

노인의 이름은 가이도 시게키요. 옛 조슈 번사이자 메이지 정부의 어두운 부분을 잘 아는 사람이기도 했다. 야차는 오니 즈키라는 이름으로 현재 이 사람의 비서 일을 하고 있었다.

"이보시게, 무타."

가이도가 말을 건넸다. 지팡이에 몸을 기대고 천천히 걸음 을 옮긴다.

"아, 가이도 선생님, 건강해보이시는군요. 참으로 다행입니다.”

고유 문양이 박힌 전통옷 차림의 노인에게 노부마사가 공손히 머리를 숙였다.

“못난 놈이 세상에 나가면 오히려 행세한다지 않던가. 내가 그리 쉽게는 안 죽네.”

가이도는 앞니가 빠진 입으로 웃었다.

“저어, 이분은……?”

노부마사는 노인보다 야차 쪽에 시선을 보내고 있었다. 당연한 일이라고 야차는 생각했다.

이 사람과는 한 번 만난 적이 있었다. 5년 전, 요코하마 여자 살인의 피해자 집 앞에서였다. 기억에 남을 만큼 서로 관련이 있었던 건 아니지만, 척 보기에도 노련한 사람이니 방심할 수는 없었다. 어디선가 만난 것 같다는 정도의 생각은 하고 있을 터였다. 하긴 생각난다고 해도 염마와의 관계까지는 알지 못할 것이다.

“네, 가이도 선생님을 모시는 사람입니다. 이름을 댈 만한 정도는 아니고요.”

그야말로 겸손하게 대답했다. 노부마사는 어딘가 석연치 않은 눈치였지만, 더 이상은 캐묻지 않았다.

"자네, 아직도 독신이지? 어때, 내 조카딸 한번 만나보겠
나?"

"무슨 말씀을요, 감히 제가 가이도 선생님 가문과 연을 맺
을 수 있겠습니까."

"흠, 연막작전을 펼 생각이군. 하긴 뭐, 자네만한 사내를 여
자들이 가만둘 리 없겠지."

처세의 달인들끼리 그런 은근한 대화를 나누고 있다.

무타는 아무것도 모르는 것이다. 예전에 그가 사랑했던 여자
가 지금쯤 그 괄괄한 문신사에게 어떤 짓을 하고 있는지.

그나저나 염마는 아직 살아 있을까. 그 미망인이 하는 일이
다. 뜻밖에도 이미 죽였는지도 모른다. 그렇다면 그 젊은 녀
석도 그걸로 만족할 것이다. 누군가 죽여주지 않으면 죽을 수
없는 몸이니까.

무타 노부마사와 헤어지자 가이도는 그만 돌아가겠다고 나
섰다.

"아직 시합이 4회인데요."

"제일고 학장에게 인사치레는 했어. 이만하면 충분해."

사교장으로 유용하게 활용했으니 더 이상 이곳에 있을 이
유가 없다는 얘기인 모양이다. 가이도에게는 베이스볼 따위,

어차피 눈에 안 차는 아이들 놀음에 지나지 않는다.

물론 야차도 이의는 없었다. 5년 전까지만 해도 이곳에서 살았다. 아는 사람이 적지 않은데, 덜컥 마주치기라도 하면 일이 귀찮아진다.

인력거를 불러 가이도를 부축해서 태웠다. 바로 근처에 별장이 있어서 오늘 밤은 거기에 머물기로 했다.

"고단하시지요?"

"음, 나이는 먹고 싶지 않은 것이야."

건강한 것처럼 행동하지만 여든이 다 된 나이다. 남은 시간이 결코 길지 않을 터였다.

살아 있는 동안에 기억을 떠올려줄까? 먼 옛날 젊은 한 시절의 치기였다고 할 사건을. 스무 살도 안 된 나이에 그의 아이를 가진 여자가 있었다는 것을…….

4

아홉 살까지 분명 어머니라는 존재가 있었다. 아름다운 여자였던 것 같다.

항상 쓸쓸한 얼굴이었다는 건 또렷이 기억하고 있다. 어린

아들에게 다정하기는 했지만, 한 번도 웃는 얼굴을 보여준 적은 없었다. 어린 마음에도 어머니가 불행한 사람이라는 건 감지하고 있었다. 유감스럽게도 그 어머니에게 자식의 존재는 눈곱만큼도 위로가 되지 못했다.

일가친지 하나 없이 유곽에 있다가 선박 운송업소의 하녀로 들어와 일했다. 반찬을 나르고 걸레질을 하고 이불을 개키고 때로는 마지못해 주인의 품에 안겼다. 그렇게 반복되는 삶에 어머니는 아주 조금의 기쁨도 찾아낼 수 없었던 것이다.

아버지는 조슈의 젊은 번사였다고 한다. 어머니와의 일은 잠시잠깐 주색잡기일 뿐이었던 것이리라. 유곽 출신의 여자에게 자식이 생길 줄은 생각도 하지 못했던 모양이다. 이름만은 들었지만, 아버지라 생각하지 말라고 미리 못을 박았다.

그런 어머니가 죽을 당시의 얼굴만은 편안했다.

어느 날 아침, 어머니가 눈을 뜨지 않았다. 그 얼굴에 온화한 미소를 머금고 있었다. 처음 보는 행복한 표정이었다. 분명 즐거운 꿈을 꾸는 것이다. 그렇다면 이대로 가만히 내버려두자고 생각했다.

그러고는 곧 소란스러워졌다. 네 어머니는 잠든 사이에 심장이 멈췄다고들 했다.

죽음이 그렇게 좋은 것일까. 죽은 자에게 물어봐도 대답은 없었다.

그게 아니면……. 나쓰의 말대로 아들과 함께 웃는 꿈이라도 꾼 것일까. 그렇게 생각할 수만 있어도 조금쯤은 행복한 기분이 들 텐데.

그 뒤로는 닥치는 대로 일하며 살아왔다. 물건을 훔치지 않은 날이 없었다. 열여덟 살, 바이코의 제자로 들어가지 전까지는.

그 사람은 처음 만났을 때, 느닷없이 이렇게 말했다.

"너한테 좀 새기고 싶구먼!"

남색 취미를 가진 사람인가 하고 의심했지만, 그런 게 아니었다. 그보다 더 어처구니없는 인간이었다.

당시 손가락을 다쳐 오랫동안 문신을 새기지 못했던 바이코는 어디든 새겨보고 싶다는 욕심이 첩첩 쌓여 있었다. 마음껏 새기게 해줄 테니 제자로 받아달라는 말을 차마 싫다고 뿌리치지 못했을 것이다. 5년 동안 옆에 붙어살면서 문신 수행을 했다. 독립하고 난 뒤에 파문을 당할 줄은 생각도 못했다.

내 손으로 불사를 새겼다고 고백했을 때, 바이코는 펄펄 뛰며 야차를 나무랐다. 마음만 먹으면 신귀를 빼낼 수도 있다는

건 깜빡했는지, 부엌칼을 들고 나와 손을 잘라내겠다고 소리
소리 지르며 덤벼들 정도였다. 손을 잘라내는 정도로는 어떻
게도 할 수 없다는 것쯤, 뻔히 다 알고 있으면서.

결국 그것으로 바이코와는 끝이었다.

“오니즈키, 홍차 좀 주게.”

우물거리는 노인의 목소리에 야차는 자리에서 일어났다.

요즘 들어 자꾸만 옛일을 떠올리는 건 나이 탓인지, 아니면
노인네와 함께 지내기 때문인지 모르겠다. 어떻든 우울한 일
이다. 다시 떠올려서 기분 좋은 과거는 그리 많지 않았다.

“오늘은 좀 달콤하게 해주게.”

네, 라고 대답했다. 베이스볼 경기장에 다녀온 참이라 몸이
고단한 것이리라.

“이것 참, 자네 덕분에 완전히 홍차에 빠져버렸어.”

침대에 누운 채로 가이도가 투덜거렸다. 주당이던 노인은
간이 나빠져 있었다. 의사에게 술을 끊으라는 말을 듣고도 좀
체 실행에 옮기지 못했다.

금주는 신귀 새김 중에서도 가장 많이 하는 의뢰였다. 그리
고 의뢰인에게 가장 큰 복을 가져다줄 가능성이 높다. 5년 전,

요코하마를 떠나고 야차는 곧바로 이 노인에게 금주의 신귀
새김을 해주겠다고 자청하고 나섰다. 그 뒤로 지금껏 그를 모
시고 있다.

오늘처럼 기분이 좋을 때는 이 노인을 다루기가 쉽다. 이따
금 지독히 오만하게 굴 때도 있다. 예전부터 무슨 일이건 쉽
게 잊어버리는 기분파라고 했다.

"여기, 드세요."

입안을 데지 않도록 약간 식힌 뒤에 건네주었다.

"자네, 요즘 자주 집을 비우는 모양이던데."

"본업이 있으니까요."

문신사가 본업이고 가이도 시게키요의 비서는 취미로 하는
거라고 태연히 말해왔던 것이다.

"허허, 내 쪽 일은 취미로 슬슬 하다니, 아주 재미있는 녀석
이야."

노인은 우습다는 듯이 말했다.

"자네는 재미도 있고 생김새도 특출해. 커피든 홍차든, 누
구보다 맛나게 준비해주지. 그러니 자네 마음대로 놀아봐."

"네, 감사한 말씀."

홍차를 마신 뒤, 가이도는 다시 자리에 누워 잠든 숨소리를

올렸다.

　한참 동안은 느긋한 시간을 보내도 된다. 야차는 창가 장의자에 앉아 눈을 감았다. 아직 베이스볼 시합은 끝나지 않았으리라.

　노인의 마음에 드는 것쯤은 손쉬운 일이었다. 지금까지 누구에게 미움을 받아본 적이 없다. 야차는 자신에게 사람을 녹이는 재주가 있다고 생각하고 있었다. 예외라면, 염마와……　그리고 죽은 어머니 정도였다.

　그래서 더욱더 그런 생각이 들었다. 어머니는 왜 나를 사랑해주지 않았을까? 아들이 없는 세계가 그렇게도 아름다운 것이었을까?

　불사의 신귀라는 유혹을 떨쳐내지 못한 건 호쇼라는 이름을 가진 자라면 누구라도 빠지게 되는 '한번 해보고 싶다'라는 욕구 때문만은 아니었다.

　분명 죽음이라는 것을 이기고 싶었다. 그래서 남이 아니라 자신의 손바닥에 새겼다. 피부를 통해 스며들어온 신귀가 온몸을 돌며 인간이 아닌 이형異形의 것으로 변해가는 게 느껴졌다.

　이젠 돌이킬 수 없다……. 그렇게 느꼈다. 넘어서는 안 될 선을 넘어 암흑에 물들고 만 것이다.

능력을 가진 승려를 만나 하마터면 붙잡힐 뻔한 적도 있다. 승려는 살갗을 뚫고 추악한 신귀를 훤히 볼 수 있는 모양이었다.

하지만 이제는 알 수 있다. 죽음을 이긴 것이 아니다. 죽음에게 거부를 당한 것이다…….

인간을 파먹는 짓을 하지 않게 된 것만도 크게 나아진 것인지 모른다. 심장을 손에 넣기 위해서는 사람을 죽이고 게다가 사체까지 훼손하지 않으면 안 된다. 그런 건 애초에 야차가 좋아하는 짓이 아니었다.

여기까지 더듬어 오게된 데는 그야말로 처참한 사정이 있었다. 아픔은 온몸 구석구석까지 미쳐서 바닥을 북북 기면서 몸부림쳐야 했다. 신귀조차 손을 댈 수 없을 정도로 광기에 빠졌다. 제멋대로 움직여서 심장을 빼앗으려 하는 오른손을 형태가 일그러지도록 돌로 내리찍었던 일도 있었다.

이윽고 신귀가 타협을 하고 나섰다. 숙주가 완전히 발광해 버리면, 신귀는 지배력을 잃게 된다. 광기는 그 어떤 것도 이겨버리는 자아다. 그 점을 두려워했던 것이다.

달리는 기차에서 심장을 태운 그 가루를 내버린 지도 이제 곧 5년째가 되어간다. 그 뒤로는 목숨을 빼앗더라도 그 살을 먹지는 않았다. 심장을 파먹는다는 행위에 누구보다 혐오감을 품은 건 야차 자신이었다. 그걸 하지 않고도 넘어갈 수 있게 된 건 자신이 이긴 거라고 생각했다.

언젠가는 아무도 죽이지 않고도 살 수 있을지 모른다.

가이도의 왼팔이 된 뒤로는 한참 동안 엄마와 나쓰를 잊고 살았다. 비뚤어진 형태로나마 권력 가까이에서 지내온 나날은 하릴없이 살아온 야차를 자극했다. 세상을 뒤에서 움직일 수 있다면 꽤 재미있는 시간 때우기가 될지도 모른다고 생각했다.

올해 들어 요코하마의 병원에서 우연히 나쓰를 보면서 문신 후배에 대한 흥미가 다시 불붙었다.

나쓰는 명백히 나이 들어 있었다. 여자 의사로 씩씩하게 일하는 나쓰에게서 소녀 티가 나던 예전의 흔적은 찾아볼 수 없었다.

'그자는 불사를 새겨줄 마음이 없는 건가.'

대체 왜?

가슴속에서 작은 신귀가 수런거렸다.

그래서 한바탕 놀아주기로 했다. 그자에게는 아직도 자극이 부족한 것이다. 호쇼 야차를 죽이지 않고는 도저히 견딜 수 없다, 이번에야말로 그렇게 생각하게 해주리라.

주조 요시코가 이쪽이 원하는 대로 염마를 바짝 궁지에 몰아넣었을까.

"잊고 싶은 사람이 있답니다."

그런 의뢰를 받고 저 음참한 저택에 초대된 것이 두 달여 전의 일이었다……

오래도록 저택 밖에 나간 적이 없다는 여자는 병적일 만큼 하얀 피부를 갖고 있었다.

실제로 병이 들기도 한 모양이었다. 몸도 마음도. 자리에서 일어서면 현기증이 일어나 쓰러지곤 했다. 집사의 시중을 받으며 고뇌에 찬 눈빛으로 야차를 빤히 바라보았다.

"내내 찾고 있었어요, 나를 구원해주실 분을."

"나는 문신사일 뿐, 부인의 마음을 구원해줄 수는 없을 텐데요."

커다란 양초 불빛이 뒤흔들려 우수어린 요시코의 얼굴에 마성의 그림자가 서리는 것을 야차는 홀린 듯이 바라보았다.

자신과 흡사한 영혼을 가진 여자였다. 아름답고도 추하다. 스스로는 깨닫지 못했겠지만 신귀 새김을 하기도 전에 이미 그녀 주위에는 요괴들이 꿈틀거리고 있었다.

"가이도 씨의 음주를 멈추게 해준 문신사가 있다는 말을 듣고 내가 찾던 그분이라고 생각했어요. 내가 사랑한 분도 예전에 그 문신으로 다시 태어나셨으니까요. 드디어 찾아냈네요."

"신귀 새김을 했단 말인가요?"

가느다란 목으로 머리를 끄덕였다.

"네, 피할 수 없는 업보에서 사람을 구해주는 기적의 문신이라더군요."

"업보를 업보로 봉할 뿐이지요. 거기서 기다리는 건 지옥밖에 없을지도 모릅니다."

일단 경고는 해두었다. 지체 높은 귀족 미망인께서 어지간히 달콤한 환상을 품고 있는 것 같았다.

"지금보다 더한 지옥은 없어요. 잊을 수 없는 사랑에 하루하루 몸이 타들어간답니다."

"하지만 신귀 새김은 본인이 진심으로 원하지 않고서는 성공하지 못해요. 부인의 마음속에 망설임이 있다면 아무 의미도 없어요. 실례지만 아직 결단을 내리지 못하신 것 아닌가요?"

요시코는 아아, 하고 비틀거렸다. 그 몸짓이 매우 연극적이어서 다른 사람이었다면 우스꽝스럽게 보였을 것이다. 하지만 그녀는 자리에서 일어나 박수를 쳐주고 싶을 만큼 훌륭한 비극 여배우였다.

"신비한 분이시네요. 뭐든지 훤히 알아보는군요. 네, 그렇답니다. 잊고 싶은 마음과 잊고 싶지 않은 마음이 서로 다투고 있답니다."

결국 그녀는 결단을 내리지 못했다. 대신 남의 눈에 띄지 않는 곳에 장미를 새겨달라고 해서 왼편 허벅지 안쪽에 진홍의 꽃을 새겨주었다. 훌륭한 피부였다. 바이코 영감이라면 당장 달려들어 문신을 새기겠다고 부르짖었을지도 모른다.

자신과 꼭 닮은 영혼을 가진 이 여자에게 야차는 마음의 문을 열었다. 문득 깨닫고 보니 어머니에 대해 말하고 있었다. 죽음으로 구원을 얻은 여자의 이야기에 요시코는 눈물을 글썽였다.

어머니를 위해 울어준 요시코에게 뭔가 보답을 해야 하리라. 그래서 최고의 희생양을 그녀에게 바치기로 했다.

"만일 결심이 서면 내가 아니라 호쇼 염마라는 문신사에게 부탁하시지요. 당신이 사랑하는 분을 주신酒神의 환난에서 지켜준 바로 그 사람입니다. 요즘은 무타 노부마사 씨가 그 문신사를 곁에서 지켜주는 모양이더군요. 아니, 괜찮습니다. 이 지옥의 왕이 분명 당신 또한 구원해주실 테니.”

염마의 거처도 알려주었다.

멍한 얼굴로 듣고 있던 요시코도 무타 노부마사라는 이름이 나오자 마침내 깨달았는지 얼굴을 번쩍 들었다.

“노부마사 씨가?”

“네, 당신이 사랑하는 그분.”

요시코가 이쪽의 의도를 어느 선까지 이해했는지는 알 수 없다. 그래도 광기가 서린 눈에는 검디검은 살의가 깃들어 있었다.

“자, 이제 당신과 나는 공범이군요. 어때요, 내 소원도 들어주시겠습니까?”

요시코는 고개를 끄덕였다.

기대 이상의 여자라고 생각했다. 분명 염마를 충분히 자극해줄 것이다.

만일 요시코에게 살해된다면 그건 염마가 기껏 그 정도의 사내였다는 얘기다.

‘네가 하기 나름이야, 호쇼 염마.’

끙 하고 신음소리를 올리며 가이도가 몸을 뒤척였다. 얇은 담요를 살짝 덮어주었다.

가이도의 비서라는 자리는 뭔가를 극비리에 조사하는 데 큰 도움이 되었다. 덕분에 무타 노부마사에 대해서도 샅샅이 캐볼 수 있었다. 귀족 미망인과 오랜 세월 교제했다는 것도, 염마의 비호자라는 것도.

요시코는 야차를 자신이 찾아냈다고 생각하겠지만, 물론 그것도 야차가 미리 밑밥을 깔아둔 것이었다.

자신 속의 신귀가 왜 이토록 그자에게 집착하는지는 알 수 없다. 다만…….

요즘 들어 슬슬 오른손이 욱신거렸다. 5년 동안 활동을 멈추고 있던 살인귀의 속닥거림이 들려오는 것 같다.

5

9회 말. 이제 타자 두 명만 잡으면 시합은 끝이 난다. 제일고가 2점 차로 이기고 있었다. 가케이는 언제든지 벌떡 일어나 박수를 치려고 엉거주춤 허리를 쳐들고 있었다.

베이스에 몸을 던졌지만 아웃이 되고 만 선수가 땅바닥을 내리쳤다. 모래먼지가 피어올라 객석까지 날아오는 바람에 나쓰는 잠깐 기침을 했다.

"엇, 괜찮아요?"

"네. 이렇게 먼지가 자욱하니 선수들도 힘들겠네요. 하지만 젊은 사람들이 땀 흘리며 뛰는 모습을 보니까 힘이 나는 것 같아요."

선수들을 바라보는 것만으로도 눈이 부셨다.

"아이, 저 선수들도 우리하고 비슷한 또래예요. 근데 나쓰 씨에게 걸리면 모두 어린애가 되는군요. 하하하."

가케이가 웃는 바람에 나쓰는 볼을 붉혔다.

시합을 지켜보는 동안 내내 이런 생각을 했던 것이다. 만일 몇십 년 뒤에 태어났더라면 엄마도 아버지도 서로 죽고 죽이는 싸움이 아니라 신나게 베이스볼 경기를 했을지도 모른다. 그것은 흥겹기도 하고 안타깝기도 한 상상이었다.

앞으로 한 사람만 막아내면 시합은 끝난다. 가케이에게 청혼에 대한 답변을 하지 않으면 안 된다.

이런저런 감정을 단호하게 잘라내는 데 결혼은 나쁘지 않은 수단이라고 생각한다. 가케이는 내년에 독일 유학을 떠날 예정이다. 함께 가자는 말도 했다. 최첨단의 의료기술을 함께 배울 수 있는 기회다. 분명 그곳에 가면 엄마를 그리워할 틈도 없을 것이다.

힘겨운 일이 많았던 의학교 시절에 가케이의 다정한 배려가 얼마나 큰 도움이 되었는지 모른다. 남학생들에게서 악의에 찬 비아냥거림과 따돌림을 수없이 받았지만 가케이만은 항상 변함없이 손을 내밀어주었다.

정말로 나쓰는 가케이가 좋았다. 하지만 그 감정은 이래저래 결점 많은 한 남자에 대한 마음과는 전혀 종류가 달랐다.

객석이 온통 환성에 휩싸였다. 시합이 끝난 것이다. 선수들이 일제히 운동장으로 뛰어나갔다. 옆에서 가케이도 자리에서 일어나 박수를 보내고 있었다. 서로 끌어안고 기뻐하는 젊은이들을 보고 있으려니 여태 망설이기만 하는 자신이 부끄러워졌다. 5년 전, 엄마가 몸을 던져 구해주었을 때 이미 답은 나와 있었지 않은가. 내 마음은 평생 변하지 않는다고.

열전의 여운이 아직 남아 있는 채로 관객은 썰물처럼 자리를 빠져나갔다. 운동장 밖은 금세 한산해져서 사람들의 자취를 찾을 수 없었다.

커다란 떡갈나무 아래에서 나쓰는 가케이와 마주섰다. 자그마한 몸집의 청년은 긴장으로 바짝 굳어 있었다.

"오늘 고마웠어요. 베이스볼, 정말 즐거웠습니다."

본론에 들어가기 전에 우선 감사 인사부터 했다. 심장의 고동소리가 빨라지는 것을 느꼈다.

"나쓰 씨, 반려자가 되어주시겠습니까?"

새삼 가케이가 청혼의 말을 입에 올렸다.

이 성실한 사람에게 내 마음을 똑똑히 전하지 않으면 안 된다. 나쓰는 마음을 가라앉히고 크게 숨을 들이쉬고 내쉬었다. 그리고 청혼자의 얼굴을 똑바로 바라보았다.

높은 천장이 흔들리고 있다.

"나쓰……."

그 이름을 불러보고 엠마는 눈을 질끈 감았다.

야차의 마수가 제발 거기까지 미치지 않았기를 기도하는 수밖에 없었다.

나쓰가 결혼하면 자신은 다시금 외톨이가 된다. 나쓰의 남편과 아이들에게까지 불사자라는 것을 들켜서는 안 된다. 어디 먼 곳으로 떠나 두 번 다시 나타나지 않는 게 가장 좋을 것

이다. 한마디로 완전히 인연을 끊어야 하는 것이다. 마침 잘
됐다고 생각했다.

하지만 막상 현실로 닥쳐들자 염마는 몸이 벌벌 떨리는 것
을 느꼈다. 나쓰가 자신을 필요로 했던 것보다 자신이 훨씬
더 나쓰가 필요했다는 것을 새삼 깨달았다.

내내 떨어져 살았지만 나쓰는 오랜 세월 그의 식구였다. 그
인연의 끈이 싹둑 끊긴 채 어디에도 기댈 데 없는 부평초로 돌
아간다고 생각하니 엄청난 두려움이 몰려왔다.

요즘 들어 꽤 예뻐졌다고 염마는 생각하곤 했다. 나쓰는 오
래전부터 자신의 얼굴에 열등감을 품고 있지만 전혀 그렇지
않았다. 지성과 의지가 반짝이는 눈동자는 누구보다 빛나고,
동그랗고 불그레한 뺨은 삶의 생기로 가득 차 있다. 아마 그
걸 알아보지 못하는 사람도 있을 것이다. 하지만 나쓰라는 여
자를 알면 알수록 누구든지 그 당당한 아름다움에 놀라게 될
터였다.

나쓰는 염마의 자랑거리였다. 손가락 하나 만지는 것조차
망설여질 만큼 아름다운 아이였다. 그 마음만은 나쓰가 결혼
에 관해 어떤 결론을 내리든 앞으로 평생 변하지 않을 것이다.

평생…….

내가 대체 무슨 생각을 하고 있는가. 염마는 그만 우스워졌다. 이제 곧 죽음이 찾아올 것 같은 사내에게 어떤 앞날이 있다는 말인가.

나쓰가 무사하기만 하다면 더 이상 바랄 게 없다.

드디어 끝나는가. 끔찍하게 고통스러웠다. 목이 막혀 숨을 쉴 수 없었다. 꿈속에서도 장미덩굴에 목을 졸렸다.

염마가 새긴 그 장미꽃이었다. 향기를 풍기는 입김을 내뿜으며 인간의 모습을 빌려 찾아온 것이다.

뺨에 물방울이 툭 떨어지는 것을 느끼고 염마는 눈을 떴다.

'……아.'

눈앞에 여자의 하얀 얼굴이 있었다. 긴 머리를 늘어뜨리고 반쯤 벌린 입술만 젖어서 빨갛다. 울다 지쳐버린 두 눈에서 눈물이 뚝뚝 떨어졌다.

'아직도 결단을 내리지 못했구나…….'

그 사람을 잊을 수도 없고 더 이상 질질 끌 수도 없자 요시코는 두 손으로 염마의 목을 조르고 있었다.

"피안이란 어떤 곳일까요……."

여자는 꿈꾸듯이 질문을 던져왔다.

지난 5일 동안, 울고 괴로워하며 낸 결론이 이것이었다.

바닥의 램프가 벽면에 두 사람의 그림자를 만들었다. 배에 올라타 목을 조르는 여자와 죽어가는 남자가 파르르 흔들리고 있었다.

"당신의 죽음에 나까지 끌어들이지 말라고……."

한 손으로 요시코를 밀쳐냈다. 침대에서 굴러 떨어져 목을 잡고 컥컥거렸다. 지금껏 살아오면서 나름대로 여자에게는 친절한 편이었다. 하지만 여자의 손에 목이 졸려 죽을 만큼 호인은 아니다.

"이제 당신에게 해줄 수 있는 일이 없어. 나는 그만 돌아가겠어."

그 전에 물이나 한잔 달라고 덧붙이고 엠마는 바닥을 벅벅 기어 방을 나섰다. 해가 떨어지기 전인데도 저택 안은 어두컴컴했다.

"어디로 도망치려고?"

요시코가 중얼거렸다. 하얀 드레스 같은 잠옷 차림으로 흐늘흐늘 서 있는 모습이 마치 유령처럼 보였다. 엠마를 죽이려고 고용인들을 저택 밖으로 내보낸 것이리라.

"그이에게 가려고?"

"대체 무슨 말이야? 왜 나와 함께 죽겠다는 거지? 나와는 전혀 남남이잖아.”

요시코는 안타까워 견딜 수 없다는 듯 엄마를 바라보았다.

“더 이상 그이를 만나지 못하게 할 거야.”

무타 노부마사 이야기일 것이다. 엄마는 아플 만큼 눈을 부릅떴다.

“그럼 나와 그의 관계를 다 알고서⋯⋯.”

노부마사와 잘 아는 사이라는 것을 알고서 엄마를 부른 것이다. 노부마사의 오른편에 문신사가 있다는 얘기를 어디선가 얻어들은 걸까? 어쩌면 신귀를 새겨준 것까지 알고 있는지도 모른다.

“오니즈키의 부탁 때문이 아니라 당신은 처음부터 이럴 생각으로 나를?”

“나도 모르겠어. 어떻게 하고 싶었는지.”

아마도 사실일 것이다. 자신이 어떤 결론을 내릴지, 결심하지 못하고 있었던 것이다.

“하지만 이 집에 들어선 당신을 보고 깜짝 놀랐어. 기억하고 있었으니까, 나.”

요시코는 엎드려 있는 엄마에게 올라타 뒤에서 목을 졸랐다. 힘은 약했지만 물먹은 솜처럼 은근히 조여들었다.

"10년도 더 되었을 거야. 그이와 당신이 함께 있는 걸 본 적이 있어. 뭔가 화가 나 있는 당신을 달래는 것 같았지. 그이, 정말 즐거워 보였어. 내게는 한 번도 보여준 적이 없는 표정이었어."

오카자키가 사망한 다음의 일일까. 그 이후로 분명 노부마사를 만날 기회가 부쩍 늘었다. 그렇게 오래전부터 이 여자가 나를 알고 있었다는 것인가.

"당신은 변하지 않아. 그때와 똑같이 젊음이 빛나고 있어. 나는 이렇게 늙어버렸는데! 젊은 남자를 질투할 만큼 나이를 먹어버렸는데!"

그건 아니라고 말하고 싶었지만 목소리가 나오지 않았다. 뒤에서 조르는 통에 몸을 젖히는 것조차 가능하지 않았다.

"변하지 않을 리 없잖아? 이건 내 눈이 미쳐버린 거야. 그래서 그렇게 보이겠지? 그이가 나를 찾아주지 않는 건 내가 미쳐버린 늙은 여자이기 때문이야!"

목에 엉겨든 여자의 손을 가까스로 풀어냈다. 컥컥거리며 몸을 일으켰다. 복도의 손잡이를 붙잡고 일어섰다.

어떻든 이 집을 빠져나가 나쓰가 무사하다는 것을 확인한 다음에 노부마사를 데려오자고 생각했다. 이미 헤어졌다고 해도 이토록 마음에 큰 병이 든 여자를 노부마사 역시 방치하지는 않을 것이다.

─당신이 미친 게 아니야. 내가 인간이 아닌 거라고.

그렇게 자신의 머리를 쪼개서 보여줘도 상관없었다.

계단 앞까지 다가가서 염마는 아래를 내려다보았다. 그리 먼 거리도 아닌데 아래층이 흐릿해서 잘 보이지 않았다. 손잡이에 몸을 기대고 내려가려는 순간, 요시코가 흐늘흐늘 다가왔다.

"더 이상 그이를 만날 수도 없어. 그러니까 우린 함께 죽는 게 좋아. 그러면…… 그러면 당신도 그이를 만날 수 없잖아."

요시코는 장미꽃으로 채색된 두 손을 내밀었다.

"죽는다고 다 해결되는 게 아니야."

이놈이고 저놈이고 다들 바보처럼 죽고 싶어 한다. 하긴 다른 사람을 나무랄 처지가 아닌지도 모르지만, 그래도 화가 났다.

목을 조르려는 요시코와 밀치락달치락하게 되었다.

발이 미끄러진 요시코가 계단을 굴렀다. 손을 뻗어봤지만 미처 잡지 못했다. 저택이 뒤흔들릴 만큼 큰 소리와 함께 요시코의 몸이 계단 밑에 내던져졌다. 긴 머리칼과 하얀 잠옷이 꽃처럼 활짝 펼쳐졌다.

"죽으면 안 돼!"

저도 모르게 부르짖으며 염마는 구르듯이 계단을 내려갔다.

피를 토한 입술이 붉었다. 그래도 희미하게 아직 숨이 붙어 있었다. 요시코의 멍한 눈빛이 염마를 응시했다.

"움직이지 마! 의사를 불러올 테니까."

나쓰라면 구해줄 수 있을지도 모른다. 그렇게 생각했을 때, 현관문이 벌컥 열렸다.

"부인!"

집사가 막 돌아오는 참이었다. 피를 흘리며 쓰러진 요시코를 보고 그는 절규했다.

"대체 왜……. 네놈이!"

추하게 얼굴을 일그러뜨리며 돌아보았다. 염마가 변명을 하기도 전에 집사의 손이 목을 덮쳤다. 요시코와는 비교도 안 되는 힘으로 목을 졸랐다.

"네놈이 부인을!"

더 이상 어떻게도 할 수 없었다. 이 사람이야말로 요시코보다 더한 광기에 사로잡혀 있었다.

"그러지 마, 무로타……."

희미하게 요시코의 목소리가 들리자 집사의 손이 풀렸다.

"내가, 내가 떨어진 거야……. 이제 그만 됐어."

가느다랗기는 하지만, 들씌운 것이 떨어진 듯 침착한 목소리였다.

"걱정할 것 없어요. 오니즈키 씨가 당신의 소중한 분께 손을 대는 일은 없을 거야……. 왜냐하면 그분은 이미……."

마지막 말은 내쉬는 숨만으로 중얼거리고 있었다.

"의사를, 어서 의사를!"

벽에 몸을 기댄 채 염마는 목에 남은 손의 흔적을 비비며 외쳤다.

집사가 고개를 저었다.

"부인께서 돌아가셨어……."

집사의 등에 가려져 요시코의 팔밖에 보이지 않았다. 장미꽃이 새겨진 손은 움직이지 않았다.

"……죽었다고?"

"당신이 할 일은 끝났소. 그만 돌아가시오."

집사는 뒤를 돌아보지도 않고 말했다. 더 이상 볼일은 없다, 우리 둘만 있게 해달라는 말일 터였다. 이 사람은 자신의 인생 모두를 안주인에게 바쳐온 것이다.

요시코의 남편도 이 계단에서 떨어져 세상을 떠났다지만,

어쩌면 집사의 짓이 아니었을까. 그래서 계단 아래 쓰러진 요시코를 보자마자 염마가 밀쳐냈다고 생각했는지 모른다.

너덜너덜해진 몸을 일으켜 염마는 말없이 밖으로 나왔다. 아무 생각도 할 수 없었다. 마침내 살아서 이 저택을 빠져나가게 되었는데도 허탈한 마음밖에 없었다.

바이코도, 오카자키도, 치에도……. 왜 나는 아무도 구해내지 못하는가. 어째서 이렇게도 무력한 것인가.

주위는 컴컴해져 있었다. 초겨울 같은 찬바람이 불고 있었다. 도저히 6월이라고 생각되지 않을 정도였다.

비척거리며 앞으로 앞으로 나아갔다. 잠시 뒤에 어디선가 빠지직 하고 나무 터지는 듯한 소리가 들려왔다.

"이런!"

돌아보니 주조 저택에서 연기가 피어오르고 있었다.

집사가 불을 지른 것이다. 염마는 온 길을 다시 뛰어 올라갔다. 다리가 엉켜 몇 번을 쓰러지면서도 달리는 것을 멈추지 않았다.

"문 열어요, 아저씨!"

현관문은 안쪽에서 자물쇠를 채웠는지 꿈쩍도 하지 않았다. 수없이 두드렸지만 문 너머에서는 아무런 대답도 없었다.

오로지 뭔가 무너져 내리는 기척과 화염이 번지는 소리가 날 뿐이었다.

창문으로 불이 터져 나왔다. 달려온 이웃 사람들이 현관문에 달라붙은 염마를 떼어냈다.

"위험해! 어서 피해!"

"안에 사람이, 사람이……."

"이젠 소용없어. 어이, 누구 이 사람 좀 데려가."

남자들이 바짝 여위어버린 몸을 덥석 들어내는 바람에 염마는 한 발 한 발 저택에서 멀어져갔다.

언제든지 죽으려고 마음만 먹으면 죽을 수 있는 자들이 왜 그리도 제 명을 재촉하는가.

의식이 가물가물해졌다. 마지막으로 눈에 들어온 것은 바람을 타고 올라가 하늘 끝을 핥는 거대한 불길이었다.

6

교외에 있던 주조 가의 저택이 화재로 전소되고 나흘째 되는 날이다. 불에 탄 자리에서는 두 사람의 유체가 발견되었고, 실화에 의한 사망으로 보도되었다. 사망한 사람은 주조 요시코와 집사 무로타였다. 신문기사 어디에도 호쇼 엠마라는 이름은 없었다.

그가 살던 쪽방 집에 돌아온 듯한 흔적도 없는 걸 보면 깊은 부상을 입고 무타 노부마사의 집에 숨어 있을 것이다. 깊은 상처라고 해봤자 이제 슬슬 완치될 즈음이다.

어떤 과정을 거쳐 요시코와 무로타가 사망했는지는 상상을 해보는 수밖에 없다. 아마도 요시코가 제 손으로 무덤을 판 게 아닐까. 마지막 순간까지 철저하게 서글픈 귀부인 역할을 연기했을 게 틀림없다.

"사람을 죽이지 않겠다고 맹세한 사람이 나를 죽이게 할 만큼 미움을 받으려면 어떻게 하는 게 좋을까요?"

"네, 좋아요. 생각해보겠어요."

요시코에게 부탁한 건 그것뿐이었다. 그녀가 구체적으로 어떤 조치를 취했는지는 알지 못한다. 본바탕은 연약한 여자다. 아마 그대로 뒀더라도 미련에 몸부림치느라 그리 오래 살지 못했을 것이다.

결국 또 한 사람, 가엾은 여자를 죽인 셈이다. 지금까지와는 전혀 다른 방식으로.

태엽은 감겨졌다. 멈춰 있던 대형 시계가 움직이기 시작한다.

오른손이 아팠다. 이미 욱신거리는 단계를 넘어서고 있었다.

흘끔 노인의 잠든 얼굴에 시선을 던졌다. 요즘은 신경통이 더욱 악화되었는지 약을 먹고서야 잠을 잘 수 있다. 건망증도 심해져서 이제는 가이도가 어머니를 기억해낼 수 있을 것 같지도 않았다.

더 이상 이곳에 있어봐야 별 볼일도 없다. 뭔가를 기대한 자신이 어리석었다. 내일이라도 떠나자고 생각했다.

"오, 오니즈키."

노인이 신음을 올렸다.

"네, 잠이 깨셨습니까."

곁으로 다가가자 노인은 허옇게 흐려진 눈으로 야차를 쏘아보았다. 몸이 아픈 것이리라. 기분이 안 좋아보였다.

"악몽을 꾸었어, 내가."

"……꿈을 꾸셨다고요."

노인의 땀을 닦아주었다.

"옛날에 내가 못 본 척 내팽개쳤던 사람이 피투성이가 되어서 있었어."

"못 본 척 내팽개쳤던 사람이라니요?"

노인은 고개를 끄덕였다.

"조슈 향사의 자식놈이야. 밀정으로 보낸 자객이었지. 신센구미에 잠입시켰는데, 나중에 들켜서 살해되었다고 들었어. 30여 년 전의 일이야. 어차피 내버릴 장기 말이었어. 까맣게 잊고 있었는데 어째서 새삼스럽게 이런 꿈을 꾸는 건지. 끄응, 지긋지긋하구먼."

그렇다, 이 노인에게는 그런 일이 너무도 많다. 지금까지 남을 배신하고 짓밟으며 살아온 것이다. 젊은 시절에 자신의 아이를 가졌던 여자 따위, 기억의 어느 귀퉁이에도 남아 있지 않은 것이다.

"물."

지시하는 대로 유리잔에 물을 따라 건넸다. 흘리지 않게 턱 밑을 받쳐줬더니 혼자 마실 수 있다면서 야차를 밀쳐냈다.

"그 돌팔이 의사놈! 좀 더 쓸 만한 약을 줄 것이지, 원."

투덜투덜 욕을 하며 빨듯이 물을 마셨다. 하지만 그 즉시 얼굴을 찡그렸다.

"어째 이리 미적지근한가."

"뜨거운 물을 식혔으니까요."

"이런 바보 같은 놈, 시원한 물로 가져와!"

가이도가 짜증을 부렸다. 이런 얼굴을 하면 마치 지옥의 악귀 같다.

"의사가 금지했습니다."

생수나 찬 음식은 먹지 않게 주의하라고 했다. 나이 때문에 자칫하면 설사병에 걸리기 때문이다.

"말대꾸하지 마라, 이 괴물 같은 놈!"

노인이 내던진 유리잔이 야차의 이마를 때렸다.

"……."

ㅡ그러고 보니 나는 괴물이었다.

노인의 말에 반쯤 잊어버렸던 사실이 생각났다. 이마에서 피가 흐르는 것도 깨닫지 못했다.

"어차피 그 상처도 금세 낫겠지? 근데 나는 왜 이렇게 고통을 받아야 하지? 어이구, 아파, 아파 죽겠어."

가이도는 실컷 푸념을 늘어놓은 뒤에 겨우 몸을 눕혔다. 여전히 입속에서 우물우물 불평을 중얼거렸지만, 야차의 귀에는 더 이상 아무 말도 들리지 않았다.

그의 오른손이 노인의 얼굴을 짓눌렀다. 정확히 코와 입을 틀어막았다. 공포로 인해 활짝 벌려진 눈이 목숨을 구걸하듯 야차를 응시했다. 힘줄이 불거진 두 손이 매달릴 것을 찾아 허공을 긁어대고 있었다.

피가 수런거렸다. 마음이 점점 흥분되어 갔다. 신귀만이 아니다. 분명하게 이 몸뚱이도 기뻐하고 있었다. 역시 이게 내 본성이다. 지금까지도 내가 원해서 인간을 살해한 것이다. 잠깐 인간인 척해본들 그리 오래 갈 리가 없다.

'아아, 분하다.'

건방진 후배의 얼굴이 뇌리를 스쳤다. 이것이 제 손으로 불사를 새긴 자와 그렇지 않은 자의 차이인 걸까.

"당신이 나쁜 거야. 우리를 기억도 못하다니."

노인에게 원망의 말을 내뱉었다.

고통 없이 순식간에 죽음으로 몰아넣는 것도 가능하다. 하지만 야차는 그렇게 하지 않았다. 이자는 분명하게 고통을 겪은 뒤에 지옥으로 떨어지게 하고 싶었다.

죽고 싶지 않다고 고통스럽게 몸부림치는 노인을 감정 없는 눈으로 내려다보았다. 이윽고 노인의 팔이 이불 위로 털썩 떨어져 움직이지 않을 때, 천천히 손을 뗐다.

"잘 가시지요, 아버님."

만족했는지 오른손은 더 이상 욱신거리지 않았다.

창문으로 불어드는 바람이 상쾌했다. 하늘은 한없이 푸르렀다.

이제 어디로 갈까.

―그래, 되도록 먼 곳으로.

염마는 무타 가의 저택에 있었다. 검은 양옥 저택이 아니라 노부마사가 몇 년 전에 자기 집으로 지은 건물이다.

죽을 고비를 넘긴 것이 이걸로 몇 번째인가.

하지만 이번만은 나흘이 지나도 몸 상태가 좋아지지 않았다. 부상은 치유되었지만 그 뒤에 고열에 시달리고 있었다.

열이 오른 건 분명 나쓰 때문이라고 염마는 생각했다. 무사한 모습을 보고 안도의 한숨을 내쉬자마자 나쓰가 뜻밖의 말을 했던 것이다.

"청혼은 사양했어요."

어리둥절한 표정의 염마에게 나쓰는 여유 있는 미소를 보였다.

"가케이 씨와 결혼할 만큼 얼굴이 두꺼운 편은 아닌가봐요. 내게 청혼해주는 그런 기특한 분은 이제 없을 테니까 앞으로도 잘 부탁해요."

염마의 눈이 휘둥그레졌다.

"이, 이런 바보."

“네, 굉장한 바보예요.”

하지만 지금은 이걸로 좋아요, 라고 나쓰는 덧붙였다.

“몇 년이 지나면 누님에서 어머니가 되겠죠. 그러다 결국 할머니라고 소개해야 할 때가 올 거라고 생각하면 우울하긴 해요. 하지만 괜찮아요. 내가 도저히 견딜 수 없을 때까지는 오빠 옆에 있고 싶네요. 그냥 그것뿐이에요.”

염마의 복잡한 표정을 바라보며 나쓰는 말을 이었다.

“패할 시합이라는 건 잘 알지만, 그만둘 수가 없으니 나도 어쩔 수 없어요.”

어딘가 노래하는 듯한 말투였지만 금세 평소의 나쓰로 돌아왔다.

“게다가 내가 잠깐만 한눈을 팔아도 이런 꼴이 되잖아요. 베이스볼 경기장에 나올 줄 알았더니 그 시간에 하마터면 죽을 뻔했다니. 정말 걱정스러워서 도저히 오빠 혼자 두고 시집을 못 가겠어.”

혼자 투덜거리면서 나쓰는 꽃병에 들국화를 꽂았다. 길가에 피어 있던 꽃이라고 한다. 소박하고 하얀 꽃이 염마의 마음을 누그러뜨렸다.

아직 나쓰와 한 가족으로 지낼 수 있다고 생각하니 솔직히 기뻤다. 분명 앞으로도 많은 일들이 있을 것이다. 아들이 되고 손자가 되지 않으면 안 될 날들이 다가오는 것이다. 나쓰의 말대로, 그래도 지금은 이걸로 좋다. 아무튼 그 고집스러운 오카자키의 딸이다. 일단 마음먹은 일을 포기하는 일은 있을 수도 없다. 설득 같은 건 무의미하다.

엄마는 이불을 둘러썼다.

야차는 나쓰 앞에 모습을 드러내지 않은 모양이었다. 요시코에게 멋지게 속아 넘어간 것인지, 아니면 야차가 그런 거짓말로 골탕 먹여주라고 요시코에게 부탁한 것인지 모르겠다. 둘 다 가능성이 있는 일이라고 생각했다.

주조 가의 저택이 불에 타버렸다는 소식을 듣고 노부마사가 헐레벌떡 달려왔다. 노부마사는 그곳에서 엄마가 병원에 실려간 것을 알았다. 요시코와 집사가 사망한 화재와 어떤 관련이 있는지도 알지 못한 채, 아무튼 기묘한 몸 상태가 들통나기 전에 부랴부랴 엄마를 자기 집으로 데려왔다.

불사의 몸이라는 게 세상에 밝혀졌다면 아무리 노부마사라도 뒷수습을 할 수 없었을 것이다.

"무타 씨도 잔뜩 혼내주라고 하셨어요."

노부마사라는 든든한 후원자를 믿고 나쓰는 하고 싶은 말을 실컷 늘어놓았다. 속이 후련해졌는지, 오늘 요코하마로 돌아간다고 했다.

"오빠는 상처가 저절로 낫지만, 내 환자분들은 꼬박꼬박 치료하지 않으면 낫지 않거든요."

간병해주는 보람이 없다니까, 라고 작은 소리로 투덜거렸다. 유난히 말이 많은 건 나쓰의 마음속에서도 한 가지 큰 산을 뛰어넘었기 때문인지 모른다.

확실히 염마에게 의사는 필요 없었다. 하지만 나쓰라는 존재는 필요했다. 입 밖에 내지는 않았지만 그것이 염마의 거짓 없는 마음이었다. 머릿속에 '사랑'이라는 글자를 떠올리기에는 실제 나이가 너무 많지만, 이건 분명 그런 종류의 감정일 것이다.

"그래, 알았으니까 어서 가봐. 기차 시간 늦겠다."

염마의 재촉에 나쓰는 살짝 부루퉁한 얼굴을 해보였다.

"오빠는 항상 나를 쫓아내려고만 하는군요."

"나하고는 달리 너는 바쁜 사람이야. 아참, 그리고 내 말 잘 들어. 혹시 오니즈키라는 자가 나타나더라도 절대 가까이하면 안 돼. 행여 그자의 말에 넘어가지 말고 나나 노부마사에게 먼저 알려야 해."

나쓰는 얌전히 고개를 끄덕였다. 어린 시절에 만난 '크고 하얀 날개가 잘 어울릴 것 같은 사람'이 야차였다는 것을 알고 깜짝 놀랐었다. 그때 대답을 자칫 잘못했더라면 지금쯤 자신은 이 세상에 존재하지 않았을 거라는 생각에 무서운 마음이 들었었다.

"데리러 온다고 했었는데……. 그 사람은 나를 어떻게 하려는 걸까요?"

아마도, 라고 염마는 전제했다.

"자신과 똑같은 업보를 짊어지게 하려고 한 게 아닐까. 영원히 함께 살아줄 사람이 그리워질 때가 있거든. 이따금 아주 강렬하게."

나쓰처럼 의지가 강한 여자라면 더욱 그럴 것이다. 자신의 약한 부분을 뒷받침해줄 존재가 곁에서 똑같은 시간의 흐름 속에 함께 살아준다면 얼마나 좋을까. 그렇게 생각하다가 염마는 입술을 깨물었다. 용서할 수는 없지만 야차의 그런 광기가 어쩐지 이해가 되었다. 그런 자신이 싫어졌다.

"내 마음은 언제라도 오빠와 함께 있어요."

속이 후련하다는 표정으로 나쓰가 당당하게 선언했다.

"그만 가야겠네요. 뒷일은 마사 아줌마에게 잘 말해뒀어요."

바쁘게 돌아갈 채비를 한다.

나쓰가 떠난 뒤, 염마는 침대에 누운 채 손등으로 눈을 훔쳤다.

'쳇, 눈물 나게 하고……'

—나쓰만은 절대로 어느 누구에게도 건네지 않을 것이다. 건넬 수가 없다.

청결한 이부자리와 따뜻한 식사. 무타 노부마사의 저택은 지나치게 편안했다. 슬슬 돌아가지 않으면 정말로 노부마사가 기르는 강아지가 될 수 있다. 그건 말도 안 되는 일이다.

오늘은 노부마사에게 감사하다는 말을 전하고 돌아가자고 생각했다.

"어라, 또 남겼어? 듬뿍 먹어야 빨리 나을 것 아냐."

그릇에 죽이 남은 것을 보고 마사 아줌마가 잔소리를 했다.

"아, 미안. 지금 먹을 거야."

예전에 이웃이던 이 아줌마는 여전히 품이 넉넉하고 힘이 넘쳤다. 역시 노부마사 쪽 사람이었는지, 요즘은 이쪽 집안일을 도맡아 하고 있었다.

"그래, 어서 먹어. 밥을 잘 먹어야 힘도 나는 거야. 아무리 튼튼하다고 해도 몸을 함부로 굴려서는 안 되지.”

“나보다는 마사 아줌마가 더 튼튼해 보이는데?”

기모노 위에 긴 앞치마를 입고 있어서인지 허리통이 엄마의 두 배쯤 될 것 같았다.

“아이, 그렇지도 않아. 요즘 허리가 얼마나 쑤시는지 몰라. 남편이란 자는 작년에 세상을 떠나버렸고. 어휴.”

세상 떠난 남편 얘기를 하더니 조금 쓸쓸한 웃음을 지었다. 자식들은 모두 따로 나가 살고, 노부마사는 매사에 빈틈이 없어서 그리 손이 많이 가지 않는 사람이다. 마사 아줌마는 오랜만에 누군가를 돌봐주느라 신바람이 난 기색이다. 나쓰보다 잔소리가 더 심하다.

“자, 남기지 말고 싹싹 비워.”

식욕은 없지만 역시 몸속의 신귀도 어서 먹어달라고 보채고 있다. 엄마에게 깃든 신귀는 어쩌면 마사 아줌마를 닮았는지도 모르겠다. 그릇을 들고 천천히 죽을 입에 떠넣었다.

“아참, 아까 정원사가 이걸 받아왔어. 누구, 아는 사람인가?”

품속에서 꺼낸 봉투를 건네주었다. 안에는 접힌 종이가 한 장 들어 있었다.

“……편지?”

엄마가 이 집에 와 있다는 것을 아는 사람은 나쓰와 마사 아줌마 말고는 없는데. 뭔가 이상하다고 생각하며 편지를 펼쳤다.

‘야차!’

엄마는 편지를 움켜쥐고 벌떡 일어섰다.

아직 몸은 나른하지만 그쪽에서 만나기를 원한다면 꼭 만나야 한다. 그간에 쌓인 원한이라면 썩어날 만큼 많다.

“나가려고? 아직은 무리하면 안 돼.”

“잠깐 이 근처나 한 바퀴 돌아볼 거야.”

머리를 빗고 옷깃을 바로잡았다.

“무타 씨가 돌아오실 시간이야. 웬만하면 나중에 나가지.”

막연한 불안감이 느껴졌는지 마사 아줌마의 동그란 얼굴이 흐려졌다.

“금세 돌아올 거라니까.”

회색 하늘은 그야말로 음습하고 몹시 묵직해보였다. 장마철의 눅눅하고 썰렁한 공기에 엄마는 기침을 했다.

무타의 집 바로 뒤편에 대숲이 있었다. 일부러 수도권만을 노려서 쏟아지는 듯한 오랜 비 때문에 대나무가 수북수북 자란 것 같았다. 하늘을 찌를 듯이 큰 키로 짙푸른 무리가 되어 뒤흔들리고 있었다.

'뒤편 대나무 숲에서 기다리겠다.'

편지에는 그렇게 적혀 있었다. 보내는 사람의 이름은 없었지만, 간단한 초승달 그림이 그려져 있었다. 물론 그게 없었더라도 금세 알아봤을 것이다.

부르쥔 손바닥에 땀이 배는 게 느껴졌다. 만나면 실컷 두들겨 패주고 싶었지만, 자칫 이성을 잃으면 놈을 죽이고 말 것이다.

대나무를 헤치며 나아가자 양복 차림의 호리호리한 사람 그림자가 보였다.

"와아, 벌써 5년 만인가?"

어린 나쓰가 천사로 착각했던 사내는 지금도 충분히 속세와 격리된 듯 우수에 찬 얼굴이었다. 마치 발밑이 붕 떠 있는 듯한 착각을 느끼게 하는 자였다.

"기다려도 안 와서 그만 가려던 참이었는데."

"서두를 필요 있나? 시간은 내다 팔 만큼 많을 텐데."

너무 가까이 가면 두들겨 패고 싶은 충동을 억누를 수 없을 것 같아 일고여덟 척의 거리를 두고 멈춰 섰다.

"이 나라를 떠나는 배편의 시간이 정해져 있어서 말이야.

그 전에 만날 수 있어서 다행이야."

묘하게 쓸쓸한 얼굴의 야차를 바라보며 염마는 미간을 찌푸렸다.

"외국으로 간다는 거야?"

"사건의 열기가 식을 때까지 잠시 은신하려고."

아무래도 또다시 무슨 짓을 저지른 모양이다.

"네놈은 아직도 나쓰한테 시비를 걸고 싶어?"

"뭐, 그렇지도 않아. 지금은 네가 있지. 싫더라도 똑같은 업보로 연결되어 있으니까."

속이 느글거리는 말을 듣자 염마는 혀를 찼다. 영원의 고독을 메워주기만 한다면 자신을 증오하는 후배라도 좋다는 것인가. 이자에게는 그건 자기를 죽여달라는 바람으로 연결되어 있는 것이다. 어떻든, 오니즈키가 나쓰를 노리기 위해 나를 감금해두라고 했다는 요시코의 전언은 거짓말인 모양이다.

"무엇 때문에 주조 요시코를 부추겼지?"

눈물을 뚝뚝 흘리며 목을 조르던 요시코의 기억이 아직도 생생했다. 장미꽃의 족쇄에 갇힌 그 여자는 오랜 세월 살아온 관棺과도 같은 저택에 쓰러져 누운 채 불길과 함께 사라졌다. 평생을 충실하게 봉사해온 집사를 거느리고.

"그 여자가 너를 미워하는 것 같았어, 죽이고 싶을 만큼."

꿈틀 정수리가 맥을 쳤다.

"그건 또 뭐야? 네놈은 내 손에 죽기를 원했었잖아."

야차는 잠시 생각에 잠겼다.

"7할은 나를 죽여주었으면 싶고, 2할은 너를 죽이고 싶다, 라고나 할까?"

"계산이 맞지 않아."

10할을 채우지 못했다고 지적하자 야차는 난감한 표정으로 웃었다.

"인간의 마음도 이 세상도 계산대로 맞아떨어지지 않는 법이거든."

여전히 연기를 피우는 소리만 하고 있다. 물론 어느 누구도 자신의 마음을 알지 못할 때는 있을 것이다. 이자도 나도 마물로서의 생을 받은 몸이다. 광기에 빠지지 말라고 하는 게 오히려 무리인지 모른다.

어둠 속에서 속닥거리는 것이 나 자신인지 신귀인지, 그것조차 판단하기 힘든 때가 분명 있었다. 그 모습을 다른 사람이 본다면 미치광이의 실없는 소리라고 생각할 것이다.

"어떻든 좋아. 하지만 다시는 아무 관계도 없는 여자들까지 희생시켜서는 안 돼. 물론 나쓰 옆에는 얼씬도 하지 마.”

그러지 않으면 죽이겠다는 협박을 해봤자 이자는 오히려 기뻐할 것이다. 지켜야 할 것이 아무것도 없는 놈만큼 다루기 힘든 것도 없다.

‘어쩌면 이놈의 가장 큰 불행은 그것인지도 모르지.’

문득 그런 생각이 머리를 스쳤지만 얼른 뿌리쳤다. 동정 따위는 원하지 않을 것이다. 염마 역시 값싼 동정은 하고 싶지 않았다.

“이런 몸뚱이가 되기 전에 나는 자객으로 숱한 사람을 죽였어. 이제는 지긋지긋해.”

바뀌지 않으면 살아갈 수 없다고 생각했다. 야차에 대한 미움은 산처럼 컸지만, 그래도 열심히 자신을 억눌렀다. 반쯤은 오기였다.

유감스럽다는 듯이 야차는 어깨를 으쓱 쳐들었다.

“뭐, 당분간은 걱정하지 않아도 되겠지. 타국에서 내가 뭘 어쩌겠어.”

야차가 호주머니에서 금빛 회중시계를 꺼내 시간을 확인했다.

“이제 가봐야겠군. 느긋하게 이야기할 시간이 없어서 섭섭하네.”

"그 시계는?"

피가 역류하는 듯한 감각과 함께 뒷목 근처에 소름이 돋았다.

"그래, 요코하마 여자 살인의 범인이 떨어뜨린 물건이야. 꽤 마음에 들었어, 이거."

야차는 회중시계의 사슬을 손가락에 감아 빙빙 돌리다가 꾹 움켜쥐더니 염마를 향해 휙 던졌다.

"선물로 주지. 자, 그럼 또 만나자."

이별의 말을 다 마치기도 전에 울창한 대나무 숲 속으로 냅다 튀었다.

"이놈!"

시계를 움켜쥔 채 염마는 그 뒤를 쫓았다. 이 회중시계만 아니었다면 치에가 살해되는 일은 없었다. 또한 나쓰가 그런 꼴을 당하지도 않았을 것이다.

그 사건의 이면에는 야차가 있었다. 살인귀를 제 손안에 넣고 피비린내 나는 흉악한 칼끝을 이쪽으로 향하게 조종한 것이 바로 저자였다.

마구 달려서 대나무 숲을 빠져나왔다. 깎아지른 비탈길을 미끄러지듯이 달려 길로 나섰지만 야차의 모습은 보이지 않았다. 어느 쪽으로 갔는지 살펴보고 있으려니 오른편에서 검

은 바지 차림의 남자가 다가오는 게 보였다. 지인의 장례식에
갔던 노부마사가 돌아오는 길이었다.

"웬일이야, 누워 있지 않아도 괜찮아?"

얇은 옷을 풀어헤친 채 숨을 헐떡이는 염마를 보고 깜짝 놀
란 듯했다.

"양복 차림의 젊은 남자, 내려오는 거 못 봤어? 그놈이 야차
야!"

"건너편에서 내가 내린 인력거를 잡아탄 자가 있었는데, 그
자가?"

노부마사가 뒤를 돌아보았다.

"거기 서라!"

하지만 노부마사는 쫓아가려는 염마의 손목을 움켜잡았다.
조리를 신은 발가락에서 피가 흘렀기 때문이다. 염마는 대나
무에 발을 찍힌 것도 알지 못했다.

"이 정도는 괜찮아."

─죽여버리겠어, 죽여버리겠어.

몸속의 피가 끓어오르는 듯한 증오감에 염마의 눈에는 핏
발이 서 있었다.

"그 발로 쫓아가는 건 무리야. 돌아가자."

이성을 잃은 염마를 달래며 등을 밀었다.

"저자는 가이도 씨의 비서였어. 그런 사람이 야차일 줄이야."

"가이도 씨?"

"그저께 세상을 떠난 옛 추밀원 고문관이야. 지금 그 장례식에 다녀오는 길인데, 권력욕에 들씌워 지저분한 소문이 끊이지 않는 노인이었어. 죽음에 뭔가 수상쩍은 점이 있다고 하더니만 혹시 저자가……."

가이도……. 어쩐지 귀에 익은 이름이라고 생각했지만, 기억을 헤집어볼 마음은 나지 않았다. 지금 염마는 오로지 야차를 향한 분노에 갇혀 있었다. 이 순간, 염마는 분명 악귀에 마음을 빼앗기고 있었다. 큰 죄를 지은 자와 별반 다르지 않았다. 죽이지 않고는 배길 수 없는 상대가 바로 눈앞에 있느냐 없느냐의 차이일 뿐이었다.

권력자를 죽이고 해외로 도망치는 것이다. 당분간은 돌아오지 않을 것이다. 분해서 어깨가 부르르 떨렸다. 회중시계를 내동댕이치고 산산조각이 되도록 짓밟았다.

노부마사의 저택에 돌아온 염마는 집에 돌아갈 채비를 했다. 아직껏 울분이 가라앉지 않아 감정을 추스르지 못한 채 짐을 쌌다.

그런 염마의 모습을 노부마사는 말없이 지켜보고 있었다. 야차의 손에 죽은 노인 정객의 장례식에 더하여 요시코와 무코다 집사의 장례식, 주조 가의 유산 문제까지 뒷수습을 하느라 지난 며칠 동안 노부마사는 동분서주했다.

요시코는 자신의 모든 유산을 자선활동에 기부하고 그 수속 일절을 노부마사에게 일임한다는 유언을 남겼다. 두 사람이 헤어졌지만 친인척이 없는 요시코는 노부마사에게 기댈 수밖에 없었던 것이다.

"주조 가 쪽은 촛불에 의한 실화로 결론을 내렸어."

"그래?"

드물게도 대화가 이어지지 않았다. 노부마사가 질문을 던질까 말까 망설이고 있기 때문일 것이다. 하지만 그쪽에서 물어보지 않는 한, 염마로서는 굳이 이야기할 게 없었다.

"정말로 우연이었나?"

이윽고 첫마디를 뗐다.

"자네가 그 자리에 있었던 것 말이야."

염마는 일부러 사실을 감추었다. 주조 가 저택에서의 일을 낱낱이 알게 되면 노부마사가 상처를 입을 것이라는 배려 때문이 아니었다. 그저 단순히 이야기하고 싶지 않았을 뿐이다.

"벌써 몇 번이나 말했잖아. 우연히 그 옆을 지나가던 길이었다고. 집에 불이 났기에 뛰어가본 것뿐이야."

염마는 큰 한숨을 내쉬었다.

"미안해. 내가 구해내지 못해서."

노부마사는 고개를 저었다.

"아니, 요시코를 구하지 못한 것은 나야."

피곤에 지친 얼굴로 노부마사는 자신의 오른손을 보았다.

"요시코가 이 손바닥 문신에 흥미를 갖고 있었고, 나도 신귀 이야기라면 잠자리에서 몇 번 한 적이 있어. 물론 자네 이름은 밝히지 않았고 그저 가벼운 농담처럼 말한 건데, 요시코는 나이 들지 않는 신귀 새김은 없느냐고 꼬치꼬치 물었어. 그런 건 없다고 웃으면서 대답할 수밖에 없었지. 왜 그렇게도 젊음에 집착했던 걸까."

염마는 요시코의 마음을 이해할 것도 같았다. 노부마사는 나이가 들수록 매력이 더해가는 사내다. 연상이던 요시코는 그를 만날수록 불안했는지도 모른다.

염마는 머리를 긁적이며 노부마사를 올려다보았다.

"그만큼 당신을 좋아했다는 애기겠지."

"그랬을까? 마지막에는 나에게 더 이상 만나고 싶지 않다고 했는데……. 그거, 나한테는 상당히 큰 충격이었어."

대인의 관록을 풍기는 사내지만, 자신의 연애에 관해서는 뜻밖에도 제대로 파악조차 못했던 모양이다.

"그쪽에서는 훨씬 더 충격적이었던 것 아닐까."

자신에게 끔찍한 짓을 하긴 했지만 이제 와서 돌이켜보니 요시코가 가여웠다.

"자네는 그녀의 마음을 훤히 아는 모양이지?"

노부마사가 재미있다는 듯이 말하는 바람에 염마는 침대에서 내려섰다.

"내년이면 나도 쉰이야. 나름대로 인생 경험이 풍부한 사람이라고."

흉터도 주름살도 검버섯도 없을지는 모르지만, 노부마사보다 연상이라는 데는 변함이 없다. 이 코흘리개 꼬마에게 설교 한마디쯤은 해줄 권리가 있다.

"그토록 오래 사귀었으면서 그녀가 얼마나 불안해하는지도 몰랐어? 좀 더 마음을 편안하게 해줄 수는 없었느냐고. 당신도 참 건방져. 여자든 세상이든 당신을 중심으로 돌아가는 게 아니야, 이 벽창호야."

요시코를 대신해서 해주는 말이다. 좀 심했다고 해도 벌이 떨어지지는 않을 것이다.

이제 열도 가라앉았다. 충분히 집에 갈 수 있었다. 나쓰가 챙겨준 옷으로 갈아입었다.

"그럼 이만 간다. 신세 많이 졌어."

퉁명스럽게 인사를 건네고 방을 나서려는데 노부마사가 팔을 붙잡았다.

"요시코와 무슨 일 있었어? 무슨 얘기를 했는데?"

그저 우연히 옆을 지나갔다는 사람이 죽은 여자를 그토록 열심히 옹호해줄 리가 없다. 노부마사가 눈치를 채는 것도 당연했다.

"아무것도 아냐. 그저 내 짐작이 그렇다는 거야."

노부마사의 손을 뿌리쳤다. 우린 함께 죽는 게 좋아 그러면…… 그러면 당신도 그이를 만날 수 없잖아. 요시코의 말이 떠올랐다.

"경찰에서 실화라고 했다면서? 그렇다면 그걸로 됐어."

변사한 미모의 미망인을 따라 집사가 불을 붙였고 둘이 함께 죽었다, 라는 식의 추문 기사는 보고 싶지 않았다. 특권층의 변태적 생활을 비웃는 건 시정잡배들의 자그마한 즐거움이다. 분명 미주알고주알 찧고 까불 것이다. 자칫하면 노부마사의 이름까지 나올 수 있다.

"가진 건 모두 도둑 맞고 무일푼이잖아. 앞으로 어떻게 할 생각이야?"

그 일은 알아버린 모양이다. 저도 모르게 끙 소리가 나왔다.

"상관할 것 없어. 어떻게든 되겠지."

"왜 나쓰에게 말하지 않았어?"

"그런 얘기를 했다가는 오빠 때문에 도무지 마음이 안 놓이니 뭐니 잔소리만 들어. 괜히 걱정시키고 싶지 않아."

노부마사가 어이없다는 듯 어깨를 으쓱 움츠렸다.

"그래도 작업도구까지 도둑을 맞았으니 돈 벌 길이 없을 텐데."

요시코에게서 받은 선금으로 장만한 새 작업도구까지 이번 화재로 사라졌다. 아닌 게 아니라 위기 상황이었다.

"괜찮다면 내가……."

"필요 없어. 내가 당신 돈을 빌릴 것 같아?"

빽 소리를 치고 엽마는 성큼성큼 현관을 나섰다. 요시코 일도 있어서 노부마사에게는 더욱더 분통이 터졌다.

"그럼 이거라도 가져가."

노부마사가 작은 보퉁이를 내밀었다. 의아해하는 표정의 염마에게 쓴웃음을 지으며 덧붙였다.

"마사 아주머니가 준비한 주먹밥이야. 이것도 싫다면 직접 아주머니에게 돌려주든지. 나는 그 아주머니 무서워서 그런 말 못해."

염마는 말문이 막혔다. 물론 염마 역시 마사 아줌마에게 이것을 돌려줄 배짱은 없었다.

말없이 보퉁이를 받아들었다. 웃음을 꾹 참고 있는 노부마사 때문에 분통이 터지기는 했지만, 마사 아줌마에게는 두 손을 들 수밖에 없다.

"무로타 집사보다 더 잘해줄 수는 없었지만, 나도 나름대로 요시코를 사랑했어. 앞으로도 아마 그런 여자는 없을 거야."

"그래? 그렇다면 됐어."

노부마사의 말은 요시코의 영전에 좋은 공양이 될 것이다.

한 걸음을 밖으로 나서자마자 몸이 부르르 떨렸다. 장마철의 썰렁한 하늘은 꾸무럭하게 구름이 가로막고 있었다.

부상을 털고 일어난 몸으로는 견디기 힘든 날씨였다. 나막신의 발밑이 질퍽거려서 걷기도 수월치 않았다.

이제 어디서든 돈을 좀 빌려서 새 작업도구도 장만해야 하고 또…….

가만히 생각해보니 이 주먹밥이 보통 고마운 게 아니다. 가슴에 꾹 품어 안았다.

그러자 바스락거리는 소리가 났다. 이 감촉은 주먹밥을 감싼 죽피가 아니다. 이상한 예감이 들어 보퉁이를 풀어보았다.

"이런……."

주먹밥 밑에 지폐다발이 있었다. 염마가 순순히 돈을 받지 않으리라는 건 노부마사도 이미 알고 있었던 것이다.

'어린 녀석이 건방지게…….'

하지만 잠시 생각하다가 지폐다발을 품속에 넣었다. 반드시 돌려주리라. 이자까지 듬뿍 쳐서 갚을 것이다. 그때는 한 방 먹여줄 것이다. 그렇게 마음에 새기고 염마는 다시 걸음을 옮겼다.

토라져 있을 여가도 없다. 내일부터 땀나게 일하지 않으면 안 된다.

5장

100년의 여명

1945년 봄~초가을

1

시대의 부호符號처럼 '오니즈키'라는 이름이 때때로 눈에 띄곤 했다.

이를테면 러일전쟁 종결을 위한 포츠머스 조약의 조인식을 상세하게 다룬 신문 기사를 보면 오니즈키라는 통역관이 있었다는 것을 알 수 있다. 간토 대지진 때는 그 뒤의 복구사업을 통해 엄청난 돈을 벌어들인 악덕 상인으로 오니즈키라는 이름이 등장했다.

만주사변으로 사망한 군 관계자로 오니즈키라는 이름이 거명된 적도 있다. 진위 여부는 물론 확실하지 않다.

유독 험난한 곳에 몸을 던지는 건 죽음을 원하는 자의 숙명일까.

메이지와 다이쇼를 거쳐 쇼와 시대로 접어들면서 세상은 점점 더 어둠이 짙어져갔다. 메이지 유신 때는 툭하면 도쿠가와 시대를 암흑기라고 칭했지만, 유소년의 기억을 더듬어보면 그때는 그래도 북적북적하고 풍정이 있는 달밤 같은 시절이었다. 하지만 쇼와의 어둠에는 그런 게 없었다. 앞길에는 그저 캄캄한 어둠이 있을 뿐이다. 요괴들조차 맨발로 달아나버릴 듯한 암흑에 인간들은 허덕이고 있는 것이다.

1945년 3월 말.

호쇼 염마는 다 타버린 벌판 같은 도쿄에 있었다.

참 살기 힘든 세상이 되어버렸다.

—진군하자, 1억億의 불덩어리로!

속이 메슥거리는 선전 삐라에 염마는 김이 빠졌다. 벌써 3년째 이런 짓거리를 하고 있다. 대체 이 전쟁 놀음은 언제나 끝이 나려는가.

대규모 공습을 당한 거리는 폐허에 가까웠다. 그런데도 이런 삐라만은 멀쩡하게 남아 있다니, 참으로 우스꽝스러운 일이다.

공습을 피해 거리로 나와 벚나무 가로수 길을 걸었다. 위를 올려다보면 꽃잎 사이로 파랗게 맑은 하늘이 내다보였다. 똑같은 하늘 아래에서 지금도 무의미한 살인 싸움이 벌어진다는 게 도무지 실감이 나지 않았다.

작업복 차림의 소녀가 이상하다는 듯 엄마를 쳐다보았다. 요즘에는 젊은 남자라고는 구경하기 힘들다. 게다가 대낮에 고양이를 안고 걸어가고 있으니 어지간히 기이하게 보였던 모양이다.

검둥이가 벌써 한참 동안 자리보전을 하고 있다. 딱히 아픈 데가 있는 것 같지는 않는데, 약해진 건 분명했다.

불사의 신귀 새김을 받은 괴물 고양이가 회복될 징조조차 보이지 않다니, 이건 보통 일이 아니다.

예전에 들었던 바이코의 말이 떠올랐다. 신귀가 싫증이 나서 스스로 나간다나 어쩐다나 하는 얘기, 그리고 아마 어느 누구도 실제로 확인해본 적은 없을 터인 그 '수명'에 대한 얘기다.

신귀가 제 발로 나간다는 건 신귀를 빼내는 것과 똑같을 터였다. 검둥이의 실제 나이를 감안하면 당장 죽어버릴 게 틀림없다. 하지만 실제로는 그렇게 되지 않았다. 그렇다면 이 고양이 속의 신귀가 완전히 약해져버려서 서서히 소멸하려는 것이 아닐까.

'흠, 그게 바로 수명인 건가…….'

그 말에는 희망과 불안이 뒤섞여 있었다.

언젠가 죽는 날이 온다. 그건 염마에게는 더할 수 없이 큰 복음福音이었다. 하지만 동시에 이제 곧 검둥이를 잃게 된다는 뜻이기도 했다.

품 속에서 연약하게 울어대는 검둥이는 영락없이 평범한 고양이였다. 예전에는 어딘가 요기 같은 것이 느껴졌는데, 이제는 그런 것을 전혀 느낄 수 없었다.

혼조 쪽에 수의사가 있다는 말을 듣고 약이라도 받아오자는 생각에 안고 나왔지만 결국 다시 집으로 돌아와야 했다.

도중에 쓰레기 더미에 묻힌 어린아이의 뼈를 보았다. 도쿄에는 부상자가 넘쳐나고 있었다. 몇만 명이 죽었다는 소문이 돌 만큼 끔찍한 공습이었다.

하늘에서 폭탄을 떨어뜨리다니, 비겁하기 짝이 없는 일이다. 미친듯이 도망치는 사람들 따위, 어차피 눈에 보이지도 않았을 것이다. 그러니 마음 놓고 폭탄을 퍼부어 인명을 살상할 수 있다. 막부 말기의 동란 때도 수많은 피를 봤지만, 대개는 서로 칼을 겨누며 죽어갔다. 살이 베어지는 감촉을 느끼고 상대에게서 튄 피를 온몸으로 맞으며 눈앞에서 죽음을 확인했다.

"그 무렵은 죽고 죽이는 데도 인의라는 게 있었는데……."

품 속에서 잠든 검둥이에게 염마는 노인네 같은 하소연을 내비쳤다. 그때가 그나마 나았다고 느껴지는 시대가 오리라고는 꿈에도 생각하지 못했다.

시절이 이런 터에 고양이 같은 짐승을 진료해줄 리 없었다. 수의사든 치과의사든, 의사라는 이름이 붙은 자들은 모두 나서서 사람을 치료해야 할 때다.

나쓰도 열심히 부상자를 치료하고 있었다.

염마와 나쓰가 도쿄에 온 지 이제 겨우 열흘째였다. 교토에서 꼬박 이틀 걸려 도착한 그 날부터 나쓰는 의사로서 현장에 나갔다. 대규모 공습이 있었다는 말을 듣고 일부러 구호 활동을 하기 위해 달려온 것이다.

물론 문신사가 나설 자리는 없었다. 기껏해야 벗겨진 팔뚝에 연고를 발라주는 정도였다.

죽느냐 사느냐 하는 시절이다. 어느 누구도 문신 따위는 돌아볼 경황이 없었다.

"문신이나 새기고 싶구나……."

인왕상, 부동명왕, 휘날리는 벚꽃. 벌써 몇 년째 대작을 새겨본 적이 없다. 이렇게 되고 보니 옛날 옛적 바이코 스승의 심정도 조금은 이해가 되었다. 더구나 바이코는 죽을 때까지 계속 문신을 새기라고 몸속의 신귀가 날뛰었으니 도저히 저항할 수 없었을 것이다.

전시 중이라서 오히려 리염마의 능력을 높게 평가해준 일은 있었다.

특고 경찰(특별고등경찰의 약칭. 일반 경찰과는 달리 내무성의 직접 지휘를 받는 정치 경찰로, 부당한 구속과 고문 등으로 악명이 높다—역주)에 구속되었을 때였다.

염마가 무슨 반전운동을 한 것도 아니다. 문신사 쪽은 개점 휴업 중이었다. 그래서 처음에는 편법 징병 면제가 발각이 난 줄로만 알았다. 염마는 서류상 '정종丁種'으로 올라 있었다. '신체나 정신 상태가 병역에 적합하지 않은 자'라는 뜻이다. 이 낙인이 찍혀버리면 인간으로 취급받지 못했다. 한마디로 남부끄러운 식충이, 밥벌레였다.

하지만 특고에서 그에게 원한 것은 '우수한 병사의 양산'이었다. 두려움 없이 나라를 위해 싸울 수 있는 신귀 새김을 병사들에게 해주라는 것이었다. 참으로 어처구니없는 일이었다. 이런 말을 진지한 얼굴로 하는 걸 보니 이제 곧 이 나라는 패하겠구나, 라고 염마는 확신했다.

어디서 신귀 새김에 대한 이야기가 새어나갔을까. 입단속은 했지만 아무래도 눈에 띄기 쉬운 손바닥에 새겨진 만큼 미처 감추지 못한 일도 있었던 모양이다.

인간을 병기로 이용하려는 짓이 가능할 리 없다. 당연히 염마는 거부했다. 특고에서도 물론 그냥 풀어주지는 않았다.

악명 높은 특고의 고문이 기다리고 있었다. 치유될 틈이 없을 만큼 온몸을 두들겨 맞았다. 발톱을 뽑아냈을 때는 그 다음 날 벌써 새 발톱이 나와서 염마가 제 손으로 다시 한 번 뽑아내야 했다. 신귀에 대한 비밀이 밝혀졌다가는 당장 불사의 병사를 만들어내라고 강요할 터였기 때문이다.

염마는 나흘 뒤에야 풀려났다. 나쓰가 무타 노부마사에게 달려갔던 것이다. 나쓰도 벌써 칠십대 중반의 나이다. 무타를 찾아내는 것만도 힘들었던 모양이지만, 사실 그 무렵에 노부마사 쪽에서도 염마를 수소문하고 있었다.

"지금 바로 염마를 구출해야 해요."

노부마사에게 그렇게 말한 소녀가 있었던 것이다.

86세의 노부마사였지만 그의 위세는 아직도 절대적이었다. '경찰계의 원로 무타 노부마사의 은인'을 계속 고문할 만큼 무모한 특고 경찰은 없었다. 제 모가지가 걸린 일인 것이다. 엄청난 통증을 견뎌내고 어느 정도 거동할 수 있게 되자 엽마는 노부마사를 찾아갔다. 몇 년 만의 만남인가. 사실 만나고 싶지는 않았다. 예전의 어린애 같은 열등감 때문이 아니었다.

항상 당당해서 나이를 자신의 매력으로 바꾸는 재주가 있던 남자도 이제는 그만 '노쇠'에 발목을 잡히고 만 것이다. 최근 10여 년 동안은 그를 바라보는 게 괴로웠다.

그래도 감사 인사는 하지 않으면 안 된다. 게으름을 피우면 나쓰에게 혼이 날 터였다.

오랜만에 만나러 가보니, 백발의 노인은 잠이 들어 있었다. 깊은 주름과 얼룩으로 뒤덮인 얼굴, 뼈와 가죽만 남은 듯 여윈 몸을 마주하자 엽마는 할 말을 잊었다.

"오늘 엽마가 오실 거라고 말씀드렸더니, 잠들지 않고 기다리겠다고 하셨는데……."

노부마사 곁에 있던 아가씨가 말했다.

무타 게이코, 노부마사의 양녀였다. 노부마사의 외가 쪽 친척이니 아주 조금이지만 피가 섞인 사이였다. 가족을 모두 잃고 몇 년 전에 입양되었다.

날카로운 눈매를 가진, 단아한 용모의 소녀였다. 머리형은 일본 인형 같은 모습이지만, 엷은 눈빛은 서양 인형을 닮았다.

이전에 만났을 때는 아직 어린애였는데 그새 아가씨가 되었다. 하긴 염마를 호칭 없이 마구 불러대는 면은 달라진 게 없었다. 자신을 미워할 리는 없겠지만, 만나면 항상 부루퉁한 얼굴을 내보이곤 했다.

"내가 찾아오는 게 보였어?"

"네."

당연한 일처럼 대답한다. 게이코는 '천리안'이라고 노부마사가 말했던 게 생각났다. 물론 의심 따위는 하지 않았다. 천리안은 불로불사에 비하면 기껏해야 개성의 범주에 지나지 않는다.

"혹시 내가 특고에 잡혀간 것도 알고 있었어?"

"특고인지 뭔지는 몰랐지만, 구해주지 않으면 안 될 상황이라는 건 감지했어요. 할아버님께 그 말씀을 드렸더니 즉시 찾아보라고 수배를 하셨습니다."

그렇게 된 거로군. 이제야 이해가 되었다. 며칠만 더 고문이 계속되었더라면 자신의 비밀도 드러나고 말았을 것이다.

"네 덕분에 살았다."

아직 상처가 완전히 낫지는 않았지만, 보통사람이라면 죽었을 정도의 고문이었다. 불사자를 괴롭히려고 마음먹으면 얼마든지 가능하다. 즉사하지 않을 만큼만 계속 담금질을 하면 되는 것이다. 어설피 죽지도 않는 통에 한없는 지옥구덩이에 빠지게 된다. 특고는 염마에게 가장 무서운 상대였다.

"좀 더 빨리 구해냈어야 하는데……."

분하다는 듯이 중얼거리며 게이코는 손을 내밀어 염마의 뺨을 쓰다듬었다. 아직 군데군데 화상의 흔적이 남아 있었다. 담뱃불을 들이댔던 것이다.

"이 전쟁이 언제 끝날지는 보이지 않니? 이젠 정말 지긋지긋하구나."

"이번 여름, 분명 가을이 되기 전까지는 끝날 거예요."

염마는 휘유 휘파람을 날렸다.

"그것 참 다행이군. 그것도 천리안이야?"

"아뇨, 할아버님이 전황을 분석한 끝에 내리신 결론이에요. 나는 미래의 일까지는 못 봐요."

게이코는 미래를 예언하지 않는다. 그녀의 눈에 보이는 건 막연한 데다 지금 현재의 일로 한정되어 있다.

"그렇다면 틀림없겠네."

이제 조금만 더 참으면 된다고 생각하니 한결 마음이 놓였다.

"나쓰 선생님은 건강하시지요?"

"응, 잘 지내고 있어. 오늘도 환자가 있어서 같이 오지 못했다."

사실은 그렇지도 않았다. 요즘 들어 체력이 드는 진료는 할 수 없었다. 시간이 멈춰버린 지도 어언 80년. 모두들 자신을 버려두고 나이를 먹어갔다. 동갑이었던 마사는 20년 전에 세상을 떠났다. 그나마 편안한 임종이라는 말을 전해 들은 게 다행이었다.

"네 할아버지가 일어나시거든 고맙다고 인사나 전해줘. 나는 그만 가련다."

"할아버님이 꼭 만나고 싶어 하셨어요. 잠깐만 더 기다리세요. 이대로 가시면 너무 매정하시잖아요?"

돌아가려는 염마 앞을 게이코가 가로막았다. 이제 노부마사는 고령이고, 게다가 전쟁 중이다. 지금 만나지 않으면 앞으로는 기회가 없을지도 모른다는 마음이 게이코에게도 있었던 것이리라.

"지옥의 주인을 만나는 건 아직 일러. 제발 늙지 좀 말라고 전해줘라.”

아무래도 노부마사를 마주보며 이야기할 자신이 없었다. 염마는 도망치듯이 그 자리를 떠났다.

그게 두 달 전의 일이다.

노부마사는 어떻게 지내고 있을까?

다들 죽어간다…….

검둥이를 꼭 끌어안았다. 유일한 ‘동포’였다. 이 녀석마저 죽는다면 그때는 어떻게 해야 할까. 죽음이 만연한 이 나라에서 염마는 전에 없이 두려움에 빠져 있었다.

그래서 더욱 문신을 새기고 싶었다. 한 바늘 한 바늘 새겨나가는 동안에 웬만한 일은 잊을 수 있었다. 집에 돌아가 내 다리에라도 묵을 넣어볼까 했지만 금세 도리질을 쳤다. 그건 영락없이 자위행위 같은 짓이다.

내가 정신이 나갔구나.

검둥이가 갑작스레 야옹 하고 울었다. 품속을 들여다보니 지그시 한 점을 응시하고 있다.

“……너도 봤어?”

가능하면 못 본 걸로 지나쳐버리고 싶었다.

벚나무 아래에 쓰러져 있던 남학생이 고양이 소리를 알아들었는지, 슬며시 고개를 쳐들었다. 깜빡 눈이 마주쳐서 염마는 더욱 당황스러웠다.

"너, 혹시 사키?"

그럴 리 없다. 그 아이는 고료카쿠에서 죽었다. 하지만 울먹울먹하는 순진한 얼굴이 낯이 익었다. 염마는 남학생 앞에 웅크리고 앉았다. 바짝 깎은 머리가 부스스하게 자라 삐죽삐죽서 있었다. 큰 키에 비쩍 마르고 아직 어린 티가 나는 얼굴이었다. 가슴에는 이름표를 달고 다리에는 각반을 차고 있었다.

보면 볼수록 닮았다. 하지만 그것은 에도 시절의 일이다. 이 남학생을 보기 전까지는 솔직히 사키의 얼굴 같은 건 까맣게 잊고 있었다.

'……이치노세 씨, 아침이에요.'

기억이 조각조각 되살아나서 염마는 현기증을 느꼈다.

"저기요……."

말없이 빤히 바라보는 염마에게 남학생이 머뭇머뭇 말을 건넸다.

"부탁을 좀 해도 될까요?"

자기를 도와줄 마음이 있는지 없는지, 판단이 서지 않았던 것이리라. 아차, 하고 염마는 머리를 긁적였다.

"어떤 부탁이냐에 따라 다르겠지."

"배가 너무 고픈데…… 안 될까요?"

다 타버린 황량한 도쿄에서 낯선 사람에게 먹을 것을 부탁하는 건 아마 도움의 한계를 넘는 일일 것이다. 하지만 사키를 꼭 닮은 이 아이를 못 본 척할 수가 없었다.

염마는 검둥이를 내려놓고 품속에서 찐 고구마를 꺼냈다. 도중에 노점에서 샀지만, 어처구니없을 만큼 값이 비쌌다.

"고맙습니다!"

남학생은 신문지를 벗길 새도 없이 고구마를 덥석 베어 물었다.

사키의 복사판 같은 이 아이는 이름이 다카미 기미아키라고 했다.

나이는 열여덟 살, 도쿄 예술대학에 입학해 나가사키에서 올라왔다. 미리 각오는 했지만 도쿄는 상상 이상으로 폐허였다. 학교 건물은 가까스로 공습을 면했으나 교수와 학생 대부분이 사망해서 대학은 다시 문을 열 전망조차 없었다. 하긴 그 전에 많은 학생들이 학도병으로 차출된 탓에 학교는 본래의 기능을 잃은 지 오래였다.

학생 신분인데도 공부는 돌아볼 새도 없이 육군 병기창에 근로 동원을 나가야 하는 나날이었다. 요즘에야 겨우 풀려나서 스케치북을 들고 그림을 그리러 나왔다가 배가 고파 꼼짝도 못하고 길바닥에 누워버렸다, 라는 것이었다.

"무슨 어린애도 아니고, 배고픈 줄도 모르고 그림을 그리러 나왔어?"

마치 열이 나는 것도 모른 채 쓰러질 때까지 뛰어노는 어린애 같아서 염마는 어이없다는 표정으로 바라보았다.

"정신없이 그리다 보니 그만……. 돌아가려고 일어서는데 현기증이 나더라고요."

다카미는 얼굴을 붉히며 말했다. 땅바닥에 두 다리를 뻗고 앉은 모습은 열네다섯 살 정도로 보였다. 그 다리 위에 올라앉은 검둥이의 머리를 쓰다듬으며 미안한 듯 씩 웃는다.

"허참, 가난뱅이 학생, 눈물겨워서 못 보겠네. 돈은 좀 있어?"

"현금이 아직 남아 있을 거예요. 오늘 은행에 가서 찾아야죠."

은행에 폭탄이 떨어지기 전에 어서 찾아오는 게 좋겠다고 말하며 염마는 고개를 끄덕였다.

"나도 참 바보예요. 그저께부터 물만 먹었다는 걸 깜빡 잊었어요."

이 학생을 그토록 정신없이 빠져들게 할 만한 경치가 이 도쿄에 있는 것일까. 한없이 우울한 풍경만 펼쳐져 있을 뿐인데.

"잠깐 봐도 되겠냐?"

염마는 옆에 놓인 스케치북을 눈으로 가리켰다.

"네, 별로 잘 그리지는 못했지만 보세요."

겸연쩍은 표정으로 건네준 스케치북을 펼쳐보았다.

"호오……."

―쓰레기 더미 속에서 눈이 부신 듯 하늘을 올려다보는 소녀, 무뚝뚝한 얼굴로 꿀꿀이죽을 팔고 있는 노인네, 당당하게 젖을 꺼내 아이의 입에 물린 어머니.

모두가 삶의 약동이 넘치는 그림들이었다. 씩씩하고 순박한 그 표정 하나하나는 그린 사람의 감성을 고스란히 드러냈다.

"굉장한데? 아주 재미있는 그림이야."

다카미의 눈이 휘둥그레졌다.

"무슨 말씀이신지……."

"말 그대로 굉장해. 나는 결코 그릴 수 없는 그림, 새로운 시야가 툭 트이는 것 같아. 정말 훌륭해. 자네는 대단한 화가야.”

염마는 솔직한 감상을 말했다. 반짝반짝 빛나는 젊은 재능을 만나고 진심에서 터져나온 칭찬이었다. 이 그림을 보자 자신이 그리는 문신 그림이 얼마나 어둡고 음산한지 똑똑히 알 수 있었다.

“그림 그리는 분이세요?”

기대를 담은 눈빛으로 물어보는 바람에 염마는 쓴웃음을 지었다.

“아니, 내 캔버스는 남의 몸뚱이야. 문신사거든.”

“문신사…….”

약간 실망하는 눈치였다. 하긴 당연한 반응인지도 모른다. 더구나 전쟁 통에 문신 따위를 새기는 사람이라면 그것만으로도 야쿠자나 매국노라는 비난을 들을 것이다.

너나없이 힘겨운 시절에 평상복 차림으로 길거리를 휘적휘적 돌아다녔으니 더욱더 한심하게 보였는지도 모른다. 서류상 ‘정종’ 판정을 받은 터라서 옷차림이며 거동은 아픈 사람처럼 보이게 해야 한다는 의식이 있었기 때문이다.

“그럼 나는 이만. 꼬마야, 공부 열심히 해라.”

자신과 별로 나이 차도 나지 않는 사람에게 꼬마라는 말을 들어서 그런지 다카미는 냉큼 대답을 하지 않았다. 엄마가 검둥이를 안고 등을 돌리자 다급하게 인사를 건넸다.

"네, 열심히 하겠습니다."

다카미는 자리에서 일어나 깊숙이 머리를 숙였다.

"저 앞에 구메카와 병원이라는 데가 있어. 혹시 또 현기증이 나거든 그 병원의 히사카 나쓰라는 여의사에게 가봐. 아마 쫓아내지는 않을 거다."

이런 가느다란 몸으로는 교련이니 징용이니 하는 것도 힘에 부칠 것이다. 타고난 체격이나 체력은 저마다 다르다. 높으신 분들이 아무리 선동질을 한다 해도 이건 애국심이나 인내력만으로 해결될 일이 아니다.

엄마는 검둥이를 안고 집으로 향했다.

나쓰에게 주려던 고구마는 없어졌지만, 사키를 꼭 닮은 학생을 만난 건 흐뭇했다. 그 녀석이 너무도 그리워서 눈두덩이 뜨거워졌다.

2

사망자 수가 10만 명에 달할 거라는 소문이 들려왔다. 게다가 그 몇 배의 부상자가 발생했다. 나쓰는 잠시도 쉴 틈이 없었다.

아무리 치료를 해도 끝이 보이지 않았다. 약품은 턱없이 모자랐다. 긴 세월을 의사로 살아왔지만 이토록 무력감에 휩싸인 적은 없었다.

히사카 나쓰는 벌써 일흔다섯 살이다.

눈 감는 순간까지 의사로 살 수 있기를 바라던 나쓰는 도쿄의 공습 소식을 듣고 서둘러 달려왔다. 기차 운행이 순조롭지 않는 가운데 이틀 만에 도쿄에 도착하자마자 후배인 구메카와의 병원에서 즉시 진료를 시작했다.

특고에서 풀려나고 무타 노부마사를 만나러 다녀온 뒤부터 염마는 부쩍 말수가 줄어들어 멍하니 앉아 있곤 했다. 공습 소식을 듣고 무심코 중얼거린 말에는 나쓰도 정말 깜짝 놀랐다.

"기왕이면 내 머리 위에 폭탄을 떨어뜨릴 것이지."

아무래도 혼자 집에 두고 올 수가 없어서 나쓰는 반 강제로 염마를 도쿄로 데리고 나왔다.

막상 올라온 뒤로는 염마도 부지런히 일을 도와주었다. 병원 일에서부터 집안일까지 아무렇지도 않게 척척 해치웠다. 자신도 이제는 칠십대 노인네다. 황폐하기 짝이 없는 도쿄에서 그럭저럭 의사 일을 할 수 있는 것도 염마 덕분이었다.

머리는 백발이 되었지만 의사로서의 기량까지 시든 것은 아니다. 체력은 좀 달려도 나쓰에게는 풍부한 경험이 있었다. 하지만 노쇠는 슬금슬금 착실하게 다가오는 중이었다. 앞으로 몇 년 뒤에는 다리에 힘이 빠지고 더 이상 일을 할 수 없을 것이다.

그런 때에, 스무 살에서 시간이 멈춰버린 염마의 눈에 노파의 모습은 어떻게 비칠까?

생각을 하다 보니 머리가 핑 돌았다. 땅으로 가라앉는 느낌이 들면서 나쓰는 진료 차트를 손에 든 채 그 자리에 쓰러졌다.

얼마나 지났을까. 눈을 떴을 때 바로 곁에 염마가 있었다. 지그시 내려다보는 눈이 불그레해져 있었다.

"오빠……."

누군가 이 모습을 봤다면 기이하게 생각했을 것이다. 나이 든 할머니가 젊은 남자에게 오빠라고 했으니. 다행히 나쓰가 정신이 들었을 때는 집이었다. 염마 외에는 검둥이밖에 없었다.

"어디, 아픈 데는?"

"아니, 조금 피곤했을 뿐이야."

엄마는 훌쩍 코를 들이켰다. 얼마나 걱정했을까. 아마도 불안으로 가슴이 미어질 것 같았으리라.

'무타 씨도, 나도 이제 남은 시간이 그리 많지 않아.'

엄마도 그 점을 누구보다 두려워하는 것이다.

"노상 환자 치료만 하지 말고 자기 몸도 좀 돌봐야지."

그러고 보니 이 나이가 되도록 병이 나서 자리에 누운 적이 없다. 항상 엄마를 걱정하고 남의 병과 부상을 치료하느라 바쁘게 돌아가다 보니 이렇게 간호를 받아본 것도 처음이다.

의사가 제 몸 돌볼 새는 없다더니 정말 쉴 새 없이 달려왔다. 몸이 비명을 올리는 것도 어쩌면 당연한 일이었다.

"무타 씨는 건강하게 잘 지내시는지 모르겠네."

무타 노부마사는 자신보다 열 살쯤이나 나이가 많다. 노쇠한 몸으로 얼마나 고단할까.

"그 친구에게는 게이코가 있잖아."

인형 같은 게이코의 얼굴이 생각나자 나쓰는 안도의 한숨을 내쉬었다.

"게이코, 정말 예쁜 아이야."

나도 그런 모습으로 태어났더라면 좋았을 텐데.

“그런가? 항상 얼굴이 부루퉁하던데.”

그 나이 또래 특유의 부루퉁함인지, 정말 게이코의 웃는 모습을 본 적이 거의 없다. 특히 염마에게는 왠지 잔뜩 화난 얼굴로 대하곤 했다. 그 이유를 언젠가 게이코도 깨달을 것이다.

게이코가 가진 특이한 능력이 염마를 특고에서 구해주었다. 그녀라면 앞으로 이 고독한 불사자를 충분히 뒷받침해줄 것이다.

“아참, 죽이라도 먹을래?”

“직접 죽을 끓였어?”

염마는 자랑스러운 듯 고개를 끄덕였다.

“그럼, 아주 맛있게 잘 끓였지.”

“좀 먹어볼까?”

대답하자마자 김이 모락모락 나는 죽이 척 나왔다.

문신 이외에는 매사에 서툰 염마는 요리도 별로 잘하지 못했다. 하지만 나쓰는 지금껏 이렇게 다정한 죽을 먹어본 적이 없었다.

그 뒤로 사흘 동안 나쓰는 푹 쉬었다. 단순히 지쳤던 것이다. 이제는 자리를 털고 일어나도 될 테지만 염마의 간병이 너무 좋아서 내친김에 하루 더 누워 있었다.

내일부터 병원에 나가겠다고 했더니 엄마는 당장 입이 툭 튀어나왔다.

“좀 더 쉰다고 해서 뭐랄 사람도 없으련만, 너도 참 궁상이다.”

엄마가 옆에 붙어 앉아 자상하게 돌봐주는 건 행복한 일이지만 이런 일이 머지않아 현실이 될 거라는 괴로운 예감이 자꾸만 떠올라서 괴로웠다.

……이제 정말 한계인지도 모른다.

나쓰도 참 고집불통이다. 내일부터는 병원에 나갈 생각인 것이다.

정말로 말을 안 듣는 여자다. 말려봐야 쓸데없는 줄 잘 알면서도 이번만은 엄마도 길게 잔소리를 해주었다.

“무리할 것 없다니까, 이제 나이도…….”

―이제 나이도 많은 사람이.

그렇게 말하려다가 꿀꺽 삼켜버렸다. 엄마는 누구에게든 나이에 관한 말은 되도록 하지 않는다. 더구나 나쓰에게 그런 얘기는 결코 하고 싶지 않았다.

나쓰가 그런 말을 싫어하지 않더라도 우선 자신부터 그런 말이 싫었다.

몇 살이 되었건 염마에게 나쓰는 씩씩하게 살아가는 소녀일 뿐이다. 자신을 뛰어넘어 마구 나이를 먹어가는 게 영 못마땅했다.

염마는 답답해서 집 밖으로 나왔다.

맞은편으로 세 집 건넌 집에서 울음소리가 들려왔다. 이웃사람들이 현관 앞에 모여 서서 입을 가리고 뭔가 숙덕거리고 있었다.

“아휴, 딱해라. 외아들이었는데.”

“겨우 열아홉 살이라잖아.”

무슨 일인지 알 만했다. 그 집 아들이 전사한 것이다. 도쿄에 옮겨온 지 얼마 안 되었다지만 그래도 이웃이다. 조문을 가야 할 테지만, 전사자의 장례식에 참석하는 것만큼 가슴 아픈 일도 없다. 아직 어린 사람이라면 더욱더.

“저 사람은 누구래?”

“히사카 의사 선생 댁 총각이야. 정종 판정을 받았대.”

“키도 크고 멀쩡해 보이는데, 밥만 축내는 식충이였어?”

염마는 저도 모르게 콜록콜록 기침을 했다. 화를 내고 싶었지만, 나쓰의 입장을 생각해서 일부러 환자인 척했다.

내가 생김새는 이래도 내년이면 100살이야.

혼자 투덜투덜 중얼거리며 그 옆을 지나갔다. 확실하게 전사할 수만 있다면 전쟁터에 나가도 상관없었다. 하지만 부상을 당해도 멀쩡하게 낫는 모습을 남들에게 보일 수는 없었다.

염마가 이 사회에서 밀려나지 않도록 노부마사가 뒤로 손을 써서 처리해주었다. 그 덕분에 시치미를 떼고 살아올 수 있었다. 노부마사와 나쓰가 없었더라면 진즉에 불사자라는 비밀이 밝혀져 세상의 사냥감이 되었을 것이다.

지금까지도 충분히 고독했다. 하지만 참된 고독은 노부마사와 나쓰가 사라진 뒤에 찾아올 것이다. 생각만 해도 뼛속까지 얼어붙는 일이었다.

한없이 우울한 마음으로 한참을 걷다 보니 구메카와 병원 앞이었다. 나쓰의 후배 여의사가 운영하는 병원이다. 나쓰는 도쿄에 올라온 뒤로 이곳에서 무료봉사를 하고 있다.

“어라, 저 녀석은……..”

고개를 숙인 채 병원에서 나오는 남학생을 보고 염마는 손을 번쩍 쳐들었다.

“아, 또 만났네요!”

“왜 그래, 어디 아픈가? 히사카 선생은 오늘 쉬는 날인데?

하긴 여기 의사가 진찰해줄 테지만."

다카미는 아니라고 고개를 저었다.

"지난번에 정말 고마웠습니다. 이름도 여쭤보지 않은 게 생각나서……. 제가 큰 실례를 했어요."

그것 때문에 일부러 여기까지 찾아오다니, 염마는 어이가 없어서 씩 웃으며 말했다.

"예의도 바르군. 나는 호쇼 염마, 잘 부탁한다."

본명은 아니지만 이제는 다른 이름을 대는 일이 없었다. 이 이름을 알고 있는 예전 사람들을 만나더라도 '3대째'라는 식으로 적당히 둘러대면 그럭저럭 통했기 때문이다.

할아버지를 꼭 닮았네, 라고 어느 노인이 놀라는 얼굴을 보일 때는 역시나 당황스러웠다. 그저 태연한 척하며, 그런 말을 자주 듣는다고 웃을 수밖에 없었다. 염마 쪽에서는 노인의 얼굴을 보면서도 누군지 짐작도 가지 않았지만, 팔에 새겨진 문신을 내보였을 때 겨우 기억이 났다. 아주 오래전의 손님으로, 한창때는 야쿠자였는데 그새 완전히 호호 할아버지가 되어 있었다.

혼자서만 멈춰버린 세월이 그런 식으로 한꺼번에 몰려와 타격을 주었다.

"홀륭한 이름이군요."

"응, 스승님이 붙여줬어. 우스운 이름이지."

본명이라고 생각하는 것 같아 무심코 부정했다. 상대가 착실한 아이인 만큼 문득 부끄러워졌던 것이다.

"고양이는요?"

"집에서 쿨쿨 자고 있어."

그 뒤로도 검둥이는 내내 잠만 자고 있다. 밥도 거의 먹지 않았다.

"그보다 그 얼굴은 어떻게 된 거야?"

다카미의 눈 밑에 퍼런 멍이 들어 있었다.

"교련 시간에 교관에게 맞았어요. 제가 워낙 동작이 굼떠서……."

동작이 느리다고 얻어맞다니, 염마는 도저히 이해할 수 없었다.

"너무하는군."

"아뇨, 뭘 시켜도 내가 제대로 해내지 못하니까……."

염마는 다카미의 등을 밀며 말했다.

"죽이라도 먹으러 갈까? 내가 사주지."

"아뇨, 저는 괜찮아요."

“글쎄, 따라와. 혼자 가기 싫어서 그래. 내가 식충이 같은 정종이라서.”

염마와 나란히 걸음을 옮기자 다카미가 흘끗 올려다보았다.

“……어디 아프신 거예요?”

“흠, 이것도 일종의 병이라고 해야 할까. 몸은 남보다 튼튼한데 말이야.”

다카미는 고개를 갸웃거렸다.

“아, 네에…….”

요즘 이 근처에서 외식이라고 해봐야 길가에서 파는 꿀꿀이죽뿐이다. 건더기가 너무 적어서 어이가 없을 정도지만, 다카미는 눈빛까지 바뀌어서 정신없이 죽을 먹었다. 염마는 아직 손을 대지 않은 자신의 죽까지 내밀었다. 처음에는 안 된다고 사양하던 다카미도 한창때의 식욕을 이기지 못하겠는지 눈 깜짝할 사이에 깨끗이 비워버렸다.

“죄, 죄송해요.”

다 먹은 뒤에는 미안해하며 얼굴이 발개졌다.

“며칠째 쫄쫄 굶었지?”

“예…….”

염마는 뒤를 돌아보며 꿀꿀이죽 집 영감에게 한 그릇 더 달라고 말했다.

"정말 괜찮아요."

"됐으니까 어서 먹어."

거의 물 같은 죽이었다. 몇 그릇을 먹어도 배가 든든해질 리는 없겠지만, 그럭저럭 요기는 되었을 것이다.

다카미는 젓가락을 왼손으로 들고 있었다. 이런 점까지 사키를 꼭 닮았다고 생각하니 더욱더 감회가 깊었다.

"계속 신세만 지고……."

세 그릇을 다 먹고는 만족했는지, 다카미가 긴 한숨을 토해냈다.

"죄송합니다."

이럴 생각으로 찾아온 건 아니었다고 몇 번이나 고개를 숙였다.

"뱃속에 담을 수만 있다면 더 사주고 싶다만, 기껏 꿀꿀이 죽이라니."

"무슨 말씀을요, 정말 고맙습니다. 왜 이렇게 저한테 친절하게 해주시는지……."

왠지 낯이 근지러워서 엽마는 목덜미를 긁적였다.

"도쿄에서 이렇게 잘해주신 분은 처음이에요."

"요즘 도쿄 사람들이 너나없이 여유가 없는 시절이니 그럴 만도 하지."

누구보다 이 도시를 잘 알고 있지만, 옛날에는 제법 인정이 넘치는 곳이었다. 하지만 전쟁 통에 그런 인정을 바란다는 건 어려운 일이다.

"은행에서 돈은 찾았어?"

"아뇨, 애초에 몇 푼 안 되는 돈이라……. 시골집에서도 송금을 해줄 형편이 아니에요. 내 손으로 벌어서 학교에 다닐 생각이었는데 근로 동원으로 좀체 시간을 내기가 어려워요. 도쿄에 오면 어떻게든 될 거라고 생각했던 제가 너무 안일했죠."

다카미는 자신의 빈궁함이 부끄러운 듯 씁쓸하게 웃었다.

"이렇게 고생하지 말고 그만 고향으로 돌아가. 전쟁이 끝난 다음에 다시 시작하면 되잖아. 자네는 아직 젊어."

하지만 그것도 여의치 않다며 다카미는 고개를 떨구었다.

"부모님이 돌아가신 뒤로 형 집에서 살았는데 아무래도 눈치가 보여서요. 배다른 형인 데다 나이 차도 많아서 별로 달가워하지 않아요. 지금 고향에 돌아가도 받아줄지 말지……. 무엇보다 돌아갈 여비도 만만치 않아서 그건 어려워요."

다카미의 처지가 엠마의 소년시절과 너무도 비슷했다.

"허참, 그거야 고향이라고 할 수도 없네."

얼굴은 사키를 닮았고 집안 환경은 자신을 닮았다. 이렇게 만난 것도 특별한 인연이라고 생각하지 않을 수 없었다.

"여기서 좀 더 노력해봐야지요. 대학이 다시 문을 열면 마음껏 그림을 그릴 거예요. 그리고 싶어 미칠 지경이니까요."

엠마는 그런 다카미의 심정이 충분히 이해가 되었다. 자신도 문신을 새기고 싶어 견딜 수 없었다.

어떤 재능도 열정도 전쟁이라는 톱니바퀴에 유린되고 만다. 엠마는 그것이 너무도 한스러웠다.

"자, 이거."

품속에서 지갑을 꺼내 통째로 다카미의 손에 얹어주었다.

"뭔데요?"

"500엔쯤 있을 거야. 네가 써라."

간단히 말하자 다카미는 얼굴을 붉히며 지갑을 돌려주었다.

"이건 아니죠. 전 거지가 아니에요. 돈을 받을 이유가 없습니다."

아닌 게 아니라 너무 갑작스러웠다고 엠마는 반성했다. 예전에 노부마사가 돈을 쥐어주었을 때, 불끈해서 되돌려줬던

게 생각났다.

"그럼 빌려줄게."

"갚을 수가 없어요."

돈을 빌릴 수 있는 상황이라면 이렇게 고생할 일도 없다고 다카미는 눈물을 글썽였다. 그것도 그렇겠다고 생각했다.

"그렇다면 그림을 주문하지. 이건 그림 값이야."

"그림을?"

음, 이라고 엄마는 고개를 끄덕였다.

"검둥이를 그려주는 건 어떨까? 그 고양이, 기억하고 있지?"

"고양이 그림?"

엄마는 다시 한 번 다카미의 손에 지갑을 쥐어주었다.

"그래. 아주 멋진 그림을 부탁한다, 다카미 화백."

"하지만 이렇게 많이 받을 수는 없죠. 아직 학생인데요."

엄마에게는 그리 큰돈도 아니었다. 전쟁 전에 큼직한 일거리가 있어서 수입이 짭짤했던 것이다. 노부마사에게 빌린 돈을 갚기 위해 필사적으로 일한 덕분에 엄마의 평판이 입소문을 타고 퍼져갔다. 그 끝에 위험한 일을 겪기도 했지만 상당한 액수의 돈이 쌓였다.

“그만한 그림을 그려주면 돼.”

잘 부탁한다고 말하고 엄마는 발길을 돌렸다.

“아니, 그래도.”

“그 고양이를 떠올려서 한번 그려봐. 정 생각나지 않으면 내 집으로 와. 저 앞에 꾀죄죄한 담배 가게가 있지? 그 옆의 낡은 집이야.”

멀어져가는 엄마를 다카미가 급히 쫓아왔다.

“왜 이렇게 나한테 잘해주시는 거예요?”

엄마가 돌아보았다.

“너를 꼭 닮은 놈을 내가 알고 있어. 진즉에 죽어버렸지만.”

발을 멈추고 지그시 응시하는 다카미에게 엄마는 기원을 담아 덧붙였다.

“너는 꼭 살아야 해.”

3

벚꽃이 휘날리기 시작할 무렵, 검둥이는 물도 제대로 마시지 못하게 되었다. 비쩍 말라서 이따금 둥글게 웅크린 몸이 경련을 일으켰다. 반들거리던 검은 털도 윤기를 잃고 뭉텅뭉텅 빠져나갔다.

의심은 확신으로 바뀌었다. 검둥이가 지금까지 몇 년이나 살았는지, 엽마는 알지 못한다. 어쩌면 엽마보다 몇 배나 많은 세월을 살아왔는지도 모른다.

몸속 신귀의 죽음이 곧 불사자의 죽음이라고 한다면…….

'나는 언제 죽어지는 건가.'

아직 10분의 1도 살지 못했는가. 아니면 반환점은 이미 지난 것인가. 수명이 있다는 건 구원이기는 하지만, 앞이 보이지 않으니 너무도 혼돈스러웠다.

하긴 생각해봐야 쓸데없는 일이다. 문제는 지금 눈앞에서 죽어가는 검둥이다. 이 고양이는 나쓰보다 오랜 시간을 자신과 함께 살아왔다. 이 아이를 잃는 건 몸이 찢겨나가는 듯한 일이다.

"제발 죽지 마라, 이 괴물 고양이야."

엽마는 하루 종일 검둥이 옆에 붙어 있었다. 찬찬히 등을 쓰다듬으며 때로는 넋두리를 하기도 했다.

제 마음 내키는 대로 자유롭게 살던 고양이였기 때문에 한참 동안 집에 들어오지 않는 날도 많았다. 이렇게 오랜 시간을 함께 있는 건 어쩌면 처음인지도 모른다. 그만큼 몸이 안 좋다는 뜻이다.

허청거리는 걸음으로 일어나 물로 겨우 혀를 적시고 다시 털썩 쓰러져 잠이 들었다. 검둥이도 이제 사는 것에 지쳤던 걸까.

이 고양이가 무슨 생각을 하고, 무엇을 원하는지 염마는 짐작도 할 수 없었다. 그저 고통스럽지 않기를 빌며 몸을 쓰다듬는 일밖에는 해줄 수 없었다.

그런 염마를 바라보며 나쓰는 깊은 근심에 빠졌다.

아무리 100년을 살았다고 해도 옆에서 보기에는 아직 풋내기 청년이다. 나이를 먹으면서 인간은 분명 원숙해지지만, 그러기 위해서는 나이에 걸맞은 외모도 필요하다. 인간은 결국 제 얼굴에 맞게 살아가는 법이다.

물론 나쓰도 염마의 노숙함을 느낄 때가 있다. 하지만 기본적으로는 역시 만년 청년이다. 아무리 세월이 흘러도 어딘가 이상주의로 내달리고 미련도 많은 어린아이 같은 구석이 있다.

그런 염마였기 때문에 나쓰도 쉽게 그를 떠날 수 없었다. 나쓰의 사랑은 깊고 고요했다. 남자와 여자가 아니라 우선 가족이어야만 했다. 미리 각오했던 대로 그건 상당히 고통스러운 사랑이었다.

이미 칠십대의 나이지만 엄마를 생각하는 마음은 50년 전과 조금도 달라지지 않았다. 이 마음을 가슴속에 감춰둔 채 죽는다는 것에 아무 미련도 없다. 하지만 아무래도 양보할 수 없는 일도 있다.

그런 생각들을 하면서 나쓰는 환자들을 치료했다. 아파하는 어린아이를 격려하고, 숨을 헐떡이는 노인의 등을 쓰다듬으며 바쁘게 움직였다. 슬픈 두 괴물을 집에 남겨두고 나가기가 못내 걱정스러웠지만, 나쓰는 의사다. 환자를 방치해둘 수는 없었다.

넘쳐나던 부상자도 미처 손쓰지 못한 자는 죽고, 다행히 치료를 받은 자는 서서히 나아갈 기미를 보이고 있었다. 부상자가 줄줄이 밀려오던 때 같은 아수라장은 이제 없었다. 할머니 외과 의사는 이제 슬슬 사라져도 그리 곤란하지 않을 터였다.

저녁 무렵에 진찰을 마치고 집에 돌아온 나쓰는 방바닥 밑이 열려 있는 것을 보고 깜짝 놀랐다.

"무슨 일이지?"

도둑이 들어온 것 같지는 않았다. 여기저기 둘러보는데 바닥 밑에서 염마가 올라왔다.

"웬일이야?"

"그놈의 괴물 고양이가 없어졌어."

염마는 얼굴이 새파래져 있었다.

"내가 잠깐 조는 사이에……."

허둥지둥 창문을 열고 바깥을 둘러본다.

"몸도 성치 않은데 멀리 가지는 못했을 거야. 아직 이 근처에……."

밖으로 뛰쳐나가려는 염마를 나쓰가 가만히 붙잡았다.

"오빠, 진정해."

집 안을 이런 식으로 죄다 훑고 다닌 모양이었다. 나쓰는 조용히 한숨을 내쉬며 바닥 덮개를 닫아놓고 정좌했다.

"아무튼 앉아봐."

"아니, 그래도 검둥이를……."

나쓰는 얼굴이 일그러진 채 염마를 올려다보았다.

"검둥이는 짐승이야."

염마의 눈이 휘둥그레졌다.

"짐승은 제가 죽을 때를 잘 알아. 그래서 죽을 자리를 찾아 나간 거야. 조용히 그 뜻을 따라줘야지."

울음이 터질 것 같은 염마를 바라보는 건 괴로웠다.

"그런가……."

염마도 한구석에 웅크리고 앉았다. 입술을 파르르 떨며 머리를 부여안았다.

반쯤 넋이 나간 염마를 더 이상 보고 싶지 않아서 나쓰는 부엌에 들어가 저녁을 준비했다. 칼이 도마를 때리는 소리만 울렸다.

분명 이 일이 길게 꼬리를 끌 것이다. 검둥이는 평범한 고양이가 아니었다. 염마에게는 유일무이의 특별한 존재였다. 또 한 사람, 똑같은 운명을 짊어진 사람이 있기는 하지만…….

호쇼 야차이자 오니즈키는 염마의 입장에서 보면 누님의 원수다. 어린 나쓰까지 살해하려고 했던 사람이다. 하지만 이 세상에서 가장 미워하는 그 사람과 영원과도 같은 시간을 공유하지 않으면 안 된다.

도쿄에 오기 전에 나쓰는 교토에서 한 차례 야차를 만났었다.

1월도 끝물에 접어들었을 때쯤일까.

왕진을 마치고 집으로 돌아오는 도중이었다. 그 아름다운 마물을 재회한 것은 추운 날씨에 몸을 부르르 떨며 개천 위의 다리에 들어섰을 때였다.

"오랜만이군요. 변함이 없으시네, 나쓰 씨는."

하얀 입김을 토해내며 말을 걸어온 그 남자야말로 50여 년 전과 한 치도 달라진 게 없었다.

"당신은 삼일월당 주인……."

"그리운 이름이군. 그런 식으로 불러주는 건 이젠 당신뿐이야."

다리 난간에 등을 기대고 서 있던 오니즈키는 옛날 그대로 수려한 얼굴의 청년이었다. 염마의 모습에는 이제 익숙해졌지만, 이렇게 또 다른 인물에게서 그 기이한 현상을 보게 되니 역시 놀라웠다.

"만나서 다행이야. 이쪽에 잠깐 볼일이 있어서 왔거든. 선물은 미처 준비하지 못했지만."

변함없이 가벼운 입을 놀린다. 바라보니 왼손에서 피가 흐르고 있었다.

"다쳤어?"

그 손을 가리키며 물었더니 오니즈키는 제 상처를 혀로 핥았다.

"이런 건 금세 나아. 잘 아시지?"

당신의 그 '오빠'하고 똑같으니까, 라며 웃었다.

"조금 전에 느닷없이 칼을 들이댄 사람이 있었어. 가진 돈을 다 내놓으라고 말도 안 되는 소리를 하기에 이 세상에서 퇴장시켜버렸지."

이 세상에서. 엄청난 의미의 말이라는 것을 알아듣고 나쓰는 헉 숨을 삼켰다. 머뭇머뭇 다리 아래를 내려다보았다.

"아니, 안 보일걸? 강물이란 참 좋아, 뭐든지 쓸어가니까."

끔찍한 흉행을 입에 올리고 있는데도 이상하게 무섭지는 않았다. 지금 이 순간을 현실로 받아들일 수 없기 때문일까.

"무섭지 않아? 보시는 대로 나는 사람 잡는 신귀야. 아직 어렸을 때, 당신도 죽이려고 했던 사람인데 말이야."

"전쟁을 겪으면서 참 많은 것을 봤어. 이제 새삼 무섭고 말고 할 것도 없어."

이제 오니즈키는 이 늙은 여자를 죽일 생각도 없을 것이다. 더구나 불사의 신귀 새김으로 똑같은 동포를 만들려는 따위, 있을 수 없는 일이다. 설령 그가 신귀라고 해도 나쓰 안에는 순수한 반가움밖에 없었다.

"하긴 그렇겠군. 역시 나쓰 씨는 대단하시네. 당신을 보니 늙는다는 게 더할 수 없이 아름답게 느껴져."

오니즈키는 다리를 구부려 나쓰와 눈높이를 맞췄다. 황혼의 교토는 겨울 한기로 꽁꽁 얼어붙어 있었다. 어두운 저녁 해에 물든 신귀 사내는 어딘가 덧없어서 저 피안까지 반쯤 건너간 것처럼 보였다.

"나이 든 사람을 놀리려고 왔어?"

"천만의 말씀, 지금이라도 당신을 파트너로 맞아들이고 싶을 정도인데."

나쓰는 고개를 저었다.

"내 시간을 멈추게 해도 되는 사람은 호쇼 엄마뿐이야."

"하지만 그자는 그러지 않았어. 참으로 아까운 일이지."

그 점에 대해서는 이 나이가 되어서도 마음이 복잡했다. 그와 운명을 공유하고 싶었다. 망설임을 딛고 넘어서 준다면……. 아직도 마음속 어딘가에 그런 생각이 남아 있었다. 하지만 엄마가 그렇게 하지 않았기 때문에 지금껏 변함없이 사모할 수 있었다.

"정말로 오빠의 누님을 살해했어?"

자신의 일은 용서할 수 있어도 그 일만은 그냥 넘어갈 수 없었다.

"그래, 내가 죽였어."

오니즈키가 서녘 하늘로 시선을 던졌다.

"마침 이런 식으로 그 사람을 다리 위에서 만났어. 곧 사라질 것처럼 아름다운 사람이었어. 지금도 이따금 꿈을 꾸지. 의외로 내가 한눈에 반했었나봐."

나쓰는 미간을 찌푸렸다.

"한눈에 반한 사람을 죽였어?"

"편하게 해주겠다는 내 마음은 오만한 것이라던데? 예전에 친구에게 잔뜩 혼이 났어."

말 한마디 한마디가 역겨웠다. 그래도 광인으로는 보이지 않았다.

"언제가 됐든 반드시 오빠에게 사죄해."

"사죄하면 용서해줄까, 그자가?"

"용서는 하지 않겠지. 하지만 마음의 정리는 할 수 있을 거야. 당신을 미워하지 않아도 될 거고."

그것만으로도 사죄할 의미가 있다고 나쓰는 타일렀다.

"아니, 나를 한껏 증오하다 못해 어서 죽여줬으면 좋겠어. 그자에게 그렇게 전해줘."

나쓰는 놀라지 않았다. 분명 그렇게 말할 거라고 생각했다. 오니즈키의 관심은 진즉에 나쓰에서 염마에게로 옮겨갔다.

“오빠는 지금도 과거에 한을 갖고 있어. 사람을 죽이는 일은 하지 않게 해줘.”

“나를 인간이라고 생각하지 않아도 괜찮아. 악귀를 퇴치하는 거라고 생각하면 되겠지?”

나쓰는 분노를 담아 대꾸했다.

“당신은 인간이야.”

오니즈키가 입을 꾹 다물었다. 나이 든 여인네의 말이 그자의 가슴에 조금쯤은 뭉클하게 울렸을까. 곤혹스러운 듯 눈빛이 허우적거리더니 오니즈키는 화제를 바꾸었다.

“그 친구가 특고에 체포되었던 모양이지? 꽤 따끔하게 당했을 것 같은데.”

나쓰는 놀라서 오니즈키를 올려다보았다.

“이래봬도 내가 정보통이거든. 특고에 신귀 새김에 관한 걸 술술 불어버리면 나도 힘들어질 것 같아서. 어땠어?”

아무리 서로를 증오해도 이 두 사람은 똑같은 운명을 가진 동포다. 인간을 뛰어넘은 존재라는 것이 세상에 알려지는 게 가장 두려운 일일 것이다. 그런 면에서도 서로 아무 관련 없이 살아가는 건 불가능하다.

“죽지 않는 병사를 만들어내는 게 싫어서 발톱을 뽑아도 손가락을 뭉개도 결코 입을 열지 않았어.”

염마는 그날 무타 노부마사의 집에 있었다. 이곳에 없어서 다행이라고 생각했다. 특고에서 입은 상처는 아직 다 낫지 않았다. 오니즈키까지 덤벼든다면 제대로 맞설 수 없을 터였다.

“역시 대단해, 염마는.”

오니즈키는 빙긋이 웃었다. 이렇게 아름답게 웃을 줄 아는 사람이 신귀에 침식된 악인이라고 생각하니 나쓰도 복잡한 심경이었다. 아직도 믿을 수가 없었다.

“그 친구를 좀 만나고 싶은데, 안 될까?”

“오늘은 집에 없어.”

그 말을 믿었는지 어떤지는 미심쩍지만 더 이상 캐묻지는 않았다.

“그럼 이만 가야겠군. 교토는 겨울을 나기가 힘들다니까. 난 요즘 규슈 쪽에서 살고 있어. 좋은 동네지.”

황혼이 서서히 밤으로 바뀌었다. 요사스러운 어둠에 녹아들듯이 오니즈키의 모습은 금세 보이지 않게 되었다.

야차를 만난 일은 아직 염마에게 말하지 않았다. 마음이 약해진 염마에게 그런 얘기를 하지 않는 게 좋을 것 같았기 때문이다. 이따금 이런 생각이 든다. 어쩌면 아버지는 염마에게 딸을 맡긴 것이 아니라 딸에게 염마를 맡긴 게 아닐까 하고.

자신이 죽은 다음에도 염마와 오니즈키의 관계는 계속 이어진다. 서로를 도와가며 살 수 있다면 얼마나 좋을까. 나쓰는 진심으로 안타깝게 생각했다.

손바닥에 새긴 범어 문신은 퇴색하는 일이 없다.

검둥이는 대체 얼마 동안이나 살았던 것일까. 내 오른손에 새겨진 염마왕은 언제쯤에나 그 힘을 상실하는 걸까.

혼자 남은 방 안에서 염마는 멍하니 창밖을 보고 있었다.

애초에 불사의 신귀 새김이라는 게 대체 무엇인가. 짐승인 검둥이에게는 원래 살고 싶다는 본능이 갖춰져 있다. 아마도 동물에게 할 수 있는 신귀 새김은 불사뿐일 것이다. 그 밖의 신귀 새김은 하나같이 의지를 강화하는 것이다. 이른바 자기 자신을 뛰어넘기 위해 새기는 것이다.

평생 동안 새겨온 신귀의 숫자를 따져본다면 바이코 영감에게도 지지 않을 것이다. 하지만 염마는 자신에게 부과된 최대의 금기만은 아직껏 범하지 않았다. 물론 범할 마음도 없었다. 불사는 저주이기 때문이다.

482

하지만 자신에게는 동포를 만들어낼 수 있는 능력이 있다. 그 유혹에 언제까지 저항할 수 있을까. 뻐끔 구멍이 뚫려버린 가슴팍이 유난히 추웠다.

실례합니다, 라는 소리가 연거푸 들린 것도 알지 못할 만큼 염마는 상실감에 짓눌려 있었다.

"호쇼 씨, 저예요. 다카미예요."

그제야 알아듣고 현관으로 기어나가자 다카미가 꾸벅 머리를 숙였다. 오늘은 하얀 셔츠에 바지 차림이었다.

"응, 너였어? 그림이 완성된 거야? 어서 들어와."

보름여 만에 만난 다카미는 약간 여윈 것 같았다. 손에는 보자기에 싼 물건을 들고 있었다. 모양새로 봐서 캔버스인 것 같았다.

"검둥이는요?"

"그 녀석, 나가버렸어. 아마 죽었을 거야. 나, 그림을 보면 울지도 모르겠다."

다카미가 말문이 턱 막히는 것을 보고 염마는 머리를 긁적였다.

"아니, 농담이야. 기껏 고양이 한 마리 때문에 울기는. 그보다 그림이나 보여줘."

보자기를 풀자 캔버스가 나타났다. 그림물감 냄새가 풍풍 풍겼다.

"……호오!"

그림 속에 있는 건 고양이만이 아니었다. 검둥이를 품에 안은 염마가 캔버스 안에서 미소를 짓고 있었다.

"역시 눈물을……."

다카미에게는 염마의 눈이 눈물로 글썽거리는 것처럼 보인 모양이다.

"아냐. 하지만 정말로 눈물이 날 것 같군."

끈질기게 오래오래 살다가 바람처럼 죽어갔지만, 분명 그 괴물 고양이는 자신의 품속에 있었다.

"저어, 죄송합니다. 이 그림, 아직 완성되지 않았어요."

말을 듣고 보니 배경이 반절만 칠해져 있었다.

"내일 나가사키로 돌아가야 해서 더 이상 그림을 그릴 수 없어요."

다카미는 입술을 깨물며 고개를 숙였다. 무릎 위에 놓인 두 주먹이 파르르 떨렸다.

"무슨 일 있었어?"

염마가 고개를 번쩍 들며 물었다.

“소집 영장이 나왔어요.”

눈을 부릅뜬 채 염마의 몸이 굳어버렸다. 숨이 멎고 목이 탔다.

“별로 튼튼한 편이 아니라 병종 판정을 받았어요. 그래서 지금까지는 근로 동원으로……. 근데 더 이상 그런 사정을 봐줄 때가 아닌 모양입니다.”

병종의 경우, 대개는 수송부대에 배속된다고 들었지만, 이미 나라 전체가 옥쇄를 각오한다는 등의 전쟁 광풍에 휩싸여 있었다. 이대로 가면 최전방에 차출될 수도 있었다. 다카미 스스로도 그럴 각오가 되어 있는 것 같았다.

“정말 친절하게 대해주셨는데 그림을 완성하지 못하고 떠나게 됐네요. 용서하십시오. 언젠가 전쟁이 끝나고 자유로워지면 많은 곳에 가보고 싶었어요. 다양한 나라의 사람들을 그려볼 생각이었는데…… 아무래도 어려울 것 같아요.”

염마는 아무 말도 할 수 없었다. 목구멍에 온갖 분노의 말이 엉겨 있었지만, 형태를 이루지 못했다.

“나라를 위해 당당히 싸우겠습니다. 호쇼 씨는 부디 몸조심하십시오.”

어린 티가 남은 얼굴로 미소를 짓는다. 그 즉시 염마의 감정이 폭발했다.

"까불지 마라. 너는 꼭 살아야 한다고 말했지? 이런 엉터리 같은 전쟁에서 죽는다면 절대로 용서 못해."

다카미가 눈을 둥그렇게 뜨고 고개를 저었다.

"아, 안 돼요, 그렇게 큰 소리로 말하면 남들이…….."

"누가 들어도 상관없어. 꼭 살아야 한다고 말하는 게 그렇게 큰 죄냐?"

바지자락을 움켜쥐고 다카미는 등을 웅크렸다.

"이 그림은 내가 잠깐 맡아둘 테니까 살아서 돌아와. 돌아와서 이 그림을 꼭 완성하라고."

어째서 이런 어린아이가 전쟁터에 나가야 할까. 대신할 수만 있다면 자신이 대신 나가고 싶었다. 기꺼이 죽어줄 것이다.

"나는 그리 잽싸지도 못하고 체력도 달리고…… 사람을 죽일 수도 없고…… 도저히…….."

살아서 돌아올 자신이 없다, 라고 다카미는 가느다란 목소리로 말했다.

오른손이 욱신거렸다. 염마의 마음속에서 뭔가가 속닥거렸다.

'너는 그 능력이 있잖아.'

그 능력을 써라, 이 아이를 구해줘라, 망설이다가는 죽고 만다, 라고 부추겼다. 대낮인데도 밤의 존재들이 우우 튀어나와 새로운 마물의 탄생을 마른침을 삼키며 지켜보고 있었다.

내심 갈등하면서도 염마는 천천히 다카미의 손을 잡았다.

"왼손잡이였지?"

그런 짓을 해서는 안 된다. 잘 알고 있었다. 하지만 아무 노력도 하지 않은 채 보내고 싶지는 않았다.

왼손잡이는 주위에서 억지로 교정을 하려고 들기 때문에 양손을 쓰는 경우가 많다. 그래서 불사의 신귀가 제대로 들어가지 않을 때가 있었다. 하지만 어찌 됐건 새기지 않고는 도저히 배겨날 수 없었다.

"전별식을 해주마. 네가 꼭 살아서 돌아올 수 있는 주문이야."

밤의 존재들이 쾌재를 부르는 기척이 들렸다. 술수에 빠져든 염마를 마구 비웃어댔다.

'좋아, 그래야 호쇼지.'

'이게 웬 진기한 구경거리야? 새로운 마물은 아름답다니까.'

신귀들이 떠드는 소리에도 염마는 더 이상 망설이지 않았다.

손바닥의 염마왕, 나를 심판하라. 어떤 벌이든 다 받아줄 것이다, 라고 가슴속에서 부르짖고 있었다.

각오는 했지만 금기를 범한 것은 염마의 마음을 채찍질했다.

전보다 명백하게 자신의 내부가 신귀로 침식되어 있었다. 예전에 자신의 피를 빨았을 때와 비슷한 감각이었다. 금기를 범할수록 인간적인 면은 점점 사라지는 것이리라.

실은 그 문신이 제대로 잘 되기나 했는지, 염마는 알 수 없었다. 처음으로 해본 일인 것이다. 바이코 영감에게 배웠지만 이제는 희미하게 기억날 뿐이다. 한 번도 써본 적이 없는데 용케도 기억이 났다고 해야 할까.

아니, 불사의 신귀 새김은 일단 배우면 결코 잊혀지지 않는 것이리라. 잊어버릴 권리 따위, 있을 리 없다.

'다카미……'

그 뒤로 그를 생각하지 않은 날이 없었다.

고향 나가사키의 부대에 입소하여 신병 훈련을 받은 뒤, 다카미는 전장으로 향하게 된다. 도쿄가 그토록 큰 공습을 당한 걸 보면 패전이 머지않았다. 만주와 남방의 전선 모두 비참한 상황이라는 소문이 돌았다.

불사를 새겨도 즉사하면 아무 의미가 없다. 어중간한 부상을 입고 사람들 앞에서 상처가 금세 낫는 광경을 내보인다면 그것도 일이 복잡해진다. 하지만 살아남을 가능성이 조금이라도 높아진다면 불사의 신귀를 새긴 가치가 있을 것이다.

무사히 돌아오고 나서 신귀를 빼내면 된다. 그러면 평범한 인간으로 죽을 수 있다. 만일 그 소년이 자신과 똑같은 시간으로 살기를 원한다면 그때는…….

내가 검둥이를 대신할 존재를 원한 것인가, 아니면 나쓰에게 하지 못한 것을 해버린 것인가. 그렇게 스스로의 가슴속에 수없이 물어보았다. 하지만 명확한 대답이 나올 리 없었다. 그날부터 염마를 나무라듯이 내내 오른손이 욱신거렸다.

그러면서 계절이 바뀌었다.

푹푹 찌는 듯한 더위가 나라 전체의 비명처럼 느껴진 여름이었다.

나가사키에서 한 통의 편지가 날아왔다. 다카미 기미아키가 보낸 것이었다.

안녕하세요?

찾아뵙지 못한 지도 꽤 되었습니다. 그동안 별고 없으신지요?

대단히 부끄러운 일이지만, 저는 전지에서 부상을 입고 나가사키로 돌아왔습니다.

모두 흔들어주는 깃발과 환호의 격려를 받고 사나이 최대의 영예라고 믿으며 출정한 지 며칠 안 된 터에 이런 꼴을 보여 참으로 몸 둘 바를 모르겠습니다.

저는 육군의 일원으로 오키나와를 지키고자 분골쇄신 군무에 임하며 명예로운 전사를 각오했습니다. 하지만 전투 종료를 앞둔 6월의 어느 날, 적의 포탄을 맞고 왼쪽 안구를 잃었습니다. 부상병으로서 곧바로 제대 명령이 떨어지고, 치료를 받을 사이도 없이 붕대를 감은 채 돌아온 것입니다.

저는 왼쪽 눈이 어떤 상태인지 알지 못했습니다. 아마 휑하니 구멍이 뚫렸을 거라 생각하고 포기했었지요. 하지만 신기한 일이지요. 막상 붕대를 풀어보니 왼쪽 눈이 멀쩡하게 붙어 있었습니다. 처음에는 물론 눈이 부시고 어지러웠지만, 아주 깨끗하게 잘 보입니다.

문득 깨닫고 보니 전장에서 입은 상처들까지 말끔히 나았습니다. 모두 호쇼님께서 해주신 그 '전별' 덕분입니다. 벚꽃이 새겨진 손바닥을 보면 자꾸 그런 마음이 듭니다.

단순한 멍 자국으로 보이게 흐릿한 명암을 넣어 새겨주신 이 벚꽃에는 특별한 힘이 있습니다. 만날 때마다 호쇼님이 나의 선인仙人으로 느껴집니다. 어딘가 이 세상 것이 아닌 존재로 보이는 것입니다.

거짓 부상으로 제대했다는 소문이 나면 형에게도 누가 될 것 같아 요즘도 왼쪽 눈에 붕대를 감고 지냅니다. 집이 좁아서 창고에서 지내고 있지만 전쟁터에 비하면 편한 곳이지요.

이 전쟁이 끝날 날도 머지않았다고 생각합니다. 그때는 다시 상경해서 공부에 매진할 겁니다. 호쇼님께 맡겨둔 그림도 완성해야겠지요.

다시 만날 날을 손꼽아 기다리겠습니다.

다카미 기미아키 드림

다행이다.

염마는 편지를 움켜쥐고 다카미의 무사 귀환을 기뻐했다. 형에게 냉대를 받는 모양이지만, 그래도 마음 편히 지내는 게 느껴졌다.

틀림없이 곧 만날 수 있다. 그런 젊은 아이까지 전쟁으로 내모는 이런 나라가 이길 리 없다. 메이지 유신을 지켜본 사람으로서 그 정도는 예측할 수 있었다.

다카미가 남기고 간 그림을 바라보니 저절로 미소가 떠올랐다. 100년을 살면서 처음으로 느낀 특별한 인연의 끈이었다.

하지만 그때 염마는 미처 깨닫지 못했다. 소중한 사람이 곁을 떠나려 한다는 것을.

검둥이가 사라진 일로 기운을 잃었던 염마가 다시 웃는 얼굴을 보여서 나쓰는 한결 마음이 놓였다.

다카미라는 미술학도와 친해진 것도 염마를 위해 잘된 일이었다. 이 만년 청년은 그토록 오랜 세월을 살아왔으면서도 변변한 친구 하나 없었다. 자신과 노부마사는 친구가 될 수 없다는 것을 나쓰는 잘 알고 있었다.

물론 남들에게 그리 쉽게 마음을 열어줄 처지도 아니었다. 사람들과의 인연은 그에게 공포였을 뿐인지도 모른다. 하지만 이대로 남겨두는 건 너무도 쓸쓸한 일이다. 자신도 노부마사도 이미 남겨진 시간이 그리 많지 않다.

한때는 동반자살을 생각한 적도 있었다. 이 가엾은 인간을 혼자 두고 떠난다는 건 차마 못할 짓이었다. 스스로는 죽을 수 없으니 죽여주는 수밖에 없다. 하지만 유감스럽게도 나쓰의 정신구조는 지극히 건전해서 누군가를 죽이는 죄악을 결코 받아들일 수 없었다.

그래서 더더욱 염마에게는 모든 것을 받아줄 수 있는 친구가 간절히 필요했다. 아니면 혼자서라도 꿋꿋이 살아갈 강한 마음을 가져야 한다. 검둥이가 죽고 노부마사가 죽고 나쓰가 죽었을 때, 염마의 마음이 송두리째 허무에 사로잡히지 않도록.

나쓰는 두 손으로 얼굴을 덮었다. 손바닥에서 깊은 주름이 느껴졌다. 이 나이가 되어서도 자신은 여자였다. 염마를 생각할 때마다 메마른 가슴에도 안타까운 바람이 솟구쳤다. 염마 앞에서는 마지막까지 여자이기를 바랐지만 그건 결코 쉽지 않은 일이었다.

"저기……."

진료 차트를 점검하면서 후배 여의사에게 말을 건넸다.

"네?"

후배이자 제자인 이 여의사는 오십 전후의 나이지만 대단히 우수했다. 아들도 의사로 일을 시작했다.

"나, 이제 그만 도쿄를 떠날 생각이야."

나쓰에게서 이런 말이 나올 거라고 미리 각오했던 모양이다. 구메카와 의사는 몹시 섭섭한 얼굴이지만 그리 놀라지는 않았다.

"어디로 가실 건가요?"

"차근차근 생각해봐야지. 의사로서 일할 날도 얼마 남지 않았고, 이제는 뼈를 묻을 마음으로 나를 가장 필요로 하는 곳에 가야지."

그렇게 해도 되겠죠, 아버지?

4

전쟁이 터지는 건 한참 나중이라는 생각에 지나치게 여유를 부린 모양이다. 그 바람에 결국 출국하지 못한 채 벌써 3년이 흘렀다.

반세기 동안 전 세계를 돌아다니며 많은 것을 보았다. 여기저기서 전쟁의 불길이 튀는 통에 멍하니 있을 수 없어 결국 마카오를 거쳐 이곳 나가사키에 도착했다.

그래도 이국적인 풍정의 이 도시가 내 기질에 잘 맞는지 그리 불편하지는 않다. 예전에 살던 요코하마도 그렇고, 분명 무국적의 분위기가 몸에 밴 모양이다.

야차는 나가사키 교외의 새너토리엄에서 환자를 가장하여 살고 있다. 원래부터 연약한 체질이라서 아무도 의심하지 않았다. 어깨까지 닿는 머리를 뒤로 묶고 엷은 노란색 셔츠를 입은 모습은 전쟁터에 핀 꽃 같았다.

이곳은 야차가 기부해서 만든 새너토리엄이다. 그는 염마와는 달리 후원자 없이도 자신의 존재를 사회에 인지시킬 만한 재력과 지혜를 갖고 있었다.

미움을 살 만한 일도 많이 해왔지만 그래도 지금껏 버티며 살아냈다.

해바라기가 다투어 피어난 정원을 흔들흔들 걸으며 야차는 문득 또 한 명의 불사자를 생각하고 있었다.

그 건방진 후배 녀석은 지금쯤 어떻게 지내고 있는가. 나쓰와는 재회했지만 염마와는 오래도록 만나지 못했다. 전쟁이 끝나면 한번 가볼까.

어지간히도 나를 미워할 테지만 그래도 만나고 싶은 마음은 변함이 없었다. 50년을 지나 깨달은 것이 있었다. 어쩌면 자신은 그자에게서 구원을 받고 싶은 것인지도 모른다는 것…….

물론 그쪽에서는 싫어할 이야기다.

길게 자란 손톱으로 매달려봤자 상대는 아픔을 느낄 뿐이다. 그래도 그자가 아니면 또 누가 있을까…….

"오니즈키 씨."

언덕 아래에서 수녀님이 다가왔다. 검은 수녀복를 입고 걸어오는 모습이 어딘가 펭귄을 닮아서 사랑스러웠다. 젊지는 않지만 자애가 넘치는 눈빛이 아름다웠다.

"날씨가 아주 좋지요?"

"더운데요. 오늘은 칙칙한 더위예요."

좀체 땀이라고는 흘리지 않는데 목덜미가 눅눅하게 땀이 배어 있었다.

올려다보니 한여름의 파란 하늘이 펼쳐져 있었다. 눈 아래로는 우라카미 예배당의 종루가 보였다.

"봉사활동 나오셨어요? 항상 고맙군요."

야차는 새너토리엄 관계자로서 정중히 고개 숙여 감사 인사를 했다.

"하느님께 받은 소중한 일거리니까요."

신심 깊고 온화한 인품이지만 야차 속의 신귀를 알아보는 일은 없었다. 다행스럽게도 악귀를 퇴치하는 재능은 없는 모양이다. 그래서 더더욱 마음 놓고 만날 수 있었다.

"그 얘기 들으셨어요? 히로시마가 큰 피해를 입었다고 하던데. 참 끔찍한 일이에요."

히로시마 얘기는 야차도 들었다. 하지만 공습을 받았다는 건지, 무슨 새로운 병기를 사용했다는 건지, 아무도 자세한 내용은 알지 못했다. 한순간에 괴멸했다는 험악한 소문만 무성하게 떠돌았다.

"빨리 전쟁이 끝나야 할 텐데."

하느님께 일생을 바친 몸이지만 질질 끄는 전쟁에는 지쳐버린 기색이었다. 봉사를 하려고 해도 그럴 만한 물자가 없었다. 그래도 열심히 이웃 병원을 돌며 환자들을 격려하고 돌봐주곤 했다.

하느님이고 부처님이고, 염마는 눈곱만큼도 관심이 없었다. 하지만 그 신앙의 힘은 이따금 놀랍기도 했다. 신이란 인간이 믿어주었을 때, 비로소 무언가가 되는 것이리라.

"이제 곧 끝날 거예요. 이 나라가 패할 테니까."

시원하게 말해버렸다.

수녀님의 눈이 휘둥그레졌다. 혹시 누가 듣기라도 했을까봐 멈칫거리며 주위를 둘러보았다.

"정말 대담한 분이시네. 누가 듣기라도 했다가는 큰일이잖아요."

주위에 사람이 없는 것을 확인하더니 수녀님이 쓴웃음을 지었다.

“이래봬도 영악하게 계산해가며 살고 있답니다.”

“자신을 그런 식으로 말씀하시다니, 역시 어린애 같은 분이야.”

수녀님이 야차를 보며 하하 웃었다. 벌써 115년을 살아왔지만 아직도 어린애 같은 모양이다. 야차도 웃을 수밖에 없었다.

“아참, 오늘은 오니즈키 씨에게 잠깐 부탁할 게 있어서 왔어요. 이것 좀 봐줄래요?”

긴 통 모양으로 돌돌 만 종이를 건네받자 야차는 고개를 갸우뚱했다.

“이게 뭐죠?”

“내가 아는 미술학도가 그린 수채화예요. 전공은 유화지만 요즘은 물감을 도무지 구할 수가 없어서. 하지만 그림을 아주 잘 그리는 학생이라서 수채화도 곧잘 그리더군요. 어때요, 새너토리엄에 좀 걸어도 될까요?”

수녀님이 이렇게 나서줄 만큼 그 몇 장의 그림은 시선을 빨아들이는 매력이 있었다. 특히 마음에 드는 그림은 미소 짓는 수녀님을 그린 것이었다. 물론 지금 눈앞에 있는 이 수녀님이다.

“오호, 아주 훌륭한데요? 수녀님의 다정한 표정이 제대로 표현되었군요.”

수녀님은 볼을 붉히며 급히 고개를 가로저었다.

"아니, 이건 그 학생이 나에게 선물로 준 거고, 이쪽의 나가사키 풍경 그림이 좋겠지요? 참 아름다운 거리 풍경이잖아요."

햇살이 반짝이는 나가사키 거리가 펼쳐져 있었다. 분명 이 그림도 나쁘지는 않았다. 하지만 야차의 마음을 끄는 것은 역시 수녀님의 초상이었다.

'어디선가 본 것 같은……'

아득한 옛날, 이렇게 웃는 얼굴을 본 듯한 마음이 들었던 것이다.

"이 그림이 조금이라도 환자들을 위로할 수 있다면 그 학생에게도 큰 격려가 되겠지요. 전쟁터에서 입은 부상이 아직 낫지 않은 모양이지만, 장래가 촉망되는 아이니까요."

마치 사랑스러운 친자식처럼 말하고 있었다.

"알겠습니다. 원장님께 보여드려야겠군요. 이건 제가 가져가도 되겠죠?"

"네, 물론이죠. 잘 부탁해요."

수녀님이 깊숙이 머리를 숙였다.

"자, 그만 예배당으로 돌아가야겠네요. 오니즈키 씨도 병실에 들어가 쉬세요. 밖에 오래 있으면 더위 먹어요.”

아닌 게 아니라 환자인 척하는 것도 필요하다. 자, 그럼, 이라고 등을 돌리는데 수녀님이 또 다른 사람에게 인사를 건네는 소리가 들려왔다.

“어라, 오늘은 몸이 좀 괜찮아?”

“네, 날씨가 좋아서 잠깐 나왔어요.”

돌아보니, 해바라기 밭에서 선 채로 이야기를 나누는 수녀님과 남학생이 보였다. 한 번도 본 적이 없는, 여윈 남학생이었다. 한쪽 눈을 덮듯이 붕대를 감고 있었다. 밀짚모자를 썼고, 스케치북을 소중하게 껴안고 있는 걸 보니, 아무래도 이 아이가 장래가 촉망되는 미술학도인 모양이었다.

“수녀님, 예배당의 마리아 님을 좀 그려도 될까요?”

“물론 좋지. 학생의 그림이 다정다감해서 마리아 님도 기뻐하실 거야. 마침 새너토리엄에 네 그림을 걸어달라고 부탁하고 온 참이야. 아, 그나저나 그 눈의 붕대, 좀 지저분한 것 같은데. 혹시 미안해서 아픈데도 억지로 꾹 참고 있는 것 아니야? 의사 선생님한테 진료는 꼬박꼬박 받고 있어?”

어머니처럼 자상하게 질문을 던지는 수녀님을 마주하고 남학생은 난처한 듯 웃고 있었다. 두 사람을 둘러싼 해바라기가 바람에 흔들렸다. 전쟁 중이라는 것을 깜빡 잊어버릴 만큼 한가로운 풍경이었다.

소년과 나란히 걸어가는 수녀님을 지켜보다가 새너토리엄 건물 안으로 들어가려는 순간, 야차는 등 뒤에서 오싹하는 한기를 느꼈다.

하늘을 올려다보았다.

다음 순간, 세계가 하얗게 증발했다.

8월의 어느 무더운 날, 히로시마와 나가사키에 흰 빛의 참화가 쏟아져 엄청난 사람들이 죽어나갔다는 이야기를 전해들었다.

미군의 신형 폭탄이라고 했다. 더 이상 이 나라에 안전한 장소는 없었다. 거대한 마물의 손에 연약한 비명을 올리는 날벌레 같은 꼴이었다.

이 소식은 당연히 염마에게 큰 놀라움을 몰고 왔다.

"나가사키에 가봐야겠어."

트렁크에 대충 짐을 챙겼다.

자신이 나가사키에 간다고 해서 해결될 문제가 아닐지도 모른다. 하지만 염마는 가만히 있을 수가 없었다. 똑같은 숙명을 짊어지게 한 이상 다카미는 이젠 남이 아니었다. 또 한 명의 자신인 것이다.

"나가사키? 현재로서는 거기까지 며칠이 걸릴지 알 수 없어."

나쓰는 염마를 말리려고 한 게 아니었다. 그저 사실을 말했을 뿐이다. 이런 상황에서는 철도나 선박이 제대로 움직일 것 같지 않았다.

"그래도 가야 해."

염마는 핼쑥해진 얼굴로 일어섰다. 당장이라도 쓰러질 것 같은 얼굴이었다.

"알았어. 친구의 무사를 기원할게."

말을 하다가 나쓰는 목이 메었다.

염마는 뒤돌아보지도 않고 뛰쳐나갔다. 나쓰의 얼굴이 눈물에 젖어 있다는 건 끝내 알아차리지 못했다.

상상 이상으로 힘겨운 여정이었다. 온통 사람들로 붐비는 열차를 몇 번이나 갈아타며 염마는 나가사키를 향해 달려갔다. 기차 시간이 여의치 않으면 걷기도 하면서 남쪽으로 남쪽으로 내려갔다.

교토를 지나갈 때, 갑작스럽게 무타 노부마사가 생각났다.

그는 무사할까? 곁에 있던 몇 명 안 되는 소중한 사람들이 차례차례 사라지는 듯한 느낌과 함께 자꾸만 불길한 예감이 몰려왔다.

오카야마에 도착하자 히로시마에 대한 정보들이 난무하고 있었다. 피난을 나온 사람도 많았다. 그들이 하는 말은 하나같이 엄마를 바짝 얼어붙게 했다.

무더운 여름날, 구름 하나 없는 하늘이 번쩍 빛나더니 세계가 한순간에 하얗게 변했다. 뻘건 불길이 치솟고 시커먼 연기로 뒤덮이고……. 제발 그만하라고 외치고 싶을 만큼 무서운 얘기들뿐이었다.

엄마는 혼란 통의 히로시마를 우회해서 고향 야마구치에 들어섰다. 거기까지 꼬박 닷새가 걸렸다. 그 사이에 일본은 항복하고 전쟁은 끝이 났다. 분노가 끓어올랐다. 사람들이 보는 앞인데도 엄마는 부르짖었다. 바보 같은 놈들, 이미 때는 늦었어.

도중에 저공 비행하는 미군기를 발견했다. 빨갛고 큼직한 입술을 그려 넣은 전투기였다.

힘이 쭉 빠졌다.

대체 뭔가, 저자들의 여유는. 저러니 절대로 이길 수 없었던 거라는 생각에 그만 모든 게 우스워졌다.

여기저기 돈을 쥐어준 끝에 가까스로 어선 하나를 빌려 규슈로 들어갔다. 나가사키 소식이 하나둘 귀에 들어왔다. 별 볼일 없는 소식들뿐이었다.

도쿄를 떠난 지 일주일 만에 염마는 나가사키에 도착했다.

폭심지爆心地에는 가까이 가지 말라고들 했다. 그쪽에 접근하면 마치 역병에 걸린 것처럼 쓰러진다고 했다. 그 탓에 구조 활동은 진척을 보이지 않았다.

다카미의 친가가 나가사키 시내에 있었다. 근처 병원이며 구호소를 찾아 돌아다녔지만 소식을 들을 수 없었다. 이런 어마어마한 폭탄 앞에서는 분명 불사의 신귀 따위 아무 도움도 되지 않았을 터였다. 다카미는 흔적도 없이 사라졌는지도 모른다.

편지에 적힌 주소로 다카미의 형 집에 가보고 싶었지만, 잿더미가 되어버린 시내는 어디가 어딘지 분간할 수 없었다. 저 멀리 우라카미 천주교 예배당의 잔해가 보였다.

'하느님도 달아났겠구나.'

손바닥의 염마왕이 으스러질 만큼 주먹을 움켜쥐었다.

나가사키에 도착해 사흘째 되는 날, 마침내 염마는 단서를 잡았다.

"아주 괴물이에요. 너무 끔찍해서 차마 옆에도 못 가. 참말로 그 꼴로 어떻게 살아 있나 싶은데 계속 숨이 붙어 있다니까. 아마 남학생인 것 같아."

틀림없었다. 그 괴물이 있는 곳이 어디냐고 묻고 염마는 휘청휘청 걸음을 옮겼다.

작은 언덕 위에 새너토리엄의 잔해가 있었다. 죽지 않는 끔찍한 남학생은 그 옆의 반파된 창고 안에 있었다. 벽과 지붕의 일부가 남아 있을 뿐, 언제 무너질지 모를 곳이었다.

인간 비슷한 것이 짚더미 위에 누워 있었다. 허리춤에 수건 한 장이 덮여 있을 뿐이었다.

한쪽 팔과 한쪽 다리는 사라졌고, 남은 팔다리도 검게 타버렸다. 가슴에서 배에 걸친 화상, 불에 익어버린 얼굴은 두 눈이 일그러져 이미 인상을 파악할 수 없었다. 가슴이 희미하게 들썩거려서 아직 숨이 붙어 있다는 것을 아슬아슬하게 전해주었다.

염마는 발밑이 무너지는 듯한 느낌에 버티고 서 있을 수가 없었다.

“다카미······.”

그 옆에 무릎을 꿇고 앉아 떨리는 목소리로 이름을 불렀다.

“내 말이 들리니?”

살갗이 모두 문드러져서 어디에 손을 댈 수도 없었다.

“호쇼······.”

입술이 파들파들 움직이고 호흡만으로 대답했다.

“미안하다. 나 때문이야. 내가 너를 이토록 괴롭게 했구나.”

너무도 참혹한 부상이라서 아무리 불사의 신귀라도 목숨을 잇기가 힘에 부쳤는지, 아니면 자신의 기술이 미숙했던 탓인지, 그건 알 수 없었다. 하지만 눈앞에 있는 다카미의 끔찍한 모습을 보니 자신이 저지른 죄가 어떤 벌로 돌아왔는지 새삼 깨달았다.

“내 생각만 했어. 이 세상에 외톨이로 남고 싶지 않았어. 그래서 너를······.”

내가 대체 무슨 짓을 한 것인가.

“나는 선인이 아니야. 약해빠진 괴물이지. 쉽게 죽지도 못하고 나이도 먹지 않고, 그저 그뿐이야. 껍데기만 멀쩡하고 내 심성은 그걸 따라가지 못해.”

하지만 다카미의 입술은 미소를 짓고 있었다.

“……말아요.”

울지 말아요, 라고 말하는 것이었다. 얼마나 괴로웠을까. 얼마나 아팠을까. 수없이 죽을 고비를 넘긴 염마도 이토록 끔찍한 모습은 되어본 적이 없다.

“……만나서…… 좋았어요.”

열여덟 살의 다카미는 한없는 자비를 보였다. 염마를 향해 원망의 말 한마디 없었다.

마음껏 절규하며 울부짖고 싶었다. 하지만 그 전에 반드시 하지 않으면 안 될 일이 있었다.

“곧 편안하게 해줄게.”

염마는 수건에 가려져 있는 소년의 왼팔을 가만가만 꺼냈다. 타버린 살이 떨어져나가 뼈가 드러났지만, 손바닥에는 하얗게 벚꽃이 피어 있었다. 이보다 더 지독한 저주는 없으리라. 그걸 자신이 새겨준 것이다.

가방에서 바늘을 꺼냈다. 신귀를 빼내야 한다.

“이렇게 무서운 건 나 하나로도 족했는데.”

자신의 어리석음을 용서할 수 없었다. 그래도, 그래도…….

“너와 영원히 함께하고 싶었어…….”

염마는 창고를 나서자 그 자리에 손을 짚고 무너져 울었다.
날이 어두워져도 통곡은 멈추지 않았다.

5

날이 새고 있다. 땅바닥에 큰대 자로 누운 채, 하늘을 향해 곧게 올라가는 연기를 바라보았다.

어느 한 군데 모자람 없이 곱고 착한 다카미라면 분명 극락 정토가 기다릴 것이다. 다비를 해주는 것밖에는 염마가 해줄 수 있는 일이 없었다.

불타는 유체 곁에서 염마는 꼼짝도 할 수 없었다. 몸도 마음도 수습할 도리 없이 너덜너덜해져서 지난 100년의 무게와 아직도 살아야 한다는 것에 진심으로 지쳐버렸다.

흙을 밟는 소리가 다가왔다. 그래도 몸을 일으킬 마음이 나지 않았다. 발소리가 멈추고 푸른 하늘을 가리며 염마의 얼굴을 들여다보는 자가 있었다.

"오랜만이야."

"……네놈은?"

머리칼로 얼굴을 반이나 가린 데다 역광이었다. 분명하게 보이지는 않았지만 야차라는 건 금세 알 수 있었다. 온몸의 털럭이 거꾸로 일어서는 듯한 감각을 느꼈다. 마음속은 차갑게 달아오르고 있었다.

"정말 하나도 안 변했네. 반가워."

"어째서 네놈이 여기 있지?"

염마가 불쑥 몸을 일으켰다. 온몸에 험악한 분노의 기운이 감돌았다.

"우연이야."

그럴 리 없다고 염마는 생각했다. 모든 건 계획되어 있다. 꿈틀꿈틀 준동하는 신귀들은 불사의 숙명을 가진 두 인간이 서로 죽고 죽이는 싸움을 보고 싶어 견딜 수가 없는 것이다. 결국 서로에게 이끌려 계획대로 이곳에서 마주친 것이다.

"하늘에서 설마 그런 게 떨어질 줄은 생각도 못했거든."

파란 하늘도 해바라기 밭도 이국의 풍정이 넘치는 거리도 이제는 없었다. 사방이 온통 잡초 하나 눈에 띄지 않는 잿더미 벌판이었다.

"이 자리에 하얀 새너토리엄과 해바라기 밭이 있었어. 눈 아래로 펼쳐지는 거리 풍경이 정말 아름다웠는데."

지금 이 꼴을 보면 상상도 못할 일이라고 야차가 웃었다.

"저 아래가 온통 시체로 가득했어. 아무 예고도 없이 한순간에 벌어진 일이라 다들 자기가 죽는다는 것도 미처 깨닫지 못했을 거야."

야차의 말은 등줄기를 써늘하게 했다. 아무리 공습이 있다 해도 어딘가로 도망칠 시간쯤은 주어진다. 자신이 무엇에 의해 죽는지, 그것쯤은 알 수 있다. 하지만 이번 폭격에서는 그런 것조차 없었다는 것이다.

"그 남학생은 저기에 쓰러져 있었어. 가엾게도 팔다리는 떨어지고 온몸이 불에 탔는데도 숨을 쉬며 살아 있었어."

제아무리 엄청난 무기라도 즉사시키지 않는 한 불사자는 계속 살아 있다. 어째서 불로불사가 최대의 금기인지, 그 답이 나온 셈이었다. 다카미는 가장 참혹한 모습으로 살아 있어야 했다. 그저 숨만 쉬는 인간의 잔해로 소년은 죽지 못하고 있었다.

"네가 저주를 새겨준 그 학생은 끝내 죽지 못했어. 너무 끔찍해서 사람들이 얼씬도 하지 않았지. 내가 창고에 데려다 눕혀주었는데, 어때, 괜한 참견이었나?"

가시가 있는 한마디 한마디에 염마의 눈동자가 흔들렸다. 야차의 저주는 계속 이어졌다.

"나쓰 대신 그 아이를 선택했나? 그런 곱상한 녀석에게 불로불사의 신귀를 새기다니, 너도 참 너무했다. 내내 죽지도 못하고 괴물이라는 말을 들으며 고통 속에 단말마의 신음을 올렸어."

바들바들 떨리는 염마의 입술을 야차는 지그시 바라보았다. 그 눈에 풍요로운 감성에 대한 선망의 빛이 떠오른 것을 염마는 미처 알아볼 여유가 없었다.

"네놈은 그걸 말없이 보고만 있었어? 너라면 신귀를 빼줄 수도 있었잖아."

야차는 고개를 끄덕였다.

"하지만 그 아이는 네 것이잖아. 뒤처리도 네 손으로 해야지."

마지막 쐐기를 박듯이 야차가 말을 이었다.

"게다가 살려두면 네가 틀림없이 찾으러 올 거라고 생각했지."

몸이 바짝 굳어버렸다. 호쇼라는 이름으로 살아오면서 지금껏 굳게 지켜왔던 경계선이 사라지는 것을 느꼈다.

감정은 마비되었지만 무의식중에 야차의 멱살을 잡았다. 번쩍 치켜든 주먹이 그의 얼굴 앞에서 흠칫 멈췄다.

“이, 이건!”

염마의 두 눈이 휘둥그레졌다. 멱살을 잡힌 겨를에 머리칼로 감춰둔 얼굴의 일부가 드러났기 때문이다. 왼쪽 이마에서 눈 밑까지 화상의 흔적이 남아 있었다. 야차도 결코 무사할 수 없는 폭격이었던 것이다.

“보여줄까? 이쪽도 아주 보기 흉해.”

셔츠를 걷어올려 등과 허리를 내보였다. 바이코가 새겨넣은 허리춤의 ‘야차’도 반쯤 화상으로 사라지고 없었다.

“꽤 시간이 지났는데도 좀체 낫지를 않아. 이런 일은 처음이라 나도 놀라는 참이야.”

염마가 새긴 불사가 미숙한 게 아니었다는 얘기다. 하늘에서 떨어진 그것이야말로 최대급의 저주였던 것이다.

야차는 머리칼을 쓸어 올리며 죽음의 거리를 내려다보았다.

“참 대단하지? 인간이 신귀보다 더 무서워.”

눅눅한 바람을 타고 재가 날렸다. 그것은 분명 인간이 신귀를 능가한, 공포에 찬 광경이었다.

입을 다물어버린 염마를 보고 야차는 비웃듯이 제 얼굴을 바짝 들이댔다.

“너를 잡아먹으면 나을까?”

영혼이 빠져나간 듯한 얼굴을 들고 염마는 아름다운 마성을 지닌 야차를 빤히 바라보았다.

"먼저 할 일이 있어. 네놈은 그 다음이야."

염마는 조용히 대꾸했다.

다비의 불길이 서서히 사그라지고 있었다. 다카미의 망해는 하얀 뼈만 남았다. 아무리 분통이 터지더라도 장례만은 조용히 끝내주고 싶었다.

한 개 한 개 정성껏 뼈를 주워 수건에 고이 감쌌다.

"그걸 어떻게 하려고?"

"바다에 띄워 보낼 거야."

어딘가에 묻어줘도 재건 공사 중에 파헤쳐질 터였다. 절도 교회도 묘지도, 일대에는 흔적조차 없었다.

"언젠가 전쟁이 끝나고 자유로워지면 많은 곳에 가보고 싶어요. 다양한 나라의 사람들을 그려보고 싶어요……."

다카미의 말을 떠올리고 있었다.

"내 손에 죽고 싶은 거지? 그렇다면 따라와."

이제는 그것밖에 없다. 일이 여기에 이르자 염마는 마침내 깨달았다. 황폐해진 마음의 갈증은 야차의 피가 아니면 적셔줄 수 없다.

“이제야 겨우 그럴 마음이 든 모양이군.”

반갑다는 듯 웃는 야차를 보고, 이런 괴물 같은 놈, 이라고 혀를 찼다.

죽이느냐 아니면 내가 죽느냐……. 이제는 어느 쪽이건 상관없었다.

말없이 걸었다. 바다까지는 그리 멀지 않았다. 폭탄 한 개로 전망이 툭 트여버렸는지, 잠깐 걸었을 뿐인데도 수평선이 훤히 보였다.

“사실은 내내 누님의 원수를 갚고 싶었지?”

야차의 질문에 염마는 힘 빠진 웃음을 흘렸다.

“원수라고?”

가만히 고개를 저었다.

“내가 지금 위세 좋게 원수 같은 걸 갚을 처지가 아니야.”

누님을 살해한 건 분명 야차다. 하지만 나 역시 예전에는 사람을 베었다. 어떤 얼굴을 쳐들고 원수를 갚는다는 말을 할 수 있을까. 보기가 역겨워서 이자를 죽인다. 그저 그것뿐이라고 염마는 생각했다.

전쟁이 됐건 원수를 갚는 것이 됐건, 살인에 정당성을 주장하는 건 구역질나는 짓거리다.

등대의 흔적이 남아 있는 곳까지 올라가 염마는 발을 멈췄다.

폭심지와 가까웠던 탓에 예전에는 북적거렸을 항구도 괴멸 상태였다. 제방은 곳곳에 금이 가 있어 금세라도 무너질 것 같았다. 선박은 산산조각이 나서 바닷물에 휩쓸려갔는지, 한 척도 보이지 않았다.

해안선을 향해 유혹하듯이 물결이 반짝거렸다. 염마는 수 건을 펼쳤다. 한 손에 뼈를 들고 있는 힘껏 던졌다. 다카미의 유골은 순식간에 물결에 빨려들었다. 산골散骨이 끝나자 염마 는 그 자리에 앉아 합장했다.

긴 합장이었다. 웅크린 등판이 떨리고 있었다. 그 뒷모습을 야차가 지그시 바라보았다.

"왜 그 아이에게 불사를 새겼지?"

염마는 좀체 일어서지 않았다. 암흑의 불길이 등 뒤에서 흔 들리고 있었다.

"나도 썩어빠진 호쇼라는 얘기겠지."

변명 따위를 할 마음은 없었다. 어차피 이제 둘 중 누군가는 죽는 것이다.

"자, 비도한 자들끼리 서로 죽고 죽이자. 그게 네가 원하는 거지?"

서로 간에 몸속에 신귀를 두고 있는 몸. 아무리 죽고 싶어도 순순히 살해되는 건 불가능하다. 결국 피가 터지도록 서로를 죽이기 위한 싸움을 할 수밖에 없다.

"하지만 쓸 만한 물건이 하나도 없군. 겨우 철골 정도인가?"

무너져 내린 잔해 더미에서 굽은 철골을 빼냈지만 써먹기도 힘들 것 같았다.

"저기라면 남아 있을 거야. 나를 따라와."

생각하는 것도 귀찮았다. 염마는 말없이 야차의 뒤를 따라갔다. 항구 안쪽의 반파된 건물은 조선소로 쓰이던 곳 같았다. 어쩌면 수리를 위한 공장이었는지도 모른다.

"이 근처였던가?"

바닥에 멍석이 깔려 있었던 모양이지만, 그것도 숭숭 뚫려 있었다. 발로 밀자 푸석거리는 먼지와 함께 금세 밀려났다. 바닥에 문이 나타났다. 탄탄한 철문을 들어 올리자 바닥 밑에 컨테이너가 있었다. 야차가 호주머니에서 열쇠를 꺼내 상부 덮개를 열었다. 안에 든 물건은 기름종이에 하나하나 감싼 그림이나 도검류인 것 같았다.

"비합법적인 수출품을 보관해두는 장소야. 곧바로 출하할 수 있어서 자주 이용하곤 했어. 샤라쿠写楽와 우타마로歌麿, 히로시게広重 같은 우키요에 화가들은 제법 비싼 가격으로 팔리거든. 공습으로 재가 되는 건 아깝지.”

딱히 부끄러워할 것도 없이 줄줄 늘어놓는다. 참으로 한심한 매국 행위다. 하긴 악귀에게는 국가라는 틀도 없을 것이다. 야차를 나무랄 마음도 나지 않았다.

“이거 봐.”

야차가 검을 건네주었다.

“기쿠 히토모지菊一文字(후쿠오카 지역의 도공刀工 노리무네를 시조로, 이른바 히토모지파가 제작한 일본 최고의 검. 국화 문양과 일— 한 글자를 새겨넣은 데서 붙은 이름이다—역주)잖아?”

“잘 아는군.”

그 뛰어난 아름다움에 천하의 명검으로 일컬어지는 물건이다. 예전에 자신이 밀정으로 잠입했던 신센구미에서도 대장 중에 이 검을 애용하는 자가 있었던 게 생각났다.

“검을 건네주다니, 나는 말단이긴 해도 사무라이였어.”

“흥, 예전에나 사무라이였지. 죽인 사람을 따져보면 나도 너 못지않아. 네가 조금 전에 장례 치러준 그 아이까지 포함해서.”

─이놈을 기필코 죽이리라.

어두컴컴한 살의가 염마를 지배하고 있었다. 신귀에게 마음을 내줘버리면 이렇게도 편한 것을. 그동안 인간이고자 했기 때문에 괴로웠던 것이다.

각자 칼집에서 검을 뺐다. 훌쩍 물러서며 거리를 잡았다.

오랜만에 잡아본 검에 묘한 흥분을 느꼈다. 적의 몸통을 가르던 순간의 감촉까지 되살아났다. 몸속의 신귀가 기뻐 날뛰는 것인가, 아니면 살인 자객의 피가 들끓는 것인가. 이렇게 칼을 겨누고 있으려니 메이지를 거쳐 지금까지의 세월이 모두 다 한바탕 꿈만 같았다.

"참으로 길었어. 이 날만을 손꼽아 기다렸어."

"그래, 나도 기다렸지. 50년 넘게 네놈을 죽일 날을 기다려 왔어."

야차의 얼굴에 황홀한 웃음이 떠올랐다.

"어떤 정담情談보다 달콤하게 들리는 말이군."

은빛으로 번득이는 검이 수없이 마주쳤다. 손바닥에 얼얼하게 전해지는 충격과 검 특유의 날카로운 금속음에 가슴이 뛰었다.

그것 봐, 사람에게 칼질을 하는 게 너의 본색이야, 라고 신귀가 속살거렸다. 분명 광기로 인해 벌겋게 핏발 선 눈빛일 것이다. 목숨이 위태로운 고비가 지금까지 수없이 많았지만, 죽음에 이른 적은 없었다. 야차도 마찬가지다.

"이제 내가 의지할 사람은 너뿐이야."

같은 스승에게서 문신을 배운 그자는 내내 웃고 있었다.

발 딛기가 힘든 잔해 더미를 뛰어넘어 좀 더 편한 곳으로 이동했다. 신발에 구멍이 나서 움직이기가 여의치 않았지만 맨발로 싸울 만한 상태가 아니었다. 머리 위에는 파란 하늘, 발밑에는 바다와 이어진 잿더미 벌판. 그런 곳에서 서로 칼을 겨누었다. 이미 현실이라는 생각도 들지 않았다.

찌르듯이 밀고 들어온 야차의 검을 받아쳤다. 서양식 검술을 섞어 쓰고 있어 맞서 싸우기 까다로운 상대였다. 물론 야차는 죽을힘을 다해 싸우고 있었다. 본인은 죽고 싶은지 모르지만, 그 속의 신귀는 죽고 싶지 않은 것이다. 결국 몸뚱이는 신귀의 의지를 거스를 수 없다.

힘에 밀린 야차는 재빨리 물러서서 검을 겨눴다. 움직임이 유연한 용수철 같았다. 겉보기와는 달리 체력도 만만치 않았다.

'정말 귀찮은 놈이구나.'

염마는 턱 밑으로 흐르는 땀을 훔쳤다.

야차 역시 아수라장을 건너온 경험이 누구 못지않다는 얘기다. 불사의 신귀의 진면목은 죽기가 어렵다는 것이 아니라 본인의 의지와는 달리 죽지 않기 위해 필사적인 노력을 하게 된다는 데 있는지 모른다.

염마가 생각하는 것쯤은 그쪽도 뻔히 짐작이 가는지, 야차가 불쑥 말했다.

"어차피 우리는 신귀의 조종을 받는 꼭두각시야."

그렇다. 역시 놈들이 지켜보고 있다. 꼭두각시의 춤이 너무도 재미있어 희희낙락하고 있다.

더위에 몸이 녹아버릴 것 같았다. 두 사람 모두 헉헉 숨을 몰아쉬었다. 동작이 둔해진 야차의 두 팔을 염마의 검이 스치며 갈라놓았다. 비틀거리는 야차를 향해 용서 없이 덮쳐들었다.

"내 칼을 받아라!"

검을 높이 치켜든 염마에게 야차가 나뭇조각을 던졌다. 가까스로 몸을 돌려 다친 팔을 부여잡고 무너진 창고 뒤편으로 도망쳤다.

'오래 끌겠군.'

정면으로 칼을 겨누면 자신이 불리하다고 판단한 것이리

라. 분명 그 알량한 머리를 굴려 시답잖은 술책을 짜낼 터였
다. 어디에 숨었는지 눈에 띄지 않았다. 주위에 샅샅이 번뜩
이는 눈빛을 던지며 검을 낮게 겨눈 채 야차를 찾아다녔다.
그쪽은 부상을 당했다. 치유되기 전에 마지막 단칼을 먹여야
한다.

등 뒤에서 돌멩이가 부딪치는 소리가 났다. 이건 양동작전
이다. 염마의 주의를 다른 곳으로 돌리게 하기 위한 잔꾀일
터였다. 그리 쉽게 움직일 수는 없다. 다음에는 오른쪽에서
소리가 났다. 이것도 뭔가를 내던진 소리다.

'웃기는 짓을 하는구나.'

장갑 속이 땀으로 흠뻑 젖어 있었다. 벗어버리고 싶었지만
칼에서 손을 떼는 건 위험하다. 이마에서 흘러내린 땀이 눈에
스며들어 따가웠다. 붕괴를 면한 기중기가 그림자를 만들며
하늘에 우뚝 솟아 있었다. 대량의 목재를 매단 채 멈춰선 모
습이 거인의 해골처럼 보여서 지독히 으스스한 광경이었다.

문득 바라보니 기중기 밑의 쓰레기 더미에 불에 그을린 듯
한 종이가 끼워져 있었다. 하늘하늘 바람에 흔들렸다.

"그림?"

마음에 걸려 다가가 보았다. 종이 귀퉁이가 불에 그을려 지

저분한 데다 핏자국도 있었지만, 미소 짓는 수녀님의 얼굴을
그린 수채화였다.

그 독특하게 다정다감한 그림은 분명 다카미의 것이었다.
저도 모르게 종이를 잡아당겼다.

"왜 이 그림이……."

그 순간, 머리 위에서 굉음이 울렸다. 위를 올려다보았을 때
는 이미 늦었다. 염마는 한순간에 떨어져내린 목재에 정통으
로 깔렸다.

"크윽!"

목재가 반쯤 숯이 되어서 군데군데 빠져 있었던 게 그나마
다행이었다. 그래도 이제는 정말 죽었다고 생각했다. 입으로
주르륵 피를 토했다. 의식이 몽롱한데도 머릿속이 시끄러웠
다. 귀가 깨졌는가. 머리가 뭉개졌는가……. 몸을 덮친 목재
를 밀어내려고 해도 꼼짝달싹할 수가 없었다. 아픔을 느끼는
신경도 망가졌는지 통증조차 느껴지지 않았다.

시야는 좁아졌지만 하늘만은 무정할 만큼 푸르렀다.

"윽!"

꼼짝 못하고 깔린 염마 위로 다시금 무게가 더해졌다.

"아직 살아 있었나? 와우, 다행이야."

염마의 배 위에 한쪽 발을 짚고 야차가 내려다보고 있었다. 간단히 죽어버리면 재미없다고 말하고 싶은 모양이다.

"아휴, 아프겠네."

장난이라도 치듯이 중얼거리더니 염마의 반쯤 벌어진 입 속에 검은 가루를 묻힌 검지를 쑤셔 넣었다.

"이놈이……."

그게 심장을 태운 가루라는 건 새삼 물어볼 필요도 없었다.

"먹어봐. 아주 좋아. 아픔이 사라진다니까."

지긋지긋했다. 놈은 미친 악귀다. 염마는 퉤 침을 뱉었다.

다카미가 남긴 그림을 이런 놈이 이용했다고 생각하니 다시금 살의가 들끓었다. 이제는 놈을 죽이지 않고는 견딜 수 없었다.

아직도 손가락 사이에 꽂혀 있던 그림이 바람에 흔들렸다.

"그거, 아주 잘 그렸지? 달랑 그 그림 한 장만 참화를 면했어. 우스운 일이지, 모델이 된 여자는 살덩이 하나 남기지 못하고 죽어버렸는데 말이야."

바람이 염마의 손끝에서 그림을 앗아갔다. 수녀님의 다정한 미소는 하늘을 날아올라 바다 쪽으로 사라졌다.

"이걸로 그 수녀도 수장해준 셈인가?"

무슨 막된 소리를 지껄이는 건가. 머리가 징징 울려 그 중얼거림이 똑똑히 들리지 않았다. 그 사이에도 다친 몸은 급속히 아물어갔지만 아무래도 너무 심한 부상이었다.

야차는 손에 든 검을 염마의 가슴으로 향했다. 칼끝이 정확히 심장을 겨누었다.

"어때, 이제 끝인가? 죽음의 예약은 내가 먼저 했는데 네가 빼앗아가는군. 무책임한 친구. 나쓰를 마지막까지 지켜주지 않아도 되나? 네가 죽고 내가 살아 있으면 몹시 불안할 텐데?"

제기랄…….

야차는 어서 빨리 자신을 죽여보라고 온갖 말을 늘어놓았다. 듣기도 지겨울 정도였다. 야차가 나쓰에게 위해를 가할 마음이 있다면 진즉에 손을 썼을 것이다. 그렇게 하지 않은 것은 그 시커먼 집착을 나쓰에게 향하고 있지 않다는 얘기다.

애초에 이자가 품은 집착이란 하루 빨리 염마의 손에 죽고 싶다는 것뿐이다. 좋다, 그렇다면…….

야차의 짧은 비명이 터져 나왔다. 비스듬히 허벅지를 관통한 검을 야차는 난감한 표정으로 내려다보고 있었다.

"……아프잖아."

염마가 밑에서 야차의 허벅지를 찌른 것이다. 그 칼을 뽑아내면서 염마는 잘 드는 쪽 다리로 몸을 짓누른 목재를 걸어찼다. 그 겨를에 야차가 털썩 주저앉았다.

"나쓰는 네놈 생각대로 움직이는 얼간이가 아니야!"

옆에 있는 철골을 지팡이 삼아 짚고 일어섰다. 통각痛覺이 회복되지 않았는지 아픔은 그리 크지 않았다. 일단 어딘가로 은신해서 몸을 움직일 수 있을 때까지 기다리는 수밖에 없었다.

왼쪽 팔이 덜렁거렸다. 발부리가 뒤로 틀어져 있었다. 등뼈는 괜찮은 듯했지만, 늑골은 폐를 뚫고 살에 박힌 채였다. 일어서는 참에 다시 입 밖으로 주르륵 피를 토했다.

옆머리가 귀와 함께 떨어져나가고 없었다. 머릿속에 이명이 홍수를 이룬 것은 그 탓일까. 어떻든 야차보다 더 빨리 움직여야 한다.

'제발 부탁한다……'

장갑을 벗어던지고 몸속의 신귀에게 기운을 불어넣어 고장난 몸을 빨리 아물게 해달라고 부탁했다. 이래봬도 고집은 센 편이다. 매번 당하기만 하고 끝낼 마음은 없었다.

"쳇."

다리를 질질 끌며 야차가 뒤를 따라왔다. 염마는 바지 주머니에서 성냥갑을 꺼냈다. 다카미를 화장할 때 쓰고 남은 것이 었다.

불을 켜자마자 질퍽한 바닥에 휙 던졌다. 중유인 듯한 검고 끈적끈적한 액체가 잔해 더미 아래 번져 있는 것을 조금 전에 알았던 것이다. 검은 연기를 올리며 불길이 타올랐다.

야차가 그 불길에 말려들지는 않겠지만 예상했던 대로 검은 연기가 그쪽으로 흘러갔다. 몸을 숨기기에는 충분한 연막이었다.

벽의 일부만 남은 건물 뒤편으로 숨었다. 좀 더 멀리 가고 싶었지만 통각이 살아나면서 숨도 쉴 수 없을 만큼 아픔이 몰려왔다. 이래서는 움직이기가 불가능하다. 피를 빨아들인 옷이 유난히 무거웠다.

몇 번을 겪어도 이 고통은 익숙해지지 않는다. 몸을 눕힌 채 이를 악물고 버텼다. 제발 나를 죽여줘, 라고 한 번도 해본 적이 없는 신께 빌었다. 아무리 굳은 결심도 이 엄청난 통증 앞에서는 아무 의미도 없었다.

벽이나 바닥을 긁어서 손톱이 까지는 일이 없도록 주먹을 꾹 움켜쥐었다. 고통으로 버르적거릴수록 신귀는 신이 나서 몸을 낫게 해준다. 좀 더 깊은 상처를 달라고 떠들어댄다.

피를 먹으면 통증은 잦아들 것이다. 하지만 그러면 신귀와 한 발 가까워진다. 그것만은 싫었다. 설령 야차에게 살해되더라도 최소한 인간으로서 죽고 싶었다.

‘놈이 왔어…….’

귀가 치유된 모양이었다. 이쪽으로 다가오는 발소리가 귀에 잡혔다. 한쪽 다리를 질질 끄는 기척도 감지되었다. 금세 일어설 수 있도록 한쪽 다리를 세웠다. 아픔은 한 고비를 넘어섰다. 다리가 움직여줄까. 아니, 움직이지 않더라도 싸우는 수밖에 없다.

“찾았다, 술래!”

장난을 치는 듯한 소리와 함께 저만치에 야차의 모습이 보였다. 검은 연기의 그을음에 얼굴이 더럽혀져 있었다.

염마는 일어섰다. 뭉개진 왼팔은 아직 힘을 줄 수 없었다. 오른손만으로 놈을 향해 검을 겨누었다.

야차는 양손으로 칼자루를 움켜쥐고 중단으로 겨눈 채 돌진해왔다. 아직은 다리의 부상이 아물지 않았을 텐데, 단숨에 결판을 낼 작정인 모양이다. 야차의 검이 옆구리를 치고 들어왔다. 가까스로 몸을 피해 뒷걸음질을 쳤다.

너덜너덜해진 몸에서 땀이 줄줄이 흘렀다. 검은 연기를 내뿜는 불길과 늦여름의 태양이 두 불사자를 푹푹 찌고 있었다.

"더운 건 싫어. 그날이 생각나거든."

야차는 땀을 훔치며 하늘을 올려다보았다. 기억이 머리를 스쳤는지, 작위적인 표정이 일순 공포로 일그러졌다.

"자, 간다. 지옥을 본 자는 무서울 게 없거든."

엄청난 기세로 달려왔다. 날카로운 금속음이 맑은 하늘에 울렸다. 예술품이라고 일컬어지던 천하의 명검도 제 모습을 알아볼 수 없을 만큼 처참한 꼴이 되었다.

"어이, 어떻게 된 거야? 나를 죽여주기로 했던 것 아니었나? 난 이제 숨 쉬는 것도 지긋지긋해. 어서 죽여줘, 후배."

야차가 소리치고 있었다.

애원하는 척하면서 비아냥거리지 마라! 킬킬 웃으면서 징징거리지 마라! 이 미친 어릿광대에게 맞고함을 쳐주고 싶었다. 증오에 몸부림치며 꿈속에서 몇 번을 죽였는지 모른다. 하지만…….

'이자는 나야.'

이자의 아픔도 고독도, 염마는 모든 것을 잘 알고 있었다.

"크윽!"

염마는 벌떡 몸을 일으켜 두 손으로 검을 높이 쳐들어 이를 악물며 내려쳤다. 그걸 받아치려던 야차의 검이 부러지고 이어서 그의 한쪽 어깨에서 반대편 허리까지 비스듬히 잘려나 갔다.

젖혀진 몸통에서 피가 분출했다. 소리가 되지 않는 비명을 올리며 야차가 벌렁 쓰러졌다. 이어서 염마도 피를 토하며 무릎을 꿇었다. 혼신의 일격을 내리친 충격으로 맞붙어가던 갈비뼈가 다시 몇 대쯤 부러진 것 같았다. 몸속의 신귀조차 이제 어지간히 하라고 투덜대고 있는지도 모른다.

쓰러진 야차가 비틀거리며 몸을 일으켰다. 검의 상태만 좋다면 숨통을 끊어줄 수 있겠지만, 칼날이 이렇게 온통 이가 빠져서는 베어지지도 않을 터였다. 게다가 염마의 칼도 부러져 있었다.

"우하하! 창자가 쏟아질 것 같아."

두 손으로 상처를 누르고 야차는 기어가듯이 걸음을 옮겼다.

뒤를 쫓아가 놈의 바람대로 마지막 단칼을 먹여야 한다. 그렇게 생각하면서도 몸이 따라주지 않았다. 가슴 안쪽이 틈새 바람처럼 위잉위잉 울고 있었다.

잔교棧橋 앞쪽에 당장이라도 무너질 것 같은 등대가 있었다. 야차가 그 등대 안으로 들어갔다. 그런 곳에 들어간다면 더 이상 달아날 곳이 없다. 결판을 내자는 뜻이리라. 바다 속으로 기울어가는 태양이 눈부셨다.

안에 들어서자 부서진 통 모양의 건축물에 발소리가 메아리쳤다. 위층의 바닥 일부가 빠져버렸는지 나선 계단 꼭대기에서 직선으로 빛이 꽂혀들었다.

"천국행 계단이야. 어서 와."

위에서 목소리가 들려왔다.

"흥, 말도 안 되는 소릴. 우리가 갈 곳은 지옥이야."

아참, 그렇지, 라고 야차가 웃었다.

위를 올려다보니 손바닥만한 푸른 하늘이 있었다. 한 걸음씩 올라갈 때마다 흔들거리는 탑은 착실하게 경고음을 울리는 것 같았다.

돔 형태의 지붕은 거의 남아 있지 않았다. 구름 하나 없이 깨끗한 하늘만 보였다. 야차는 남겨진 벽에 몸을 기대고 축 늘어져 있었지만, 올라서는 염마를 보자 한 손을 번쩍 쳐들었다.

"움직일 수가 없어. 동체를 비스듬히 잘렸으니 역시나 힘을 못 쓰겠네."

야차의 셔츠는 심홍으로 물들어 있었다. 앞으로 내던져진 다리가 전의를 상실했다고 말하는 것 같았다.

“칼은 이제 없어. 맞아죽는 것과 목 졸려 죽는 것, 둘 중 하나를 선택해.”

어느 쪽이 됐건 철저하게 하지 않으면 죽지도 않겠지만, 숨이 끊길 때까지 싸우고 또 싸울 뿐이다.

“그렇다면 네 손으로 내 목을 졸라줘.”

말없이 고개를 끄덕였다.

놈의 가느다란 목을 두 손으로 움켜쥐었다. 손바닥에 야차의 체온이 전해져왔다. 그 온기가 염마의 마음을 어지럽혔다. 그래도 조금씩 힘을 넣어 졸랐다. 어쨌건 최강의 불사자다. 죽는 데까지 시간이 얼마나 걸릴까.

‘……누님?’

고통스럽게 일그러진 야차의 얼굴이 사와 누님과 겹쳐졌다. 누님의 죽은 얼굴은 평안했다. 야차는 고통을 주지 않고 죽일 수 있다고 말했지만, 그런 건 제 생각일 뿐이다. 죽음이 편할 리 없다. 치에와 다카미도 마찬가지다. 대체 얼마나 많은 죽음을 지켜봤던가. 거기에 또 하나의 사체를 보태려고 하는가.

‘살인은…… 싫다.’

들씌웠던 것이 떨어져나갔다. 염마의 손에서 스르르 힘이 빠졌다.

"관두자."

염마는 손을 뗐다.

"뭐라고?"

고통스러운 숨을 쉬며 야차가 대들었다.

"시끄러워. 나는 더 이상 상관하지 않겠어."

염마는 자리에서 일어섰다. 등대가 뿌리부터 흔들리고 있었다. 이제 곧 무너질 터였다. 물을 마시고 싶었다. 목욕을 하고 싶었다. 부드러운 이부자리 속에서 자고 싶었다. 그 모든 것이 살아 있지 않고서는 할 수 없는 일들이었다.

바닥 밑의 계단으로 내려서려고 몸을 숙였을 때, 허리춤에 날카로운 통증이 내달렸다.

"이, 이놈이⋯⋯."

부러진 칼 끝이 뚫고 들어와 있었다. 야차가 뒤로 숨겨놓았던 것이다.

"얼빠진 놈."

욕을 퍼붓는 야차를 밀쳐내고 염마는 허리에 꽂힌 칼을 뽑아냈다. 그 자리에 웅크리고 앉아 아픔을 견뎠다. 대체 뭘 하고 있는 건가. 모두 다 어리석은 일이다. 나쓰와 게이코에게서 "사내들이란 왜 그리도 하나같이 바보야?"라고 꾸지람을 듣고 싶을 정도다.

마지막 경고일까, 건물에서 벽이 떨어져나가는 듯한 불길한 울림이 들려왔다.

"내가 한 가지 알려주지."

야차의 멱살을 움켜잡았다. 이로 물어뜯고 싶을 만큼 가까운 위치에서 번쩍거리는 눈으로 놈을 노려보았다.

"우리에게도 수명이 있어. 그게 몇백 년이 될지 그건 모르겠다. 어떻든 보통사람보다 오래 사는 것뿐이란 말이야. 그러니 너무 아등바등할 것 없어, 선배."

야차의 눈이 둥그레졌다. 입가에서 한숨 섞인 웃음이 새어 나왔다.

"그게 사실이라면 내 인생관도 바뀔 것 같군."

역시 바이코 영감에게서 듣지 못한 모양이었다. 염마도 검둥이가 없었다면 그걸 확신하지 못했을 것이다.

"믿지 못하겠다면 네놈이 직접 확인해봐."

발밑이 기우뚱 기울어졌다. 우르릉 소리를 내며 등대가 바다 쪽으로 무너져 내려갔다. 땅울림이 공기를 뒤흔들었다.

두 마리의 신귀는 허공에 내던져져 건물 잔해와 함께 바닷물에 내동댕이쳐졌다.

물 밑으로 빨려들어가는 것 같았지만, 그럭저럭 몸이 움직였다. 무너진 등대를 삼킨 바다가 철벅철벅 탁한 소리를 올렸다. 야차가 눈에 띄지 않았지만 거기까지 챙길 여유는 없었다. 다친 부분이 더 많아져서 온몸이 미친 듯이 아팠다. 바다 위로 나가려고 버둥거리는 염마의 시야에 흔들거리는 사람 그림자가 들어왔다.

이마에서 피를 흘리는 건 떨어질 때 콘크리트에라도 부딪힌 것이리라. 인간의 아름다움과 추함은 살가죽 한 장 차이라는 걸 실증하듯이 단아했던 얼굴은 화상 흔적으로 퉁퉁 부어 있었다. 의식이 몽롱한 상태인지 야차는 축 늘어진 채 반쯤 떠 있었다. 물 위에 떠오르지도 가라앉지도 않고 계속 물속을 빙빙 돌았다.

'앗, 저것 때문에⋯⋯.'

거대한 콘크리트 잔해에서 튀어나온 철근이 셔츠 자락을 뚫고 꽂혀 있었다. 그것 때문에 움직일 수가 없는 것이다.

숨이 턱까지 찼다. 망설일 틈이 없었다. 염마는 방향을 바꾸어 야차에게로 힘껏 잠수했다.

이봐, 뭐 하는 거야.

야차가 분노로 얼굴을 일그러뜨렸다. 이대로 죽을 수 있다고 생각했던 것이리라. 흥, 너를 죽게 내버려둘까 보냐. 염마는 있는 힘껏 셔츠를 찢어내 야차를 풀어주었다. 어쩌면 이보다 더 큰 고문은 없으리라.

'아까 내가 말했지? 수명의 진실에 대해서는 네놈이 직접 확인하라고.'

한 발 앞서 바다 위로 얼굴을 내밀자마자 켁켁거리며 큰 숨을 내쉬었다. 판자조각을 붙잡고, 가까스로 제방까지 돌아왔다.

말린 생선처럼 바닷가에 몸을 드러내고 엄청난 통증에 데굴데굴 굴렀다. 피와 살이 재생되는 감각을 느끼는 건 처음뿐이다. 곧바로 미칠듯한 아픔이 온몸을 덮친다. 그러면 더 이상 아무 생각도 할 수 없다. 감각 모두가 아픔으로 점령된다. 정신을 잃는 것도 허락되지 않는 고통에 엎어지고 쓰러지면서 이것이 인간의 길에서 벗어난 자에 대한 벌이라고 절절이 깨닫는 것이다.

……항상 똑같다.

바다가 서녘 해에 붉게 물들기 시작했을 때, 염마는 가까스로 몸을 일으켰다. 부상은 대충 가라앉았다. 활활 타오르던 분노의 불길도 사라지고, 희미하게 가을 냄새를 풍기는 바람에는 짭조름한 바다 향이 섞여 있었다.

야차는 어떻게 되었을까? 일어서서 주위를 둘러보았다. 피의 흔적이 점점이 바다에서 육지 쪽으로 이어져 있었다. 아무래도 잽싸게 사라진 모양이다.

……제 몸에 스스로 불사를 새기는 미치광이에게는 도저히 못 당하겠군.

책상다리를 하고 하늘을 우러러보며 염마는 힘없이 웃고 있었다.

6

어디로 어떻게 가는지도 알지 못한 채 염마는 무턱대고 북쪽으로 향했다. 가장 먼저 집으로 돌아갈 생각이었다.

지난 며칠이 몇십 년처럼 느껴졌다.

야마구치에 들어섰을 때, 고향 마을이 댐 공사로 수몰되었다는 것을 알게 되었다. 하지만 그 말을 듣고도 아무 감개가 떠오르지 않을 만큼 마음이 피폐해져 있었다.

조슈의 자객으로 활동하던 시절은 전생의 기억처럼 머나먼 일이 되어 있었다. 그 시절에 미처 죽지 못한 게 가장 큰 불운이었다.

'미안해, 영감.'

결국 야차를 살려주었다.

옛날, 오카자키의 손에 죽을 뻔했을 때, 무어라 말할 수 없이 안도했던 게 생각난다. 그의 손에 죽을 수만 있다면 더 이상 바랄 게 없었다. 야차도 똑같은 심정이었을까.

정말로 귀찮은 질병에 걸린 환자다. 어린애 같고 제멋대로고, 또한 가엾은.

사람들이 넘쳐나는 기차를 수없이 갈아타며 염마는 마침내 교토에 도착했다.

교토 거리는 달라진 게 거의 없었다. 공습 피해도 많지 않았던 모양이다. 쨍쨍 내리쬐는 햇볕이 길바닥에 어른어른한 신기루를 띄웠다.

모든 것이 환영이었다면 얼마나 좋을까. 앞쪽에서 흔들거리는 신기루에 허탈한 몽상이 치밀었다.

염마는 무타 가의 별장으로 향했다. 기와지붕의 저택은 아름다운 외관을 유지하고 있었다. 나가사키에서 본 광경이 거짓말인 것처럼 온갖 꽃이 흐드러지게 피어 있었다.

현관을 두드리기도 전에 문이 벌컥 열렸다.

“게이코……”

금세 울음을 터뜨릴 것 같은 표정으로 게이코가 서 있었다. 인형 같은 얼굴에 웬일로 감정이 드러나 있었다.

“왜, 내가 오는 걸 미리 알고 있었어?”

“엄마의 마음이 비명을 올렸거든요.”

그런 것까지 알아맞히다니, 놀라웠다. 게이코의 능력은 사람을 골라 나타난다. 그 능력이 가장 크게 발휘되는 상대가 누구인지 엄마는 아직 알지 못했다.

“무사해서 다행이에요.”

“걱정을 끼친 모양이구나.”

상처는 제법 나았지만 광기의 하루하루를 말해주듯이 눈은 움푹 파였고 옷차림은 넝마 같았다.

“갈아입을 옷을 준비할게요.”

“필요 없다. 그보다 노부마사는 아직 살아 있겠지?”

성큼성큼 집 안으로 올라가 노부마사의 침실로 향했다.

“네, 쉬고 계세요.”

마음이 턱 놓였다. 더 이상 누군가의 죽음을 지켜보는 건 싫다.

노부마사는 침대에 누워 있었다. 주름과 반점이 가득하고 바짝 여위어버린 노인이었다. 그래도 전에 만났을 때보다는 생기가 되살아난 얼굴이다.

염마를 보자마자 웃음이 번졌다. 어떻게든 일어서서 손님을 맞이하려고 게이코에게 침대 머리를 비스듬히 세워달라고 했다.

"오랜만이야. 지난번에 만나지 못해 아쉬웠어."

약간 가늘어지기는 했지만 목소리는 변함이 없었다. 불손한 말투도 옛날 그대로였다.

"무슨 일 있었어? 아주 녹초가 되었군."

때 묻은 옷은 여기저기 찢어졌다. 뺨은 깎인 듯 여위었고 눈 밑에는 검은 그림자가 생겼다. 노부마사의 눈에는 염마가 오히려 곧 죽을 사람처럼 비쳤으리라.

"응, 이래저래 일이 많았지."

"자네가 '이래저래'라고 할 정도면 그야말로 큰일이 있었던 게지."

놀리듯이 장난스럽게 말했지만 염마는 대꾸할 기력도 없었다. 그 대신 심술궂은 말들이 줄줄 흘러나왔다.

"교토는 그리 큰 공습도 없었다면서? 그자들도 역사적인 건축물은 피했다는 소문이 사실인 모양이네. 허참, 우스운 일이야. 인간은 죽어도 괜찮고 낡아빠진 문화재는 소중하다는 거

잖아. 아하, 그래서 당신도 전쟁이 터진 동안 내내 이곳에 죽
치고 있었군?"

괜한 화풀이를 하는 자신에게 염증이 났다. 거동도 못하는
노인네에게 미운 소리를 해서 어쩌자는 것인가.

"흥, 시시한 소릴."

노부마사는 코웃음을 쳤다.

"그자들은 일본의 문화재 따위에는 관심이 없어. 분명 이쪽
도 노렸을 게야. 내가 교토에 있었던 건 이곳이 내가 태어난
곳이기 때문이야. 죽을 거라면 여기가 내 자리겠지. 그저 그
것뿐이야. 다행히 게이코가 내 눈을 즐겁게 해주려고 예쁜 손
이 거칠거칠해질 만큼 열심히 정원을 가꿨어."

창밖으로 선명한 꽃이 울긋불긋 피어난 정원을 바라보며
노부마사가 말했다.

"아, 그랬나? 미안해."

순순히 사과하는 염마에게 노부마사는 웬일이냐는 듯이 하
얀 눈썹 한쪽을 치켜 올렸다.

"왜 그래, 나한테 사과를 다하고?"

염마는 고개를 숙이고 발밑을 쳐다보았다.

"무타, 당신은 무엇을 위해 살아?"

이건 또 무슨 철학적인 질문인가, 하고 노부마사가 허허 웃었다.

"글쎄, 이제 겨우 전쟁도 끝났으니 그 다음에는 부흥에 나서야겠지. 참으로 기대가 크잖아? 다시 처음부터 시작하는 거야. 나도 큰돈을 벌고 그 참에 이 나라도 다시 일어선다면 그야말로 좋은 일이지. 그러니 쉽게 죽을 수가 없어. 앞으로 1, 2년쯤은 더 살아야겠지?"

염마도 웃음이 터졌다.

"당신답군. 부러워. 하지만……."

그렇게 말하고 침대 옆에 털썩 주저앉아 노부마사의 손을 잡았다.

"앞으로 1, 2년이라는 소리는 하지 마. 죽지 말란 말이야. 나를 두고 가서는 안 되잖아……."

노부마사는 제 눈을 의심했을 것이다. 염마가 노인의 시든 손을 움켜쥐고 거기에 이마를 비비며 울고 있으니.

"참 오래 살고 볼 일이군. 이런 진기한 장면을 목격할 줄이야."

"비웃어도 좋아. 하지만 죽지는 마라."

한심한 꼴로 매달리며 염마는 애원했다.

"무슨 일이 있었는지 모르겠지만, 걱정하지 마. 너만은 내가 잊지 않아. 내 몸에 무슨 일이 생기더라도 너는 괜찮아."

조곤조곤 타이르는 노부마사의 말에 염마는 고개를 저었다.

"아니, 그런 걸 해달라는 게 아니야."

나도 알아, 라고 노부마사는 미소를 지었다.

"예전에 나는 형편없는 자객이었어."

한 번도 말한 적이 없지만, 노부마사는 이미 알고 있었던 모양이다.

"사람을 죽인 뒤에는 무섭고 괴로워서 이불을 둘러쓰고 울었어. 그 시절 이후로 나는 달라진 게 하나도 없어. 항상 벌벌 떨면서 도망만 쳤지. 이제는 정말 괴로워서 견딜 수가 없어⋯⋯."

염마는 어깨의 떨림을 멈출 수가 없었다. 약한 모습만은 절대로 보이고 싶지 않았던 사람 앞에서 어린애처럼 울고 있었다.

"적어도 내가 아는 한, 너는 크게 변했어. 아주 강해졌어. 네가 짊어진 것의 무게를 생각하면 이만큼 강해지기까지 엄청난 고역이 따랐어. 참으로 열심히 노력했어. 대단한 사내야."

뼈에 가죽만 남은 큼직한 손이 염마의 뺨을 쓰다듬었다. 뜻밖의 위로에 염마는 난감한 얼굴로 입술을 깨물었다.

“뒷일은 게이코에게 부탁해뒀어.”

노부마사는 곁에 선 게이코를 올려다보았다. 그 말에 엄마는 다급하게 눈물을 훔쳤다. 게이코가 옆에 있다는 것을 까맣게 잊고 있었던 것이다.

“나뿐만이 아니야. 나쓰도 너를 이 아이에게 부탁했어.”

게이코가 고개를 끄덕였다.

“한 열흘 전에 혼자서 찾아오셨어요.”

나쓰가 늙은 몸을 이끌고 이 혼란 통에 교토에 다녀갔다는 것인가. 엄마는 깜짝 놀라서 되물었다.

“나쓰가 여기까지?”

“자신이 떠난 뒤에 오빠를 잘 부탁한다고 몇 번이나 당부하셨어요. 유난히 외로움을 타는 사람이니 항상 함께 있어달라고…….”

멍하니 앉아 있는 엄마에게 게이코는 나무라듯이 중얼거렸다.

“엄마는 행복한 사람이에요. 이토록 큰 사랑을 받았으면서 나쓰 선생님께는 답변 한번 해주신 적이 없었지요?”

세상 모든 여자들의 적이라는 듯 엄마를 매섭게 쏘아보았다.

게이코의 말이 가슴을 찔렀다. 분명 엄마는 50여 년 동안이나 제 본심을 감추고, 나쓰의 마음에서도 도망쳤다. 나쓰는 내 답변을 원했던 것일까.

"나쓰 선생님이 어떤 심정으로 내게 머리를 숙였는지, 그 마음을 아시겠어요?"

떼쓰는 철없는 아이처럼 엄마는 고개를 가로저었다.

"······아니, 알고 싶지 않아."

게이코는 착한 아가씨일 것이다. 하지만 나쓰를 대신할 수는 없다. 나쓰가 누군가에게 그런 부탁을 했다는 것 자체를 인정하고 싶지 않았다.

죽음을 향한 준비를 시작한 나쓰와 노부마사가 미웠다.

"한 가지 부탁이 있어."

노부마사가 말했다.

"내 손바닥에서 신귀를 좀 빼주겠나?"

엄마는 놀라서 얼굴을 들었다.

"너와 술 한잔 하고 싶어서 그래."

금주를 맹세한 신귀 새김이었다.

"이 녀석 덕분에 나는 다시 일어섰어. 하지만 이젠 괜찮겠지? 너와 술잔을 기울이고 싶어. 이런 기회는 다시없을 테니."

노부마사는 메마른 손을 내밀었다. 육각성六角星은 아직도 선명하게 빛나고 있었다.

“……그래.”

염마는 옷자락으로 눈물을 닦고 문신 바늘을 챙겨들었다.

“저는 술을 준비할게요.”

게이코가 방을 나갔다.

“저 아이는 나쓰처럼 매사를 참아내는 아이가 아니야.”

노부마사가 웃으며 말했다.

“좋아하는 사람에게는 좋아한다고 당당히 말할 거야, 머지 않아.”

노부마사가 무슨 말을 하는 건지, 염마는 알지 못했다.

9월이 되었는데도 더위는 누그러들 기미를 보이지 않았다.

지칠 대로 지친 몸으로 염마는 도쿄에 돌아왔다. 폐허가 된 도시인데 어디서 퐁퐁 솟아난 것처럼 수많은 사람들이 꿈틀거리고 있었다.

패전의 아픔이 여전한 가운데서도 거리에는 묘한 활기가 넘쳤다. 이대로 무너질 수는 없다고 저마다 혼신의 힘을 다해 뛰고 있는 것 같았다.

“지금 이 시대를 살아가는 사람들 모두가 죽지 못한 자들이 야. 너만 그런 게 아니야.”

떠나오는 길에 노부마사가 했던 말이 떠올랐다.

"네가 나쓰의 마음을 깨닫지 못했을 리 없어."

물론 감지하고 있었다. 하지만 나쓰를 여자로 의식하는 건 오카자키에 대한 모독이라고 생각했다. 이런 몸뚱이를 가진 자가 진심으로 누군가를 사랑할 수는 없다고 생각했다. 서로가 본심을 꾹꾹 억눌러온 것이 옳은 일인지 그른 일인지, 그건 잘 모르겠다. 하지만 일정한 선을 뛰어넘는 일 없이 오늘날까지 살아왔다. 그것을 이제 새삼 어떻게 하라는 것인가.

"너와는 달리 나쓰의 목숨에는 한계가 있어. 눈물을 흘리기 전에 네가 할 수 있는 일은 없는지, 진지하게 고민해봐."

참내, 생전 처음 나눈 술자리에서 실컷 잔소리만 하고…….

염마는 자신이 술을 마시기 전에 울고불고 했던 건 깨끗이 잊어버리고 노부마사를 향해 툴툴거렸다.

서녁 하늘이 붉은 빛으로 물들었다.

나쓰와 살던 집이 저만치에 보였다. 옛날 옛적 바이코 영감과 함께 살 때도 그랬지만, 돌아갈 집이 있다는 건 참으로 행복한 일이다. 염마는 현관문을 열었다.

다녀왔다는 인사를 하기도 전에 집 안이 달라진 것을 깨달았다. 텅 빈 집 안에 인기척이 없었다. 창문으로 붉은 서녁 해가 비쳐들 뿐이었다.

잠깐 외출한 것이 아니라 오래도록 비워둔 집 같았다. 찻상 위에 편지봉투가 놓여 있었다. 엄마는 떨리는 손으로 봉투를 열고 그 안의 편지지를 꺼냈다.

엄마, 아니, 이치노세 아마네 씨에게

정식으로 편지를 쓰는 건 처음이에요. 몇 번이나 써보려고 했지만 쓸데없는 말까지 하게 될까봐 웬만한 볼일은 전보나 전화를 이용했었어요.

이 편지를 어떤 마음으로 읽을까. 그 친구는 무사할까. 만일 불행한 일이 있었다면 당신에게 쐐기를 박는 짓이 될지도 모르겠어요.

나는 이제 당신과 인연을 끊을 생각이에요.

부디 나를 탓해주기를.

예전에 청혼을 거절했을 때부터 당신과 함께 살 결심을 했지만, 이 기나긴 베이스볼 경기도 이제 슬슬 끝날 때가 된 것 같아요. 처음부터 경기에서 패하리라는 건 알고 있었어요.

처음에는 당신의 여동생이었지요. 이어서 누나가 되고 어머니가 되고, 마지막에는 할머니라는 이름을 얻었어요. 참으로 오랜 세월 신세가 많았군요. 이제는 그만 지쳤답니다.

당신이 그리 달가워하지 않는데도 나 혼자 어머니라고, 그리고 할머니라고 남들에게 말하곤 했지요. 진심으로 그렇게 생각할 수 있다면 얼마나 마음 편할까, 작은 희망을 담아 했던 일이었어요.

참 어리석은 일이지요. 그렇게 나 자신을 궁지에 몰아넣었으니.

내가 진심으로 원한 건 끝내 될 수 없었어요. 그건 내 운명일 뿐, 다른 어느 누구의 탓도 아니에요. 그래도 쓸쓸한 마음을 억누를 수가 없었답니다. 언젠가는 더 이상 견뎌내지 못하리라는 건 잘 알고 있었어요.

요즘에는 부쩍 팔다리도 약해졌네요. 언제 정신 줄을 놓아버릴지 모릅니다, 그런 불안 때문에 나는 당신을 떠나기로 결심할 수밖에 없었어요.

우습지요, 이 나이에도 나는 아직 여자예요. 혹시라도 당신에게 부끄러운 꼴을 보이고 싶지는 않아요. 하지만 어느 날 털썩 쓰러져 자리보전이라도 하게 되면 그때는 그것도 여의치 않겠지요. 더구나 치매라도 걸린다면 부끄러운 줄도 모르게 됩니다.

그렇게 되기 전에 떠나려는 나를 용서해줘요. 나는 항상 검둥이가 부러웠어요. 그래서 검둥이를 따라 하려고 합니다. 그 결벽한 성품은 내 평생의 자부심이기도 하니까.

앞으로는 의사로서의 삶에만 온힘을 기울일 생각이에요. 돌아가신 아버님도 그걸 원하시겠지요.

뒷일은 게이코 씨에게 부탁했어요. 똑똑한 아가씨니까 마음 놓고 당신을 맡길 수 있었답니다.

수많은 추억을 가슴에 안고 내 남은 인생을 살아갈게요.

나는 행복했답니다. 모두 당신 덕분이지요.

감사의 마음을 전합니다.

지금까지와 똑같이 내 마음만은 당신 곁에 두고 늙은 이 몸은 떠납니다. 부디 나를 찾지 말아주기를.

나쓰

손끝에서 편지지가 툭 떨어졌다.

더 이상 눈물도 나오지 않았다. 아무 생각도 나지 않아 멍하니 벽에 몸을 기대고 앉아 있었다. 초점 없는 눈이 허공을 허우적거렸다. 저녁놀이 서린 방 안에 서서히 어둠이 다가드는 것도 깨닫지 못했다. 침묵 속에 오래도록 웅크리고 있었다.

나쓰는 집을 떠나는 길에 노부마사의 저택에 들렀던 것이다. 게이코에게 뒷일을 맡기기 위해.

짙은 어둠에 감싸여, 누군가 이쪽으로 오라고 뺨을 쓰다듬었다. 신귀가 술렁술렁 다가들었다. 텅 비어버린 가슴은 아픔조차 느끼지 못했다. 그렇게 넋이 나간 채 하룻밤을 꼬박 쓰러져 있었다.

이윽고 날이 밝고 방 안이 환해졌을 때, 엽마는 비로소 장식장 위에 한 장의 그림이 있다는 것을 깨달았다. 나쓰가 걸어둔 것이리라. 다카미가 그려준 엽마와 검둥이 그림이었다.

행복하게 살아주세요, 라는 다카미의 말이 들려오는 듯한 다정다감한 그림이었다.

문득 생각했다. 왜 그때 검둥이를 찾아나서지 않았을까. 검둥이에게 짐승으로서의 자부심이 있다면 나에게도 검둥이를 사랑하는 마음이 있다. 어떻게든 찾아내서 꼭 끌어안고 내 품 속에서 잠드는 것을 지켜봤어야 할 게 아닌가.

엽마는 편지와 그림을 가방에 챙겨넣고 자리를 박차고 일어섰다.

뭘 검둥이를 따라 하겠다는 거야. 자기가 고양이인 줄 아나. 부디 찾지 말아달라고? 나쓰는 내 가족이다. 가족이 없어지면 눈이 벌게져서 찾아다니는 게 당연한 거 아니야? 참으로 어처구니가 없다. 달랑 편지 한 장 남겨놓고 떠나면서 나더러 그걸 받아들이라고?

부글부글 화가 끓었다.

그 머리통 크고 바보처럼 성실한 여자를 내 품에 힘껏 끌어안고 큰 소리로 혼을 내주지 않고서는 도저히 속이 풀리지 않을 것 같다.

"오카자키, 용서해라."

그 마지막 사무라이의 바람을 이제는 알 듯한 마음이 들었다.

긴 여행의 짐 보퉁이도 팽개쳐둔 채 염마는 다시 우에노 역을 향해 걸음을 옮겼다. 반드시 찾아내고 말 것이다. 잘난 할머니 의사는 자신을 가장 필요로 하는 곳으로 갔을 것이다. 이 나라에서 의사가 꼭 필요한 곳이라면…….

엄청난 재난을 당한 두 도시. 히로시마 아니면 나가사키. 나쓰의 굳은 결의로 봐서는 염마와 마주칠 우려가 있는 나가사키에는 가지 않았을 것이다.

분명 히로시마다, 라고 염마는 생각했다.

만나면 이러쿵저러쿵 잔소리를 하겠지만, 그런 건 이 품속에 꼭 껴안은 다음에 생각하면 된다.

'나쓰, 내가 전에 말했었지? 네가 없어지면 땅 끝까지라도 찾으러 갈 거라고.'

반세기 전 요코하마에서 분명 그런 말을 했었다. 잊어버렸다는 말은 못할 것이다.

몇 년을 살건 몇백 년을 살건 어차피 인간이다. 할 수 있는 일은 다 거기서 거기다. 그저 눈앞에 닥친 일을 하나하나 헤쳐가다 보면 언젠가는 죽어지리라.

눈부신 새벽이 거리를 빛나게 하고 있었다.

"이제는 내일만 바라볼 거야."

웃음과 함께 한숨 같은 중얼거림을 내뱉고는 아침 해가 눈부셔서 실눈이 되었다.

지금, 염마는 답변을 건네주러 간다.